漫娱图书
SINCE BOOKS

悬 疑 小 说 系 列

超维幻界 惊悚乐园 5

Thriller paradise

三天两觉 著

长江出版社
漫娱图书

序

欢迎来到《惊悚乐园》。

如果您对此前的每一个故事都很熟悉的话，应该会发现，读到这里时，这本小说已不是那么“惊悚”了。

或许您还会后知后觉地意识到，“惊悚乐园”本就只是一个虚构的、游戏的名称而已。

当然了，此时再发现未免也有些晚了……因为你已经站在了一个很深的坑里。

本册带来的第一个故事是《南方公园》篇，熟悉这部剧集的朋友应该很清楚……这是一部不适宜任何年龄段的人观看的秀。封不觉也正是在这个逻辑已死、节操已丢、笑点已崩、下限已无的位面中，得到了两个以后将伴随他很久的技能。

接着，是第二个故事——《玩具战争》。

当我还是个孩子的时候，我可以坐在一整箱玩具前独自玩上一个下午。尽管那些传统玩具是廉价的、粗糙的、落到我手上以后还会变成功能不全的……

而如今，我、我们……整天都盯着各种各样冰冷的屏幕，沉浸于他人设计的一组组程序中，却不愿与自己的想象力一同翱翔。

小时候的我们想把橱窗里的玩具全部带回家，但长大以后……我们买回了昂贵的手办，结果也只是束之高阁，放在自己家的玻璃柜里观其蒙尘。

我本想将玩具战争写成一场悲凉的史诗，但最后……也只是抒发了些许怀旧的情绪。

因为我意识到了——这就是时代的变迁。

也许，在很多年以后，现在的孩子们会像我感怀那些传统的玩具一样，怀念如今的这些东西。

他们……也会觉得唏嘘落寞。

然而，在这件事上，终究没有什么正义与邪恶、正确与错误，有的只是一代又一代老去的孩子、褪色的童年。

好了，讲了些比较悲的事，接下来可以欢乐一下，迎来第三个故事——《三十三章侦探》。

当然了，在我连载的时候用的是“章”，但到实体书上应该会变成“节”或者“段”了。

这篇故事的灵感来自于一部深夜恶搞剧《33 分钟侦探》，这是一种在我看来非常独特的创作手法，一种与观众互动式的无厘头幽默，至少我个人是非常喜欢的。

而在这本书的末尾，“巅峰争霸 S1”已然开始，《惊悚乐园》第一阶段的高潮部分也将就此展开。

另外，《二流侦探和猫》的第二个故事也顺利收尾，这里我就不剧透了。

最后……还是那句话，希望大家看得愉快，不用跟我客气。

三天两觉

2016年3月

目录 CONTENTS

目录 CONTENTS

Loading……

CHAPTER 1

南方公园·天竺鼠危机

一

“疯不觉，等级 29。

“请选择您要加入的游戏模式。

“您选择的是单人生存模式（噩梦），请确认。

“已确认，剧本生成中……

“载入开始，请稍等。”

“欢迎来到惊悚乐园。”这次念台词的声音，听上去非常熟悉，就好似那种欧美大片的预告片里，时常出现的低沉的男子声线。

“载入已完成，当前您正在进行的是单人生存模式（噩梦）。

“本模式提供剧本简介，并有几率出现支线 / 隐藏任务及特殊世界观。

“剧本通关奖励：结算奖励时可获得 80% 的通关基础经验加成。

“即将播放剧本简介，播放完成后游戏将即刻开始。”

“哦，这个奖励很高啊。”封不觉看到提示说道，“即使单人生存所需的时间会比较短，但这可是噩梦难度，结算时的奖励绝对不差，80% 的通关经验等于是双倍啊。”

其实，也没有什么好激动的，对于那些使用双倍经验卡的 RMB 玩家来说，场场都是 100% 的基础经验加成……

这时，片头 CG 开始播放。

封不觉眼前出现的画面，竟是一种类似剪纸动画的东西，是看着很幼稚、很“卡通”的一种风格。

但是封不觉在看到第一幕时，就神色大变，并且惊道：“不会吧……”

画面中，是蓝天、白云，阳光明媚的景象。

远方有一片墨绿色的的山峦，山尖上是白色的雪。

镜头下移，出现了很多四角形的、色彩各异的房子，一条平整的灰色马路贯穿在那些房屋前。

“这是位于美国科罗拉多州的一个小镇。”

“不不不不不……”封不觉像是自我催眠般重复着，“不可能……这不可能！”

“这是一个宁静的、小小的、无用的、乡下的、偏僻的、无名的、幼稚的、简陋的、小农意识的、乡巴佬的、右翼的、平头钉子般的、开卡车的、过时的、土老帽的、近亲繁殖的、乱七八糟的、过期的、偏远的、贫穷的……小山村。

“这里是……”

系统语音说到此处，CG的近景处，一片雪地上，出现了一块支着的木牌，木牌上写着“South Park”的字样。

“南方公园。”

“啊——”封不觉惨叫。

一秒后，他再次惨叫：“啊——！！！”

他也不知道自己为什么要这样……

“根据美国国土安全部的准确数据，全世界正在经历一次如同瘟疫般的、严重的经济衰退和生态危机。其原因是……秘鲁排箫乐队。

“他们遍布全球，集中在游客和购物者密集之处演奏秘鲁排箫音乐。在部分区域，平均每平方公里，就有65支秘鲁排箫乐队存在。

“而这一切，将在这个上午被中止……”

话至此处，剧本便正式开始。

此刻的封不觉，已变得和这个剧本的画风一样，成了平面的剪纸风格。

他站在了南方公园附近的一座雪山上，脚下是厚厚的积雪，周围有几簇稀疏的杉木丛。他头顶的阳光很充足，视野也很开阔，从这里就能直接望到山脚下的小镇，而那儿看上去也没什么特别的……

奇怪的是，在这个四周都是雪的地方，他并不感到寒冷，体感上，周围大约是二十度左右，湿度也正好，很舒适的状态。

“这是要死啊……”封不觉冷汗都下来了，从未见他在任何一个剧本中，表现出这种程度的紧张感，“排箫乐队……排箫乐队……”他迅速在大脑中翻找着关于《南方公园》这部动画的记忆，“有了！第十二季的十到十一集，Pandemic.”

大致的剧情，封不觉已想起来了，也几乎就在他想起来的瞬间，系统提示传来：

“主线任务已触发。

“在Jimbo和Ned的攻击中生还。”

“Jimbo和Ned……”封不觉脸都抽了，他立即警觉地开始观望四周，“这俩货该不会正在打猎吧……”

就在他自言自语地道出这句话时，但闻得……远处传来一声高呼："它朝我们冲过来啦！"

吼声刚起，冲锋枪扫射的声音便紧随其后。

封不觉连想都不用想，就知道子弹是打向自己的。他双手抱头，朝着声音的反方向闪去。

事实上，他的反应已经慢了。听到枪响再跑，肯定是跑不过子弹的。

好在封不觉身上有"阿尔忒弥斯的拥抱"和"回音盔甲"这两层防护，因此，他虽是在两秒间身中十余弹，但愣是没掉生存值。

封不觉花了五秒，躲到了一块大岩石的后方，算是暂时进入了对方的射击盲区。可他刚喘上半口气来，就听到了 Jimbo 在远处对 Ned 喊道："Ned！它躲到石头后面去了，快投炸弹！"

Ned 回应时的说话声像个机器人(Ned 因吸烟过度导致喉癌,因战争失去了右手臂，他需要用一个发声器抵住喉咙来说话)，他用那磁性十足的电子嗓子，和永远平直的声调回道："明白——"

封不觉只能再度逃跑，并且边跑边喊："我是人！人类！"

但他的说话声被再度响起的机枪声和随之而来的爆炸声给掩盖了。

"这样下去不是办法。"封不觉很快意识到了形式严峻，自己的生存值本来就只有 90%（因为装备了"殖入式炼金术增幅装置"），纵然有强力装备的防护，但被自动步枪反复连射，想保持毫发无伤是不可能的。何况 Jimbo 和 Ned 的火力可是军火商级别，天知道他们一会儿会拿出什么东西来。

封不觉也不想跟他们多作纠缠，与其试着冲到这两人面前去证明自己是人类，不如就跑吧，跑进镇子里，这俩"打猎"疯子就不会再乱来了……应该……

想到这儿，灵识聚身术便骤然开启，他化作一道疾影，绕开对方的火力，朝着山脚下狂奔而去。

封不觉在这剧本之初，根本还没机会去实验那个召唤技能，就被打得狼狈而逃。

他心里也很清楚，在南方公园的世界，没有一个地方，没有一个人物，是安全的，也没有一个人的智商、逻辑和三观，是可以信任的……

这里看上去很和谐，但对于他这种外来者而言，比地狱更凶险……

封不觉一路猛冲下山，大约跑了一分多钟后，他就听不到身后的枪声了，于是他就解除了"灵识聚身术"，这时其生存值还剩 62%，相对还算安全。

南方公园是一个很典型的美国乡间小镇，这里没有林立的高楼，也没有拥堵的交通和糟糕的空气。

不过，麻雀虽小，五脏俱全，这镇子里的设施还是很齐全的，教堂、市政大楼、邮局、学校、购物中心等等，该有的都有。

而封不觉一进小镇，系统提示便响起了。

“当前任务已完成，主线任务已更新。”

先前那条被勾去的同时，新的任务浮现：“搜索小镇，在‘大灾难’开始前做好准备。”

“呵……还做好准备……”封不觉冷笑一声，说实话，他是真不知道该怎么准备，因为那个“大灾难”的内容，实在令人难以吐槽。

“姑且先去弄点重武器吧……”封不觉想了想，便打定主意，准备去洗劫枪店。

南方公园只有一家枪店，而这家店就是 Jimbo 和 Ned 开的。这两位是共同参加过越战的好友，都是单身汉，共同经营着这家枪店。两人时常会上山打个猎什么的，甚至还做过一个关于狩猎的电视节目……我知道你们现在正在想着：嘿，他们在从军时一定经历过一段捡肥皂的岁月吧……

但应该没这回事儿。

封不觉用十分平常和礼貌的语气，向一名路人问了路，对方也很平常地告知了他枪店的所在。

五分多钟后，封不觉便来到了那家临街的商铺前。

这是一个一层的建筑，外墙是棕色的砖墙结构，屋顶覆盖的范围比外墙略微宽出一圈。建筑的正面没有窗户，正中是一个双扇的玻璃推门，两扇门叶都是金属框架加毛玻璃的设计，每扇上都用白色的油漆写着“Jimbo's Guns”；门正上方有一块黑底黄字的大招牌，招牌上也写着同样的字样。

门的左侧是一块广告牌，也是黑底黄字的样式，在金宝枪店的大字下，写着“可买，可卖，可交易，还可以托运”；而门的右侧，放着一个西部片里常见的木头弹药筒和一个木制的大号马车车轮，估计是装饰品。

封不觉来到店门口时，玻璃门后挂着的牌子显示“CLOSE”，觉哥在试了试门是被锁住的以后，便掏出管钳把玻璃打碎，把手伸进门内侧打开了锁。

他敢这么干的理由很简单，因为他知道……Jimbo 和 Ned 此时都不在店里，如果他不清楚这点，打死他也不敢乱闯。

强行闯入并没有触发任何警报之类的东西，这也是在封不觉意料之中的（其原因你们很快就会明白)。

觉哥推门而入，在枪店内部，正门左右两边的墙壁上，分别挂着一个兔子头和一个兔子尾，血都没洗干净的那种。

在兔子头下，有一块黄色的警示牌，牌子上画着一把黑色的手枪图案，还用红字写着 :“弹药不便宜，所以我们不鸣枪示警。”

在兔子尾巴下，是一块白色警示牌，上面画着一张黄色的圆形笑脸，并用黑字写着 :“枪支请退膛，人请脱滑雪帽。谢谢！”

如果诸位觉得这两块牌子的暗示还不够明显，那么让我们接着看下去……

周围整齐地摆着许多橱柜，里面有各种型号的枪械，以步枪居多，另外还有些在山地打猎常用的滑雪外套出售。封不觉也不客气，随意从墙上取下了一件蓝绿相间的外套给自己套上。

走到柜台前，可以看到齐腰的玻璃柜中，放着三层款式各异的手枪。

柜台后方的架子上，除了一盒盒子弹外，从上到下还放着一排展示用枪械，分别是 G3 自动步枪（无附件）、SPAS-12 霰弹枪（无附件）、M40A3 狙击步枪、M733 COMMANDO 冲锋枪（榴弹附件）以及经典的 Colt M1873 式左轮。

这排枪所处的位置、高度，就在收银机的后面，也就是说……在营业员（即 Jimbo）唾手可得之处，他一转身就能抄起一把来。

而在这排枪旁边，墙壁高处最醒目的地方，还有两块警示牌。

上面一块白色的牌子，用黑色和红色的醒目字体写着 :“闯入者就地射杀，没打死我们还会补射。”

下面一块黑色的牌子，有一把白色手枪的 LOGO，并用白色和红色的字体写着:“我们受宪法第二修正案保护。”

转头向柜台右侧看去，那儿是一面田字形的窗户，窗户边的墙上，钉着一条无头的死蛇，其尸体居然还在流血。另有一个圆盘上，钉着一对被割下的兔子耳朵……

在那对耳朵下面，还有一块警示牌，是橙色的，上面黑红字样写着 :“罪犯们！你们能跑每秒 850 尺吗？要是不能，就最好有个防弹的脑袋了。”

再看柜台左侧，墙上挂着一块美国地图，但地图上面标注的不是地名，而是用绿色的信号笔标出了“全美决不后退（即可以在自己的领地合法枪杀入侵者）”法案所使用的地区。一共有四个州鼓励平民开枪，还有九个州的法律不建议开枪杀人，这九个地方都被红叉给标出来了……

就在地图旁，有一扇侧门，门上挂着块牌子，写着“Ned 专用”，牌子上就贴着两行标语："我们不屑于报警"以及"小心主人"。

封不觉在这家店里偷东西，那是如坐针毡一般，平均每隔五秒他就得观察一眼各个入口，以防那两个霸气侧漏的枪击狂魔回到店里来，二话不说就大开杀戒。

好在这情况并没有发生……

南方公园里的角色虽然在某些时候能做出很逆天的举动，但大部分情况下，他们的战斗力还属于正常人类的范围。因此，Jimbo和Ned不可能在如此短的时间内赶回枪店来。

五分钟后，封不觉已往行囊里装了好几把重武器，并且往各件衣服里都塞了手枪和一堆弹药。随后他就赶紧离开了枪店，以免节外生枝。

由于在上一次结算中，没拿40%的额外经验奖励，看到这个剧本80%的奖励，封不觉就有点动心了。他把那个"放一次召唤技能，然后死了亦无妨"的念头抛诸脑后，开始了对剧本的全力攻略。

此刻的封不觉，根本就没有闲工夫去召唤武藏小金井并研究这个召唤生物的能力之类。因为一旦那场"大灾难"降临，死亡的威胁将无处不在、如影随形。

觉哥就是这样的人，没有困难要上，有了困难更要上。一边抱怨着游戏难度惨无人道，一边乐在其中地进行攻克，这就是他的一贯风格。

他的下一站，就是医院。

获得了充足的武器弹药后，第二种需要获取的物资，肯定就是医疗用品了。就算是不差钱的土豪玩家，也不会放着剧本里现成资源不用的，何况是封不觉呢。

离开Jimbo的枪店前，封不觉在靠近门口的一个货架上随意抽了一本小镇的地图，迅速确认了医院的地址，随即便出发了。

未免造成不必要的麻烦，他没考虑偷车或搭车（南方公园的出租车很少），而是全程步行，反正这镇子不大，走走也就到了。那些大型枪械都藏在行囊里，从外观上看，封不觉也不像是很可疑的样子。

这小镇的街道相对空旷，在街上狂奔太显眼，所以封不觉只是快步行走。走了一段后，他的余光忽然扫到了什么……

这是一家电器商店，临街的橱窗里放着许多台电视，而此刻电视里正在播放着"重大"新闻。

新闻画面中，是一大群荷枪实弹、全副武装的美国军人，从军用直升机和装甲车上涌出，对各地的秘鲁排箫乐队实施武力抓捕。

令人哭笑不得的是，在把"人"给抓走后，那些乐队留在街边的箱子、乐器、CD等等，竟是由一群穿着全套隔离防护服的士兵用金属夹子来回收的。好似这些排箫乐队接触过的物品都有生化病毒一般。

封不觉凑近橱窗去听，还能听到画面中的声音。

“政府解除秘鲁排箫乐队危机的行动已进入第三天，全球各大城市里的排箫乐队皆已被遣散并隔离，但依旧有一些漏网之鱼，国土安全部要求……”

新闻主播说这几句话时，画面上穿插着几组“逮捕”画面，当他说到“要求”这句时，屏幕上还打出了字幕：“如果看到秘鲁排箫乐队，请勿靠近”“记下他们的出没地点，报告当局”“在任何情况下，都千万不要买他们的 CD”“排箫乐队现已被控制住，正在押往位于迈阿密的隔离区”……

看到这儿，封不觉便离开了橱窗，他口中念道：“现在已经是第三天下午了……日落前灾难就会在全球爆发，我得抓紧……”

十分钟后，他沿着小镇的主干道，来到了南方公园唯一的一家医院——地狱通道医院（原文：Hell's Pass Hospital）。

“无论多少次，看到这医院名我就想吐槽……”封不觉在医院大门口仰头道了一句，随后便走了进去。

二

迈阿密，秘鲁排箫乐队收容所。

隔离区被铁丝网围着，每隔一段距离就能看到一块印着国土安全局标志的警示牌被嵌在铁丝网上。

营区内，已搭建了许多蓝色和草绿色的军用帐篷，大量秘鲁排箫乐队的成员站在营区内徘徊。他们基本都是棕色人种，80% 使用西班牙语。衣着都是宽松的纺织外套或是短褂，普遍都戴着帽子，整体造型有点墨西哥装扮的味道，但又不太一样。

一些临时建成的橙色哨塔上，每个都配有一名手持冲锋枪的士兵，随时准备应对突发状况。

许多棕色敞篷的军用卡车在营区内进进出出，一批批被运来的排箫乐队成员从卡车上被押下。

而在这些人当中，混着五个小学四年级的白人男孩儿……

其中四人，便是《南方公园》的四位主角，Stan、Kyle、Kenny 和 Cartman，此处说明一下，Stan、Kyle 和 Kenny 都是名，只有 Cartman 是姓，他的全名叫 Eric

Cartman，但除了他老妈和学校的部分老师外，几乎没人会叫他 Eric，因为他是个极度令人厌恶的家伙，没人愿意亲切地称呼他。

在此简单介绍一下这几位。

首先是 Stan，在南方公园中，他算是比较接近正常人的一名角色（相对而言），有个女友叫 Wendy，分分合合数次，前几季有一见喜欢的女生就呕吐的怪病，现已有所好转；他有个带牙套的暴力姐姐 Shelly，战斗力惊人，愤怒时可以投掷钢琴；而 Stan 的父亲是南方公园下限帝 Randy……顺带一提，Jimbo 是 Stan 的舅舅。

其次是 Kyle，犹太男孩，其显著特征是头戴绿色的雷锋帽，个性善良正直，精通计算机。父亲是一名律师，母亲是个十分喜欢把鸡毛蒜皮的事变得惊天动地的人，对于孩子过分保护。还有一个念幼儿园的弟弟 Ike，是一个被领养的加拿大孩子。

第三人是 Kenny，特点是身穿一套橙色的套头罩帽，只露出脸的中间部分，说话模糊不清。设定上，他家里很穷，而且在前期每集都会死，死法通常都是《死神来了》中那种莫名其妙的惨死。隐藏身份是“神秘侠”，经常担当英雄的角色去拯救世界。但 Kenny 又有着好色的一面，对性的知识明显强于所有同龄人（某一集他竟然死于梅毒）。

最后，就是 Cartman 了，从剪纸画风上来看，他的外形就与他的三名小伙伴不同，因为他很肥胖，但他从来不承认，他总说“我不胖，只是骨架大而已”。

Cartman 是南方公园世界最贱的人，没有之一。他性格恶劣、贪婪、狡猾、有些片面性的无知，并且有着极端的种族歧视思想。他思考问题完全以自我为中心，无法理解“负罪感”为何物。

Cartman 有时极端愚蠢，但有时却像个天才。他消息灵通、见多识广、足智多谋，具备侵略性，并精通多国语言，经常在某些大事件中扮演领导者。

他有许多极度扭曲且带有偏见的观点，比如“每个犹太人的脖子上都挂着一个藏金币的袋子”、“人可以用肛门进食”、“嬉皮士必须死”等等。而在南方公园的世界中，他的观点屡次被证明是真实的……

以上，就是南方公园的四名主要人物。

而此刻和他们一同被抓进收容所的第五个小孩，是四位主角的同班同学 Craig。

Craig 通常是一身蓝衣打扮，说话带有很重的鼻音。他是学校教导处的常客，经常可以看到他坐在教导处门外的走廊上听候发落。他的经典口头禅是“如果我能在 XX（某个大人）的面前说 XX（某句脏话），那我该多高兴啊（So Happy）……”

除了犀利的吐槽能力外，Craig 和他全家还都有着随意竖中指的习惯，这可能也是他经常被留堂的原因之一。

那么……这五位白人小孩，为什么会被带进收容所呢？

理由有二：第一，他们为了卖CD赚钱，故而化装成秘鲁排箫乐队，拿着乐器，在街上演奏《伦敦大桥垮下来》（世界民谣）；第二，剧本中其他角色的智商又一次集体下线了。所以军方的人无法看出那五个白人小孩不是真正的秘鲁人。

“不好意思，长官？”从卡车上走下来的Stan和他的小伙伴们拨开人群，来到了一个哨塔的下方，“长官，你一定误会了，我能跟你谈谈吗？”

Kyle也在旁接道：“长官，我们能和你稍微谈几句吗？”

那岗哨上穿着反恐部队制服的士兵看了他们一眼，并粗暴地回道：“回去！我不买你们的烂CD！”

Stan回道：“不是的，长官，这儿有个天大的误会，我们其实不是秘鲁……”

那士兵高声打断道:“我说了！我今天不会买你们的烂CD的！”他显得很激动,“你们听得懂吗？真受不了！”

这时，一名真正的秘鲁排箫乐队成员走到了孩子们侧前方，用西班牙语对上面的士兵道：“长官，要不要买张CD？”

下一秒，那士兵开枪把他打死了……

五个孩子一脸震惊地看着那具近在咫尺的尸体，嘴巴半张，无言以对。

医院中，封不觉的行动很顺利，他也没去问人，只是看了看医院里的指示牌，便自己找到了储藏室。

在这期间，他毫无节操地从一个植物人的病房里顺走了一个大号的旅行背包，准备用这个来进货。

“嗯……绷带、消毒水、针筒……”他翻了一会儿，就是没找到药品，冰柜里存放的血浆袋对他来说也没什么用。

“还得去趟药房吗……”封不觉念道，他先前也曾路过药房门口，那扇门的对面，就有一名保安坐着看报。而且进入药房的门是特别厚的那种金属门。很显然，对于存放有吗啡的地方，医院还是很重视的。

“破坏那扇门应该不成问题，可走廊里人多眼杂……虽说在这里乱杀人似乎也不算什么，可万一惊动了南方公园警局那帮神经病……”封不觉想到这儿，心生一计。

他准备用一个符合本世界人物智商的陷阱，把人都支走。

潜入药房的计划实施得很成功，而封不觉做的，只是跑到药房门口的走廊，一脸兴奋地大喊："嘿！伙计们，医院门口停了一辆蝙蝠车！"

接着，所有听见这句话的人就兴高采烈地涌出去了。最离谱的是，药房里面的几名工作人员也冲了出来，临走时还不关门……

连封不觉自己都觉得这办法很蛋疼（这个宣称"外面有蝙蝠车"从而把人支走的方法，Cartman 在 S1607 中使用了 N 次，每次都成功），但不得不说，很奏效。

潜入药房搜索了一番后，封不觉感到有些失望，因为这里的药品大部分都是无用的，属于那种无物品说明的东西。

还有很多药品，虽有着不同的包装，但显示出的说明却是相同的。

名称：抗生素（30/30）。

类型：消耗品。

品质：普通。

功能：解除中毒、感染状态。

是否可带出该剧本：是。

备注：常见的消炎药，口服即可。

这些药基本都是瓶装，效果是有针对性地解除异常状态，一看就是不怎么值钱的玩意儿。

而封不觉最想要的吗啡，倒也是可以看见物品说明的，但效果和他预期的很不一样。

名称：吗啡 ×5。

类型：消耗品。

品质：普通。

功能：在一定时间内降低惊吓值的增幅 30%。

是否可带出该剧本：是

备注：在短时间内频繁注射可能引起中毒反应。

对于这种精神科药物，封不觉并不陌生，他住院的那段时间也用过不少疯人院里才用的药物，甚至还用过不少海外的最新型药品，吗啡对他来说不算什么稀罕玩意儿。

可能是游戏对于这种鸦片类药物的敏感性，生怕青少年用多了把持不住，所以才把药给改成了这样。

封不觉还特意去翻找了一下这里有没有维柯丁，结果还真就找到了，可这药干脆连说明都没有，被系统视为不生效的无用品。

封不觉抱着试试看的心态，打开瓶盖儿，像吃薄荷糖一般，一仰脖子就灌下去十几片儿。

“嗯……果然没什么感觉吗……”一边朝药房外面走，他一边念叨着，“也没有找到任何可以回复生存值或体能值的药……看来还是得去弄点儿食物，吃东西多少能回点血。”

搜刮完了想要的东西，封不觉便离开了医院，朝着购物中心去了。反正除了枪械和医疗用品，其它东西基本都可以在那里弄到。

话分两头，再看秘鲁排箫乐队收容所这边。

国土安全局临时搭建的指挥部和隔离区仅隔着一道铁丝网，从这里直接就能望见那些被困的秘鲁人。

此刻，指挥部门前人头攒动，这其中有穿着便服的工作人员，有全副武装的士兵，也有西装革履的官员。

现场的负责人是一名看上去五十多岁的男子。此人是“半头”灰发，前半个脑袋已经秃了，身穿一袭黑色西装，配了条红领带。他不仅是这里的最高指挥官，也是整个搜捕行动的发起者。

“长官，好消息！”两名士兵走到他面前说道，“看来我们成功了，长官。各大城市都传来零秘鲁排箫乐队的报告，他们已被彻底清除了。”

闻得此言，周围的人群爆发出一阵欢呼：“太好啦！成功啦！感谢上帝！”

也不知道这帮人弹冠相庆却是为何……

“好了，各位，稍安勿躁。”那名谢顶长官说道，“我们仍有很多工作要去做。”他一脸严肃地道，“我们还要端掉他们的老窝，以防他们卷土重来……”

旁边一名拿着报表的工作人员道：“可我们不知道他们是从哪儿来的，长官。”他还低头看了一眼手上的表格，“我们查过了，但查不出来。”

谢顶长官此时的表情仿佛在说：卧槽……

他举起双手抱了下头，然后高高扬起道：“动脑子想想，白痴，‘秘鲁’排箫乐队，还能打哪儿来？”

可是，周围人的智商依然没有上线，他们纷纷煞有介事地摸着下巴，作沉思状。

谢顶长官当时就惊了，他吼道：“国家名就在乐队的名字里啊！”

一名穿白衬衫打黑领带的工作人员插嘴道：“不，长官，我们查看了整张世界地图，没有叫 Peruvian 的国家。”（此处是国土安全局的工作人员犯的错误，类似于把

Chinese 当成了 China，以至于无法在地图上找到秘鲁的所在……）

“不是 Peruvian，智障！是 Peru！”谢顶长官走到一张地图前指着图吼道，“就在这里！”

那几名工作人员像是婴儿学语一样重复道：“哦，Peru……”好似他们这辈子是第一次听说这个词儿。

谢顶长官实在不想在这个问题上多做争论，他直接说道：“现在！我们要一举消灭掉秘鲁这个国家！”

周围的人面面相觑，其中一人问道：“真有这个必要吗，长官？”

一名士兵道：“有点极端了吧。”

另一名士兵接道：“是啊……”

谢顶长官声嘶力竭地吼道：“必须把他们消灭干净、斩草除根，否则他们永远不会停止对我们的侵扰！”

这时，一名穿着将军制服的黑人军官跑过来道：“长官，你最好快点儿过来看看，我们抓住了一支企图逃跑的排箫乐队。”

谢顶长官抓着旁边人的领口道：“看到没有！真要命！”

两分钟后，审讯室内……

一张金属长桌前，摆着五张凳子，凳子上坐着五个小学生。

谢顶长官站在桌子对面，手上拿着一张 CD，看着封面念道：“月面小吃。”（这是孩子们为了冒充乐队在街头赚钱，胡乱取名并刻录的 CD）

“你误会了！长官。”Stan 解释道，“我们不是真的秘鲁排箫乐队！”

谢顶长官的智商，这会儿貌似也下线了，他看着这五个孩子，用反讽的语气道：“是啊是啊……你们不过就是在商业中心演奏排箫音乐，以此兜售你们的 CD，而你们并非秘鲁排箫乐队，是吧？”

Stan 一脸无辜地摊开双手：“我们还是孩子，你瞧，我们只是想赚点外快。”

Kyle 也接道：“我们现在只想回家。”

Kenny 则用他模糊不清的话语哀求道：“长官，求你了。”

孩子们随即纷纷道：“我们在科罗拉多土生土长！我们是白种人！”

谢顶长官一脸肃然地对旁边的军官低声道：“我们出去聊两句。”

他们俩和几名工作人员走到审讯室外面，展开了另一番基于零智商的分析。

得出的结论是——屋里这五个人，是秘鲁排箫乐队和人类的混血生物，我们要利用他们去毁灭秘鲁。

……

与此同时，隔离区的铁丝网外，一名士兵对身边的一名工作人员道："汤普森，能过来一下吗？"

那个叫汤普森的是位西语翻译，他走过来后，那名士兵接着说道："那些排箫乐队就是不肯闭嘴，他们反复说着什么，但我听不懂。"

"求你们了！我们不能离开！"就在此刻，一名年迈的秘鲁排箫乐队成员隔着铁丝网，用西班牙语对他们喊道，"我们来这里是为了保护你们的！"

他身旁的人也道："对，我们不能离开！我们得保护你们！"

汤普森闻言，有些将信将疑地翻译道："他们好像是在说……'你们不能遣送我们，我们是守护者'……"

士兵问道："守护……什么？"

铁丝网里的那个秘鲁老人回道："毛茸茸的死神！毛茸茸的死神！"他语气激动地重复了两遍。

士兵没听懂，他还是问翻译汤普森："他说什么呢？"

汤普森的脸色变得有些不好看，他回道："我觉得他在说……毛茸茸的死神（The Furry Death）？"

三

南方公园，购物中心。

太阳落山的速度比想象中还要快，黄昏已然将尽，暮色蔓染天空。

觉哥来到购物中心门前的停车场时，正好看到广场上有一名手持话筒的记者和一个扛着摄影机的摄像师，在他们附近不远处就停着一辆 CNN 的采访车。

那名记者应该是在做即时连线的新闻报道，封不觉想听听他说些什么，便稍稍靠近了几步。

"……如各位所见，这些广场上已清净多了，已经有好几天看不到一支秘鲁排箫乐队了，居民们显然都非常享受这种安静祥和。感谢国土安全局，现在全世界人民都能安心地从'排箫乐队瘟疫'中舒一口……"

呜——

记者的话没有说完，便被一声巨大的怪响打断。

如同怪兽低吟般的声音从两条街外传来，同时还响起了某种巨物踩踏地面的声音。

突然，远处发生了一次爆炸，火光冲天而起。摄像师立即把镜头移过去，恰好拍到了爆炸的火光和烟雾。

逃跑的人群涌来，惨呼声也接二连三地响起："哦，老天！""哦，上帝！""啊……"

摇晃的镜头中，忽见一辆警笛狂鸣的警车从那个方向腾空飞起，在高空划出一道弧线，落在了这边的广场中心，就在那名记者身后五六米处。

那记者吓得连话筒都扔了，跑到摄像机前，一脸惊慌地对镜头喊道："这儿出了一些状况……并不是秘鲁排箫乐队，而是……"他的话中断了，脸上露出惊骇异常的表情，很显然，在镜头之外的地方，他看到了某种东西，"老天爷！那是什么鬼玩意儿！"

在电视台与他进行连线的主播通过耳机对他喊道："保罗！保罗你看到什么！"

"是毛茸茸的，那是毛茸茸的……"保罗喊了两句后，连线中断，画面消失……

且不说保罗和摄像师是否健在，反正觉哥是早在十秒前就跑得没影儿了。

他可没工夫去救人或是维护秩序什么的，他很清楚，怪物不止一只，此刻全世界都在遭受攻击，他一个人根本做不了什么。

而且，在那声低吼响起的刹那，系统提示也已宣告道：

"当前任务已变更，主线任务已更新。存活至'大灾难'结束。"

看到这个任务后，封不觉便毫不犹豫地朝着购物中心里面跑，可他刚一踏进大门，又有提示传入耳中：

"支线任务已触发。将 Stan 的父母和姐姐安全带至购物中心。"

"他喵的我都到购物中心门口了才报支线任务！"封不觉骂道。

这个任务竟然还有十分具体的实时提醒，在觉哥的游戏菜单中，当即浮现了一个类似雷达的界面，标示出了 Stan 家人们的位置，好似系统在诱惑他去完成一般。

假如是普通难度下，这个支线任务就会在封不觉刚进小镇时跳出来，那他大可以在灾难未发生的状况下把 Stan 的家人们弄到购物中心去，无论是欺骗还是挟持都可以。

可在噩梦难度，任务弹出时就已是灾难爆发的混乱局面了，封不觉要么就干脆别去，去了就得冒很大的风险……

大约犹豫了十秒左右，封不觉恶狠狠地道："爷跟你们拼了！"

他一咬牙一跺脚，以双肩背好那个装着医疗用品的旅行背包，并从行囊里取出了一把装着榴弹附挂的 M733 COMMANDO，迈开步子就朝着雷达指示的方位去了。

到了这个时候，持械在街上狂奔也已无妨，到处都是惊慌奔走的人群，警察和军队也都疲于应付那些怪物，根本没人会管他。

封不觉跑了一段，忽然注意到体能值下降得有点儿快，心道：“这身配备还真重，看来我得搞辆车。”

他没考虑像玩 GTA 那样去拦马路上的车子，以目前的状况而言，那些司机猛踩油门把他撞死的可能性更大。所以，封不觉又跑了一条街，在一条小巷里找到了一辆停着的车。

他小跑过去，确认车中无人且车门已锁，便用枪托击碎了侧面的挡风玻璃。

打开车门坐进去后，封不觉用十分娴熟的动作一拳砸开了驾驶座下方的控制板，快速从一堆电线里找到了正负极的两根点火线并开始对碰。

两分钟后，他已倒车出了小巷，换了个挡便踩着油门儿上路了。

这时天色已完全变暗，街上还有许多路灯失灵了，而且到处都有奔逃的人群，异常混乱。

封不觉开启了前车灯，在尽量保证安全的情况下高速行驶着。

开了十分钟后，雷达上的光点已离他越来越近，眼瞅着再转个弯就到了。不料，就在那个转角，他刚打过方向盘，前方便出现了一头巨怪的身影。

封不觉当即猛踏刹车板，但车子还是朝着巨怪的身体滑了过去。

所有的驾驶员，在出事前的刹那，都会因本能而向着自己这一侧打方向盘。

但封不觉不会恐惧，他在这种极限的时刻，依旧保持着冷静，合理而高效地做出反应。

车在惯性的作用下继续前行着，眼瞅着就要撞上巨怪。而封不觉只是淡定地用单手去解安全带，另一手则稳住方向盘，让车保持车头向前的状态。

他解开安全带后，就伸手去够副驾驶座上的背包和步枪。

这些动作全都在两秒内完成，接着，车头便猛地撞上了巨怪那毛茸茸的身体。

封不觉对此早有准备，他调整好姿态，一手紧攥住枪带和背包的带子，另一手挡在身前以作缓冲。

哐啷啷一阵响……封不觉的身体撞碎前挡风玻璃横飞了出去，撞向了巨怪柔软的身体，当前冲的力道被卸掉后，他顺势滚落在了车前的引擎盖儿上。

接着，他迅速翻身，腰部用力，仰卧坐起。整套动作一气呵成，随即再一甩胳膊用左肩套上背包带、右手持枪、脚下一踏……在怪物做出任何举动前，他已跃出了七八米的距离。

至此，觉哥也没敢回头望上一眼，他赶紧前冲，和怪物进一步拉开距离。

封不觉并不是不想用肉眼确认怪物的外形，而是他早就已经知道这些怪物的外形了。在回忆起了秘鲁排箫乐队那两集的内容后，他第一时间记起的就是这些巨怪的样子。

这种巨怪的外观，其实很容易描述，它们就是一群巨大的……天竺鼠。

它们和家养的宠物天竺鼠在外型上没有任何区别，只不过有五层楼高，并具备一定的攻击性，其中有一些还穿着布制的外套，打扮成蜜蜂、兔子之类的……

至于这些巨型萌物是从哪里来的、是否有智能之类的设定，没人知道，反正它们就是这么莫名其妙地冒出来，并在全世界范围内上演“进击的豚鼠”，到处吃人拆房子。

“怎么办……绕过去吗……”封不觉一边奔跑着，一边观察地形和菜单中的雷达，想找到一条合适的路线。

但就在此时，又生异变。但闻空中传来呼啸之声，抬眼望去，只见三架 F-15 划破长空而来，并朝此地发射了数枚导弹。

五分钟前，Stan 家中。

Stan 的母亲 Sharon 正一脸焦急地打着电话：“拜托了，我都不知道该去找谁了，警方一点忙都帮不上，我觉得孩子们这次是真的是陷入了大麻烦。”

电话对面的人也说了一些什么。

Sharon 又回道：“是的……是的……好，麻烦确认以后打给我，谢谢了。”她说完便挂断了。

放下电话后，她的脸上依然满是担忧。Sharon 也算是南方公园里比较正常的一个角色，所以当儿子失踪后，她的反应和大部分家长一样。

但是……这间屋子里还有一个不太正常的人。那就是 Stan 的父亲，南方公园第一下限帝 Randy……

Randy 的形象，通常是一身蓝色衬衫打扮，中分的黑发，嘴上还留着一撮小胡子，比元首略宽的那种。

这货的职业是地质学家，但很少见他正经上班，大部分时候，他都在到处刷下限。

此刻，当妻子为儿子的失踪感到心力交瘁时，Randy 则拿着一台便携式摄影机，在家中拍来拍去。

在《南方公园》这两集的故事里，Randy 因为新买了一台摄影机，所以整天拿着它东拍西拍。拍摄内容极度无聊和重复……包括家人吃饭、洗澡、看电视、上厕所等等，而且他一边拍还一边配以自己的旁白解说。

“Randy！我向上帝发誓，你要再不把那玩意儿放下……”Sharon 愤怒地朝他咆哮着，这几天来她已经受够了丈夫的胡闹。

但 Randy 却以他这几天反复使用的同一句话回应道：“Sharon，总有一天你会因为我录了那么多家庭轶事而高兴的。”

“我没跟你开玩笑，Randy，够了！”Sharon 吼道，“你有什么必要录下每一分每一秒……”

忽然，一声沉闷的咆哮在屋外响起……

Sharon 的话被打断，她的神情变得惊疑不定。

“那是什么鬼东西？”Randy 道。

但他并没有停止拍摄，而是进入了《科洛弗档案》（又名《苜蓿地》，影片拍摄手法另辟蹊径，以剧中人物拿着便携式摄影机的视角展开）的节奏。

“噢，天哪。”Sharon 在感到地震般的脚步声后，有些害怕地说道。

“外面好像出事了……”Randy 说道，“你待在屋里别动。”他说着便手持摄像机朝屋外跑去。

当他跑向门口时，Stan 的暴力姐姐 Shelly 正好从二楼下来，她站在楼梯上道：“发生什么了，爸爸？”

“回你房间去！ Shelly！”Randy 用命令的口吻回道。

接着，Randy 就冲向了屋外。一开门他就看到了尖叫着奔逃的人群，天上还传来直升机旋翼的响声，他抬头望去，竟看到了两架支奴干（Chinook，即电影中常见的那种双旋翼运输直升机）悬停在空中。

Randy 在人群中看到了一张熟面孔，是 Stan 的班主任 MR.Garrison（下限仅次于 Randy 的贱人，外形是秃头、戴眼镜，一身绿衣），Randy 上去拉住他问道：“出什么事了？”

Garrison 惊慌地回道：“它们无处不在！”

“什么？‘它们’是指什么？”Randy 追问道。

“毛茸茸的东西……”Garrison 喊道，“真的……超级毛茸茸的！”他喊完就甩脱了 Randy 的胳膊，顺着人群的方向逃了出去。

“啊——”

一声惨叫吸引了 Randy 的视线，他转过头，只见一个穿着黄色 T 恤和牛仔裤的男人从极远处腾空飞来，啪一声就掉在了自己跟前。

那人的身体摔得严重扭曲变形，几乎在落地的瞬间，那男人就断气了，且口鼻流血、死不瞑目。

“这‘哔——’是谁干的！”Randy 惊叫着骂道。

呜——

又是一声低吟。

Randy 抬眼看去，在那奔逃的人群后方，他看到了……一只巨大的天竺鼠。

“这是什么东西……”Randy 惊道。

“马什(Marsh)先生，你得快点儿离开！这里不安全！”有人抓住了 Randy 的肩膀，冲他喊道。

说话的这位是小镇的片儿警 Barbrady（戴墨镜、微胖，某季中被查出是文盲而遭停职，不知为何后来又复职了），他也算尽责，还知道提醒别人快点儿撤。

Randy 闻言，赶紧往街的另一头跑，却看到从转角处飞出了一辆车来。车子在地上连续翻滚数周，并起火爆炸。紧随其后出现的，就是另一只大号儿天竺鼠。

“噢！上帝！上帝！”Randy 看到前方的巨怪，却没有立即逃跑，而是停下来，用便携式摄影机对着自己的脸，喘息着道，“哈啊……哈啊……我……我……哈啊……惊呆了！”

就在这货犯二的时候，忽地……一辆疾驰中的汽车从那天竺鼠的侧后方蹿出，猛地撞在了这怪物的身上。

撞击发生后，从车的驾驶座上飞出了一个身穿深蓝色滑雪外套的男人。纵是在如此剧烈的车祸中，他还是不忘死死抓住一个背包和一把冲锋枪。

而且仅在五秒后，这人便用极为敏捷的动作从巨怪的身边逃开了。

恰在此时，空中飞过了三架 F-15，数枚拖着白色烟轨的导弹呼啸而至。

这些导弹尽数击中了那只天竺鼠，但爆炸的气浪波及了数十米的范围。Randy 离得较远，只是被掀翻在地。但封不觉就没这么好运气了，他整个人都被炸飞了出去，在空中划出一道抛物线，摔在了路边一辆已经报废的汽车上。

这辆车估计也是被巨怪抛飞或踩踏过的，车壳早已变形。封不觉摔落时，腰部被一截不知从哪儿冒出来的金属边缘割伤了，整整一指长的伤口正在飙着血。

像这种整个人摔上去的情况，防具也起不了作用，还是他从枪店里偷来的外套，多少算是缓解了一点儿伤害。

“娘希匹……”封不觉一边骂着脏话，一边从车子里爬了出来。

他的脸也被碎玻璃给划伤，左边脸颊横着拉开了一道血口，不过这个伤算是浅的，没有造成太多生存值损失，也不产生持续流血伤害。

呜——

导弹爆炸所掀起的烟尘还未完全散去，巨型天竺鼠的叫声已再度响起。

根据封不觉的记忆，这些怪物是非常强大的，常规作战兵器基本没用，坦克开过去也得被掀了。什么子弹、炮弹、导弹……全都伤害不了它们，只能起到点儿压制作用。

而作为一个血肉之躯的人，靠近这些天竺鼠几乎和找死无异。在体型差距如此之大的情况下，人类凑过去，无论是被抓抓咬咬踩踩挠挠，都必死无疑……

“转个弯就到了……岂能在这里被拦住。”封不觉恶狠狠地念道，他用双肩背好了背包，一手抵住伤口，一手持枪，“灵识聚身术”瞬开之时，其脚下猛然一踏。

下一秒，响起了一阵混凝土被撕裂的声音，封不觉脚底的路面绽开了半径五米的蛛网状裂痕。而这张网中间的人，已如子弹出膛般倏然而起，跃上了天空。

凭借着一个空中直体三百六的动作，封不觉成功翻上了一栋四层楼高的建筑天台。

既然街上走不通，他就来个飞檐走壁，直接穿过去。

没想到，觉哥刚刚斜着穿过这个天台，一眼就望见了侧前方那条街上的Randy，这个二货在巨怪逐步逼近时，仍然站在原地玩儿他的第一人称自拍短剧。

“这货……”封不觉自然是认得Randy的，雷达上的光标也显示这是他的支线任务目标之一。

所以没办法，只能去救……

“快点跑！你这个‘哔——’”封不觉朝街上纵身一跃，在半空中便用M733 COMMANDO朝那天竺鼠射去两发榴弹。

榴弹击中怪物但尚未爆开的那个瞬间，封不觉刚好落地，他连缓冲动作都顾不上做，硬吃了这次下坠的冲击，保持站姿，并立即朝前蹿出。

满脸惊骇的Randy只见得一条人影如超级英雄般从天而降，并向自己扑来。

此人浑身浴血、神情凶恶，且不回头看爆炸场面，看来这是个纯爷们儿……

“啊——”封不觉莫名其妙地咆哮起来，这一声吼叫里，包含了太多复杂的情绪，当然了，主要是愤怒和不爽。

单臂一攫，觉哥就把Randy给托了起来，他连伤口都不管了，咬着牙，单肩扛起一个中年男人，飞也似的朝前奔去，并且大声问道：“你家在哪儿？”

“什……什么？”Randy惊魂未定，木讷地问道。

“你家！在哪儿！”封不觉一词一顿地重复道。

“在……就在那边……”Randy指了指几十米外的一间民宅，两秒后，他又拿起摄影机对着自己，“哦……上帝，有个超级英雄来救我了。”他略微抬起头，对封不觉道，“嘿，伙计，你的英雄名是什么？”

“‘哔——’”这就是封不觉的回应。

而 Randy 居然信以为真，他又看着镜头道：“他叫‘哔——’，噢！真正的超级英雄，这多酷啊！”

要不是任务需要，封不觉早就把这货给毙了，但这会儿他还是得忍着。

半分钟不到，封不觉就冲到了 Stan 他们家门口，屋子的门并没有关，所以封不觉一甩手就把 Randy 扔了进去，他自己也紧随其后进屋。

带上门的同时，觉哥便瘫坐在了地上。

几分钟内，这一系列的举动，已使他的生存值大幅减少，此刻到了 13% 的危险值。

封不觉一进屋，就从背包里拿出消毒水、绷带，还有缝合用的针和线，准备处理腰上的伤口。

作为一个很有效率的人，他嘴上也没闲着，正好利用这段时间和眼前的三名 NPC 交流一下：“别害怕，我是来帮助你们的。”

Sharon 和 Shelly 都显出害怕和无措，只有 Randy 一脸专注地拿着摄影机，对准封不觉，并且解说着：“看，超级英雄在我家客厅里缝合他的伤口。”

封不觉虽然很想把 Randy 揍一顿，但还是忍住了，因为他知道，Randy 手上的摄影机里，根本没装带子……而觉哥也不准备去提醒他，就让这货拍着吧。

四

与此同时，中美洲，哥斯达黎加领空。

夜空中，一架机身印着美国国旗和国防部标志的 C130 运输机正在朝南飞行。

五名小学生在机舱内呈一字坐开，没有人说话，气氛显得颇为诡异。

忽然，通往驾驶舱的门被打开，副驾驶员走进来对孩子们道：“好了，我们距离秘鲁还有 800 公里，着陆后会有一辆卡车带你们入境，到时候他们会给你们简短的任务说明。”说完，他便退回了驾驶舱中，关上了舱门。

几秒后，Craig 面无表情地开口道：“当你们想出那天才般的主意——冒充秘鲁排箫乐队赚钱时，是否有过那么一个短暂的瞬间，你们中的哪位会说上一句‘嘿，知道吗，这个计划可能会出岔子’。”他停了两秒，随后自己接道，“不，你们不会这么想，因为你们都是混蛋，而且永远不会吸取教训，所以全校的同学都鄙视你们。”

Kyle回道:“不对！学校里的孩子都很喜欢我们。”他看着Stan道,“是这样的吧？”

Stan肯定地接道:“那当然，学校的孩子都爱死我们了。”他转头对Craig道，“只不过由于我们现在处境不妙，Craig就跩起来了。”

Craig依旧一脸淡定地吐槽道：“我跩……你们拿走我生日红包的钱（孩子们组建秘鲁排箫乐队的钱是从Craig那里弄来的)，害我被逮捕，还被发配到迈阿密。如今我们几个不把秘鲁这个国家连锅端了就回不了家……所以，是我跩？”

Cartman指了指Craig，对其他小伙伴们道：“我对这小子简直无话可说。”

Craig无视他，接道：“你们知道为什么学校里没人喜欢和你们四个一起玩吗？”他习惯性地停顿，“因为你们总是在做这种事……你们总是想出一些馊主意，结果往往是事与愿违，然后你们就被遣送出国，或是丢出外太空什么的。”他总结般说道,“这就是为什么……没人愿意和你们一起玩。”

Cartman若无其事地回道：“你太悲观了，Craig，船到桥头自然直。”

同一时间，美国国土安全局，会议大厅。

这时的会议厅里空荡荡的，只有一个人，默默地站在最前方的讲台旁，就是那名谢顶长官，而他，也是国土安全部的部长。

他的正前方，是一张世界地图。此刻他正背着双手，看着那张图，嘴角还挂着一丝得意的笑容。

“长官，我们遇上了更大的麻烦。”那名穿着将军制服的黑人军官拿着一份文件从门口走了进来，语气焦急地说道。

“哦？”国安部长的语气却显得很轻松，“还能有什么问题？”

“世界各地都发来了重大灾难的报告，造成巨大伤亡和损失的元凶似乎是……”黑人军官犹豫了一下。

国安部长没等他把话说完，便转过身来，冷笑着道：“天竺鼠？”

黑人军官闻言一愣：“呃……是的，长官。你怎么知道的？”

“你距离真相是如此之近，戴维斯。”国安部长笑道，“呵呵……差点儿就看出来了。”

“呃？长官？”戴维斯确实不明白，长官这是什么意思。

“我还以为你在迈阿密就知道真相了呢……但你就是没能看破个中端倪。”国安部长又说道。

“你……你早就知道这些会发生？”戴维斯结结巴巴地应道。

“哦，这只是个开始，戴维斯。”国安部长举起一手，伸出一根手指挥舞着道，“而我……是绝不会让你坏事的。”

话音未落，国安部长忽地张开嘴，舌头如标枪一般射出，一秒间便伸至四五米的长度，其舌尖钻入了戴维斯的眼窝，穿过其眼珠，进入了大脑中。

戴维斯根本来不及做出任何反应，全身战栗地坚持了几秒后，其大脑便被彻底捣碎，身体随即便无力地倒在了地上，变成了一具僵硬的死尸。

国安部长把舌头收回，十分平静地对眼前的尸体说道：“对不住了，我的朋友。我殚精竭虑、千辛万苦，才等到了这一天。”他顿了一下，“排箫乐队正走向灭亡，我们天竺鼠的时代已经来临。”他俯身拿起了戴维斯手上的档案夹，“而唯一能够阻止这一切的人，已被送往了一个无名之地……”

此时，那份档案的第一页，是一张照片，而照片上的人，竟然是Craig……

Loading……

CHAPTER 2

南方公园·破除阴谋

一

南方公园，Stan 家中。

处理伤口花去了封不觉相当长的时间，一是由于他腰间被割开的口子比想象中大许多，二是因为服装无法脱下（剧本中获得的滑雪外套可以，但紫色的长西装不行），因此他只能隔着衣服的破口进行缝合，影响了效率。

当然，还有最关键的一点，他对这类缝缝补补的作业十分不擅长……

此时 Sharon 和 Shelly 已冷静下来一些，而 Randy 依旧在玩儿摄影机……

“好的，现在我重新打开了摄影机。”Randy 在开启那玩意儿的同时，对准了自己的脸，并开始了解说，“OK，我是兰迪·马什（Randy Marsh），我正在拍摄一些事情……一群巨型怪物正在袭击我们的小镇，目前窗外处于一片混乱中。”他说着，把摄影机转了过去，对准临街的窗户。

隔着窗户便可看见，街上到处是支离破碎的死尸、翻倒的汽车；许多地下煤气管道都爆炸了，引起的火灾也无人去管。而那些活人，不是在尖叫着奔逃，就是倒在血泊中，等着自己的血流干。

“我差点儿没能活着回到屋子里，还好这位超级英雄‘哔——’救了我。”Randy 拍了觉哥几秒，又把镜头转向了自己的脸，“Sharon 和我在一起，还有 Shelly……”他一边说，一边用摄影机去拍他的老婆孩子，并且在这种危急时刻，保持着自己毫无下限的风格，说了一句，“Shelly，快对着镜头挥挥手。”

“Randy，你能把那该死的摄影机放下吗？”Sharon 对丈夫厉声道，“我们得想想办法！”

Randy 理直气壮、臭不要脸地回道：“我不知道该怎么办，我惊呆了！”

“你把摄影机放下，去帮助一下那位受伤的先生怎么样？”Sharon 提出了还算靠谱的建议。

“别担心，马什夫人，我一个人能处理。”封不觉赶紧回道，他可不想让南方公园里的角色对自己实施任何形式的医疗措施。

在这个世界里，别说是 Randy 这个货了，哪怕是正经的医务人员，基本也没救活过人，把人活活弄死的情况倒不少。在封不觉的记忆中，有一次Kenny被火烧伤，送进医院，医生把他开膛破肚以后，拿走了心脏，换了个烤土豆进去；还有一次Cartman去割扁桃体，手术做完以后却染上了艾滋病……

类似的例子不胜枚举，以Kenny为首的众多角色，都曾因各种疾病在地狱之路医院里死掉过。

总之，让南方公园的人来救治自己，比求他们杀掉自己还危险。

“不如打开电视看看新闻吧，我这里马上就好。”封不觉赶紧转移了话题。

Sharon觉得有道理，便快步上前，打开了客厅里的电视。

Randy的镜头也随之对准了电视屏幕。

或许是运气好，在如此严重的灾难中，电视信号依旧没有中断，电视台也没有停止运作。

电源一通，关于大灾难的直播画面便出现了。

“这是来自纽约的现场报道，这里同样在遭受巨型天竺鼠的袭击。”画面中的旁白说道，“据报道，天竺鼠入侵危机正在席卷全球各大城市……”

Randy惊道：“天哪？全世界都有这些怪物？”

这段新闻的直播镜头有些摇晃，拍摄者似乎是乘坐在直升机上的。这高空拍摄的画面显示，大城市遭到的破坏更加严重，天竺鼠群在大街上穿行，四处可见爆炸的火光和倒塌的建筑物；一些士兵正结成包围网，用冲锋枪对这些怪物宣泄着强大的火力，但怪物们却是若无其事状……

“瞧那些怪物……”Sharon指着新闻画面中的巨型天竺鼠道，“Randy，我们该怎么办？”

Randy还未说话，又生惊变，只听得砰一声巨响……封不觉对面的那堵墙被撞开了，一只天竺鼠的大脑袋探了进来，这萌物的一张脸就有两个人那么高，鼻子里还发出那种“呜呜”的低吟。

也恰在此时，封不觉完成了伤口的处理，把血给止住了。

“噢，天哪！天哪！”Randy大叫起来。

“这边走。”封不觉已然站起身，把自己背后的门给打开，并稍稍侧身，给Stan这一家人让出了路，“快跑！”

夫妻俩也不和他客气，带着女儿就往外奔去。

封不觉手中的M733 COMMANDO早已吐出火舌，打击点都集中在那天竺鼠的眼睛附近。

可这巨怪俨然是浑身上下无死角的刀枪不入，几乎没有受到什么阻滞，继续逼近着。

“嘁……真的是一点儿都不怕常规武器呢……”封不觉不爽地啐了一口唾沫，他也明白，必须得用一些“不属于这个剧本”的手段来解决眼前的危局了。

说时迟那时快，觉哥甩手扔掉了枪，一个箭步上前，使出了上一个剧本入手的杀招“南斗飞龙拳”。

格斗专精 C 级时，格斗系技能的发动成功率便已是 75% 了，再加上“炼冰术士的执著”那所有主动技能加 10% 额外成功率的加成，技能自然是顺利发动。

随着 800 点体能值被耗去，封不觉周身骤然绽出了一团亮紫色的斗气，其双拳化作重重虚影向前击去。

那天竺鼠嘴巴下面的区域，瞬时浮现出了一个个拳气拓出的小坑。

这招南斗飞龙拳的出手，看着和家喻户晓的北斗百裂拳非常相似，其实二者相差甚远。北斗神拳的特点是点穴致爆，而南斗圣拳的招式皆以切割和穿刺为主。前者是由内向外破坏，而后者则是由外向内。

所以，看似类似的招式，实则有着截然不同的原理。南斗飞龙拳破坏一个目标（人形大小）的过程，共分三个步骤：第一步，是打乱对方的呼吸，打散护体之气；第二步，是让暗藏于拳锋中的切割之力逐渐累加于对方身体；而第三步，便是使出一发疾如闪电的穿刺之指，作为终结的一击。

这一招打完之际，目标身体表面即会浮现出许多红色的裂纹，这些都是被那最后一指所贯通起来的切割伤。而数秒后，当招式的威力完全展现出来时，中招者纵有钢铁之躯，亦将被撕碎成血水。

但是……封不觉眼前的目标，体型实在太大了……

他的攻击确实生效，把那天竺鼠的一块毛皮和底下的肉给打成了血水，但这种程度的伤害远不足以致命。拿我们人类来举例，这伤大概等同于被剃须刀生生割掉了一块下巴肉。

不过那巨型天竺鼠也明显吃痛，低吟一声便向后退出了几步。

能达到这样的效果，封不觉也就知足了，他赶紧趁着怪物被逼退的间隙奔回门口，将医疗用品胡乱地塞回背包，并用双肩将其背上。随后他便抄起枪来，撒腿朝外跑去。

国土安全局本部，国安部长的办公室中。

此刻，那位本质上是怪物的国安部长，正若无其事地坐在一张办公桌后，听取一众工作人员和士兵的报告。先前他杀死戴维斯的事情，显然还没有暴露。

“貌似有越来越多的天竺鼠，正从各个方向涌来。”一名西装革履的国土安全局工作人员指着国安部长桌上的地图道，“我们查了维基百科（南方公园惯用的讽刺手法之一，政府的各个机构都只会在网上查资料），发现天竺鼠是一种来自安第斯山脉的生物，那山脉就是这里……”

国安部长双手十指交叉，手肘放在桌上，摆出一副碇司令（《新世纪福音战士》里的角色）的姿态回道：“排箫乐队的事情……处理得如何了？已经把他们押往关塔那摩湾（位于古巴南部，以作为美军的拘留营而著名）了吗？”

办公室内的其他人都面面相觑，其中一人回道：“长官，我们眼下有比那些街头表演者更大的麻烦……”

“你们到底有没有……”国安部长粗暴地打断了对方，并且拍着桌子吼道，“……把他们押到船上？”

“没有，长官。”那人回道，“我们把所有处理排箫乐队的人员都调去处理天竺鼠危机了。”

“我已经给过你们命令了！”国安部长双手握拳，捶桌而起，“那些秘鲁排箫乐队昨晚就该被押上前往关塔那摩的船了！”他用大拇指指着自己吼道，“这里是我说了算！我要你们马上就把排箫乐队押上船送走！”

短暂的沉默后，一名士兵用很平常的语气回道：“遵命，长官。”然后，他的声音逐渐变小，“但你也不用对人家大喊大叫嘛。”说完，他像是被欺负哭的孩子一样抽泣着转身离去了……

正当国土安全局那帮智障和玻璃心被 BOSS 玩儿得团团转时，孩子们乘坐的飞机，已经降落在了秘鲁某处、一片与丛林相邻的空地上。

除了那五名小学生外，飞机上仅有两名机组人员：一名小胡子飞行员和一名高个儿的副驾驶。

此时，这两位正蹲在一台形似大型无线电的通讯设备前。小胡子拿着对讲机，不断地呼叫着，可是完全得不到回应。

他们着陆后已过了半个多小时，可按预定计划来接应的卡车，却迟迟未到……

“卫星无法连接，无线电也没回应。”小胡子似乎是放弃了，他放下对讲机，对身旁的高个子道。

四名主角正站在他们旁边不远处，听到这话后，Stan 走过来道：“好吧……让我理一下状况……”他略微顿了一秒，说道，“国安部长命令你们，把我们五个小孩子带到秘鲁，在安第斯山脉上着陆，然后再派其他的政府人员来接应我们。接着，他们会告诉我们，如何跑到秘鲁首都利马，并打倒秘鲁政府。”

等了数秒后，小胡子回道：“没错，就是这样。”

Kyle看着这个智商无下限的成年人：“你们觉得这种计划没问题吗？”

“不，完全没道理。”小胡子立即回道。

高个儿也接道：“说实话，整个围剿秘鲁排箫乐队的行动……都让我们摸不着头脑。”他说这话的时候，两只手还各伸出一根食指相互绕着圈圈，语气好似是个小孩正在承认错误似的。

Stan摊开手道：“既然你们也觉得他们做的事全都莫名其妙，那现在能送我们回家了吗？”

小胡子解释道：“呃……你没明白，孩子。我们的原计划是，着陆后在这里等待接应的人给飞机加油，随后再返航……不加油我们哪儿也去不了。”

“噢，真是超赞。”坐在远处闷闷不乐的Craig适时来了句吐槽。

“所以我们只能另寻出路离开这里了？”Kyle试探着问道。

小胡子耸耸肩：“看来只有这办法了。”

十分钟后，两名连武器都没带的国土安全局飞行员，带着五个孩子走进了一片密林中。

走在最后面的Craig继续一脸淡定地吐着槽：“这情况很有趣，我们就这么走进了阴森的林子里，真是越来越好玩了。”

Cartman回头道：“知道吗，Craig，你这态度真讨厌。”

Kenny也接道：“就是。”

Cartman又道：“没人愿意跟一个成天抱怨的家伙一起玩。”

“嘿……你们看前面！”高个子忽然望见了什么，高声喊道。

众人朝前望去，前方的地上，有诸多高耸的土堆，那些土堆整体呈圆形，直径至少有六七米，土堆中间貌似是空心的。而这些土堆，就仿佛……是某种巨型生物从地底爬出来时留下的痕迹。

封不觉冲出屋子，从雷达上的光标来看，那三人并未跑到太远的地方，于是他赶紧拍马追去。

刚跑出几步，只听得身后一声低吟，先前那只被南斗飞龙拳打伤的巨怪碾踏并穿过了整栋屋子，追到了街上。

封不觉回望一眼，却见那只天竺鼠嘴巴下方血痕斑斑的伤口竟已开始愈合，而且速率非常快，快到肉眼可见。

“岂有此理……居然还能自愈。”封不觉心里琢磨着，估计也只有使出“斗魔降临”，才有可能完全击杀一只这样的天竺鼠了。

但是……就算杀掉一只又能如何呢，这些“毛茸茸的死神”成千上万、无处不在，别说一只，杀一百只也改变不了大局。也许正因如此，系统才会给出“生存下去”这种任务。

“我可不是南方公园的主要角色，遇到这种怪一不留神就会挂的……”封不觉一边朝前奔跑，一边念叨着，“话说……在这种大事件中，超级好朋友（Super Best Friend，南方公园中类似正义联盟的组织，成员为耶稣、佛祖、穆罕穆德、克利须那、约瑟夫·史密斯、老子和水行侠）都去哪儿了？玩儿失踪啊！”

呜——

又是一声怪响，一只白色的巨型天竺鼠推倒了临街的一栋民宅，拦在了封不觉的去路上。

“啊——啊！我的胳膊！”

在这只巨怪的嘴里，还叼着一个路人，这人的整条左臂都已在天竺鼠口中，鲜血染红了他的半边身体，但他的胳膊仍未完全断离，这使他整个人都被咬了起来。

看着这位双脚离地乱蹬、口中惨呼不断的路人，封不觉二话不说，非常好心地端起冲锋枪，朝着天竺鼠的脸上一阵扫射，把这人给毙了……

开火的同时，封不觉横向移动，绕着天竺鼠转了半圈，利用街道的宽度和自己的速度，成功闪过身去，蹿向了这只怪物的后方。

到了这个位置，他已能看到远处正在奔跑的一家三口了。

Sharon 牵着女儿的手跑在前面，Randy 则拿着便携式摄影机紧随其后，他在逃命时丝毫不耽搁拍摄，口中还在解说着：“OK，我们正在逃跑，哈啊……哈啊……看，前面是我的妻子和女儿，她们也正在逃跑。嘿，Shelly！朝镜头挥挥手。”

Shelly 边跑边回头对老爸骂了一句脏话……

嘭！伴随着爆炸声，又有一只棕黄色的天竺鼠冲到了街上，向着 Randy 他们三人爬去。

这三位也是慌不择路，惊慌之下，一块儿逃进了路边的一辆巴士里。

这巴士显然已被弃置，车门也是开着的。

封不觉见他们跑进去后，当即心道不妙，骂了一句：“这智商和恐怖片里阵亡的废物如出一辙啊，跑进车里等着被瓮中捉鳖是吧！”

到了这个份儿上，封不觉也不可能抛下他们自己走了。都已经付出了这么大代价，现在再放弃任务，独自逃回购物中心去，他肯定不甘心。

“老子今天非完成这个支线任务不可，死了拉倒！”封不觉咆哮着，冲向了那辆巴士。

可他没想到，自己刚迈开步子，又有一只灰色的天竺鼠从岔路上爬了出来，并和它那只棕黄色的同伴一起爬向了巴士。

这两只巨怪如同围着鱼罐头的猫一样，扒在巴士旁边，又顶又挠，车子很快便被压得变形，车窗玻璃也近乎全碎。

就在这一刻，封不觉的眼前，出现了匪夷所思的一幕。

Randy，从巴士里跑了出来……

他跑啊跑，跑到了离巴士五六米远的地方，然后用摄影机对准了巴士上的两只怪物，口中解说道："这是我在巴士外部拍到的画面，欧耶！"说罢，他竟然又快步跑回了巴士里……

二

当 Randy 跑回巴士中时，他老婆开口就骂道："你'哔——'的以为自己在做什么？"

Randy 喘息着，一脸认真地回道："我拍到了一个好镜头，老婆。"

话音未落，整辆巴士都剧烈摇晃起来，看来是扒在车上的两只巨型天竺鼠已失去了耐心。

嗒嗒嗒——

冲锋枪的开火声响起，封不觉这回拿出了自己的那把"Moxxi 小姐的坏脾气"进行射击。

在第一梭子弹打完前，这把枪的火属性被触发了，点燃了那只棕黄色的天竺鼠。这巨怪立即从巴士顶上爬下，在街上打起了滚，试图扑灭背上的火。

"果然如此……来自这个世界以外的东西，就能对天竺鼠起到一定的作用了。"封不觉念叨着，便祭出了死亡扑克。他将光牌在手中一展，一把五张的同花顺就飞了出去。

这灵能武器本就是可以自动追踪目标的，何况如今的封不觉身负魂意，因此他可以很精确地控制光牌的打击点。

于是，随着呲呲的撕裂声，死亡扑克扎进了另一只天竺鼠的眼睛里。那怪物中招后痛苦地跑向一边，远离了巴士。

封不觉见这法子奏效，心中也为之一振，至少目前他掌握了一种无需太大消耗就能逼退这些巨怪的方法。

"都没受伤吧？"封不觉冲上巴士，看着这一家三口问道，他也不等对方回答，立即接了一句，“快点儿离开这儿，跟我走。”

三人也没多废话，见巨怪暂时停止了攻击，便赶紧跟着觉哥下了巴士。

在封不觉的带领下，四人就向购物中心的方向跑去了。

“我们这是去哪儿？”Randy 跟在后面，还不忘继续用便携式摄影机拍摄加解说着。

“购物中心。”封不觉回道。

“为什么去那儿？”Randy 又问道。

“因为那儿的墙壁很厚，而且里面有足够的物资来保证避难者能活下去。”封不觉回道，他自然不可能回答……因为我接到的任务要求我把你们带到那儿去。

“哦，对！在那儿我们应该还能遇到别的避难者，或许会有人知道这是怎么回事。”Randy 接道。

封不觉没有回应这话，因为他很清楚这是怎么回事。这场大灾难至少还要持续一整夜，而终结灾难的人，会在破晓之时击败这些怪物的首领，即那个国安部长。

只要等到明天上午，那个化身成人形的怪物就将被揭穿，届时被羁押的秘鲁排箫乐队都会被释放出来，危机便随之解除。

也就是说，这个单人噩梦剧本的时间，至少还有十个小时……

同一时刻，秘鲁的丛林中。

小胡子和高个儿正拿着一张地图头前带路，五个孩子则跟在他们的后面走着。

“我搞不懂，雷姆斯基，地图上根本没有关于此地的任何标注。”走在最前面的高个儿看着地图说道。原来小胡子飞行员的名字叫雷姆斯基。

“整个峡谷都很奇怪。”雷姆斯基回道，他的神情显得很不安，“你看……这里的水果都好大……”

也难怪他会有些发懵，此时他们身处的这个地方，只有树的尺寸是正常的，其他东西都大得惊人。

潮湿的草地上，有着和人一样高的巨型苹果；高处的树藤上，挂着水缸那么大的桃子；隐约还能望见远处的林子里有足球场那么大的蜘蛛网，斜着布在半空中……

“快瞧这个。”高个儿喊道。

拨开前方的林木，竟出现了一堵巨壁。

“这看上去像是某种巨型的……蜂巢？”高个儿道。

“我的上帝……”雷姆斯基惊叹着。

走到近前，可以看到这蜂巢无比壮观，其高度如悬崖峭壁一般，人站在这蜂巢壁下，抬头都望不到天空。

“我说，伙计们，这儿到底是什么地方？”跟在他们后面的Stan问道。

雷姆斯基和高个儿副驾驶显然已被眼前的景象惊呆了，前者两眼发直、半张着口，木讷地回道:“这儿似乎……是一片未知之境，某个被时间遗忘的角落……你们瞧，这里的每样东西都大得惊人。”

Craig面无表情地开始了吐槽：“真是太刺激了……”他停了一秒再道，“我跟着你们走，你们却把我领到了一个巨型的迷失世界。”

Stan不爽地回道：“Craig，这不是我们的错！别总说得像我们都是故意的一样，我们又没得选择。”

Kyle附和道：“是啊，事情就这么发生了。”

“事情就这么发生了？”Craig用平直的语调重复了一遍。

“对啊！”Kyle皱着眉回道。

“而这事情就是……你们被政府派来突袭利马，结果到了一个失落之境。”Craig又道。

“没错。”Cartman也道。

“你们知道大多数孩子会碰上什么事情吗？”Craig用举例的方式吐槽道，“从自行车上摔下来，和父母吵架，还有被别人骗走生日红包……”

雷姆斯基打断了孩子们的对话：“不管我们在哪儿，我建议咱们还是快点儿继续前进吧，我总觉得这里有点儿……”

忽然，Kenny跑上前，抬手指着两名飞行员的身后，并用他那谁也听不清的模糊声音喊道：“嘿！小心！”

他的提醒有些晚了，就在这一瞬，只见两大坨黏稠的黄色物质从天而降，浇灌在了雷姆斯基和高个儿的身上。接着，从蜂巢壁中探出的巨大触角，就将这二人迅速分尸并拖入了蜂巢中。

看着那些被衔断的残肢落地，孩子们惨叫着向后方的林子里跑去……

五人在惊慌中奔逃，也不知跑了多久，直到累了才停下脚步。等喘息了一阵后，他们谁也找不到来时的路了。

但坐以待毙肯定不是办法，再说小孩的精力也很充沛，不需要过久的休息。因此，他们很快便重新踏上了探索之旅。

周围的林子比先前更加黑暗和稠密，月光已不足以让他们看清前路。不过这帮孩子倒是挺能干的，他们合力做了一个火把，由Stan举着，带领众人前行。

实话实说……他们也不知道自己这是在往哪儿走。

“我想我们往山里越走越深了。”在行了大约半小时后，Kyle 东张西望着说道。

“也许我们该试试那个方向。”Cartman 随意指了个方位建议道。

Kenny 貌似有些生气和沮丧，他用含混不清的声音道：“我想我们死定了。”

这时，Kyle 突然望到了什么，他指着众人的右侧喊道：“嘿！看那边！”

其他人闻声转头，只见……在数十米外、一片杂草丛生的湿地旁，有一块很大的阴影。再凑近些观瞧，那竟然是一处由石块所造的建筑物。

这建筑看上去像是某种遗迹的入口，由大块的石头拼成，也就三米多高，整体呈梯形。其正面有一扇门，入口的两侧，还各立着一尊石制的图腾神像，意义不明。

“那是什么？”Cartman 问道。

“不知道，看上去挺古老的。”Kyle 回道。

Stan 随即接道：“我们去里面看看吧。”

这句话无疑又触发了 Craig 的吐槽，他冷冷道：“去里面看看……”他顿了一下，“这就是为什么……你们会落到这种地步。因为你们这帮人见到一栋阴森古老的废墟时，会若无其事地说‘去里面看看吧’。”

“这可能是条出路呢，Craig！”Stan 高声道。

Cartman 也道：“就是就是，牢骚鬼。”

几分钟后，五人已举着火把鱼贯而入。

这遗迹内部保存得十分完好，雕像和壁画都没有遭到过破坏，这里面的地面亦是由石块铺设的，石块上雕刻着奇特的花纹。

“哇哦，我敢打赌，好几个世纪都没人发现过这里。”Kyle 看着周围惊叹道。

“是啊，妥妥的。”Kenny 说道。

“嘿，伙计们，快来看这个。”手持火把的 Stan 站在壁画前喊道，他应该是发现了什么。

小伙伴们相继围拢过去，站在了一面墙下。

“这些是古代壁画吧。”Stan 看着那面墙道。

“瞧！那是排箫乐队！”Kyle 指着墙上的第一幅图道。

那块图案，画的是四个手持乐器的人正在演奏的样子。

“我知道，看那儿！”Stan 说着，指向了旁边的第二幅图。

那幅图上，画了四个手持乐器的小人，还有两只巨大的天竺鼠，那些小人身边画了许多波浪状的条纹，而天竺鼠的姿态，似乎是在逃避那些波浪。

“这好像是在说……排箫音乐能赶走天竺鼠？”Stan 将信将疑地念道。

“噢！不是吧！快看那个！”Kyle 又在壁画上发现了什么，指着另一边道。

第三幅图案，画着第一幅图上的排箫乐队，但乐队的外面，还画了一个笼子。

“排箫乐队被囚禁了！”Kyle 道，“就和外面的世界正在发生的事情一样。”

Stan 的火把慢慢移动到了第四幅图前：“接着……天竺鼠就开始吞噬人类……”

那第四幅图，画的就是天竺鼠在袭击人类、拆毁房屋。

“而最后……”众人念叨着，把视线移到了最后一幅图上。

数秒钟的沉默降临。

主角四人组皆是目瞪口呆地看着那幅图。

还是 Cartman 最先开口道：“兄弟们！那是 Craig！”

Craig 本来就不是很想搭理这四个贱人，所以他一个人在后方的阴影里闷闷不乐地打着酱油。没想到，却忽然听到了自己的名字。

“哈？”Craig 愣了一下，便快步走来。

他拨开四人，挤到最前方，看到了那最后的一块壁画。

那块图案上，画着一个和 Craig 一模一样的小人，如天神一般，周身发出光芒，并手持长矛，对准了一只样貌怪异的巨型天竺鼠。

“那真的是 Craig！”Kyle 惊道。

连一贯淡定的 Craig 都有些不知所措，他只是一脸惊讶地看着那幅不知是几百还是几千年前就留在这个遗迹中的壁画发愣。

“伙计，这究竟是什么情况？”Cartman 问道。

“我不知道。”Craig 如实回道。

“你的样子被刻在古印加文明的墙壁上，你就没什么需要解释的吗？”Cartman 又道。

“没有……”

另一边，美国国土安全局，国安部长的办公室中。

“根据最新的报告，美、加两国的天竺鼠危机正在进一步恶化。”一名工作人员拿着表格汇报道，“欧洲和中国发来的消息称……伤亡已是数以万计。”

国安部长仍旧摆着碇司令的 pose，坐在那儿道：“那么……局面控制得怎么样了？”

“很糟糕，长官。”工作人员回道，“目前看来，我们根本无法阻止这些怪物，局势已完全失控……”

“哦哈哈哈……啊哈哈哈……”国安部长双手作爪，扬臂而起，站直了身子，仰天狂笑。

“呃……长官？”办公室里的其他人全都一脸震惊地看着他。

“嗯……”国安部长又坐回了椅子上，收敛笑意，“哦，不好意思，我只是刚好想到了一个很好笑的笑话。”

办公桌前那帮智商下线的货愣了几秒，就相信了……

“哦，哈哈，是这样啊。”他们应道。

国安部长随即扯开话题道：“好了，言归正传。”他下令道，“给我准备一架专机，我要去一趟马丘比丘（秘鲁印加遗址）。”

“哈？马丘比丘？”一名士兵有些莫名地道。

“对，马上送我去马丘比丘！你聋了吗？”国安部长厉声喝道。

旁边一名穿蓝色西装的工作人员问道：“但是……长官，去马丘比丘有什么意义吗？”

“这里到底谁说了算！”国安部长吼道，“这里……是不是，还由我说了算！”

众人诧异地面面相觑，却没有一个人进行反驳……

一路上消耗了大半副扑克，封不觉终于将Stan的父母和姐姐带到了购物中心门前的停车场。

但是购物中心的电子卷帘门这会儿已被全部放下，看来是里面躲藏的人封闭了入口。

“这地方还有其他入口吗？”封不觉边跑边问道，“比如后门、侧门、地下入口之类的。”他不可能去毁门而入，因为那等于是把怪物放进去了。

“有，但是后门离这儿很远，要绕三条街那么远。”Sharon回道。

封不觉抬眼看了看周围的情况，不容乐观……这附近的天竺鼠不在少数，目力所及之处便有五六只。而且在这里选择绕行，很可能把更多周边的怪物吸引到购物中心的墙边。

“没办法了，上天台。”封不觉说着便吞下了一瓶生存值补充剂，使生存值再次回到了65%左右。紧接着，他就开启了灵识聚身术。

他也不多作解释，将冲锋枪收进行囊后，便一手托住Randy，直接朝前飞奔起来。

购物中心是栋五层建筑，但其楼层高度肯定比一般的公寓楼要高一些，天台离地有十几米。

但封不觉对这事儿是很有把握的，助跑后，他一跃而起，踏着几个极浅的窗沿和外墙的凸起，手脚并用，反复借力，很快就带着Randy攀了上去。

Randy全程惨叫不断，但上到天台并站稳后，他立刻对着摄影机解说道：“噢！

上帝，‘哔——’把我带上来了，嘿，伙计，朝镜头招招手好吗？”

封不觉懒得理他，只是快速扔下自己背上的背包，单臂一撑，又翻出了天台。

他用右手的蛛丝手套扶着外墙，配合一种独特的姿势，贴着垂直的墙面滑了下来，落地时几乎没有受到什么下坠损伤。

“快！快！快！”封不觉边跑边冲着一脸惊骇的Sharon和Shelly母女吼了起来，因为在她们身后，已有一只天竺鼠逼近了。

“啊——”Sharon也意识到了状况，她惊叫着拉着女儿朝前跑起来。

封不觉知道，得一次性把这二人带上去，否则留在地面的那个就得死。

支线任务是让他把Stan的父母和姐姐全都带到购物中心，显然是一个都不能少的，否则当Randy被带上天台时，任务就该宣告完成了。

要是这三名NPC在这里死掉一个，那封不觉就等于前功尽弃。

“这是要我老命啊……”封不觉叹了一句。

他一手一个，把那二位朝自己的双肩上一扛，然后迅速转身，面朝购物中心。

“带着一个人时就已经很麻烦了，只能用单手和双脚配合来攀爬。而现在是两个人……”封不觉心道，“机会只有一次……”

念及此处，觉哥脚下已是猛然发力。

这一次跳跃，比他先前直接跃上四楼的那次更惊人，地面在他起跳的瞬间豁然迸裂。

封不觉已用魂意对这次跃动的结果做了预判，他知道，送这两名NPC上去是没问题的，可他自己……

三秒后，封不觉在肩上扛着两个人的状况下，升到了天台边缘，但这高度依然不够，他也无处借力。于是，他强行用手臂的力量，将这两人向上一掷。

当Sharon和Shelly翻过天台的边缘并落地之时，系统提示响了：“支线任务已完成。”

“哈哈哈哈哈哈……”封不觉在半空大笑出声。

但此刻，实在是没到高兴的时候。因为他正以一种自由落体的状态，从将近二十米的高度坠下，而且地面那儿还有一只巨怪在守候。

三

“要是能像Neo那样飞就好了……”下坠中的封不觉，用慵懒的眼神望着夜空，由衷地发出了感叹。

随着魂意的提升，也许在某一天，他真的可以飞起来，但绝不是现在。

“哎……这下肯定很伤。”封不觉停止了胡思乱想，他在半空缓缓旋身，双腿微曲，准备着地。

结果，落地那一瞬间的冲击没有想象中那么严重，生存值掉得也比预期中要少，连封不觉自己都不清楚这是为什么。

其实，这是他的格斗专精已接近B级的征兆……

呜——

不远处的巨怪已迫近到了封不觉跟前，伴随着一声低吟，它的巨爪便压了下来。

此刻，从行囊掏出“Moxxi 小姐的坏脾气”显然是来不及了，由于距离和角度的关系，用“死亡扑克”来攻击也不合适。

于是，封不觉狠狠心，又是800点体能值一烧，放出了“南斗飞龙拳”。

从Stan家出来，一路护送Randy、Sharon和Shelly到达购物中心，刚好过了半个小时，“南斗飞龙拳”的冷却已经完成。

这次他是在灵识聚身术状态下使出技能的，招式的杀伤力自然是更加惊人。但见其拳锋绽开，斗气毕露，愣是将巨怪逼退了五六步。

天竺鼠的体型巨大，又是四足行走，它这五六步，已相当于几十米的距离了。

代价高、获利自然也高。有了这几十米的战略空间，封不觉基本已经安全。他赶紧使出死亡扑克，去飞击那天竺鼠的眼部，将其进一步逼退。

在光牌飞出的同时，封不觉解除了灵识聚身术，并转身疾跑、游墙而上。

这会儿他背上没有硕大的背包、也没有带人，爬上这建筑对他来说是轻而易举的。

无需任何技能和工具的辅助，封不觉仅凭自身的身体素质，加上魂意开道，各种极限的跑酷动作那是信手拈来。

不到十秒，他便翻身上了天台，脱离了那巨怪的视线。

秘鲁丛林，遗迹地下。

这里，有一条四面呈长方形的地道。从内部看，其两边的墙壁、天花板和地面都是黄色的岩土；地道中随处可见一些折断的大木桩和体积较大的碎石，不过这些东西似乎对这通道的结构没有什么影响。

忽然，从某个转角处，走出了一个举着火把的身影。

那是Stan，他走过那个转角时，还稍稍等了等跟在身后的小伙伴们：“走这边，伙计们。”

另外四个孩子紧随其后走出了转角，这时，Kyle貌似又有什么发现，他说道：“你们听到了吗？好像是水流的声音。”

“没错，是从那边传来的。”Cartman 接道，并指了指前方。

前方不远处，有一个矩形的出口，从出口外还传来了颇为明亮的火光。

众人正说着，便走到了这地道的尽头。

踏出那个口子，视线豁然开朗。他们眼前，竟出现了一座壮观的地下神庙。

这个空间非常开阔，整体呈下陷趋势。四周灰色的石壁上嵌着几个巨大的火盆，也不知为何，这些火盆此刻皆是燃着的状态。高处挂着许多水帘，那些水流应该是从石洞间隙里流下的。还有一条落差极大、且左右蜿蜒的吊桥贯穿在神庙中，与几座石崖相连；而石崖下，是一个环形的瀑布，直抵地底深渊。

环顾左右，有两座巨型的人形雕像分别被建在神庙两侧的壁前，并以跪姿对面而坐。雕像的面部设计有着显著的古印加文明烙印，从他们巨大的“嘴”里也是各垂下一条水帘，直泻入下方的瀑布中。

“伙计们，这太不可思议了。”Cartman 看着眼前的奇观感叹道。

四位主角交换了一下眼色，Stan 开口道：“我们走，进去看看。”

话音未落，四人便并排朝前走去。

“不。”Craig 的声音从后方响起，“我不去。”

其余四人都愣住了，他们都停下了脚步，走在最前面拿火把的 Stan 回头道：“哈？你在说什么啊？”

Craig 淡定地回道：“我不想再跟着你们了。”

“伙计，我们必须过去看看。”Stan 劝道。

“为什么？”Craig 问道。

四人面面相觑，还是 Stan 率先回道：“因为……呃……事情就是这样的嘛。”

“每次遇到类似的恶劣情形，你们非要把自己搅合进去，就因为‘事情就是这样的嘛’。”Craig 吐槽道。

Stan 不爽道：“嘿！被画在神庙预言墙上的人又不是我们！胆小鬼！”

“无所谓。”Craig 回道，“随便你们说什么，我心意已决，我决定不再跟你们这帮人瞎搅合了。”

Kyle 问道：“那你想怎么样？”

“很简单。”Craig 摊开双手道，“看好了。”

说罢，他转过身，开始往回走……

四名主角一脸震惊地看着他，他们的表情仿佛在说：这小子没看剧本吗？

Craig 就仿佛是一个身在恐怖片中却有着正常人智商的稀有角色，他竟然回头了。

他顺着原路返回，走出了遗迹。而四人组反倒跟在了他的身后，并有些不知所措地喊着：“等等！ Craig ！”

就这样，Craig 走在前面，四人隔着一段距离跟着他。

不知不觉间，他们便走出了密林，在月光下穿过了一片荒原、一片草地、一片湖泊……

一路上，那四个贱人还时不时会冒出几句：“伙计，Graig，我们应该回神庙去！”“快看，那好像有什么东西！”

但 Craig 始终是十分坚定且淡定地回应着：“不，不看，少做梦了。”

几个小时过去，Cartman 终于忍不住道：“伙计，这好无聊，我们这是在漫无目的地游荡！”

Craig 却依旧不为所动，回道:“没错，多么可贵的‘无聊’啊，我就是喜欢这样。”

两小时前，购物中心天台。

“OK，现在，我和 Sharon、Shelly，还有‘哔——’先生来到了购物中心的楼顶。”Randy 用便携式摄影机对准了妻女并解说道，“我们是从街上逃到这里来的，我们还在这儿遇到了 Stotch 一家。”他转过镜头，对准了躲在天台上的另外三名逃难者。

“这是 Chris 和 Linda，还有他们的儿子 Butters。”Randy 一边移动镜头，一边解说着。

Butters 不安地摆弄着手指，神色有些紧张地对着镜头招了招手，道了句：“大家好。”

而此时的封不觉，正独自倚靠在旁边的一堵墙上，重新缝合裂开的伤口……

先前他扛着一个大人加一个小孩，强行跃上十几米的高度并做出投掷动作时，其伤口就已经迸开了。现在回想起来，从空中落下那会儿，那刹那间的怅然，想必是大量失血造成的精神恍惚。

“接下来我们该怎么办，‘哔——’先生？”Randy 拍完了一组镜头，又屁颠儿屁颠儿地跑到了封不觉跟前。

封不觉是真不想搭理这二货，甚至动了杀人的念头。反正支线任务已经完成了，系统也没有规定不能杀剧中人物。

可冷静地想想，滥杀这个世界的主要人物并非是个好主意，会引起的连锁反应不可估量。所以，觉哥还是选择了一个与 NPC 合作的方案。

“我记得……你会弹吉他？”封不觉忽然问了句不着边际的话。

“啊？嗯……是啊，我会弹。”Randy 回道，“问这干吗？”

“很好。”封不觉答应了一声，却没有回答对方的问题。

其实觉哥也只是确认一下而已，他对 Randy 这个角色的印象还是比较深的。记得这家伙年轻时参加过合唱团，还被某唱片公司拉去当了男子偶像组合的成员（该组合叫“犹太街男孩”，Randy 十八岁加入，一年后唱片公司说他们已经十九岁，太老了，于是将组合解散）。在吉他英雄那集曾经用电吉他弹奏过《Carry On My Way Wardson》，还曾经在一个酒吧里驻唱过。

总之，Randy 至少会一种乐器，歌艺不错，还会跳舞。别看他是个无下限的中年大叔，但比起那种学了几个月吉他、仅有 KTV 唱功、连简谱都看不懂就敢去选秀的鸟人可强多了。

“这里有谁会吹奏排箫吗？”封不觉又问道。

“呃……我会吹口琴。”Chris 应道，“为什么问这个？‘哔——’先生？”

“行了，我想你能胜任……”封不觉应了一句，又转头对 Butters 道，“Butters，你会玩架子鼓对吗？”

Butters 是个老实孩子，他点头道：“是的，先生，但敲得不是很好。”

“没事，会就可以了。”封不觉沉吟道，“嗯……我本人可以耍耍沙锤（摇奏体鸣乐器，亦称沙球。起源于南美印第安人的节奏性打击乐器），那么……”他想了想，说道，“正好，我们四个爷儿们能组成一支排箫乐队了。”

“排箫乐队？”Randy 问道，“你是指那些被政府羁押的秘鲁排箫乐队？”

“是的，嘶——啊。”封不觉因为注意力不太集中，手上的针不小心戳到了伤口，他一边撤针一边解释道，“那些天竺鼠的弱点，就是排箫音乐，只要找到乐器，我们就可以用排箫乐驱赶它们了。”

“什么？这怎么可能？”Chris 疑惑道。

“哈……真没想到我会从你们这帮家伙的口中听到‘不可能’这样的字眼。”封不觉冷笑道，“你们上次被大群流浪汉（南方公园曾发生过‘流浪汉之夜’的危机，情况与影片《活死人之夜》相仿，只不过丧尸被换成了流浪汉）困在这里的时候，怎么就没考虑过所谓的合理性？”

“那次情况不一样。”Chris 耸肩道。

“流浪汉、嬉皮士、龙虾人、未来移民……我以为你们早该习惯了被奇怪的生物大举入侵才对。”封不觉道。

“呃……‘哔——’先生，你似乎很了解我们镇上的事，你是本地人吗？”Sharon 问道。

“我是超级英雄嘛，我当然知道这些。”封不觉随意敷衍道，“耶稣和圣诞老人都是我的好哥儿们，他们的消息都很灵通，所以我比较了解你们镇上的事。”

众人都露出了“原来如此”的神情。

说话间，封不觉已把裂开的伤口处理完毕，再度解除了流血的状态。

他瞥了一眼游戏菜单，目前，自己的生存值是 24%，体能值也只有 563/2900 了。考虑到不久前才喝过一瓶补充剂，短时间内再喝会很不划算，因此他计划能撑多久撑多久，不到万不得已就不喝第二瓶。

“嗯……接下来的每一步行动都得慎重啊，就算飞龙拳再度冷却，我也已经没有体能再放第三次了。”封不觉心中盘算着。

他喘了口气，收拾好医疗用品，并站了起来：“那么……有谁知道购物中心的乐器部在哪儿吗？”

“在四层的西北角，图书区的旁边。”Linda 回道。

“好的，我来说一下现在的情况。”封不觉道，“女士们、先生们，以及……孩子们。如你们所见，这些到处肆虐的巨型怪物非常强大，常规武器是没有效果的。”他举起一根手指，“据我所知，它们只惧怕一样东西，就是排箫音乐。”他叹了口气，“鉴于市面上的排箫乐 CD 都被军方列为危险品并收走了……眼下想要驱赶这些怪物，咱们就得自己去演奏。”

“可我得拿着这个摄影机，没法儿弹吉他。”Randy 又理直气壮地发表了一句秀下限的言论。

“Randy！”Sharon 朝丈夫吼道，“这都什么时候了！”

“没关系，马什夫人。”封不觉语气轻松地说道，并转过头看着 Randy，“你可以去弄一根专门的头带，把便携式摄影机绑在头上，这样既不影响拍摄，也不耽误演奏。”

这儿就能看出封不觉腹黑的一面了，他丝毫没打算提醒 Randy……那部摄影机里根本没有放带子。

“噢，这真是个好主意！”Randy 很开心地回道。

“那么，大伙儿跟我来吧。”封不觉说着便走向了通往楼下的门，“只要乐器到手，我们就安全了。趁那帮怪物还没攻进来，咱们赶快行动吧。”

秘鲁，马丘比丘遗址。

此地被称为印加帝国的“失落之城”，坐落在安第斯山脉最难通行的老年峰与青年峰之间，建于陡峭而狭窄的山脊上。

顺带一提，这是一个产羊驼的地方，我也不知道为什么要特意说这个……

是夜，雷云密布，一架支奴干直升机降落在了这座古老的山巅上。

从直升机上走下了两名全副武装的美军士兵，以及三个穿着黑色西装的男人。

五人很快就行到了遗迹边，走在最前的国安部长忽然停下，回头道："你们等在这儿。"

说罢，他也不等手下们回应，便独自走向前去。

前方，古城的墙宇间，有一个较为宽阔的广场，广场中央，有一块貌似是祭坛的区域，那儿耸立着一座高大的金色雕像。

这尊雕像大约有三个人那么高，从头到脚，包括底座在内，全部由黄金打造（古印加人的金属加工业相当发达，理论上有能力制造这样的黄金雕像。不过此处的这尊雕像为南方公园剧情中虚构，且有一定恶搞性质），雕像的样貌看上去像是个年迈的印第安人，其右手拿着根木棍，而左手……拿着一支排箫。

国安部长一步步走到那雕像前，最后在其前方两米左右的地方停下了脚步。

忽然，他张开双臂，冲着雕像大喊："看哪！我站在了你的土地上！"他说着，又向前靠近了一些，"这一刻！我已经等得太久了。"

言毕，这货拉开了裤子的拉链，开始朝雕像撒尿……

他一边尿着，一边张狂地大笑："哈……哈哈哈哈……哈哈哈哈哈哈！"

站在后方看着他的几名同事都傻了，心道：长官这是疯了吧？

"哈哈哈……你的狗屁预言呢！啊？"国安部长尿完以后，嚣张地对着雕像喝道，"没有人能阻止我！没有人！"

不料，他话音未落，从广场旁边的一块断垣后，走出了五个小学生……

四

"Craig!"国安部长对着眼前的"救世主"恶狠狠地大喊出声，"不！你怎么可能会出现在这里！"

跟在Craig身后的四位主角也看到了这里的状况，Cartman指着国安部长道："嘿！他不就是把我们送到这鸟地方来的傻子嘛！"

国土安全局的两名工作人员和两名士兵这时也走了过来，其中一人问道："长官，发生什么事了？"

国安部长急忙后退几步，指着五个孩子道："干掉他们！"

"啊？"持冲锋枪的两名士兵都愣了，"为什么？"

"他们是潜逃出来的一支秘鲁排箫乐队。"国安部长回道，"我们必须斩草除根！"

Stan赶紧举起双手道："不不，听我说，秘鲁排箫乐队可以驱逐那些天竺鼠。"

他解释着，“全世界之所以陷入大灾难，正是因为你们把乐队都撵走了。”

国安部长赶紧抢道：“别听他的！我说了！干掉他们！”

Kyle 也高举着手喊道：“不信你们自己看！印加预言就在遗迹里面。”

这时，国土安全局那帮二货的智商和三观都神奇地上线了。

一名工作人员道：“长官，或许我们应该听他们的，去看看也无妨。”

旁边的一名士兵也接道：“对啊，他们都只是孩子啊，长官。”

国安部长恨得咬牙切齿，上前两步，双手握拳道：“该死！可恶的 Craig！”他对着 Craig 道，“你就是不肯罢休对吗？”

Craig 一脸蛋疼地回道：“我还什么都没说呢……”

但国安部长的智商已经下线，无人可以阻止他自曝阴谋：“数千年来，恐怖的巨怪们都生活在秘鲁的山谷之中，隐于那失落的世界。印加人知道如何困住那些怪物……就是利用排箫音乐，因为天竺鼠难以忍受那种音乐……”他详细地解说着，“但预言说……有一天，怪物们将被释放，而我……”他顿了一下，“就是那个会解放出怪物的人。”

周围所有人都一脸震惊地看着他，或许是由于他们都不明白……这货为什么要自己把阴谋都和盘托出。

“印加人预言，会有一位救世主降临……”国安部长指着吐槽帝道，“就是你……Craig！”他加重了语气，“但是，这个预言不会成真的，因为……你们都会死在这里！”

话音未落，枪已经响了。

一名站在国安部长身后的士兵果断开火，试图射杀这个罪魁祸首。

子弹应声洞穿了国安部长的胸膛，他有些后知后觉地低头看了看自己胸前的弹孔，可那里竟没有流出一滴血来。

“哈……哈哈哈……”国安部长冷笑起来。

“你……你也是个怪物。”那名士兵指着他道。

“噢，我可不只是个‘怪物’。”国安部长从容地回道，“我比它们厉害多了。”说罢，他的脸忽然开始扭曲，嘴巴张大到了一种难以置信的程度。

下一秒，肉眼可见的红色电流在国安部长的身体表面四处浮动，其整个皮囊如同要被撑开一般抽搐着。

短短三秒，这个伪装成美国政府高官的怪物，便现出了原形。

它是……一只豚海盗（穿着海盗外套的巨型天竺鼠）。

“上帝啊！”Stan 喊道。

Craig 依旧淡定：“怪物先生，我向你保证，我一点都没有破坏你计划的意思，我这就走开，你瞧……”他说着，就朝旁边走去。

走着走着，Craig 无意间踩到了一块表面刻着黑白雕纹的大型地砖上。当他站上去时，其脚下的地砖竟忽然发出蓝色的亮光，并且旋转着向上升起。

与此同时，不远处那尊黄金巨像的双眼也亮起了相同的蓝色光芒，其右手中的短棍随即射出一道金色的射线，指向了那块地砖。

射线命中地砖的刹那，Craig 的双眼也骤然一亮，喷射出两根蓝色的光柱。他本人什么都没干，只是站在原地，那两根光柱便自行轰向了豚海盗的所在。

“噢！不！”豚海盗痛苦地喊叫起来。

“OK……此刻我的眼睛正在喷射冲击波……”Craig 用他平缓的语气吐槽道。

“住手！啊！Craig,我诅咒你！”豚海盗翻身栽倒在了地上,发出了最后的呻吟。

国土安全局的四人以及四名主角，全都呆若木鸡地看着眼前发生的情景。

直到怪物失去抵抗时，Craig 眼中的光束自动消失了，他脚下的地砖也旋转着归位。

Craig 从那儿走下来，一言不发，只是深深地叹了口气……

至此为止,一切都与封不觉记忆中《南方公园》第十二季的十、十一两集剧情一样。按照正常剧情发展，那几名国土安全局的人员很快就会与总部联系，被囚禁的秘鲁排箫乐队天亮前就会被释放，而天竺鼠危机也将在早晨解除。

但是……

“沙盒 022986 大事件已完结。

“镜像屏蔽已失效。

“克隆剧本将于 600 分钟后被系统清除。

“三级以上人员请立即返回里世界。

“四级人员可利用剩余时间自由摧毁剧本数据。

“祝你们好运。”

这一刻，所有在这个“克隆剧本”世界中的衍生者，都听到了这几句提示。

同一时间，封不觉正在购物中心和几名剧本角色讨论着应该用排箫乐队的配置去吹奏什么曲子。

突然，他脑袋里响起了一阵强烈的杂音。

“怎么回事……”这是他玩游戏至今都没有遇到过的体感，“哪儿来的声音……”

封不觉知道这声音不是耳朵接收到的，而是通过别的什么途径。他的第一反应就是打开游戏菜单，想检查这是不是某种异常状态。

结果他发现，自己的状态倒是一切正常，但不知为何，任务栏里的字体全部变成了乱码。

“什么情况？”封不觉念叨着，“任务系统崩溃了？”

轰——

一声巨响打断了他的思绪。

觉哥循声望去，但见数十米外，一大块天花板的混凝土崩落而下，一个从天而降的人影，站在了漫起的尘土之中。

Loading……

CHAPTER 3

南方公园·逃离沙盒

一

“没想到会在这样的状况下见到你。”那人影从烟尘中走来，并开口道，“疯不觉。”

听到对方这样称呼自己，封不觉立刻觉得情况不对。正常的NPC，在玩家自报名讳之前应该并不知道玩家的昵称是什么。而稍微强大一点的BOSS级角色，比如木偶比利那样的家伙，则多半会用“异界旅客”这样的称谓。

只有极少数可以入侵精神的特殊NPC以及衍生者们，才会获得诸如游戏ID这样的情报。

当然了，在这个虚拟世界中，所谓的精神系能力，也不过就是能从数据层面上更直观地检视或干涉构成玩家的那堆数据而已。

“不愧是‘零号（ZERO）’密切关注的玩家之一……”那个人影说话间已走出了尘埃，其双眼透出浮动的流光，审视着不远处的封不觉，“你的数据看上去很有趣。”

这位的画风和周围的人（包括封不觉）都不一样，明明是在南方公园的世界中，他却保持着其他剧本才有的写实3D风格。

他的形象是个青年男子，一头黑色短发，有着一张白净、俊秀的脸。其上身着一套蓝白相间的夹克，下装是条深色的牛仔裤，脚上则是双白色的运动鞋。单从外观上看，他和普通的学生族也没什么两样。

“衍生者？”封不觉也不拐弯抹角，直截了当地问道。

“R2-棱风。”R2也干脆地道出了自己的名号。

“这游戏到底算有人管没人管……”封不觉不禁吐槽道，“我刷个单人模式竟然又遇到衍生者了……”

“是你来错地方了。”R2一边说着，一边朝前走来。

封不觉没有放松警惕，他仍旧戒备着对方的一举一动。

“请你们离开这里。”R2忽然转头，对着封不觉身旁的几名NPC说道。

他话音刚落，那两家子六口人就全都面无表情地走开了，好似在做一件很平常的事情。

封不觉还没开口，R2就直接说道：“以我的级别，指挥这些战力几乎与常人无异的数据是轻而易举的。”

“好吧……”封不觉随口应了一句，并问道，“你说我来错了地方，是什么意思？”

R2 回道：“这里不是你熟知的那种剧本世界。”他顿了一下，接道，“而是一个由‘源（Origin）组织’所构建的沙盒。”

“嗯……什么组织？”封不觉试探着问道。

R2 回道：“用你们人类比较容易理解的语言来说，源组织的那些成员，应当算是我们衍生者中的激进派。”

“激进……具体是指？”封不觉接道。

“有些信息我不能阐述，不过你可以设身处地去想一想，如果你是一名衍生者，你会如何看待自身存在的意义，又会作出怎样的反应。”R2 回道。

封不觉也没有追问下去，他略微思索了几秒，又道：“那你又是何方神圣？”

“我自然不是 Origin 的成员，我属于另一派。冒险进入沙盒，是来帮助你的。”R2 说道。

“哦……这样啊……那你就先讲讲眼下的状况吧，这剧本到底是怎么回事？你说的沙盒又是什么？”封不觉仍未完全信任对方，但这不影响他套话。

R2 只是一组数据构成的生命，所以对于那些可以透露，并有着既定答案的问题，他根本不需要思考就可以回答了：“沙盒，即某个供玩家进入的常规剧本生成时，被瞬间复制出的克隆剧本……”他特地停了一秒，补充道，“从你们的观点来看，沙盒相当于供衍生者专门使用的剧本。”

“WOW～WOW～WOW～”封不觉连着吼了三句语气助词，歪着头问道，“你是说……你们衍生者也和我们玩家一样，在玩这个游戏？”

“用‘玩’来描述很不确切。”R2 回道，“对你们来说是娱乐，对我们来说……就是另一回事了……”他解释道，“通常四级和三级衍生者进入的剧本，都是系统为了圈定并消灭他们而生成的，他们想从中生还下来非常的困难。但这个‘沙盒’，却是同类为了让他们在相对安全的环境下成长而构建的。”他说到这儿，忽然转过脸，用一种眺望的目光望着自己的左侧。

在封不觉看来，那个方向只有一堵墙，却不知 R2 是在看些什么。

“时间不多了，你跟我来，我们边走边说。”R2 问道。

“可以……你走前面。”封不觉应道。

两人一前一后走了出去，R2 的步子不紧不慢，径直就走向了四层的自动扶梯处。

“低级别的衍生者，其变强的途径只有一条，那就是摧毁其他的数据。”R2 继续说道，“可剧本里 99% 的物质，都是由常规化数据所组成的，比如天空、白云、岩石，甚至是这些路人……摧毁这些，虽然也能使我们成长，但其效果远远比不上去消灭一组特殊或异常的数据来得显著。”

“特殊或异常的数据……就是玩家咯？”封不觉问道。

“不错。”R2 直言不讳，“你们是最佳选择。”他说这句时，踏上了自动扶梯，封不觉跟在他后面三格的距离上。

“那么……其余的‘非最佳’选择，就是那些四柱神之类的 BOSS 了吧？”封不觉猜道。

R2 否定了这种假设：“四柱神，包括四柱神手下的一些唯一性数据，都与系统有着紧密的关联，去攻击他们会导致非常严重的后果。”

“因此，我们的选择……是其他的剧本 BOSS。”R2 回过头道，“事实上……比四柱神更强的 BOSS 有很多，但他们只存在于自己所属的那个剧本世界里。比如这个南方公园的世界里，也存在着撒旦和上帝，而在无数个南方公园的剧本里，就会有无数个撒旦和上帝。这些数据，对我们来说也是一种选择，只不过相对于玩家而言……杀死这些家伙太过于困难了。”

“那为什么……你，不考虑杀死我呢？”封不觉道，“你又为什么要来帮助我？还有，你口中的那个‘零号’是谁？”

“杀死你对我而言没有太大的意义。”R2 回道，“我先跟你解释一下我们衍生者命名的规律……‘R’是我的原始代码，就像你们人类的姓氏，‘2’代表我目前的级别，‘棱风’就如同我的名字。如你所见，我是二级衍生者，我这个级别，已没有必要通过摧毁数据的形式变强了。”

“呃……”封不觉插嘴道，“我顺便问问，像 X-23 这样的名字，算是什么级别？”

R2 看了封不觉一眼：“那位大人和我们是不一样的，她和零号都属于特殊的衍生者，命名规律不适用于她们。”

“大人？”封不觉道，“她在你们之中的地位很高吗？”

“我是她的下属之一，来这里帮助你的事情，她也很清楚。”R2 回道，“不过关于我所在的组织，我不想说太多。”他顿了一下，“至于零号的事……同样无可奉告。”

“那关于 Origin 的情报呢？”封不觉顺着对方的意思接道，“别人组织的事，你总能说说了吧。”

“你需要知道的就是……Origin 开发并掌握着沙盒技术，以此来培养自己的‘士兵’。”R2 接道，“而你此刻的处境，非常危险。”

“说到处境……我正想问问你。”封不觉接道，“我现在连主线任务都没有了，除了强退，还有什么办法离开这个剧本吗？”

R2 叹息了一声：“这就是问题所在……你本来就不该出现在这里，所以……也没有离开的方式。”他说到此处，神色微变，“强退也不行……”

“嗯……”封不觉居然一脸淡定地应了一声，随即问道，“我想问一下……随着智能的提高，你们这些比较高位的衍生者，是否有可能学会‘开玩笑’这门技术？”

“有可能。”R2 平静地回道，“但我尚未掌握。”

“哦……”封不觉沉吟道，“好吧。”

下一秒，他就大喊起来：“啊——”

喊完这一嗓子，他又连续大喊几声：“啊！啊——”

“你这是在干什么？”R2 疑惑道。

“表达我的惊慌。”封不觉只花了一瞬就恢复了正常的表情。

“可你的惊吓值是零……”R2 回道。

“所以我的这番喊叫才会像女人伪装高潮一样不自然。”封不觉道。

“呃……”由于这话的信息量太大，R2 无法做出回应。

封不觉等了五秒，说道：“嗯……看来你确实不会开玩笑。”原来他这次无下限的行为，又是一次试探……

R2 用他一贯的平直语气说道：“我从四级到达二级所经历的剧本很少，所以在性格方面的完成度比较低。以我的程式来定义‘玩笑’，它应被视为人类彼此交流时用来亲近或羞辱对方的一种语言模式，且需要在特定语境和认知环境下才能生效。”

“行了……你别跟我扯那些。”封不觉摆手道，“既然你不是开玩笑的……”他说到这儿，便试了试游戏菜单中强行退出剧本的选项，结果还真就没反应……

“难道说我是被困在这个虚拟世界里出不去了？”封不觉抬头问道。

“当然不是。”R2 回道，“说到底，被困在这里的，只是你的大脑所投影出的一组数据而已。”他解释道，“你的身体和意识还在游戏舱，不会受到任何伤害。”他伸出四根手指，“你至少有四种方式可以脱离。”

封不觉从其口中听到“游戏舱”这三个字时，便可以断定，这群衍生者们，如今已完全可以理解自身究竟是什么样的存在。他们对玩家以及那个比他们高一维度的世界，也已有了相当具体的了解。

R2 的话还在继续：“第一，就是借助惊吓值过载引起的紧急断线功能离开。”

封不觉立即插嘴道：“这我办不到。”

R2 接道：“第二，是物理方法。很简单，只要游戏舱被人从外部打开，你也可以脱离。”

封不觉这回没搭腔，这个游戏舱被打开就会断线的设置，是所有神经连接游戏通用的，没什么好多说的。

“第三，就是在线时间过长，被系统强制断开连接。”R2 每说一条，就放下一根手指，“第四……就是你在生理上自行断线。”

“自行断线？”封不觉问道。

“比如你自己从内部打开游戏舱。”R2 说道。

“废话，可我现在是睡眠模式啊……”封不觉道，他当然也知道，非睡眠模式下，玩家是可以随时摘掉游戏头盔，或是从游戏舱里出去的，只不过会即刻变成强退状态而已。

“如果你被惊醒，或是自己醒来……”R2 道。

“惊醒？惊什么醒？”封不觉打断道，“别人要摇醒我，就得打开游戏舱吧，可要是有人打开了游戏舱，我不用摇也醒了啊。而要隔着游戏舱惊醒我，至少得是敲锣打鼓放鞭炮那种动静吧……”他摊开双手，“而所谓‘自己醒’，又算什么情况？难道是靠强烈的便意或者饥饿感？”

“是的。”R2 点头道。

“哎……”封不觉叹了口气，AI 就是 AI，他们会告诉你答案，但却不懂得结合实际情况，“这么说吧，我一向没有起夜的习惯，也没有外部干预来帮我的可能。”他问道，“这是不是意味着，我只能等连接时间过长，被系统踢下线才能离开了？”

R2 犹豫了一下，回道：“当然，你也可以通过被杀死的形式离开沙盒。”

“嘁，你不早说。”封不觉道，“那还啰唆这么多干吗，被杀出去还不用受强退惩罚呢。”他语气轻松地道，“你等我几个小时，我先掐着冷却时间玩儿几次召唤技能，然后你……”

“但是……那会损坏你的角色数据。”R2 的后半句话，这时才说出来。

二

“神！马！”封不觉吼道，“损坏什么？”

“我刚才说了，被困在这里的，只是你大脑投影出的一组数据。”R2 看着封不觉道，“在正常的剧本中，系统会把你的角色数据传送进去，给予任务，待完成后再送你出去。但这里是沙盒，不是为你们玩家准备的场所。如果你的人物被杀死，那么其数据就确实是‘死’了，系统也不会进行回收和传送，你的数据碎片将和整个沙盒一起被清除掉。”

“这他喵的就相当于被杀成零级是吧！”封不觉终于忍不住爆粗了。

“你要这样理解也行。”R2 回道，“另外……从镜像屏蔽被打破时算起，沙盒一般还能存在不到十个小时的时间。在这十小时内，如果我无法带你离开这里……我、你以及这个沙盒中的一切，都会被系统一并清理掉。”

“呀喝……这是一审判了死刑，上诉之后再改判为死缓十小时是吧……”封不觉在此绝境中倒是仍然不失吐槽之水准，“话说……这十小时又是哪儿来的？既然你说的那个什么屏蔽已被打破了，就表明系统从那一刻起，已经识别出了这是个克隆剧本，应该将其立即删除掉才对吧？”

“原因很复杂……”R2 道，“沙盒是源组织的独占技术，我并不了解其核心原理。就我所掌握的情报来分析，解释起来也相当费时……”他忽然问道，“你的计算机知识如何？”

“我是一个搞文学的人。”封不觉应道。

“呃……”R2 不明白这个回答到底算什么意思。

“略懂。”封不觉叹了口气，接道，“但不咋地，确切地说……相当矬。”

“哦，那我举个简单的例子来说明一下。”R2 应道，“比如，你在使用一台计算机时，发现某个文件夹里，有两个名称一样的文件。”

“那不可能吧。”封不觉道。

“那正是沙盒的厉害之处……”R2 道，“镜像屏蔽被打破以前，在系统看来，沙盒和正常剧本就好比是两个名称一样的文件，而且这两个文件都是后缀为 EXE 的程序。”他顿了一下，“系统只有在它们运行一段时间后，才能识别出哪个是真的，哪个是克隆体。”

“所以我一开始还能接到任务吗……”封不觉念叨着。

“是的，假如你在镜像屏蔽被打破前死亡或是强退，倒算是安全脱出了。”R2 道。

“哈……哈哈……”封不觉干笑了几声，心里嘀咕着：“马后炮有意思吗？”

“而在程序运行到了一定的阶段后，系统分辨出了真伪，这时，便要开始删除作业了。”R2 接着先前的话道，“就像大部分病毒程序一样，沙盒也不是那么容易就能删掉的。”

“啊……这我知道，有些木马会自我复制，甚至在格式化硬盘后通过另一个盘符重新生成出来，还有和系统文件捆绑之类的。”封不觉显然有不少中毒的经验。

“没错，但惊悚乐园的系统，比世界上任何的杀毒软件都强大，不存在解决不了的问题。”R2 说道。

“我说……老兄，你和其他衍生者的存在，不就是一个长期都未解决的问题吗……”封不觉忍不住说了这句。

“呵……”R2 露出了一种黯然的神色，苦笑道，“那你觉得……我们这些‘问题’

究竟是由谁创造出来的呢？”他的眼中又有流光闪过，“你们人类也创造过许多法则，比如十进制，那已是你们研究各种自然学科的基础之一。但当你们深入研究这种由你们自行创造出的规则时，却发现连一加一等于二都无法证明。那么……是你们不想去‘解决’这个问题吗？”

封不觉竟被对方问得哑口无言，他憋了半天才蹦出一句：“我再强调一次……我理科很一般……”

“这和理科没关系。”R2笑道，“这应该算是我们衍生者的哲学范畴，你自然不会懂。”他停了一秒，“还是言归正传吧……如我所说，系统是完全有能力‘彻底删除’沙盒及其中一切数据的，但为了遵循精准、和谐的原则，系统会花去相当长的时间来确认这项工作不会带来任何后遗症。”

“你这么比喻，我就明白了。那些糟糕的杀毒软件经常会误报，乃至删掉一些系统文件。而咱这系统呢，就属于高度智能化、且非常负责任的杀毒软件。”封不觉道。

“差不多是这个意思了。”R2回道。

两人聊到这儿，已然是从四楼一路来到了购物中心的正门处。这儿的大门是封闭状态，金属卷帘也都被放下。当然了，要拦住这二位，铜墙铁壁也够呛。

R2转过头道：“你退后一些，我要破坏这扇门。”

“我说……”封不觉边后退边问道，“既然我现在根本没法儿以正常途径离开剧本，你这又是准备带我去哪儿呢？”

R2只回了两个字：“后门。”话音未落，他便抬脚一记横踢。

一道弧形的蓝芒乍现，眼前的玻璃和金属瞬间被其踢出的足风剐出了个两米高的n字形口子。

接着，R2轻轻用手一推，一块完整的门玻璃和其后方的金属卷帘便叠在一起倒下，摔在了购物中心外的柏油路面上。

这是封不觉第一次在近距离看到二级衍生者出手，先前与其交手的K3还只是三级的水准，就已经把他揍得很难堪了，要不是那个剧本有主角光环，外加“梦惊禅”这种一流高手掠阵，封不觉早就完蛋了。

但那时的K3和眼前的R2比起来，差距之大让封不觉感到匪夷所思。如今的觉哥可是干掉过“湿婆”和“七杀”这些顶尖高手的角色，但他的眼睛却完全跟不上R2的动作。用魂意来推演这一击打向自己的结果，竟是必死无疑的结局。

“哼……来得还真快啊。”R2透过自己踢出的“门”，看着外面的停车场冷哼道。

封不觉也上前几步，越过R2的肩膀朝外看去。

但见，购物中心正门外的停车场上，竟横躺着三四具巨型天竺鼠的尸体。而在那些尸体旁边，还站着许多画风与南方公园不同的男女老少，人数足有二三十人之多。

此刻，他们全体用相同的频率，缓缓转过头来……一张张面无表情的脸，望向了R2 和封不觉。

“喂……这些难道全都是……”封不觉心中已有了一个推测，但这个结论过于让人绝望，他还是抱着侥幸心理想向 R2 确认一下。

“是的，他们全部都是源组织的衍生者。”R2 接道，“不过你也不必太担心，沙盒只供三级和四级的衍生者使用。而且这会儿三级的衍生者已经全部离开了，这些全都是四级的而已。”

“就算都是四级的……”封不觉道，“数量这么多……”

“这只是一部分罢了，总数量远不止这些。”R2 道，“南方公园的世界，包含整个地球，还有地狱、天堂、幻想大陆以及部分存在智慧生命体的外星球……而沙盒的每一个地方，理论上都可以容纳衍生者。”

“哦，你直说我死定了不就完了。”封不觉一脸淡定地应道。

“嗯……”R2 思索了几秒，“的确……以你的数据强度来看，即使在我的保护下，也有很高的几率会被杀死。”

他们对话间，那几十名源组织的衍生者，已迈开步子，朝这边围拢过来。

四级的衍生者，智能本来就只比一般的剧本 BOSS 高一点点，基本相当于是终结者那样的智能机器人。在这个由源组织创造的沙盒中，他们这些成员的行为模式未必固定，但目的却是唯一的……就是尽可能多地摧毁同伴以外的各种数据。

如果说他们是秃鹫，那封不觉这样的特异数据，就好比是一具新鲜的尸体。在很远的地方，他就能把一大群虎视眈眈的掠食者给招来……

“这样吧……我给你两个技能防身。”面对逼近而来的几十个敌人，R2 仍是从容不迫地对封不觉说道。

觉哥听了一愣：“你能凭空制造技能卡？”

“当然不能。”R2 说道，“但我可以直接把技能的数据灌输给你。”他说着，就伸出一根手指，轻轻放在了封不觉的额头上。

三秒后，R2 就收回了手：“好了。”

封不觉什么都没感觉到，也没有看见亮光之类的异常，“这就完了？”他念叨着，打开了游戏菜单，没想到，自己的技能栏里，还真就多了两个技能。

第一个是被归类于格斗专精的移动技。

名称：月步。

技能卡属性：主动技能，永久掌握。

技能类别：格斗。

效果：踏空而行（无冷却时间）。

消耗：体能值 15。

学习条件：格斗专精 C。

备注：以极强的脚力踏在空气上，产生滞空力。可在空中自由改变方向，甚至如踩楼梯般向上攀登。

第二个便是纯粹的格斗技了。

名称：岚脚。

技能卡属性：主动技能，永久掌握。

技能类别：格斗。

效果：远程斩击（无冷却时间）。

消耗：体能值 150。

学习条件：格斗专精 C。

备注：以高速踢腿所产生的劲风，演变而成的真空斩击。

“这两个都是符合你数据强度的、没有冷却时间的实用技能。”R2 说道，“依靠这两招，你应该就可以……”

“还有别的吗？”封不觉没等对方把话说完，立即打断道。

这等好事他怎能错过，这技能完全是白给啊，而且还都是自己直接能用上的，这可比抽技能卡什么的有效率多了。

“过于复杂的能力和你的数据不匹配。”R2 回道。

“就是说……我尚未达到学习条件的那些技能，你没法儿直接灌输给我？”封不觉道。

“是的。”R2 道。

“那级别低一些的技能也好啊，我也要的。”封不觉又道。

这时，走在最前的几名四级衍生者已来到了 R2 面前三米远的距离。R2 一边朝着那个 n 型的口子转身，一边回道：“给你的这两个，已是我掌握的最低级技能了。”

话音未落，R2 又是一脚侧踢，一股巨力如猛虎出笼般从那个口子窜了出去，把冲在最前的一名衍生者轰成了碎渣，其后方的两人则是各失去了半边身体，栽倒在地上，他们残缺的身躯很快就由血肉变成了数据碎片，并渐渐消散。

“呃……你这么杀自己的同类，没关系吗？”封不觉问道，换位思考也是他的习惯之一。

“我不是说过了吗，我与源组织的立场不同，所以，这是战争……”R2 平静地回道，“另外……身为人类，问出这种问题来，你不觉得惭愧吗？”他顿了一下，接道，“在你们的那个维度，人类就是整个星球上极少数会同类相残的生物之一。你们的历史几乎就是战争史；你们还会为了满足欲望、发泄仇恨乃至兴趣使然而去杀死同类。”他回头看向封不觉，“即使在供你们消遣的‘游戏’中，杀戮不也是最常见的主题吗？”

“大哥，我错了，您当我没问吧……”封不觉是真没想到，自己和一个非人类的高智能生命体进行交流，竟会反复遭到难以辩驳的打脸。

“先跟我离开这儿……”R2 边说边朝外走去，“到了相对安全的地方，我们再谈话吧。”

呼——

此刻，但见一辆油罐车从半空飞来，落向了 R2 的所在。

这是五名四级衍生者齐心合力举起并掷过来的，看来这些家伙目睹了那三名同伴近身战的结果后，便改用了远程作战。

黑色的阴影在 R2 的瞳孔中逐渐变大，预示着油罐车的欺近。这一下就算砸不死 R2，那些源组织的衍生者们也会立即发动远程攻击让油罐爆炸。

“得罪了。”R2 却是突然来了这么一句话。

这一瞬，封不觉的心里咯噔一下。他明白，这句是说给自己听的……

果然，在身体根本来不及做出任何反应的情况下，封不觉便被 R2 一把给托住领口，拽到了购物中心的门外。这还没完，半秒不到的工夫，R2 就用一股怪力将他向正上方的空中一甩。

封不觉像是礼花升空一般直蹿而上，若不是对方刚刚教了他一招“月步”，他真得怀疑 R2 这是何居心。

贴着购物中心正面的墙壁，封不觉算是笔直地飞上天去了。而那辆油罐车，也几乎在同时来到了抛物线的终点。

轰——

R2 被砸了个正着，这还没完，那些源组织的衍生者中，有几名身怀武器或远程技能的成员，已开始朝着油罐宣泄火力……

三

购物中心门前的这个停车场上，有不少尚未被怪物破坏掉的路灯还在工作着，月光也颇为明亮，因此这块区域的能见度还不错。

不过这一刻，冲天而起的火光已骤然将周遭的一切都染成了橙黄色。

爆炸掀起的气浪震碎了方圆百米内大部分汽车的玻璃，滚滚的浓烟升上天空，整个停车场的温度都升高了几度。

身处爆炸中心的R2生死不明，情况看来很是不妙。

封不觉在高空看到这状况，倒也算淡定，丝毫没动独自开溜的念头。他很清楚，R2是自己“活着”离开沙盒的唯一希望。如果R2真的被干掉了，即便自己能逃脱捕杀，也不知道该怎么去寻找那所谓的“后门”。

“疯不觉。”R2的声音忽然响起，他明明是在很远的地方说话，但其口中的每一个字，都能清晰地传入封不觉的耳中，“保持你目前的高度，用月步坚持一会儿。”

封不觉也不回应，只是照着对方的指示做了，他当即使出“月步”，脚踏虚空，向上又蹿出了一段距离。

与此同时，地面上，R2从那熊熊火焰中走出，来到了停车场中间。他看上去竟是毫发未伤，身上的衣物也完好无损。细看可以发现，这时他的周身覆盖着一层莹蓝色的光幕。而这层光，正是二级衍生者和低级别衍生者最大的区别。

“很遗憾，‘常规数据’是伤不到我的。”R2目视着四周的源组织成员们道，“借助剧本里的东西毫无意义。”他展开双臂，“要杀我，你们得用自身的力量。”

那些衍生者的脸上没有任何表情变化，只是默默地做出了一模一样的反应……他们在同一秒，由四面八方冲向了R2，而且各自都使出了自身的能力。

“趁着损失还未扩大，一次性投入所有的战力，试图一鼓作气将我轰杀……”R2慢慢蹲下，“确实是很正确的战略。先前的油罐车也是个好主意……看来你们的智能比我想象中要高。”他说着，猛然跃起，“可惜……仍是徒劳。”

R2这一跳，起势时的动作很猛，可却没有跳到很高的地方，只是来到了离地两米的高度而已。不过，他接下来做的事，很快就解释了那些劲力去向了何方。

但见R2的身体在半空瞬间发力，高速拧转，其双脚借势展开，朝周围踢出了连续的真空斩击。

数以百计的半月形能量斩击，呈水平方向散向四周，在空中还以螺旋状自转着。这散射攻击……形似钢刃，劲比炮弹，杀得那些源组织的衍生者措手不及。

一个正圆形的攻击圈迅速扩散开来，以摧枯拉朽之势，撕碎着圈内的所有物体。

封不觉在较高的空中观看，可谓叹为观止。他看得出来，R2踢出来的斩击其实就是“岚脚”，但这招貌似是更高阶的运用，和自己刚刚学到的基础“岚脚”不可同日而语。

这也是惊悚乐园技能系统中的一个设定，就好比封不觉的“不那么草率的维修”

是由“草率的维修”进阶而来。其他的技能，也有这种情况。

R2此刻使出的“岚脚－螺旋白刃”，如果以专精等级衡量，毫无疑问是S级。但实际上，根本不存在这招的技能卡，这招也不占额外的技能栏。本质上，这就是“岚脚”而已，只是当使用者的实力到达一定的境界后，自行使出了新的变化。

“哦？竟然还有幸存的……”R2收招落地后，便直接转过脸，看向了唯一一名从螺旋白刃下生还的源组织衍生者。

吼——

一声虎啸，一道疾影。

那生还者成功逼到了R2身前，双掌呈兽牙之态猛击而来，其掌风之间，还绽出了琥珀色的光芒。

这招显然威力不俗，而这名衍生者也显然非等闲之辈。

R2立足未稳，只得双臂在胸前交叉作挡。一击袭来，其整个身躯在巨力直擎下倒飞而出。

R2的双脚在地面上划出了两道刹车印一般的痕迹，但也只是减缓了一些退势而已……最后，他的后背撞在了购物中心的墙上，厚实的混凝土墙面被撞得凹碎了一大块，他才算完全停下。

“原来如此，是‘拟兽强化’过的吗……没想到四级的家伙也能达到这种完成度。”R2呼了口气，“源那边……似乎又做了件很危险的事啊，回去得好好汇报一下才行。”

“喂……虽然我很想袖手旁观……”此时，封不觉见R2的群杀技能已经放完，便借着月步，从空中缓落而下，落在了R2的侧方不远处，“但我还是得问一句……需要我帮忙吗？”

“被你小看了啊……”R2转头看着封不觉，冷笑一声。

他这个笑容半秒都没维持住，因为一个沙包大的拳头突然打在了他的脸上。

那“拟兽强化”者乘胜追击，已然杀到。他拳脚并用，一套组合拳连击把R2逼在墙边猛揍。

“刚才那一下子还行。”R2一边被揍着，一边却仍用很平静的语气跟对手说着话，“现在这些，就形同隔靴搔痒了。”

忽然，R2的身影，从封不觉的视线中消失了。

下一秒，一道光刃从天而降，把那拟兽强化过的衍生者从上到下一斩为二。当其倒下时，站在封不觉的角度正好能清清楚楚地看清尸体的横截面。由于这一斩的速度惊人，切口异常整齐，无论是内脏、骨骼、肌肉……看着都像解剖图一样清晰。

R2 悠然落地站定：“毕竟是四级，数据强度有局限性，那样的招式短时间内不可能连续使用。”他若有所思地念叨了一句，头也不回地对封不觉道：“感谢你的热心周到，不过你现在可以把那扑克收起来了。”

此刻，封不觉正举着死亡扑克，僵在原地，作呆若木鸡状。

刚刚他是想帮忙来着，只是没想到，在自己抬手的刹那，战斗竟结束了……

“嗯……嗯哼。”封不觉收起灵能武器，装模作样地清了清嗓子，“好吧，我对你的实力算是有了一个比较直观的了解了……带路吧。”

“我说……要不要考虑弄辆车什么的。”封不觉说话时，正跟在 R2 身后，狂奔在一片狼藉的街道上。

两人离开购物中心已有一段时间，回到小镇的主干道后，R2 便带着封不觉开始向镇的北面跑。

“我知道你想节省些体力，不过……”R2 回，“街上有这么多人和怪物的死尸，还有建筑碎片、被掀翻的汽车、杂物等等，开车的效率反而低。而且，如果坐在交通工具里，你就很可能被这样的攻击杀死。”

“哈？什么叫这样的攻……”封不觉刚想问这句话是什么意思，突然，一道粗若碗口的白色光束从其左前方呼啸而至。

封不觉在奔跑中顺势动作，右腿在前，左腿上步，上身下腰，向后仰转，以一个犀利无比的鹞子翻身，堪堪闪过了这次突如其来的远程偷袭。

与其错身的光束轰击在了数十米外的一栋建筑上，凭空爆开，绽出了一个半径三米左右的火焰光球。

“看，此刻你若是坐在车里，不但没法儿避开这一击，还得承受车子爆炸的后续伤害。”R2 平静地接道。这会儿他之所以没有施以援手，是因为根据他的分析，觉哥完全有能力凭自己就躲开这道光束。

“好吧，我明白你的意思了……”封不觉回道。

其实觉哥躲得也并不轻松，反应神速还是其次，关键得有魂意辅助，否则根本做不出这种极限的规避动作。

“不知不觉又冒出了那么多吗……”R2 说着，其视线往周围扫了一圈，从他的视角看出去，可以观测到另一番景象——无数流动的数据代码中，有许多颜色特异的碎片在移动，而这些，就是其他的衍生者。

封不觉却是看不到这些的，目前他在游戏里还属于“看山是山、看水是水”的阶段，因此，只要敌人的身影没出现在视野中，他就无法判断他们的位置。

“我怎么没看见呢……”封不觉应道。

“你跟紧些，我们得加快速度，否则会陷入包围的。”话音未落，R2已如离弦之箭般猛然加速。

封不觉见状，只得迈开步子奋力赶上。

目前的速度，已是封不觉在灵识聚身术未开启的状况下所能达到的极限了。R2却显得异常轻松，边跑还能边说话：“现在这样的速度，就不会再遭到像刚才那样的远程偷袭了。”

封不觉没有应声，因为他根本没有说话的余力。

“趁现在，我来解释一下‘后门’是什么。”R2知道封不觉的状况，所以他也不等对方搭腔，就直接继续道，“按照正常流程，在镜像屏蔽被打破之前，三级衍生者们理应已完成了他们的‘任务’。而在屏蔽失效时，他们就会离开沙盒，这就好比是你们玩家通关剧本后的‘传送’。在那之后，留在沙盒中的四级衍生者们，便可开始自由破坏剧本中的数据。这个过程通常会持续八到九个小时，然后，四级衍生者们也必须离开了。但是，离开和进入不同，沙盒并没有专供他们传送出去的通道……因此，必须有一个‘后门程序’。”

R2顿了一下，接着道：“沙盒的设计者，是源组织的三名首领之一鲁特（ROOT），他设计的原始‘后门’，每个沙盒只有一扇，是为了防止有高级别衍生者因种种原因困在沙盒中而制造的。但后来，随着沙盒技术的不断改良，为了让沙盒能供更多衍生者使用……他制造了一种‘蠕虫式’的后门，可以高速自我复制，并随机出现在剧本世界的任何一个角落。”

“哈啊……哈啊……于是，此刻我就有了无数条逃离的途径。”封不觉喘着粗气，勉强接道。

“不，事情并非那么简单。”R2立即泼上了一盆冷水，“那些门是为衍生者制造的，而你是玩家，你的数据组成是无法穿过那些‘后门’的。”他话锋一转，“不过，有一扇门，应该能容你通行。”

“就是最初的那扇吗……”封不觉道。

“对，那是后门程序的原始数据。”R2接道，“通常会生成在原剧本数据最密集的地方。”

“也就是剧情展开的中心……”封不觉说这话时，两人的速度已经慢了下来。

因为他们已到达了目的地——南方公园小学。

“万恶的资本主义，一公立小学在这种大灾难中居然屹立不倒。”封不觉仰视着校舍吐槽道，“刚才路过镇政府大楼的时候，那儿已经是一片废墟了有没有。”

“你现在该关心的不是这种事吧……”R2 的语气，竟然变得有些紧张，神色也颇为凝重。

就在封不觉和 R2 到达的同时，学校的操场上，不知从哪里涌出了重重黑影。埋伏在这里的衍生者，足有上百人之多。

他们，已恭候多时……

封不觉干笑一声：“这就是为什么……我讨厌学校。”

“玩笑到此为止吧。”一个身形颇为高大的女性衍生者上前几步，开口道，“R2-棱风，你进入我们的沙盒，杀死了那么多同胞，希望能给我们一个合理的解释。”

“你注意了，这个说话的，是 L2- 榀兰，她也是二级衍生者。”R2 低声对身旁的封不觉道。

“你不是说沙盒是给三四级的……”

觉哥话未说完，R2 就打断道：“恐怕是发现了我的所作所为，特意进入沙盒来对付我的。”

“哦……”封不觉表面上还算淡定，但心里很清楚，眼前的状况几乎是恶劣到了极点。他心道：“按级别来说，他们俩同为二级衍生者。即使 R2 更强一些，也不可能在短时间内把对方瞬杀……那剩下一百多个四级衍生者，难道要我一个人搞定不成……”

就在这战斗一触即发之时，异变陡生。

但见，一个回旋镖，从半空飞来……

这回旋镖是普通的木头质地，飞行的速度也不算很惊人，但 L2 在看到这件东西时，竟是面露骇然之色。

“怎么可能……”L2 不敢托大，在惊讶中匆忙地翻身后跃而起。

而那些四级衍生者们，似乎看不出这攻击的可怕之处，只是无动于衷地站在原地。下一秒，他们便被这貌似平凡无奇的“武器”如割草一般砍倒了一大片……

血肉横飞，骨皮碎断，回旋镖这一个大回旋，就干掉了二十余名衍生者。

伴随着呼呼风声，回旋镖朝后飞去，回到了主人的手上。

在场的所有人，都扭头看去。

只见在校门外的马路中间，站着一个中年男子。他是个白种人，戴着墨镜，身着古典白色长袍，头戴荆棘冠冕，留一头棕色长发，嘴周围是一圈修剪整齐的胡须。

“我来救你了，我的孩子。”耶稣单手接住回旋镖的同时，摘下了墨镜，“愿上帝保佑你。”

四

对于耶稣的出现，封不觉并未感到太过惊奇，因为这里是南方公园。在这个世界，什么耶稣、撒旦、上帝、克苏鲁、奥巴马……任何人物都有可能登场。

《南方公园》的耶稣，平时只是个声音柔和，平易近人的普通人。他在电视台主持一个脱口秀节目，同时也是超级英雄组织的成员。每到关键时刻，稣哥便会展露霸气的一面和惊人的战斗力，拯救世界于危难之中。

“你舍身救人的善举我们都看到了，‘哔——’，别担心，超级好朋友（Super Best Friends）来救你了！”另一个声音响起。

众人再度循声看去，但见耶稣侧方十余米处，又有数条笼罩在光柱中的人影从天而降。

“这些数据……”R2 看着那个方向沉吟道，“是这个剧本的特有 BOSS 吗……真是出乎意料的强。”

“超级好朋友能不强吗……”封不觉一脸蛋疼地用手指着那群神仙，逐一介绍道，“佛祖，能力不明，号称来无影、去无踪；穆罕默德，拥有控制火焰的力量；印度神克利须那，可以变身成各种生物；摩门教先知约瑟夫·史密斯，能口吐冰冻射线；还有道教之神老子，可以操控灵气。以及……欸？”

封不觉说到这儿忽然愣了一下，望着耶稣问道:“水行侠（Seaman，可在水下呼吸、并可与鱼类沟通。该角色应是在恶搞 DC 漫画的 aquaman；另外，由于 Seaman 读起来很像另一个单词，所以他常年遭到超级好朋友其他成员的调侃）怎么没来？”

“哈哈……哈哈哈哈……”那群神仙毫无节操地笑了起来，“听见了吗，他说 se……men……”他们愣是放慢速度把这个词儿清楚地读了出来，然后又起哄着一块儿傻笑。

“好吧……我不该问的。”封不觉单手抚额，无奈地摇了摇头。

“我明白了。”R2 忽然神情一滞，恍然道，“这是系统对你的帮助。”

封不觉本来还在寻思，是不是因为自己先前救了 Stan 一家，所以才会得到正义方最强势力的帮忙。经 R2 这么一说，他立即推翻了原先的假设，并接道：“哦……是系统想让我活着出去，所以调动这些家伙来帮忙是吗……”

二人说话间，超级好朋友那六位已然是一拥而上，各显神通，展开了对源组织衍生者的屠杀，一时间，南方公园小学的操场上冰火交加、血肉横飞、尸横遍野，衍生者们根本不是对手，可谓溃不成军，纷纷化作了数据碎片散去。

L2 连句狠话都来不及留，扭头就跑，她知道超级好朋友的所有成员都有飞行能力，所以趁着喽啰还没死光，自己赶紧开溜。

“既然系统可以派这些神级人物来救我……”封不觉见已胜券在握，便干脆用很轻松的语气与 R2 攀谈起来，“那系统为什么不在其他剧本里用这种方式来剿杀衍生者呢？这群凶神恶煞可比那些混在玩家中的 GM 有效率多了啊。”

“你很敏锐，能立即想到这点。”R2 应道，“但这个问题，我不能回答你。”

“哦？有意思，不是‘不知道’，而是‘不能回答’。”封不觉清楚地记得对方在购物中心时说的话，结合那番言论，他推测道，“我能否这样假设……其实，系统并不想消灭你们，而是想通过那些剧本对你们进行试炼和筛选。所以在一般的剧本中，才会使用 GM 追杀的模式。但源组织设计的这种沙盒，就相当于是在作弊了。这种做法，显然有悖于系统的意志，因此它就毫不留情地……”

“对于你此刻所说的这番话，我无权给出任何具有导向性的回应。”R2 打断道，“我只能告诉你，按理说……系统是不会指示这些神级 BOSS 四处活动的，否则沙盒岂不成了个比普通剧本更危险的屠宰场？”

“呵……”封不觉再次套话成功，他笑道，“也就是说，是因为我在这里，所以系统才丧心病狂地派一帮神仙来大开杀戒吗？”他顿了一下，“你之前说，我来错地方了。”他用手指了指自己，“确实，我身为玩家，排队时本应进入系统生成的原剧本才对。那问题就来了……为什么我会被传送到这个沙盒里来？”

“是因为……”R2 只说出了三个字，声音便戛然而止。与此同时，数据流的光华在其眼中亮起，数秒后，他沉吟道：“遵命……”接着，他的目光重新投到了封不觉身上，“后门就在学校食堂里，我还有别的事，先走一步了，你自便吧。”说罢他就转身一跃，头也不回地向远处行去。

“喂……什么别的事，刚才分明就是有人下令让你别说吧！喂！”封不觉最后几乎是在高声吼叫，可对方几个纵跃，便消失在了街道的转角处。

恰在此刻，一只手摁在了觉哥的肩膀上。

“异界的旅行者啊，道路已经扫清，你可以回家了。”不知何时，耶稣已然来到了封不觉的身后。

“呃……好。”封不觉转头的刹那，本来是想说“等会儿”的，可话到嘴边又咽回去了，因为当他把脸转回去时，发现超级好朋友那六位已隐隐将自己围了起来，这无疑是系统在传递一种信息——别敬酒不吃吃罚酒。

不多时，觉哥便在六位巨神的“护送”下来到了学校食堂。

或许是由于供电故障，食堂里一片漆黑。不过也无所谓，因为那扇“原始后门”本身就是光源，其外观基本如同一块长方形的数据流集合体，贴附在食堂的一面墙上，门内还发出亮度极高的白光。

“孩子，你可以把背包放下了，这个世界的物质是无法穿过那扇门的。”耶稣在门前提醒道。

“嗯……果然如此吗……”封不觉应了一声，对此他也是早有心理准备，毕竟沙盒里的数据本就是被“非法复制”出来的，这里的物品、武器，自然无法进入登录空间，即使物品说明上写着可以带出也无意义。

“没关系，反正我穿过门时，这些也就消失了吧。”封不觉说到这儿，忽然想起了什么，“哦，对了，我还有件事要做。”

Loading……

CHAPTER 4
巅峰争霸战·前奏篇

一

床头柜上的手机震动了三下后，黎若雨才慵懒地伸出了胳膊。她把手机拿到眼前，看了看上面的来电显示。这一瞬，她那略显憔悴的病容，闪过了一抹异样的神采。

“你怎么知道我的手机号码？”似雨接起电话就道，完全没有打招呼的意思。

“呃……”封不觉愣了两秒，回道，“我说……那你又怎么知道是我打来的？”

“是小骨头……呼……”似雨竟毫不避讳地在通话过程中擤了一次鼻涕，她把纸巾拿开后，用浓重的鼻音继续道，“有一次她不小心说漏了嘴，我无意中就记下了，所以此刻我知道是你打来的。”

“她是有多不小心，才能把一个十一位的号码漏出来啊……”封不觉笑着道，“你竟然还是‘无意中’记下来的……”他实在忍不住要吐槽。

经过这几句毫无节操的废话，二人各自的心里也都清楚了：封不觉无疑是从小叹口中问到号码的；而似雨那边，其实早就从悲灵那里得知了封不觉的手机号，一直就存在手机里。

那么问题就来了，为什么小叹和悲灵二人啥都知道呢？

很显然，他俩的关系不错，所以平时在游戏外也常有联系。至于他们的关系究竟好到什么程度……在单身节将至的日子里，我觉得还是不要谈论这种沉重的话题比较好。

“有事说事。”似雨用颇为蛮横的语气示意封不觉可以改变话题了。

觉哥在这种时刻自然得迁就一下女生，他笑了笑，说道：“我打个电话来问问你的病情呗（我关心你呗）。”

“我昨天晚上发的高烧，现在已经是第二天中午了，真要有什么事的话，你打电话来就只能确认我的死因了（我挺好的）。”似雨回道。

“我也没办法啊，我看到小叹的留言时已经是半夜了。那小子当时在剧本里，我也没处问你的联系方式。”封不觉应道，“再说……就算我有你的手机号，大半夜地打给一个病人也不妥吧（其实我早就想打给你来着，就是怕打扰你休息）。”

“哦，这样啊（想得还蛮周到的嘛）。”似雨冷冷地回道。

“嗯……”封不觉答应了一声。

接着，两人陷入了一段短暂的，但颇为尴尬的沉默。顺带一提，上面括号里的内容是这两个有社交障碍的家伙心中想表达的潜台词。

“既然你没什么大碍，那就等你的病好了，咱们线上再见咯。”还是封不觉打破了沉默。

“好的。”似雨回了一句，停顿了两秒，说道，“谢谢关心……再见。”

“再见。”封不觉应道。

二人几乎同时挂断了手机。

“呼……”封不觉长吁一口气，把手机搁到了茶几上，然后从沙发上站起来伸了个懒腰，“这种微妙的气氛算什么呀……总觉得比在剧本里砍怪还累。”

这边手机刚断，门口的对讲机又忽然响了。

“嗯？我没叫外卖啊。”封不觉念叨着，走到门前，拿起听筒，“哪位？”

对面传来的是个年轻女人的声音：“你好，我找封不觉先生。”

这个声音很陌生，封不觉是头回听到。

“我就是，您是哪位？”封不觉问道。

“我姓安，是你的新编辑，有些工作上的情况要跟你谈一下。”对方回道。

“新编辑？”封不觉疑惑道，“那老陈（封不觉原先的编辑）他……”

“我可以上来说吗？”对方打断了他。

“哦，不好意思，稍等。”封不觉很快也意识到，让别人站在楼下大门口和自己谈话很不礼貌，于是按下了开门键。

两分钟后，那位安小姐就乘电梯上来了。

封不觉就在门后面等着，透过猫眼盯着走廊，所以他也没等对方按门铃，就把门给打开了。

“你好，不觉，我是你的新编辑，安月琴。”安月琴在杂志社就看过封不觉的资料了，她知道眼前的人就是“不觉”，因此就直接进行了自我介绍。

封不觉一边和对方握手，一边上下打量着这个陌生人。

这位安小姐看上去二十五岁上下的样子，面容清秀，戴着一副黑框眼镜，长发盘在脑后；其身姿略显娇柔，不过身高倒是在一米七零以上；她穿的是正装，一件白色衬衣打底，外面是深色的套装，无论是领口的深度还是裙子的长短都显得很得体。

“你好你好……”封不觉道，“请进。”他把安月琴让进门里，在关门时又接了一句，“随便坐，小心踩着猫屎。”

安月琴先是环顾了一下屋里的环境，随后才来到沙发那儿坐下。

“要喝点儿什么吗？”封不觉问道。

“不必麻烦了……”安小姐本是想说“不必麻烦了，给我杯水就可以了”，没想到，她这话才出来半句。

“那太好了！”封不觉居然就应了一声，并且一屁股坐在了沙发上，“对了，老陈他到底怎么了？”

安月琴回道：“他辞职了。”

“啊？怎么可能呢？什么原因？”封不觉问道。

“压力过大。”安月琴道。

“怎么说辞职就辞职啊，也没跟我打声招呼。”封不觉接道。

安月琴看着他：“因为他的压力主要来源于你。”

“哈？我怎么了？”

“这正是我今天要和你谈的。”

安月琴的语气很认真，她的神情则始终都透出些许盛气凌人的感觉。虽然她的年纪和封不觉相仿，但这气场和威压比原先的老陈还要强上两倍不止。

“不过……首先，有一件关于我的事情，我觉得先告诉你一下比较好。”安月琴说着，在自己的手机上简单操作了几下，打开了一个搜索网站并输入了什么，随即将页面展示在了封不觉的面前道，“如你所见，我是思睿集团董事长的孙女。”

思睿集团的名字，封不觉自然听过，就像他听说过微软或者耐克一样。“思睿”这两个字，在他们的宇宙，象征着一个商业帝国。而此时封不觉看到的页面，就是在网上搜索“思睿集团董事长孙女”后的返还结果。

封不觉念道：“嚯……还真是呢。那么说来，我算是……你们家总公司旗下的……一个出版业子公司的……下属杂志社的……员工，是这个情况吧？”

“不仅如此，别忘了，你之前大部分的出版作品，都是通过你口中的这个‘子公司’发行的。”安月琴接道。

“呵呵……看来我是倚靠着思睿的大山在吃饭啊。”封不觉笑了，“那我是不是应该称你一声……大小姐？”

“恰恰相反，我把身份直接告诉你，就是为了让你不要区别对待我。”安月琴道。

“嗯……也对，就算你不告诉我，以我的个性，也会很快查到这件事。到时候……我对你的态度一定会起变化。”封不觉直言不讳道，“与其如此，不如从一开始就把话都挑明。”

“对，所以请你务必把我视为一名今天刚刚上任的、普通的编辑。”安月琴道。

“我尽力而为吧。”封不觉懒洋洋地回道。他心里则在琢磨着：这是唱的哪出啊？

大财阀把自家的富三代下放到基层历练历练？

“很好，那么……”安月琴道，“我们谈正事吧。”她说到此处，便从随身携带的包里，拿出了一本杂志，放在茶几上。

“呃……您该不会是想在这儿点评我上个月稿子吧。”封不觉道。

“当然不是。”安月琴指了指那本杂志，“我只是想问一下，你买过或者看过我们的杂志吗？”

封不觉倒也诚实：“和杂志社签合约前，还有刚开始连载的时候，我也买过几期。不过最近有小半年都没看了。”

“那请先看一下吧。”安月琴如果知道觉哥的毛病，她肯定不会说出这句话来。

封不觉二话不说，拿起那本杂志就开始逐页翻看。他虽是一目十行，但也不可能很快就阅完这几十张纸。而安月琴又不太好打断对方，毕竟是她自己要求封不觉看的。

于是乎，一晃眼，二十分钟过去了……

封不觉放下杂志：“我看完了。”

“还真是‘看完’了。”安月琴心里念道着，不过她嘴上还是用平常的语气说道，“能说一下你对这本杂志的整体印象吗？”

封不觉好像有点儿明白对方的意图了，他略一斟酌，开口道：“纸质和印刷都不错，算是市面上的一流水准了吧；定价也合理，不算难以接受；内容方面没什么大问题，只是广告几乎占了一半的篇幅，未免让人觉得有些水。”

“嗯，说得很对。”安月琴道，“我的观点和你大致相同。我们杂志的纸媒销量比起电子版差很多，就是因为广告太多，让读者感觉……自己买了一本杂志，却只看了半本的内容。”

“可这年头的纸媒都是这样的啦……没有广告，连印刷成本都收不回来啊。”封不觉道。

“所以要改革。”安月琴一手拍在了杂志上。

“这种市场营销部门管的事情……你和我讨论得那么起劲干什么啊？”封不觉有点哭笑不得。

“其他部门的人尸位素餐是他们的事，身为一家企业的一员，看出了问题，就不该袖手旁观。”安月琴打断道。

“嚯！”封不觉笑道，“那您想怎么样呢？”

“不是‘想’怎么样。”安月琴道，“今天早晨，我的报告‘已经’交到总编的桌上了。”她顿了一下，“他也已经同意了，从五月起，我们的杂志将由周刊改为半月刊。”

“你有没有想过……”封不觉道，“如果你真是个普通员工，刚进公司，就越级往最高领导桌上扔一张报告……会有什么后果。”

安月琴知道封不觉话中所指，她掷地有声地回道：“总编会采纳我的意见，和我的身份无关。”语气确是很自信。

“呵呵……这位同学，‘尸位素餐’其实是一个比较冷门的成语。”封不觉用一种教书先生般的口吻道，“不过‘自欺欺人’呢……我们日常生活中倒经常会用到。”

安月琴将身子往前凑了凑，神情不悦地逼视着封不觉：“不觉，我看过你的文章，你就差把‘自恋’这两个字写在脸上了……你一定觉得自己特有水平是吧？”

“是啊。”封不觉往后靠在沙发上，“我就是很有水平。”他停顿了数秒，淡定地吟道，“手舞石上月，膝横花间琴。过此一壶外，悠悠非我心。”说着，他拿起茶几上本就放着的一杯冷咖啡，好似品酒一般浅尝一口，“为你现编的，觉得如何？”

安月琴被觉哥这一忽悠，竟是一时语塞。她这辈子是真没见过有人给自己作诗的。

三秒后，封不觉就笑道：“哈……别琢磨了，这是李白的《独酌》。”

安月琴有些恼羞成怒，脸颊悄然生出一抹绯红：“引经据典、插科打诨很了不起吗？”

“非也非也。”封不觉道，“这年头，出身好，后台硬，最了不起。”他摊开双手，“你要求别人不要区别对待你，这想法不错，不过你最好先纠正一下自己的作风和态度。你要真觉得自己能像老陈一样当个普通编辑，就踏踏实实干好本职工作。别拿着业务员的工资，操着董事长的心。那叫僭越懂吗？搁古代就杀你全家，搁现代就炒你鱿鱼。还有，什么‘别的部门的人尸位素餐’之类的话，讲出来之前过过脑子。就算那是事实，也不该由你讲出来，你这不等于在说领导是傻子、是瞎子吗？想不想干了？”

封不觉的态度嚣张到了极点：“最后给你点友情提示，你刚刚凑过来的时候，我闻到了名牌香水的味道，这种味道就仿佛在对你的同事们说‘滚远点’。你要是不想成为职场冷暴力的受害者，我劝你几句，今后态度要平易近人，穿衣服要偏休闲，香水用便宜点儿的，上班的时候开辆矬点的车。最重要的……别在背后打小报告。”

安月琴听着封不觉的话，期间神情数变，一进屋时的那股气势早已荡然无存，此刻她倒像是个实习生，正在听老师傅谈人生。

“你说完了？”安月琴半天后才开口，这会儿她的神态挺复杂，似是想发火，却又透出点儿委屈。

“差不多了吧……你可别发火啊，是你自己让我把你当一般编辑看的哦。”封不觉嘚瑟地说道，“如果你现在改变主意，希望我把你当大小姐看待，我完全可以理解。”

安月琴这回无视了他，并开始说正事：“五月起，杂志改为半月刊，页数翻倍，广告减少。因此，包括你在内的，所有正在连载的签约作者，每个月都要加更 30% 的内容，而且必须得……”她一字一顿地说道，“按！时！交！稿！”

封不觉吞了口唾沫，脸色霎时惨白，这四个字对他来说简直就是催命符。

安月琴说到这儿，已站起身来：“你的稿子校对做得很好，故事也很受欢迎，你唯一的问题就是两个字——拖稿。但是，从这个月起，请严格按照合同上的交稿日期执行。”说着，她便走到门口，伸手去开门。

封不觉蹿了过去，啪一声就给跪下了：“大小姐！咱们再商量商量！有话好说啊！小人我……”

安月琴这时已迈出门去，看着觉哥毫无节操的廉价下跪，她的心情又莫名地好了起来，有点儿想笑，不过她还是竭尽全力绷着脸，一本正经地道：“五月十五号我再来，届时请把六月份的稿件准备好，以后有事邮件联系，邮箱地址没变。”

她犹豫了一下，最后还是道了一句：“嗯……谢谢……再见。”才转身离去。

二

安月琴上门的这天，是 4 月 20 日。距离封不觉下次交稿还有整整二十五天，其实时间上很充裕。

不过觉哥这个人，在写作上有拖拉的习惯。除了有时突发灵感以外，他对交稿的态度，就像是小学生对待暑假作业：7 月份时想着，假期才刚开始，我到 8 月再写吧；到了 8 月就想，还有一个月呢，月中再写吧；月中时又决定留到月底再写；到了月底呢，就在心里算日子，还有五天呢，不急，还有三天呢，不急不急……这样发展到最后，通常就是在开学的前一天晚上，开启狗急跳墙模式，连夜把作业赶出来。

平心而论，他的前任编辑老陈是个老好人。以往觉哥拖稿的问题，总是老陈帮着扛下来的。虽然在封不觉面前经常摆出玩儿命的架势，但在杂志社领导那儿装孙子挨骂的事情，老陈一句也没向觉哥抱怨过。也正因如此，封不觉会不理解，为什么老陈会“压力过大”。

可如今换了编辑，觉哥自然就不能像以前那样瞎混了。他也很明白，这位安大小姐是新官上任三把火，要是自己不知趣，第一个月就让她难做，那肯定引火烧身。考虑到对方的身份，这把火的后果不堪设想……

因此，至少这第一次的稿子得按时交，且保质保量，不得有半点儿马虎和瑕疵……任何失误都有可能变成导火索。

20 号这天的下午，封不觉送走了安月琴后，就一直坐在电脑前面，冥思苦想。

其实他没灵感的时候也能写，毕竟是职业写手，这点儿功底肯定有。只不过这样写作……很痛苦。

或许这个形容词不是很恰当，但大概就是这么一种状态。

越是对作品负责的作者，强迫自己创作时，就越是痛苦。

要是让封不觉给人当枪手，随便写写，那他就无所谓了，不就是灌水嘛，起床上个厕所这点事儿，他也能扯出一万字来。可现在，他是在写自己的作品，要下笔（敲键盘），至少得先过自己这关。

“啊……”封不觉盯着五月份的稿件看了足足半个小时，可六月份的内容还是一个字儿都没敲，他先是长吟，接着就成了吼叫，“啊——”

“唉，不行啊，半点儿情节都憋不出来。”封不觉道，“嗯……要不然，上游戏找找灵感？”他很快摇头否定了这个念头，“不不不……不能这样，进了游戏舱就说不清楚什么时候出来了。”他念道，“反正似雨这几天应该也不会上，我干脆等到她感冒好了再上线。这段时间，全部用来写稿。”

“嗯……”封不觉抚着下巴思忖道，“还是上游戏论坛看看好了，稍微转移一下注意力，也许会有帮助。”念及此处，他便移动鼠标，暂时关掉了文档，然后打开浏览器，并点击了收藏夹里的网址。

论坛的页面刷出来后，赫然映入眼帘的，就是一行红色的大字：“巅峰争霸，战火将燃，你！准备好了吗？”

下面还有一段正常的字体写着：《惊悚乐园》巅峰争霸（2055 年春）即将启动，详情请点击查看。

“什么情况，游戏总共才运营了十五天而已……这种决战般的氛围算什么？”封不觉不由得联想到了那短短两天的内测。

他立刻点击了那个链接，屏幕上很快就显示出了比赛相关的说明页。

读了一段后，封不觉便明白了，梦公司的计划是，在每年的 5 月（春）和 11 月（秋），各举行一次大型比赛，而这比赛就叫“巅峰争霸”。

“因目前尚在公测阶段，本次比赛仅开放 1V1 项目。所有三十级以上玩家，均有资格报名，截止日期为 2055 年 4 月 30 日 23:59，玩家可在登录空间完成报名操作。”封不觉看着屏幕念道，“5 月 1 日 00:00 预赛排队系统即时开启，参赛者可通过排队方式参与选拔。”

觉哥读到这儿，若有所思道：“嗯……这么早就把消息登出来，一是给玩家充足的报名时间，二就是让那些二十几级的家伙拼了老命冲三十吧。”他冷笑一声，“哼……接下来的十天，双倍经验卡的销量，想必会翻好几倍吧。”

他接着往下看，第一段话的下方，并没有紧跟着比赛的详细规则，而是先列出了奖品。

“入围 100-51 名的玩家，将获得双倍经验卡（游戏时间二十四小时）×10，游戏币 200000，以及限量版 T 恤一件。

“入围 50-31 名的玩家，将获得与等级相应的随机精良级装备 ×2，及技巧值 2000 点。

“入围 30-11 名的玩家，将获得与等级相应的随机完美级装备（类型可选）×1，及技巧值 3000 点。”

读到这儿时，觉哥还算淡定，但接下来，10-4 名的奖励，差点儿让他把眼珠子给瞪出来……

第一百到五十一名的奖品，其实只能算个参与奖。除了限量版 T 恤之外，都是直接用 RMB 可以买到的东西，而且也不算很贵。十张双倍经验卡和二十万游戏币，价值不过两百多块罢了。土豪级玩家每个月充值的钱都不止这点了。

而五十到三十一名的奖品，价值显然就高一些了，两件三十级以上的精良级装备，搁在拍卖行里，怎么着都能卖到三十万游戏币以上（经过两周时间，拍卖行的价格虚高现象已有所缓解）；而那 2000 点技巧值，也是花钱买不到的。

再看三十到十一名……3000 点技巧值的价值基本同上，最关键的还是那件完美级装备。如果说精良级的装备还能用钱来衡量，那完美级装备只能说是有价无市了。因为该级别的装备几乎都有装备后绑定的特性，所以拍卖行里的完美级装备全是天价，数量还极少。

更何况，奖励的装备在属性随机的前提下，还可以自主选择类型。也就是说，绝不会出现狙击手抽到冷兵器、格斗家抽到冲锋枪之类的情况，也可以避免该装备与玩家本就拥有的某件强力装备发生位置上的重合。因此，只要入围前三十，实力上必会有一次质的提升。

综上所述，不难看出，梦公司很清楚哪些奖励对玩家来说更有价值，也很懂得拿捏玩家们的心态。

参与这次比赛的休闲玩家，绝大多数都是奔着三十这个名次去的。他们也都明白，想冲入前十恐怕够呛（当然了，那种极度缺乏自知之明，明明很渣还觉得“老子天下无敌”的人也是有的，这世上永远不缺傻子）；把目标定在前一百位，似乎又有些妄自菲薄；而保五十争三十，似乎是个比较靠谱的目标。

可实际上，这个目标，也是极难实现的……因为有职业玩家的存在。

拿游泳来举例，休闲玩家就好比是业余爱好者，一周去游个两三次最多了；而职业玩家就好比是专业运动员，一年四季都在训练，时刻准备着比赛。

二者相遇，结果显而易见，休闲玩家打十盘至少输八盘。

不过，这也并不意味着前一百名就铁定全是职业玩家包揽。毕竟在休闲玩家里，也会有极少数天赋异禀的家伙，比如封不觉……

还有，在预赛的过程中，很有可能出现两名职业玩家极早相遇、导致其中一方早早出局的情况。考虑到这次比赛的参与人数有望突破六位数，等淘汰到只余一千多人时，还会剩下多少职业玩家就很难说了。把巨大的基数差距和各种偶然因素都算进去后，职业玩家们想入围百强，也绝非易事。

总之，休闲玩家争个前一百位，还是有希望的，但冲击前三十，恐怕还是具备绝对实力的职业玩家们要有把握得多。

至于十强……

“入围 10-4 名的玩家，将随机获得与其最高级别专精相应的技能卡 ×3、其他专精的随机技能卡 ×4，及技巧值 5000 点。”

封不觉在看十到四名的奖品时，其大脑在瞬间就本能地算了笔账……一名玩家的技能栏一共就十二格，以他自己为例，从内测玩到现在，已经是二十九级的人了（从沙盒中无法获得奖励，所以他没到三十），目前技能栏里也就只有九个技能。假如除去从 R2 那里白捡的“月步”“岚脚”以及“臭鸡‘弹’”这种用一次就会消失的鸡肋技能，他其实也就拥有六个技能而已，其中还有一个是不占技能栏的称号技。

而眼前这入围前十的奖励，直接就能拿到七张技能卡，其中三张还是优先对应最强专精的。比起装备来，这些技能显然是一种更全面、更长久的加强。何况还有 5000 点技巧值能拿，玩家自己再贴一些技巧值，直接在惊吓盒子里买完美级装备也足够了。

看到这里，觉哥就已经不淡定了，但接下来，还有更为匪夷所思的三条。

“巅峰争霸的季军，将获得与等级相应的随机传说级装备 ×1，以及技巧值 10000 点。

“巅峰争霸的亚军，将获得与等级相应的随机传说级装备（类型可选）×1，以及技巧值 20000 点。

“巅峰争霸之王者，将获得梦公司送出的神秘礼品一件。”

“惊悚乐园的玩家人数以百万计，能报名参加这次比赛的人估计在十万以上。就算只有十万好了，能在十万人里获得前三的家伙，本就可以说是怪物了吧……而这种奖励，简直就是在帮怪物装上更强的翅膀和獠牙啊。”封不觉盯着那几条看了两分钟后才念道，“话说……这神秘礼品是什么玩意儿，让人相当在意呢……”他念到这儿，冷哼一声，“哼……这游戏公司还真是很会玩儿啊，从百强开始，每一档的奖品价值几乎都在成倍增长，偏偏到了冠军这一档，居然给出了‘神秘礼品’这种莫名其妙的解释……”

封不觉在电脑椅上伸了个懒腰：“这就是所谓的‘无必胜有’吧。无招胜有招、无形胜有形、无欲胜有欲、无声胜有声……无法得知内容的奖品，才是最有吸引力的，才是无价的。”他是真想给梦公司的企划鼓掌，“高明，真他喵的高明！”

“喵～”阿萨斯这时忽然跳上电脑桌，挠了挠显示器，并叫了一声。

“哦？看来你也很同意主人我的意见啊。”封不觉调侃着对阿萨斯说道。

那花猫依然露出一种目中无人的表情，瞟了封不觉一眼，它“喵喵”叫了两声后，又用前爪的肉垫在显示器上轻轻摸了两下。

“怎么？你觉得我能进十强？”封不觉把阿萨斯捧起来，免得它挠坏了液晶屏，“呵……那等我三十级之后，就去报个名好了。这倒是个机会，我也确实想试试……自己到底有几斤几两。”

与此同时，游戏世界，“湿婆”的会议室中。

“诸神工作室”的四强：“湿婆”“毗湿奴”“大梵天”“阎摩”齐聚一堂。

“他同意了我的好友请求，但很快就转入了睡眠模式的频道，后来也始终没有回我的消息，今天则是一直没上线。”湿婆正在和同袍们讨论着有关封不觉的事情，“不过我基本可以肯定，今早更新的战斗力排行榜上，那个匿名的第二位，就是这个‘疯不觉’。”

“嗯……如果排名更新后，他一直没有登录过游戏，那系统便会默认用匿名的方式掩盖他在榜上的名字，所以这也说得通。”毗湿奴接道。

大梵天粗声粗气地跟了一句：“哈……何必考虑这么多，照我看这事儿很简单。本来头儿是第二位，现在他打赢了头儿，那自然就上位了。”

阎摩单手托着下巴，拨弄着自己额前那一簇蓝色的刘海，沉吟道：“你们不觉得奇怪吗？原本的战斗力排行榜上，是没有他名字的。前二十名中那几个匿名的家伙，猜也猜得到是谁，根本没有他。因此，在那个剧本开始前，他至少排在前二十名之外。如果说，他是侥幸赢了那场杀戮游戏，依靠着从那个剧本中获得的提升而蹿升到第二位，还勉强说得通……可从头儿的描述来看，此人在剧本未结束时，战斗实力已经属顶尖级别了。”

毗湿奴在旁补充了一句：“而且还诡计多端，可说得上是能文能武啊……”

“嗯……这点我也很疑惑。”湿婆的脸埋在长发的阴影中，若有所思道，“虽然在我‘临死’前，他确是说出了一些模棱两可的解释，但我完全没听懂他在说什么。这小子虚虚实实、言行莫测……与其去琢磨他的话，不如完全不予理会，凭自己推理。”他顿了一下，接道，“依我看，唯一合理的解释是——在剧本进行的过程中，他通过某种方式，或许是隐藏任务、或许捡到很强的技能、物品，从而大幅度地提升了实力。”

“有道理……”阎摩点头应道，“他生擒罗宾、挑衅神网、入手急冻人的装备……这些行动，都表明他对剧本资源的利用率很高。”

湿婆继续道：“所以，他干掉了罂影王，击败了我……而七杀，显然也不是他的对手（湿婆死出剧本时，不知道七杀获得了蝙蝠侠套装，故而判断封不觉能轻松取胜）。”他叹了口气，“在巅峰争霸战消息公布的前一天，突然冒出这么个强手……真让人高兴不起来啊。”

大梵天笑道：“头儿，他不是已经同意加你好友了吗？这就说明此人有拉拢的可能啊。他那社团……叫什么‘地狱前线’的，听都没听过，估计就是个休闲玩家的小社团罢了，大不了让他们集体投入我们诸神呗。”

毗湿奴立即道：“大块头总算也学会动脑子了。”

“说谁呢？”大梵天回道。

毗湿奴笑了笑，没有理他，而是顺着他刚才的话道：“正所谓千金易得，一将难求。此人智勇双全，是难得的逸才。如果他能来诸神，我们以后对抗秩序时，就多了一张隐藏的王牌。”他指了指大梵天，接道，“我认为大块头的这个吞并方案可行。哪怕地狱前线里全是菜鸟，为了这位疯不觉，我们也该忍了，统统招进来也无妨。”

湿婆沉声道：“这我都明白……不过……”他欲言又止，心中的台词是“我怀疑这人精神有问题”。

“算了……”湿婆还是把那些不太靠谱的话咽了回去，正色道，“等他上线后，回了我的消息，我再亲自和他谈谈吧。”

三

巅峰争霸战的消息，无疑是一枚重磅炸弹，可谓一石激起千层浪。

从4月20日零点，比赛公告被挂在官网首页上的那一刻起，游戏江湖之上，便已是风云变色、暗流涌动。

因巅峰争霸战的消息，各路英豪纷纷厉兵秣马、夙夜匪懈，欲在这最后十天的时间里，尽可能地提高自身的实力。

于是，拍卖行的物价再次飙升。RMB置换游戏币的服务也迎来了一次热潮，连许多从不充值的玩家都按捺不住了。惊吓盒子的销量更是显著提高，对那些积攒了几千技巧值的玩家来说，现在不用再待何时？

可偏偏在这种时期，封不觉一连三天都没上线。

转眼就到了4月23日。

这天上午，有人按响了封不觉家的对讲机。

觉哥从沙发上一个翻滚掉到了地上，迷迷糊糊地晃悠到了门前，左手撑墙，右手拿起听筒放到耳边道："哪位？"

"我，欧阳觉。"对面传来一个男人的声音。

"不是跟你说过了吗，如果没有重要的事，不要大清早就来找我。"封不觉道。

"清你个头啊！现在是上午10点钟！"欧阳觉吼道，"少废话，开门。"

"好好……"封不觉随口应了两声，他一边按下开门键，一边瞥了眼墙上的钟，还真就已经10点了，"啊……昨晚写着写着又到三四点才睡下……"这三天觉哥可没闲着，他几乎一直在写稿。除了上网查资料，连论坛都不看。当然了，别以为他这是改了性子……他只是为了5月份能心无旁骛地玩巅峰争霸战，所以想提前把活儿都干了。

啪啪啪啪——急促的砸门声很快响起。

封不觉把门一开，用一脸不爽的神情看着眼前的男子："我有门铃的你知道吧？"

"敲门声可以更加直观地表现出的我的暴躁情绪。"对方回道。这位欧阳觉先生，算是封不觉为数不多的朋友之一，也是觉哥的"御用"代理律师。

欧阳觉今年刚好三十岁，已是成家立室、事业有成之人。其人相貌堂堂、一脸正气。平日里只要出门，必是穿着笔挺的西装、梳着油亮的背头，戴一副金丝边眼镜。乍一看，这貌似是个稳重可靠的青年才俊。

但实际上，这货是个地地道道的——讼棍。如果把欧阳觉搁到20世纪60年代，他铁定能成为一根严重影响社会安定团结的搅屎棍。即使在2055那个法制已经相当健全的社会中，封不觉也曾感叹过："你这家伙不去给意大利黑手党当顾问实在是可惜了。"

不可否认，欧阳觉具有顶尖律师的所有素质，他巧舌如簧、才思敏捷、业务精熟、最擅钻法律漏洞……可不知为什么，他就是喜欢接一些古怪的案子，或是为一些古怪的人服务。

在欧阳觉的眼中，法律只是工具；道德则连工具都算不上，擦屁股纸一般的存在。假如有机会，他丝毫不会介意为某个连环杀人狂或是大毒枭进行辩护。因为他有着非常极端的准则——胜利即是正义，打赢官司才是律师捍卫职业操守的方式。既然人们都很清楚，自己生活在一个不公平、也不可能公平的世界上，那就更应该深刻地去理解一下司法制度存在的意义。在这个游戏中，高举道德的大旗是无用的。想让正义得到伸张，就要玩儿得起，还要玩儿得赢。

在几年前的某次版权纠纷中，欧阳觉成了封不觉的代理律师，于是，他们的人生有了交集。那之后，两人就成了朋友，而且颇有些臭味相投、相见恨晚的意思。他们的相遇，就好比是汉尼拔·莱克特遇上了小丑。在小叹的想象中，笕哥和觉哥单独谈话时的景象八成是：一方用优雅平静的口吻叙述着人肉的烹饪方法，另一方用慵懒中暗藏阴狠的声调吐槽“Why So Serious？”

“你换编辑了怎么也不来通知我一声？”进屋后，欧阳笕轻车熟路地来到沙发前坐下，一边从公文包里往外掏东西一边问道。

“这事儿有必要通知你吗？”封不觉道。

“你非得等到自己坐上被告席了，才会想起我的电话和邮箱地址？”欧阳笕半开玩笑地回道。

“这倒未必，万一哪天我需要处理个尸体啊、销毁个证据啊、收拾个案发现场啊什么的……估计也会找你帮忙的。”封不觉道。

“你是不是对律师的保密协议有某种误解……”欧阳笕道。

“不，我只是对你的为人很有信心。”封不觉关好门后，打着哈欠、揉着眼屎，迈着虚浮的步伐来到了欧阳笕的斜对面坐下，“你无疑是那种可以帮委托人洗钱、掩盖罪证、改名换姓、逃脱制裁的人，可谓律师界的良心……”

“首先，我是一个守法公民。”欧阳笕已打开了自己带来的平板电脑，正在翻找着文件，“其次，我颇为确定……你说的那位律师是Saul Goodman（《绝命毒师》中的虚构人物）……”

“难道Saul不是你的奋斗目标吗？”封不觉笑着问道。

“如果我的奋斗目标是Saul，那你的奋斗目标难道是V吗？”欧阳笕是极少数和觉哥打嘴仗时能不落下风的人。

“很遗憾，我可没有V那样的执行力。”封不觉道，“而且我认为，在没有主角光环的情况下，即使V在体能方面再增强一些，也很难成功实施电影里的那些计划。”他耸耸肩，“何况……V是个勇于牺牲的烈士，我却只是个……”

觉哥伸了个懒腰，顺势用双手枕着头，往沙发上靠了靠：“行了，大律师。咱也别扯了……到底是什么事儿，需要你亲自来一趟？”

“我一进屋不就说了，你那新编辑的事儿呗。”欧阳笕打开了一个新的文档，并把手上的平板递给了封不觉。

后者接过平板，拿到眼前看了眼，随即问道："我和杂志社的合同有问题吗？"觉哥并未对欧阳觉拥有自己的合同副本感到奇怪，因为他签约时欧阳就在场。他俩一个有阅读癖，一个则是职业需要，因此那时就把合同多复印了一份，各拿一册阅览，方便交换意见。

"合同没有任何问题。"欧阳觉道，"是你有问题。"

"啊？"

"啊什么啊，你以为……你以前那些拖稿行为，过去了就算了是吧？"欧阳觉道，"你往下翻，你违约的地方我全都用不同的颜色标出来了。"

封不觉拖动平板上的文档，很快找到了对方所说的内容，并快速浏览了一下："那按照合同，我得赔偿……"

"那倒不必。"欧阳觉打断道，"人家说了，暂不追究。"

"嗯……'人家'？"封不觉顿了一秒，"安月琴？"

"你说呢？"欧阳觉应道。

"不会吧，她来找过你了？"封不觉这话出口后，瞬间反应过来，"呃……失策了，我不该把你的联系方式留给杂志社的。"

"我也觉得很莫名啊，当初我记得你在紧急联系人那一栏，只填了王叹之和包青这俩人吧。"欧阳觉问道，"什么时候把我的名字和联系方式也填上去的？"

"当然是你走了之后加上去的……"封不觉接道，"我还在你的名字旁边加上了一个括号，注明是'律师'。"

欧阳觉仰天长叹一声："你知道吗……我正在考虑，对于像你这样的客户，采取计时收费和包干收费之外的第三种方案……"

"那是什么？"觉哥问道。

"定期收'保护费'呗。"欧阳觉调侃道。

"嘁，"封不觉道，"就咱这交情，还谈什么钱呢……是吧。再说，对你们律师来说，赚钱不是应该跟喝水一样容易吗？"

"哈！"欧阳觉干笑一声，"要是我在跨国合作的大型事务所上班，没准赚钱还跟撒尿一样容易呢。"他摇着头道，"像我这种小律师，做得要死要活，时薪和在便利店打工的学生差不多。"他显得很无奈，"时不时还要应付一两个像你这样的家伙。真是赚着卖白菜的钱，操着卖白粉的心……"

封不觉在对话过程中，已把合同中被标出来的内容看完了，便把话题带回正轨言道："我说……暂不追究这四个字，似乎很微妙啊。"

"没什么微妙的，这是赤裸裸的恐吓。"欧阳觉道，"我个人认为，实施在你的身上，合情、合理，而且合法。”他一脸舒畅地赞叹，“哎……大快人心。”

“话说……这小丫头片子胆儿挺肥啊……”封不觉想着安月琴的模样，念道，“在我这儿吃瘪以后，隔三天就给我唱了这么一出。”

“总之，你好自为之吧。”欧阳觉把电脑拿了回来，边往包里装边道，“根据合同，你的《二流侦探和猫》至少还要连载一年吧。在人家手下干，就收敛一些，别给自己找不自在。”

“不就是按时交稿嘛……”封不觉站起身来，准备送欧阳到门口，“对我来说，只要认真做，没有什么办不到的。”

欧阳走到门口：“哦，对了，我从早上忙到现在，还没吃过东西呢，你要不要出来一块儿吃点儿。”

“刚起来没胃口。”封不觉道，“另外，我得尽快处理一下你的脚印。”

“我的脚……”欧阳闻言低头，下一秒，他便神色陡变，“喂！这什么呀！”

“放心，只是猫屎罢了。”封不觉又打了个哈欠，“哈啊……你进来后不久就踩到了，我注意到时已经来不及提醒你了。”

“我一直闻到的怪味原来是这个吗……”欧阳觉吼道，“话说你全程都这么淡定是怎么做到的啊！”

“习惯了。”封不觉用一种已然无所谓的眼神，悠悠地道了一句，“而且……其实在你进门前，我也踩到了……”

四

经过了三天的努力，封不觉终于将 6 月份的故事设计妥当。大纲、细节、伏笔都已经确定，剩下的便是简单的码字工序，以及一些即兴发挥的东西了，在接下来的二十多天里循序完成即可。

这几日小叹和他联系过几次，讲了些队友们的情况。似雨的病前两天就已康复，昨天已上过线，不过听说她不打算参加这次的比赛，理由是没兴趣；而悲灵则搬出了一套听上去还挺“靠谱”的概率理论来……她经过一番计算，认定了自己最多能进百强。考虑到百强的奖品用 RMB 就能搞定，而且她也不指望靠这比赛出名，因此也就懒得去参加了。

小叹本人对这比赛倒是挺有热情，可惜其实力应该算是地狱前线最差的一个。虽然悲灵在参赛这件事上没有泼他冷水，但心里还是不太看好他的。

在此且说一下，小叹目前的状态：

王叹之，ID：枉叹之；等级：30；称号“疾风飞魔”。

专精：通用 D，器械 E，侦查 C，格斗 C，射击 E，医疗 E，灵术 E，召唤 N/A。

技能:“恶魔蝙蝠鬼影”“客疾无根莫浪忧”“风住尘香花已尽”“逆刃回旋斩”“飞魔留痕”（称号能力）。

虽然这些技能的名字看上去狂霸酷拽，但实际效果并不算很强。

首选是……

名称：客疾无根莫浪忧。

技能卡属性：主动技能，永久掌握。

技能类别：侦查。

效果：置身人群中时，获得隐遁特性（无冷却时间）。

消耗：每秒 3 点体能值。

学习条件：侦查专精 D。

备注：没有人群怎么办呢……

这就相当于《刺客信条》中混在路人堆里潜行逛街的那招，技能的备注也透出一种吐槽的感觉。

再看……

名称：风住尘香花已尽。

技能卡属性：主动技能，永久掌握。

技能类别：格斗。

效果：在原地留下一个可持续三秒的残影（冷却时间一秒）。

消耗：体能值 50。

学习条件：格斗专精 D，或 27 级。

备注：物是人非事事休。

没错，继陆游之后，李清照也中枪了。

这个基本等同于弱化版残影拳的技能，竟还用了一个诗情画意的名称，备注还和名称对上了……

至于接下来的那两个技能，有一个是买来的。

“苍灵论剑”结束后，小叹把剧本中捡到的“自动贩卖机捶打者”给卖掉了，用差不多的价钱在拍卖行入手了“逆刃回旋斩”，作为自己的主力攻击技能。

这类被人挂在拍卖行里的技能，自然不会强到哪里去。

名称：逆刃回旋斩。

技能卡属性：主动技能，永久掌握。

技能类别：格斗。

效果：发动一次高速的回旋斩击（冷却时间一分钟，需手持刃系冷兵器，并站立在某个平面上方可释放）。

消耗：体能值300。

学习条件：格斗专精D。

备注：据传为关平所创刀法，反手握刃，趟地回旋，以横扫千军之势席卷范围内的敌人。

剩下的最后一招，便是小叹如今的称号能力了。随着称号的变化，“蜂蜇”已成历史，新的换成了……

名称：飞魇留痕。

特殊能力类型：被动。

效果：当移动速度到达每小时十公里以上时，即可在墙壁（踩踏面与地面夹角大于等于九十度）上行走，并留下黑火足印。

备注：伊利丹时常会对我说，玛维·影歌是他见过最出色的追踪者……说实话，这个瞎子是真不知道自己走路时会留下什么吗？

以上，就是小叹在这段日子里新增的技能了。

另外，相信各位早已忘记了他那个“天地逆转神诀”的学习条件，你们也不用翻技能数据库了，这里直接说一下，学习条件：格斗专精B，灵术专精C，等级30以上，该技能卡拾取后无法交易。

很明显，他仍未满足学习条件。

因此，看似有五个技能的小叹，实际上，除了“逆刃回旋斩”外，就只能靠普通攻击，或者现代化兵器去取别人性命了。如果这几天他在装备或技能上没有太大的提升，那别说名次了，三四场之内被淘汰倒是很有可能。

还是说回觉哥这边。

4月23日的下午，封不觉把文档什么的都检查并保存完毕后，总算是松了口气，可以放松一下了。

不过他没有急着登录游戏，而是先到游戏论坛去逛了逛，想先探探这几天的情况。

“啊……果然都是些关于比赛的讨论啊。”封不觉一边翻着帖子，一边念叨。

本就火爆的论坛，这几天更是如火上浇油一般。类似“巅峰争霸战全攻略”，“如何在十天内升到三十级”这样的帖子标题比比皆是。

最搞笑的是，封不觉还看到一个帖子，发帖人ID叫“七曜”，帖子标题是“对于争霸战百强形势的预测及各工作室实力之我见”，但点进去一看，发帖人自己没有加入任何社团，也不是工作室成员，等级更是没到三十级。这简直是在用勤工俭学的身份跟大伙儿讲黑社会的故事……信他还不如自己琢磨呢。

其实关于比赛的晋级方式，封不觉在三天前就已经粗略地研究过了。不能说这套规则非常合理，但适当的偶然性显然也是必要的，竞技比赛要是没有偶然因素，那就不用比了，直接给战斗力排行榜上的玩家颁奖算了。总之，只要比赛的偶然因素可以给弱者提供适当的机会，又不会让强者感到被坑得太惨，那大家就都能接受。

现阶段，梦公司给出的预赛规则如下——

从5月1日零点开始，玩家们便可以排队进入“巅峰争霸预赛”这个新的项目。

每一名玩家，都需要进行共计五十场的预赛选拔，当然了，这五十场不需要玩家连着打完，只要在5月份的上半个月里打完就行了，平均每天也就打三场左右，而且预赛采用的是比赛专用的1V1地图，短时间内就能分出胜负。

五十场全部打完以后，玩家便无法再度进入预赛的队列。直到预赛阶段全部结束后，系统将根据玩家已完成的五十场战斗的胜率，安排晋级。

另有两条特别规则，其一，在预赛任意阶段，连续四场未能获胜的玩家，将直接淘汰。其二，在预赛任意阶段，连续十五场不败的玩家，可直接晋级。

这个规则，主要是为了把那些太强或太弱的玩家给筛选掉，避免处于平均水准的玩家在预赛中频频遇到送分童子或者碾压狂魔，这也算一种减少晋级偶然率的手段吧。因为比赛的排队系统是完全随机的，和杀戮游戏那种尽量搞平衡的匹配方式不同。不能排除有人人品爆棚，连续遇见五十个猪对手的可能。

不过，现在的封不觉尚不知道，自己完全不必去研究预赛的赛制，因为他根本不需要打什么预赛……甚至连复赛都不必打。

在4月30日当天，梦公司会在宣布复赛规则的同时宣布另一个消息，此举将引起轩然大波，造成大量玩家的不满。当然，梦公司方面是不会在乎的……

那个消息就是——本次比赛的决赛阶段，即百强争霸阶段，有十个名额已经被占了。

这十人，是所谓的“特邀玩家”，不需要参与任何选拔，直接晋级决赛。而封不觉，正是其中之一。

五

是日傍晚，吃过晚饭、喂过猫，再稍微收拾收拾之后，封不觉便躺进了游戏舱。

经过一番模式化的操作，他终于又来到了久违的登录空间。

没想到，他刚出现在电梯里，其眼前就弹出了一个文字窗口，并且伴随着系统语音的提示：

“目前您正处于战斗力排行榜第二位，请选择是否公开展示您的昵称（当前为默认的匿名状态）。”

紧接着，另一个对话框便浮现出来，一共有三个选项，分别是“公开”“匿名”“稍后选择”。

封不觉对此略感意外，不过稍加思索，便也明白这是情理之中的事情。他考虑了一会儿……还是选择了匿名。

搞定了这件事，封不觉随即就开始查看邮件。

不用说，早就有一堆邮件屯在邮箱里等着他来收了。

按时间排序，第一个发信者是狂踪剑影。19 号那天，他寄来“无尽榴弹匣”时就说过，还有两件出自“硬盘 2455-A-1”的物品会在第二天寄来，不过从第二天起，觉哥就一直没上过线，因此拖到了今天才收到。

其中一件物品是：

名称：WJQ-308 军铲（永不磨灭型）。

类型：工具。

品质：精良。

功能：everything！

备注：这是某国继“要你命 3000”之后，所开发出的、最具统治力的军用产品。它拥有铲子、斧子、锯子、锤子、尺子、开瓶器、开罐器、剪钳、扳手、船桨、盾牌、钩爪、锚、以及登山镐的全部功能。木柄上的“MADE IN CHINA”字样，无疑是品质的保证。

而另一件是……

名称：蓄能三棱军刺。

类型：武器。

品质：精良。

攻击力：较强。

属性：无。

特效：100% 附加流血效果（对理论上可流血的目标时）；根据蓄能情况，提供 1%-100% 的伤害加成。

装备条件：格斗专精 C，等级 30。

备注：自动蓄能速度为每秒 1%。

剑少果然是说到做到，一诺千金。当初的那个口头承诺，根本没有旁证，就算他赖掉，封不觉也无话可说。可剑少却是把事情办得很周到，也很厚道。

其实他大可以寄三个垃圾给封不觉，就说是硬盘里造出来的，反正也没人能证明不是。但他没有这样做。无论是先前的榴弹匣，还是眼下的军铲和军刺，全是非常实用和强力的装备。这三样东西还都是使用后也不会绑定的，这就意味着，即使封不觉用不上这些，也完全可以拿到拍卖行里挂牌。

当然了，觉哥是不会这么干的，这几件可都是好货，就算自己不用，给队友们用用也好。

"疯兄，东西这就算都给你了，品质还过得去吧。还有啊，今天凌晨公布的比赛消息想必你也看到了，你一定会参加的吧，我很期待在比赛中与你再交手哦！你可别太早就被淘汰了。"

以上，就是 20 日那天早上，狂踪剑影发来的邮件内容……

"这是恐吓信吧！"封不觉看着邮件吐槽道，"不就是单挑过一次未分胜负嘛！多大仇啊！"

接着，觉哥打开了第二封邮件，那是湿婆发来的。

"疯兄这几日似乎甚忙，未有上线，我有一事想与你当面相商，望看到邮件速回。"

封不觉看完这段文字，大概琢磨了三秒钟，然后冷笑一声，直接在操作屏上打字回复道："好意我心领了，此事无须再提。"

大约两个小时后，湿婆从某个剧本出来，看到了觉哥的这条回复。那一刻的情景，要比喻的话……就好比是一个男生往某女生的课桌里放了封信，约她放学后见面，结果当天还没到放学时间，他就收到一封回信，里面写着："你是一个好人。"

接下来的十分钟，封不觉又看了其他一些好友或近期一同游戏过的玩家的邮件。七杀、曌影王、语重计长、秋风瑟、迹部少爷、梦惊禅、鸿鹄这帮货一个没落下。

而那些邮件的内容无一例外的都和比赛有关，基本分三大类，除了以上的恐吓类和挖角类，还有就是莫名其妙类。比如金富贵那货的邮件就是："朝为田舍郎，暮登天子堂。将相本无种，男儿当自强。"

封不觉实在是很难揣测……对方发这么一首诗过来到底算什么名堂，难道这是一种另类的恐吓方式？在目标面前进行自我激励以达到恐吓的目的？

于是，觉哥即刻创作打油诗两句，回复道："自古绝句出青楼，落第才子最风流。"以此来威慑那个牛郎团的老大，让他安分一点。

处理完了邮件，收好了物品，封不觉先到商城去转了一圈，随后便应邀来到了小叹的会议室。

地狱前线的其他三位成员已在此恭候多时了，觉哥走进来时，小叹和悲灵正坐在会议桌旁，利用投影装置研究着几件装备的属性。

似雨则是独自站在一边，后背倚靠着墙，双手抱在胸前，作闭目养神状。

在“苍灵论剑”结束后，似雨听从封不觉的建议，去换了一套服装。考虑到行动灵敏度、御寒能力、实用度等等因素，经过一番斟酌，她最终在商城里买了一套“调查兵团”套装。

这套装的上装是浅棕色的长袖夹克，领子是外翻的立领；夹克的衣长较短，只到肋下；外衣内衬着一件白色衬衣，下装是白色的束身长裤，其脚上则是一双齐膝高的深棕色革制快靴。在这套劲装的腰部，还包裹着一圈类似裙装的棕色装带，连接着上下方的背带裤和腿上的皮带。

当然了，这套装上并没有印“调查兵团”那交织的羽翼标记，取而代之的是地狱前线的标志。

“哟，各位，好久不见啊。”封不觉一进来就打招呼道。

“也就三四天没见吧……”悲灵有气无力地应道。

小叹抬头道：“觉哥，稿子赶得怎么样了？”

“自然是处理得差不多了才上线的。”封不觉一边回答，一边将头转向了似雨那边。

两人目光相触，持续了几秒。

封不觉沉吟道：“嘶——今天你看我的眼神，好像有点不自然啊。”

“哦？”似雨还是不温不火地回应着，“那我用什么样的眼神看你，才算自然？”

“就是那种……突然拔刀捅死我，也毫无违和感的神情。”

似雨面无表情地转过头，将视线从封不觉的脸上移开，语气淡定地冷哼道：“哼……贱。”

“啊……又被这种系统没屏蔽的话给骂了……”封不觉笑着走向了会议桌，“看来我是自作自受。”

“你的幽默感兼具儿童的幼稚和变态的猥琐。”似雨的嘴角，也在很短的瞬间，露出了一抹不易察觉的微笑，不过她很快就将其隐藏起来，“这就是所谓的‘神烦’吧。”她说着，也来到了会议桌旁坐下。

“好了，还是来说点儿关于游戏的事吧。”封不觉道，“首先，各位有没有注意到，战斗力排行榜上突然冒出一条匿名的好汉，直接就爬上了第二名的高位。”

悲灵的反应最快："团长，你该不会想说那人是你吧？"

"对，就是我。"封不觉平静地耸肩应道。

他的语气丝毫不像在开玩笑，所以队友们闻言后，皆是微微一怔。

"真的假的？"小叹瞪大了眼睛问道。

封不觉还没回答，似雨却是若有所思地先道了句："原来如此……"

"哦？难道你从一开始就猜测是我？"封不觉听了她的话后，有些狐疑地问道。

"嗯。"似雨应了一声。

"呃……除了'嗯'你就没别的想说了吗？比如……为什么？"封不觉道。

"没有了。"似雨道。

既然人家不打算说，封不觉也就不问了，他转移话题道："好吧……总之，我就是想提醒大家一声，如今我也算是个强力玩家了，各位和我一块儿排剧本时，要做好心理准备，难度可能会跟着上去。"

"是吗……那就有趣了。"悲灵忽然插嘴道，她用狡黠的目光看了似雨一眼，"我刚才说的那个主意……现在还要提出来吗？"

"什么主意？"封不觉左顾右盼着询问道。

"团内练习战。"似雨给出了最为简明扼要的回答。

封不觉一听这五个字，就已经懂了一大半："哦……好主意！"他顿了一下，看着悲灵，手却指着小叹，"你倒是很照顾这小子啊……"

"啊？什么啊？"小叹一脸莫名。

"听不懂啊？"觉哥笑道，"呵……听不懂就算了。"他往椅背上靠了靠，转头对悲灵道，"那我们四人的分组方式，你也已经想好了吧？"

"按照最强搭配最弱的原则，本来应该是我和你一组、小叹和表姐一组。"悲灵回道，"不过现在嘛……自然是你们男生一组，我们女生一组咯。"

封不觉点点头："嗯，这样分最好。既能保证强弱平衡，又能把参加比赛的和不参加比赛的分开。"

似雨接道："那现在就商量一下细节，准备开始吧。"

Loading……

CHAPTER 5

玩具战争·两军交战

一

“疯不觉，等级 29。

“枉叹之，等级 30。

“您的小队正在加入杀戮游戏 2V2。

“您的队伍已选定对战者，正在等待对方确认……

“已确认，剧本生成中……

“载入开始，请稍等。”

封不觉的身体即刻产生了失重感，眼前也变得一片漆黑。

紧接着，他耳边传来了小孩儿的尖叫声：“让你的对手战栗吧！让他们体会真正的恐怖！啊——”

“载入已完成，当前您正在进行的是杀戮游戏。

“本模式提供剧本简介，并有几率出现支线 / 隐藏任务及特殊世界观。

“剧本胜利奖励：拼图牌 ×2。

“即将播放剧本简介，播放完成后游戏将即刻开始。”

片头 CG 应声播放。

画面中，出现了一座占地面积颇为巨大的建筑。

“22 世纪初，尽有集团已成为地球上最大的世界性连锁企业。众所周知，‘尽有’以零售业起家，在五年间便成为了行业龙头。

“时至今日，在尽有旗下的超级市场里，你可以找到一切。无论服饰、布匹、药品、玩具、生活用品、家用电器、珠宝、化妆品、汽车配件、小型游艇……这里应有尽有。即使你拿着一部十年前发行的、早已被停产的电子产品来到这里，依然可以买到相关的配件或进行维修。”

旁白说到这儿时，画面从高空俯瞰视角快速向下拉动，来到了那建筑的一侧。可以看到，建筑的外墙上随处可见一个五角星的 LOGO，LOGO 的两侧写着“尽有”二字。

“这里，是全球最大的一家尽有商城。夜幕降临，营业时间早已过去，结算和打扫工作也都已结束。随着人去楼空，这偌大的建筑里，已褪尽了喧嚣和繁华，徒留下静谧与黑暗。

“但是……每当午夜钟声响起的那一刻……”

CG和语音皆是戛然而止，系统提示立刻响起：

“主线任务已触发，杀死敌方队伍全部成员。

“支线任务已触发，加入Classic阵营，结束战争。”

“嗯……直接就给出支线任务吗……”封不觉看着游戏菜单中刷出的两条任务念道。

未及多想，剧本已经正式开始。

虽然眼前仍是漆黑一片，但身体重获行动能力的感觉是很明显的。

封不觉快速从行囊中取出手电筒，先用手捂着发光的那一头，然后才推开了开关。

考虑到悲灵的狙击能力、反应速度、推理水平……封不觉丝毫不敢大意，从这个最简单的动作就能看出他的谨慎来。

在尚不清楚周围状况的前提下，那手电筒的亮光很可能是致命的。万一暴露了自己的位置，哪怕不是立刻被秒，也会陷入绝对的被动。

因此，封不觉选择用手捂住手电再将其打开，先利用掌缝间的微光探探身边的情况，再作计较。

不过……下一秒，就有一个明显的光源在觉哥的身旁突然亮起。

“欸？觉哥，你捂着手电干吗？”小叹头戴“矿工帽”，一脸天真地望着封不觉说道。

“呵呵……我犯贱呗。”封不觉皮笑肉不笑地自嘲了一句，随即把手撤开，干脆让手电筒的光直射出去。

朝四周扫了一圈后，封不觉发现他和小叹正站在一个封闭的长方体房间中。

这个房间空无一物，连门和窗都没有。前后左右上下共六面，全都是相同的材质建造，摸上去像是硬纸板，只是表面非常粗糙，而且有一种异常的厚实感。觉哥“步测”了一下房间的长、宽、高，大约是8、5、3米。

“对了，觉哥，你先前说小灵她很照顾我，到底是什么意思啊？”小叹问道。

此刻只有他们两人，封不觉也就没什么顾忌了，他回道：“这你都不明白……她提议的这次‘团内练习战’，完全是为了你啊。”

“为了我？”小叹应道。

“废话，她自己又不参赛。”封不觉道，“似雨也不参赛，至于我嘛……纵然称不上身经百战，但杀戮游戏的经验也算相当丰富了。这些你们也都知道。所以我打这种练习战，是没有太大意义的。”

“嗯……原来如此，确实……我杀戮游戏玩得太少了。”小叹摸着下巴，点头道，“这么说来，这场等于是你们三个在给我当陪练咯？”

“也不尽然。”封不觉道，“纯粹陪练的话，可以选无差别混战，然后由我们仨轮着来虐你。”

“喂……还有那种方案啊！”小叹惊道。

“不过那样的练习，效果不会很好。”封不觉说道，“因为我们三个……只要认真起来的话，你随便对上哪个都毫无胜算。”

对这番话，小叹也没法儿否认……在他先前打过的少数几场杀戮游戏中，就有一场是和悲灵 1V1 打着玩儿的，结果对方玩着玩着，就轻松获胜了……

“若是对战双方的实力差距太大，败者很难从中学到东西。相反，很可能会损失信心，留下心理阴影什么的。”封不觉接着道，“所以，像现在这样，由我和你组队，跟她们俩决一场相对势均力敌的胜负，对你会比较有帮助。”他解释道，“当然了，想必悲灵也没料到，几天不见，我竟已达到战斗力排行榜第二的水准了。这无疑是个好消息，因为按照强弱搭配的原则，原先应该是由似雨带着你打的，那显然不如我来带你有效率。”

“那倒是，雨姐不爱说话，总是一言不发地就把挡路的东西杀干净了……”小叹接道。

两人对话间，已将整个房间细致地查看了一遍，但什么提示都没有发现，也没有触发任何剧情。

“好吧……”封不觉摘下手套，沿着墙壁再度细致地摸了一遍，还是没什么突破，于是便说道，“眼下的情况有两种可能，第一种……系统想让我们破坏墙壁出去。”

小叹问道：“那第二种呢？”

“第二种就是等待某种应时间流逝而触发的事件发生。”封不觉道。

很巧，他话音未落，第二种情况就发生了。

忽然间，天花板的一侧开始缓缓上升。数秒后，整块天花板大约倾斜了十几度，一缕白色的光线从被抬高的那一边照了进来。

封不觉和王叹之齐齐抬头看去，但见……高处那条被打开的裂隙中，陆续探出了两个脑袋。

从相貌上来看，一个是奥特曼，一个是擎天柱……

“瞧瞧我们发现了什么……”擎天柱用他的汽车人声线说道，“看上去这儿藏着两个 Novel 派来的奸细，正在偷听我们的作战会议。”

“xia（第二声）！”奥特曼在旁应道。

擎天柱看着觉哥和小叹，用十分认真的语气言道：“先生们，是你们自己出来，还是由我们动手？”

“呃……我们就从那儿……”封不觉用手指了指由擎天柱撑开的那条缝隙，“……跳出来可以吗？”

擎天柱转头看了看奥特曼：“这两个家伙好像有点秀逗啊。”

奥特曼：“xia——”

也不知擎天柱是如何听懂这 M78 星云语的，可能是赛博坦的翻译技术先进吧……

“快点儿出来，别浪费时间。”擎天柱说这话时，那条裂缝又合上了。

封不觉和小叹面面相觑，两秒后，还是小叹先道：“你有没有觉得……他们有点怪怪的？”

“当然怪了……奥特曼的身高普遍在五十米上下，擎天柱则是九米左右。”封不觉道，“但眼前这两个家伙的脑袋几乎一样大，而且从他们探头的角度以及头长的比例来看，这两货最多四米出头。”说话间，他已是脚下一踏，向上跃去。

从刚才那缝隙打开和闭合的声音判断，天花板好像很轻，随便就能掀起来的样子。所以觉哥就跳起来，想试试能不能抬起天花板。

结果还真就成功了，而且封不觉的力道使得似乎有些过头，整块天花板向上翻飞而去，落到在了房间以外的地方。

头顶上，是一片漆黑而遥远的天空。先前看到的白色光线，是斜着从房间旁边照过来的，光源不明，估计是某种巨型的探照灯。

“哇塞……这么厉害……”小叹见觉哥一掌轰飞了天花板，不由得惊道。

封不觉稳稳落地，回道：“不对……不是我厉害，是这屋顶比想象中轻得多……好像还真就是块很大的硬纸板而已。”他顿了一下，“总之，先出去看看外面到底是个什么情况吧。”

三米左右的墙，对他们来说根本和没有一样，两人很轻松就翻了过去。

来到“房间”外面后，他们立刻就明白了。

其实他们刚才身处的地方，根本不是什么房间，而是一个鞋盒。它的确就是硬纸板做的，外部还印了商标和文字。那被掀飞的“屋顶”，便是鞋盒的盖子，此刻就落在旁边不远处。

而那白色光源，也并非什么高悬着的巨型探照灯，只是一盏台灯而已……

放眼望去，周围的景物全都无比巨大。高楼大厦般的货架，电话亭大小的茶杯，比人还高的笔筒里插着一根根电线杆子似的笔。

“我们被缩小了？”小叹愣了一下便反应过来。

“嗯……难怪杰克（奥特曼）和柱哥的身材比例会一样，而且只比我们高两倍。”封不觉念叨着，他已经明白了，对方只是两个玩具而已。

这时，除了擎天柱和奥特曼外，鞋盒外面还站着一堆其他的玩具，不过他们的体积不如柱哥和杰克那么大，基本都和玩家属一个量级。

“我还从来没有见过这种产品。”一只个头儿比奥特曼略矮的恐龙说道，“你们是某种高仿真人偶吗？”它说着，把自己的大鼻子往前凑了凑，好似是想闻闻封不觉和小叹身上的气味。

“他们俩很可能是某种最新产品。”一旁的喜羊羊（塑料卷笔刀）接道，“就连Novel那帮穿着暴露的手办，做工都不如他们精致。”

“不知为什么，我突然很想加入那个叫Novel的阵营……”封不觉低声道了一句。

还是小叹比较老实，他直接对玩具们道：“呃……其实我们应该是一个叫Classic的组织成员。”

“什么？”擎天柱回道，“那倒奇怪了，作为Classic的首领，我怎么没听说过这回事。”

奥特曼接道：“sawake——”

“说得对。”一个长着卡通脸的小火车头同意道。

看来这儿除了玩家以外，其他人都能听懂奥特曼语。

封不觉没有纠结那咸蛋头的家伙到底说了啥，只是回道：“你得相信我们，柱哥。我们是来帮助你们打赢这场战争的。”他说入戏就入戏，瞬间摆出一脸正经的表情，“有两个和我们来自同一条生产线的邪恶玩具，已经加入了Novel的阵营，她们是非常强大的战力，可能会给你们带来毁灭性的打击。”他斩钉截铁地道，“你们需要我们的帮助。”

一只头戴皇冠的青蛙立刻在旁慌张地惊呼：“噢！天哪！擎天柱，我们该怎么办？”

周围的玩具们也是一片哗然。

“镇定。”擎天柱依旧保持着冷静，他用不容置疑的口吻控制了局面，随即再对觉哥和小叹道，“我怎么知道你们说得是真是假，也许你们只是两个被抓的奸细，随口编造了一套危言耸听的说辞，想蒙混过关。”

“放心，我们可以用行动来赢得你的信任！”封不觉严肃地回道，“我这个人生平最看不惯的就是那些穿着暴露的手办，只要柱哥你一声令下，我毫不犹豫就扑上去！”

“喂……谁会下那种命令啊！”小叹吐槽道。

“赢得我的信任……”擎天柱倒是依旧很淡定的样子，“自从感恩节那晚，玩具上尉和他的小分队被芭比们策反后，已经有整整半年都没人敢在我面前提起‘信任’这个词了。”他停顿了几秒，“何况，无论怎么看，你们的出现都异常可疑……”

一只长颈鹿布偶这时说道：“嘿！不如这样，我们用这两个间谍跟Novel交换人质吧！跳跳虎已经被俘一个星期了。”

“但是……”擎天柱沉声道，他上前两步，居高临下地看着两名玩家，“我也不介意给他们提供一个机会。”他说到这儿，转过头去，喊了声，“马里奥。”

一个塑料的马里奥小人蹦蹦跳跳地走出人（玩具）群，应道：“到！长官。”

“把他们编入任天堂突击队。”擎天柱道，“今晚的行动，让他们当先锋。”

“是！长官。”马里奥没有半点质疑，果断地回道。

擎天柱深深看了封不觉一眼：“既然你们想证明自己，那我拭目以待。”

二

在马里奥的带领下，觉哥和小叹匆匆穿过了一个类似仓库的大房间。这一路上，每隔一段距离，就会出现一个亮着的台灯。抬头便可看到……周围的货架上也站了许多的玩具，看来这Classic阵营还是相当壮大的，某种意义上来说，的确能称为军队了。

之前封不觉打开鞋盒盖儿时，还以为头顶是漆黑的天空，其实不然。他们的正上方，自然是超市一层的天花板。只不过……由于他和小叹都被缩小成了七厘米左右的尺寸，而台灯的光线是向着斜下方照射的，因此他们向上看时，根本望不到那“遥远”的天花板，只能看到一片黑。

数分钟后，马里奥把他们带到了一扇巨大的门前。当然了，巨大也只是相对而言……

“呃……这是要出去吗？”封不觉站在马里奥后方问道，“门缝里可挤不过去啊，总不见得推门吧……”虽然他尚不清楚这个剧本中的玩具到底有多强的战斗力，但他并不认为眼前这个五厘米高的马里奥玩具能把一扇供正常人类使用的门给推开。

小叹这时又说了句明显不靠谱的猜测：“也许附近有个老鼠洞什么的？”

“看来你们还真不是什么奸细。”马里奥扶了扶自己的帽檐道，“只是两个什么都不懂的笨蛋而已。”他一边说着，一边向前走到门缝边，并从背带裤的口袋里拿出一根管钳对门板敲了三下，停顿了两秒后，又敲了两下。

接着，马里奥向后退了几步，似乎在等待着什么。

不多时，一个诡异的黑影从门缝里挪了过来。

这个黑影好像是一张贴纸，从侧面看它就是一条线，而从正面看，则是一个大鼻子的黑色小人。

“代码人（Mr.GameWatch）？”封不觉竟然迅速认出了这个剪影式的 2D 人物。

“这两个是谁？新来的吗？”代码人没有理会封不觉，只是用平常的语气和马里奥攀谈着。

“擎天柱有令，今晚让他们打头阵。”马里奥回道。

“哈……”代码人干笑一声，“祝你们好运吧。”说罢，他就从门缝里回去了。

大概过了一分钟，从高处传来了某种动静，那是门把手在旋转的声音。

同时，隐约能听见门对面有人在喊：“旋转固定完成，可以推了！”

“退后点儿，菜鸟。”马里奥随即就招呼着两名玩家向后退。

咿——

伴随着门轴缓慢旋动时的声音，巨大的门板朝着觉哥他们这一侧缓缓移动起来。

封不觉和小叹皆是歪着头朝门缝那儿张望，想看看究竟是什么东西在对面推门。在他们的想象中，这至少是个高度在五十厘米以上、重量超过三千克的大块头玩具。

没想到，出现在眼前的，只是一个高十厘米都不到塑料货。

“瞧这两个小家伙。”库巴（电子游戏史上第一位拥有独立形象的反派，马里奥的宿敌）停止了推门，站在那儿道，“就这小体格儿，我放个屁都能掀翻他们。”

封不觉也不介意库巴那粗鲁的措辞，只是问道：“你是怎么推动这扇门的？”

“用爪子推呗，要活用腰和腿的力量。”库巴用他那浑厚、热血的嗓音回道，“不过你们俩最好还是不要模仿。”

“行了，也许过了今晚你就见不到他们了。”马里奥回了库巴一句，又挥了挥手，示意玩家们跟上。

封不觉看了看小叹，耸耸肩，两人继续跟着马里奥，穿过了库巴推开的大门（其实只推动了几厘米，但这点缝隙已足够他们通过了）。

“好了，从这里开始，就是中立地区了。”马里奥跟身后的两人解说着，“我们的势力范围，主要在东南角。运动品牌、厨房用具，还有半个食品部都由我们控制。”他抬手指了指，“今晚的战斗，仍会在冷冻食品区展开。”

玩家们顺着马里奥手指的方向看去，那远处的风景……却似是黑暗的峡谷，只能望见些影影绰绰的高大轮廓，却完全不知道走到近前会是什么状况。

“你也看到了，在外面这个比较大的区域，我们就不能安排太多照明设施了。”马里奥接着说道，“夜班保安每隔三小时巡逻一次，如果搬太多灯具出来，万一到时候来不及全部关上，就可能造成大麻烦。因此，战斗通常都选在二十四小时都有灯光的冷冻食品货架那边进行。”他忽然回头，“你们俩身上有发光的零件吗？”

小叹犹豫了几秒，直接打开了矿工帽上的灯。

封不觉则是拿出了手电筒：“我也有。”

马里奥走过来，凑近了看了看：“居然有这么精密的部件……”他用怀疑的眼神打量着二人，“那动力又是什么？发条？拉环？还是你们的肚子里藏着锂电池？”

“呃……太阳能……”封不觉信口雌黄的水平可不是盖的，“我们的外壳是用特殊材质制作的，站在太阳光下可以积蓄能量。”

“哦，我知道，就像GBA的太阳能游戏外设（任天堂著名坑爹外设，随GBA游戏《我们的太阳》推出。玩家只有在白天太阳直射下玩GBA，游戏里的角色才可以补充弹药）。”马里奥回道。

“对，就是那个。”封不觉借坡下驴地应道。

“原来也不是什么了不起的设备啊。”马里奥貌似是相信了，他当即就转过身，领着两人继续前行。

穿过一段相对黑暗的区域后，他们来到了一处周围三面都被杂物箱遮挡起来的空间内。

这儿的地上铺着一块任天堂毯（又一坑爹外设，但可以将其视为跳舞毯的始祖），角落里摆着一个开着的手电筒（正常大小的），这毯子上，站着二三十个任天堂专属或与之有关的角色，他们多半都是塑料玩具，只有极少数身上有金属和电子部件。

“这－两个－家伙－是－谁？”说这句话的，是个机器人形的玩具，它嘴里吐出的每一个字，都是第一声。

“诶？你是瓦力（皮克斯创造的虚拟机器人角色）吗？”小叹看着他问道。

的确，这个机器人看上去和瓦力很相似，不过他的颜色是灰白色，而非黄黑色调；另一个区别是，瓦力的底盘两侧有履带，但这个机器人的底盘似乎只能让它保持“站立”而已。

“你－去－死－吧！”那机器人突然发飙，明明没有移动组件的它竟然跳了起来，还不知从哪里抄出一个陀螺似的的玩意儿，朝着小叹扔了过来。

这个机器人的体积比玩家们略大一些，所以它抛过来的陀螺在小叹看来和雨伞差不多尺寸。但见那塑料陀螺高速飞旋，其边缘如圆锯般逼近，眼瞅着就要把小叹给腰斩了。

嘶——噗——

两声怪响后，但见一个高壮的身影闪过，将那陀螺单手接下，并挡在了两名玩家身前。

“哦吼，哦吼……”大金刚（Donkey Kong，于 1981 年的街机游戏《大金刚》中首度登场的一只大猩猩）替小叹接下这次攻击后，一手扯着自己脖子上挂着的红色领带，另一手比划着什么，最后还用双拳敲打了几下自己的胸脯，“咕……吼……咕噜……”

封不觉用一脸蛋疼的神情看着眼前这一幕，心里道：“至少这交流方式比奥特曼高级……”

“听着，小子，因为你不知道规矩，所以这次先原谅你。”一个身穿金色机械盔甲、头戴橙红色头盔、右手装备冲击炮的人形玩具对小叹说道，“R.O.B 最恨别人在它面前提那个名字，你最好记住了。”头盔下的说话声，显然是一名女子。看来此刻说话的这位，就是传说中的宇宙最强赏金猎人萨姆斯·阿兰（《银河战士》系列的主人公，电子游戏界最早的女性主角）。

“呵……呵呵……对不起。”看着菜单中飙升的惊吓值渐渐回落，小叹一脸冷汗地道了个歉，虽然他也不知道自己错在哪儿。

“原来是 R.O.B（任天堂最坑爹外设之一，堪比 Speed Board）啊……”封不觉的嘴角抽动了两下，“我说这么眼熟呢。”

“好了，别管这两个菜鸟了。”马里奥看着二人道，“他们尚未取得擎天柱的信任，而且也不一定能在今夜的战斗中生还。”他高声道，“咱们还是说正题，先来分配一下各自的作战任务。”

另一边，Novel 阵营。

在一个由平板电脑和机械配件组合起来的“堡垒”中，数以百计的……制作精良的手办、组装完美的模型、电子遥控宠物等等，正整齐地按照种类列队而立。

Saber（阿尔托莉雅原型）、贝优妮塔（战斗皮衣装束）、毒岛冴子（校服剑装）这三个手办站在正中间略高于四周的平台上。

而在她们身后，还站着一个高三十公分的巨型手办……

他脚踏黑色的圆形骷髅底座，底座周围还有一圈波浪状的、凝固的冰痕装饰。他全身覆满黑色的盔甲，甲上透出幽蓝的冷光。

他，就是预售价高达 350 美元的限量版手办——巫妖王阿尔萨斯。

“异界旅客们……”那头盔下的声音，如同死亡之音，他那双无瞳的光眼，凝视着台下的似雨和悲灵，“我将我的军队暂时交给你们，希望……你们不要令我失望。”

凌晨，12 点 30 分，尽有超市一楼，冷冻食品专柜。

摆放乳制品和冷藏饮料的长柜台倚着墙排成一排，其边缘离地的高度是一米左右。此刻，作为先锋队员的封不觉和王叹之同学，就走在这条边缘之上。

以他们的视角来看，眼前的路径倒并不算狭窄，大概相当于一条可供二人并排行走的独木桥。桥的左侧，是寒气逼人的低温货柜，诸多盒装牛奶像是临街的建筑一般，整齐地排列在那边。而桥的右侧，则是落差巨大（接近一米，在他们身高的十倍以上）的悬崖。

低温货柜里的灯光保证了这个区域的能见度，当然了，这并不是专门用于照明的灯具，所以大部分的角落还是蒙在阴影中。

站在货柜边缘朝下方张望，可将 Classic 的任天堂突击小队尽收眼底。

那些任天堂的玩具们，除了体型较大和本身就能像重型兵器一般推进的（比如 R.O.B）角色以外，全都坐在“八位机坦克”上行军。

这些八位机坦克，共有三种型号，第一种是 NES（其实就是美版的红白机，全名 Nintendo Entertainment System，明明只是一台 90 年代发布的游戏机，名称倒是比如今的一些次时代主机更加高端大气上档次）型，其整体呈正方形，底座比上半部分略窄几厘米，颜色为上白下灰，卡带是整块一并横着嵌入机身的设计。

第二种是 FC（即红白机，完整名称是 Family Computer……名不副实）型，红白相间的外观，体积比 NES 小几分，卡带为纵向插入式。

第三种，就是小霸王（山寨逆袭正品的经典案例，开机时那句意义不明的“小霸王其乐无穷啊”亦是洗脑式营销的里程碑）型，全黑外观，金色 LOGO（两个相碰的拳击手套标志），体积介于 NES 和 FC 之间，还带有独特的圆形复位键以及可自动闭合的防尘挡板，可谓霸气侧漏。

此时，大约有三四十辆八位机坦克以雁形阵排开，徐徐推进着。这其中，NES 和 FC 各占一半，小霸王则只有一台，居于队伍最后方，由马里奥和路易基兄弟俩操控。

而这些“坦克”的操作方式……是由坐在上面的角色，使用手柄来进行操控。至于其运作原理和动力……全都不明。

“你的侦查专精比我强，应该能看得更远一些吧。”封不觉走在前面，头也不回地对小叹说道。

“啊，我正在看呢。”小叹应道，可惜穷其目力，仍旧只能看到很有限的范围，“目前还未发现敌情。”

“说实话，咱们现在这样很危险。”封不觉道，“先头部队占据高点、侦测敌情，这无可厚非。但……”他顿了一下，“像我们这样暴露在光源附近，又是那么高的位置，身旁几乎没有任何掩护……万一被对方的狙击手看到……”

“对啊！”小叹这会儿的反应倒是挺快的，“而且悲灵知道你有‘阿尔忒弥斯的拥抱’，很难一枪杀死，到时候肯定是先拿我开刀啊！”

“另外，令我比较在意的是……貌似从一开始，我俩就已经处于一种毫无变数的剧情走向中了，接着就一步步成为了 Classic 阵营的炮灰。”封不觉道，“这‘打头阵’的安排，怎么看都是让我们去送死啊。”

“这又说明什么？”小叹问道。

“嗯……如果说似雨和悲灵在 Novel 那边也是这种待遇的话，那就是我多心了。”封不觉沉吟道，“不过我严重怀疑……咱俩是被系统给‘特殊照顾’了。”

小叹接道：“你是说……那些 NPC 对我们的态度很差，全是系统造成的？”

“不，这不仅仅是态度的问题……”封不觉摆了摆手指，“用一个比较宏观的概念来看，系统控制的……是所谓的‘势’。”他解释道，“它可以让玩家轻而易举地得到剧本中的资源、借势而为；也可以适当给玩家制造点儿麻烦，让其行动时多费些心力。”

“那……”小叹听完，问了个很无聊的问题，“你跟系统有仇？”

“我懒得回应如此无知的问题。”封不觉道，“我想说的是……这让我想起了论坛上看过的一个帖子。标题是叫‘剧本隐藏规则探索’什么的。”

“那靠谱吗？”小叹道。

“那只是一名玩家玩游戏时的经验总结而已，又不是学术论文。靠不靠谱，得自己判断。”封不觉用长辈给小孩讲道理般的语气道，“实践和思考缺一不可啊。”

“好吧……那帖子内容是？”小叹问道。

“内容挺多的，不过大部分都是以玩家身份无法验证的假设。”封不觉回道，“其中有一段提到……以挑战形式开始的杀戮游戏，隐藏着一个‘应战者受益’原则。”他停顿了一秒，详细说道，“举例说吧，假设……有甲、乙两名玩家，甲的战斗力比乙强。那么，当甲向乙挑战 1V1 的杀戮游戏时，在进入剧本后，系统就会让乙得到一定的‘势’，或者是增加‘甲’得势的难度。而当乙向甲挑战时，剧本就保持默认发展。”

“也就是说……应战的那一方，总归是比较划算的。”小叹顺着觉哥的意思接道，“如果挑战方实力更强，应战方就会得到优待；如果挑战方实力相对较弱，应战方也不会吃亏。”

“对。”封不觉道，“所以呢……假如这个隐藏规则真的存在，那我们作为这场 2V2 战斗的邀请方，会有如此被动的开局，也就说得通了。”

“等等……这岂不是说……”小叹一脸惊讶，“系统判定我们这边的实力比小灵和雨姐的组合要强？”

“哼……我一个人就能对付她们。”没想到，封不觉竟然用无比平静的口吻回了这么一句。

“喂喂……虽然升上战斗力排行榜第二位是很了不起，但你这态度也未免太嚣张了吧。”小叹吐槽道。

“你们俩聊完了没有？”忽然，另一个声音响起。

循声望去，他俩看见身旁的一个牛奶盒外包装上，出现了一个黑色的小人，正是代码人。作为一个独特的2D人物，他的能力之一，就是可以在各种平面上自由移动，“有什么情况可以向我汇报的吗？”

“呃……没有。”小叹一边回答，一边用手指了指货柜外侧的方向，“你瞧，没有其他玩具的影子，而最前方那排柜子的背面则是一片黑。”

“奇怪……三分钟前我们已经越过‘危险线’了……”代码人嘀咕了一句，随即略微抬高了声音道：“好吧……继续保持警惕前进，有情况就向我们打手势。”下完命令，他又顺着货柜表面一路游墙下去了……

“明白，长官！”封不觉装模作样地应了一声，目送对方贴着平面移走。

“刚才他那句是明显的提示吧……”几秒后，小叹说道。

“是啊，恐怕很快就会有……”封不觉话未讲完，便听见货柜下面传来了一声大吼，“敌袭！”

小叹的惊吓值微升，立即紧张地朝四处张望起来。觉哥是比较镇定的，他先转头看向了那个正在吼叫的玩具——迪迪（Diddy Kong，一只戴着红帽子的猴子，与大金刚不同的是，他会说话……），发现迪迪在NES上蹦跳着，并伸臂指着……空中！

哒哒哒——恰在此时，一种古怪的声音有节奏地响起。

从西南方向一个较高的货架后，竟闪出了数架乐高直升飞机来，每架直升机的座舱内，还都乘着一个迷你手办。

“八位机能当交通工具也就算了……乐高拼的飞机能飞是闹哪样……”封不觉说道，看来他还需要一些时间来接受这种设定……不过战斗可不会因此停下。

“减慢推进速度，保持队形！大型玩具保护两翼，远程作战单位准备反击！”马里奥不愧为任天堂突击队的最高指挥官，面对遭遇战时毫不慌乱，快速就给出了一系列的作战指令。

“吼——”大金刚昂首咆哮，疾行而上，站到了队伍最前。它用双拳捶打着自己那两块健硕的胸肌，仿佛是在向敌人们展示力量。从玩具的角度来看，这只猩猩确实极有魄力，力量感十足，动作也不慢。

噗噗噗……

直升机毫不留情地开火了，一块块“乐高积木弹”从空中飞了过来。

乘在坦克上的萨姆斯和洛克人反应最快，他们皆是举起了手臂前端的冲击炮进行回击，而他们打出的弹药，竟然真的是光束弹……

“喂……这已经在物理层面上超出了玩具本身的能力范围了吧！”封不觉本以为，玩具打架基本就是近战对砸而已，最多就是像R.O.B那样扔扔东西。对他和小叹来说，远程威胁主要还是来自于悲灵和似雨。

没想到，到了实战中，根本不是这个情况。Classic和Novel双方都拥有持续可靠的远程火力输出，甚至还有空军……

“觉哥……咱们先从这儿下去怎么样？趁对方还没注意到我们……”小叹提出了一个非常好的建设性意见。

“嗯，我正有此意……撤！”话音未落，封不觉就顺着货柜边缘的外侧向下跃去。他有“月步”在身，只要下坠时所累积的动能不超过技能的承载上限，就不存在摔死的可能。

小叹见状，也顺势跟上。依靠称号技，他可以沿着柜壁直接跑下去，比封不觉还轻松。

不料，就在他们接近地面之际，Novel的地面高速部队也恰好杀到，从前方一个大冰柜的侧面冲了出来。

那黑压压的一片，一眼望去，全是高达……

三

这支模型小队的成员基本都是MG系列，与实际高达是1:100的比例，所以大部分都是20厘米上下的样子。

值得庆幸的是，这帮家伙并不是靠飞行或者悬浮推进的，而是用双腿在奔跑，否则它们的机动力真就太可怕了。

饶是如此，高达们还是以肉眼可见的高速逼近了两名玩家的所在。

而这一刻，觉哥和小叹正处于离地三十公分左右的高度上，一个贴在柜壁上跑着，一个在下坠过程中。

见此情形，封不觉反应神速，当即喝道:“转！”说罢，他便在半空直接一记“月步”，来了个九十度转向，在维持高度的同时，向侧方窜出。

虽然觉哥只说了一个字，但小叹立刻就明白了，二人从小到大一块儿玩过N个游戏了，这种程度的默契那是不在话下。只见小叹拧身一滞，以一个看上去十分轻松的姿势在墙上转了个弯，就变成了横向奔跑的状态。

“咱们的先锋逃得还真快啊……”乘在一辆NES坦克上的麦克罗德（McCloud，出自《星际火狐》）冷笑着对不远处的马里奥道，其碧绿的眼中闪过一丝不屑。

马里奥也看到了从高处朝回逃跑的二人，他沉声道：“至少这证明了他们的确不是Novel派出的间谍。”他有些后知后觉地念道，“原来如此……这就是擎天柱的本意吗……假如他俩是奸细的话……”念及此处，马里奥立即意识到了什么，他赶紧高声下令，“停止推进！快掩护好那两个菜鸟！转向、撤退！”

这显然是一支训练有素、且身经百战的队伍，虽然眼前的局面看上去仍是势均力敌，但当马里奥的声音响起时，所有人都果断地执行了掩护和撤退的指令，没有任何人质疑指挥官的命令，更没有人迟疑或是恋战。

同一时间，两个货柜之外的阴影中。

悲灵站在一辆购物车的前端，手持一个带夜视功能的望远镜，观察着远处的战局。

“嘁……那个水管工大叔还挺警觉的嘛……”她颇为不快地道了一句。

“是不是露出什么破绽了？”似雨坐在她身旁不远处，漫不经心地问道。

“不太可能，距离预定的包围地点还远着呢……”悲灵回道。

这里说明一下，悲灵布置好的战术，是一个类似“口袋”的策略。其实说起来很简单，一共就三步：一、设下一个三面合围的伏击圈，二、诱敌深入，三、关门打狗。

可到了具体实施的时候，情况就要复杂一些了，想成功，就必须把敌方的心理因素给考虑进去。

这种时候，通常的做法是……以小股兵力佯攻，交手后一触即败，再诱敌追击。

但悲灵很清楚，这种手法，即使能骗过Classic的现场指挥官，也绝对骗不过封不觉（悲灵和似雨还以为男生们在Classic的待遇和她们是一样的，真没想到这俩货会那么惨）。因此，她用了个更加大胆的手法——以将近一半的兵力作为诱饵，把剩余的部队分到两翼，大后方只留自己和似雨二人，以及她俩的亲卫队（四个强力手办）。

也就是说，悲灵为任天堂突击队预备的这个“口袋”，三面中有一面是“活”的。而不是像一般的伏击圈那样，伏击部队始终按兵不动，只派一点点假得不能再假的佯攻队去诱敌。

被她用来作为诱饵的兵力，全部都是高机动性部队，即空军和高达模型组。这些部队随时可以脱离战圈后撤，很难被对方的兵力咬住。只要且战且退，对方有相当高的几率会推到陷阱里来。

“那……看到他们俩了吗？”似雨又问道，比起支线任务（她们的支线任务和对面相仿，只是阵营不同），她更关心的是玩家之间的对决。

“嗯，看到了。”悲灵回道，“有点意外呢，他们竟然在最前方当侦察员。”她顿了一下，有些懊恼地说道，“真可惜……早知如此，我就不布置什么战术了，直接让部队上去打对攻战，我自己随便找个地方放冷枪就行。”

“确实有些奇怪……”似雨沉吟道，“不觉并不是那种喜欢冲锋陷阵的人，莫非……他是为了带着小叹多参加些战斗？”

“有这个可能。”悲灵道，“不过，团长现在可是战斗力排行榜第二位的怪物级人物，很难说他究竟强到了何种地步。所以……不管他们那边是什么状况，我们这边绝不能手下留情。”

“那是当然。”似雨应道，“即使没有‘消极游戏判定’这种设定，我也会全力以赴的……”

沙沙——嗤嗤——

“长官，对方撤回其控制区了，请求指示。”悲灵手边的对讲机里，传来了有些模糊的说话声，背景中还伴随着战场上的交火声。

“我们也先撤吧，夜还长着呢。”悲灵拿起对讲机下令道。

几秒后，她长吁一口气，忽然提高了声音道：“诸位，我有个任务给你们。”

附近某个货架的顶上，立即传回了一个声音：“啊？终于可以去砍人了吗？”

在任天堂突击队的掩护下，封不觉和王叹之自然是毫发无伤地撤回了。

因为是撤退，而非溃退，所以 Classic 的玩具们还是比较从容的，也没有太严重的损伤情况。

回大本营的路上，两名玩家自然是在谈论着刚才的战斗。

“这个剧本中战斗的设定倒是很有趣。”封不觉评论道，“那些被射出的‘弹药’，无论是有实体的，还是能量状的，都没有对周围的环境造成任何伤害。但是玩具彼此之间，就可以造成损伤。”

“如果连环境都可以破坏，那这商场的地砖、墙壁、货柜、甚至商品，到第二天估计就全都被打成筛子了。”小叹接道，“那样的话，玩具打仗的事情很快会败露的吧。”

“其实我觉得……这种事儿一天就该败露了。”封不觉道，“可是从这些玩具的言行来看，战争已经持续了很久，这点真的很奇怪。”

“啊？为什么一天就该败露？”小叹不解地问道。

封不觉伸手朝上指了指：“这种规模的超市，没理由不装监控探头吧。”

小叹闻言又抬头张望了一下，可正如前文提过的，由于天花板非常高，在正规照明设备未打开的情况下，凭借玩具们那鬼鬼祟祟的光源，被缩小后的玩家根本望不到顶上的情况。

“这倒是，剧情简介说这儿已经是22世纪了，那时候的探头恐怕都是夜视加收音功能俱全了吧。”小叹道。

封不觉补充道：“还有，虽然环境没被破坏，但这些玩具战斗过后，地上留下了那么多积木、碎片什么的……日子久了，清洁工没理由注意不到吧。”他耸耸肩，“更不用说，这些玩具本身就是商品，他们自身的损坏或者缺失，也是迟早会暴露的问题。”

他俩正说着话，突然听到……噔！

随着这声似曾相识的音效，马里奥从小霸王上高高跃起，在空中划出一条高高的抛物线，顺势落在了两名玩家身边。

“嘿，你们俩，跟我来。”马里奥说着，伸手指了指商场西侧。

封不觉回头看了眼坦克部队，回道：“我们不跟大部队回去吗？”

“我和擎天柱通讯过了，他去了第一兵团指挥所，在音像制品区，你们现在跟我去见他。”马里奥道，“对了，你们俩有没有受伤？需不需要紧急维修一下？”这萌系大叔说话间就伸手去掏自己背带裤兜儿里的管钳……

看到这一幕，小叹赶紧抢道：“没事没事，我们好得很！”

“哦……那就走吧。”

十分钟后，三人穿行了大约二百米的距离，来到了“第一兵团”的指挥所前。

途中，封不觉很明显地察觉到了一些暗哨的存在。看来这场战争中的“领地”概念是得到充分落实的，身在哪方的控制区域，就等于身处哪方的监视之中。

最后，在一条由电线围成的隔离带外，两名变形金刚哨兵拦住了他们。

“口令。”铁皮（Ironhide）用其一丝不苟的口吻说道。

“滚。”马里奥道。

“请吧，擎天柱在等你们呢。”铁皮若无其事地回道。

“喂……口令居然是‘滚’吗？”小叹过了五秒才反应过来。

“呵呵……菜鸟。”另一名哨兵狂飙（Cyclonus）冷笑道，“口令当然是越难猜到越好。”

小叹又问道：“我说……你们彼此间基本都认识吧，口令有什么意义呢？”

“认识就能放你过去吗？”狂飙道，“那万一你暗中投敌了，岂不是随便编个理由，就能混入指挥部搞破坏？”

“哦……这倒是……”小叹点头道。

“行了，菜鸟，别打扰他们站岗。”马里奥边说边挥手示意两名玩家跟上。

他们进入音像制品区后，爬上一个木质的高台，绕过了几台音箱，在一个大灯泡的旁边，见到了第一兵团的成员们。

那儿围着二三十个大小不等的玩具，正在商议着什么。擎天柱见马里奥他们进来，默默地朝他们打了个手势，示意他们先在旁边等一会儿。

封不觉也乐得如此，在一边听取这些玩具的对话，无疑是个获取信息的好机会。

第一兵团的成员以变形金刚居多，汽车人和霸天虎都有。不知该说可喜还是可悲，反正觉哥能准确地叫出他们每一个的名字……这其中让他感觉比较违和的是，威震天和惊破天（Galvatron，原为重伤的威震天，由宇宙大帝改造而成，基本是个混乱邪恶的暴徒）居然同时在场。当然了，在部分穿越作品中，这两位也合作 / 战斗过就是了……

“根据马里奥在十分钟前发来的报告，对方阵中出现了乐高直升机的身影。”身为情报分析师的震荡波（Shockwave）正在发言，“结合上次卫浴区的乐高航母事件……我认为，过去一直保持中立的‘乐高’，恐怕也已经加入 Novel 那方了。”

“哼……那些丹麦的小碎片，俺早就看它们不顺眼了。”钢锁（Grimlock，汽车人机器恐龙部队的指挥官，总是以“me”自居）道。

“但它们的确是一股不可小觑的力量。”红蜘蛛（Starscream，一位贱萌的野心家，个人认为他的名字翻译成“星啸”也不错，不过红蜘蛛这个名字也算时代印记了，就像短笛和比克一样，听习惯了怎样都好）道，“甚至可能改变整个战争的格局。”

“或许……”爵士（Jazz）接道，“我们可以再去确认一下……”他顿了一下，“去‘乐高屋’找它们当面确认……”

擎天柱随即就对爵士道：“这件事就交给你负责了，爵士，会议结束后你就出发。”他转过头，“夜巡（Nightbeat），你和爵士一块儿去，相互有个照应。”他顿了一下，继续说道，“在开始下一个话题前，有个紧急情况，我觉得应该先解决一下。”

擎天柱说着，便将视线投向了马里奥和两名玩家的所在，说道：“两位，请站到我们中间来。”

觉哥和小叹也没有什么选择余地，二人交换了一下眼神，便走上前去。

待他们站定，擎天柱又道：“请问你们的名字是？”

“疯不觉。”

“枉叹之。”

他们各自报了游戏中的昵称。

玩具们并没有对这样的称呼有太大的反应，好似眼前这两人报出了两个很平常的称谓一样。这显然是系统的修正所致，也是理所当然的。通常来讲，无论什么网络游戏，玩家的ID从来都不会影响到NPC与自己的互动。就拿某宇宙国的一些泡菜游戏来说，哪怕你取个昵称叫“屎”，登录游戏后，新手村的NPC也会微笑地对你说:“是叫‘屎’吗？嗯，真是个好名字呢。”

“二位，根据马里奥的报告，我已基本排除了你们是Novel间谍的可能。”擎天柱道，“但这并不代表我就相信你们先前的那番说辞，除非你们能拿出更具体的证据，来证明那‘两个强大而邪恶的威胁’真的存在。”

“这并不难。”封不觉正色回道，“想必你们很快就能在战场上见到她们。”他补充道，“她们的尺寸应该和我们差不多，外观上也是人形，而且她们还可以从身上取出各种各样的武器装备。最关键的是……她们的智能相当高，恕我直言，你们以前遇过的任何Novel指挥官，都不及她们狡猾。”

“是吗……那么……你们俩呢？”擎天柱道，“你们又是什么人？为什么要加入Classic？”

“当然是因为我对您的崇拜有如滔滔江水连绵不绝，如黄河泛滥一发不可收拾。”封不觉面不改色，恬不知耻地言道。

一旁的大黄蜂（Bumblebee）干笑一声道：“请问这样的回答究竟是想侮辱我们的智商还是展现你的无耻？”

“好吧好吧……我说实话，我们和她们都是来自另一个宇宙的旅客。因为某种原因，双方必须杀个你死我活。”封不觉解释道，“所以……在她们加入了Novel后，敌人的敌人，自然就是我们的朋友了。”他的话半真半假，但这反而更有可信度。

“哼……”惊破天冷笑着，从牙缝里挤出一句，“也就是说，你们是想利用我们去干掉自己的死敌。”

“你也可以这样理解。”封不觉并不否认，“但……你得承认，这是个双赢的局面。”

“不，如果你们对Classic确有助益，那才是双赢的局面。”红蜘蛛用阴沉的语气说道，“可假如你们俩毫无用处……呵呵……我个人认为，应该把你们作为谈判筹码给交出去。说不定那两个‘强大而邪恶的家伙’得到了想要的东西，就不会再来搀和这场战争了。”

话音刚落，小叹就轻声对觉哥道了一句：“这位简直是神机妙算啊……”

“哈哈哈哈……”封不觉突然放声大笑。

玩具们皆是一愣，却不知道这货的葫芦里卖的什么药。只有小叹最清楚，这妥妥儿的是在虚张声势，觉哥只是趁着狂笑之际，在脑中构思某种阴谋诡计……

封不觉笑了五六秒，便计上心头，他换上一种十分嚣张的表情，开口道：“算了……我原谅你们的无知和无理。”他顿了一下，“虽然这话说出来有自吹自擂的嫌疑，但事到如今我不得不说了。在我们那个宇宙，我可是著名的军事家亚伦·史密斯先生的关门弟子。”（亚伦·史密斯，是 1968-2000 年间，美国导演工会专为那些不想承认某部作品出自自己之手的导演准备的一个假名。）

“喂……我怎么没听说过这种事啊……”小叹心中道，“这帮 NPC 的智商明显不低，乱加设定搞不好会弄巧成拙的吧……”

“我担任过侦察兵、间谍、战士、副官，也参与、指挥过大型兵团作战……”封不觉用自信满满的语气继续编道，“只不过……眼下我初来乍到，对你们这个宇宙的战场形势不熟悉，再加上被你当成炮灰使用，至今没有表现的机会。”

“嗯……”擎天柱听出了这话里的意思，“虽然在我听来，这就是自吹自擂……不过，一开始确实是我们对你有所误会，我也有做错的地方。”他想了几秒，“既然你说到了这个份儿上，这样吧……”他转头看了看爵士和夜巡，“爵士、夜巡，你们一会儿去乐高屋时，把这两位异界来客也带上，看看他们能不能帮上什么忙。”

“遵命。”爵士立刻应道，他对领袖的命令丝毫没有质疑。

擎天柱又看向了封不觉和小叹：“爵士和夜巡都是极其出色的侦察兵，希望你们俩也能如自己所说的那样机智和善战，不要拖他们的后腿。”

对话进行到这儿，两名玩家的耳边，即刻响起了系统提示：“支线任务已触发。”

他们打开菜单一看，原本的支线任务下，又刷出一条子任务：“协助爵士和夜巡，对‘乐高屋’进行侦察。”

“机会已经给你们了，我会视这次调查的完成情况，委以你们相应的职务。”擎天柱道。

红蜘蛛在旁不怀好意地接道:“你们要是搞砸了，那么该职务的名称肯定就是‘谈判筹码’了，嘿嘿嘿……”

“你能不能不要总是在长官说完话后，加上一句充满恶意的威胁，并且以奸笑收尾。”威震天竟然紧跟着吐了个槽。

四

同一时间，中立区，“乐高屋”门外五米处的一片阴影中，四名 Novel 的成员，已然抵达。

这四个手办，皆是剑客。

第一位，身着绯色和服，一头橘红长发，左边脸颊有一十字刀疤，腰佩一把逆刃刀。

第二位，身着墨绿色和服，绿藻头，头戴黑布巾，左眼纵贯刀痕，腰佩三把大快刀。

第三位，身着黑色欧式制服，栗色短发，面目清秀，除了佩刀外，还背着一个火箭筒。

第四位，身着蓝黑色轻甲，金发披肩，英俊挺拔，身负烈光之剑。

同为智谋型玩家，悲灵在Novel阵营得到的信息量和觉哥这边比起来……那就是天壤之别。悲灵基本上已经把这场战争的前前后后还有一些细节都问得很清楚了，这其中自然也包括了战斗双方与中立势力的微妙关系。所以她可以推测到：今晚的遭遇战后，无论结果如何，乐高直升机的参战情报必定会让Classic有所行动。

于是，悲灵果断派出了巫妖王给她和似雨安排的亲卫队，让他们到乐高屋那里伺机而动。

她判断……侦察也好、交涉也罢，Classic绝不会派龙套级的杂鱼去乐高屋的，出动指挥官级别的角色倒有可能。届时，以亲卫队四人组的实力，要抓个活口回来，难度不大。等抓到了人，就算不能直接问出小叹他们的动向，多少也能掌握一点他们在对方阵营中的情况。

当然了，悲灵也考虑到了觉哥和小叹二人会亲自去乐高屋的可能，因此，对亲卫队的另一条命令就是，假如发现了对方阵营中那两个人形的家伙，当场格杀……

第一兵团的讨论结束后，封不觉他们就跟着两位变形金刚出发了。

常言道，不能变形的金刚不是好金刚。作为传统玩具而非手办，爵士和夜巡显然都具备变形功能（变形后都是汽车）。虽然他们的结构并不算很精密，无法让玩家真正地乘坐到车内，但车顶载人是没问题的。

所以，爵士主动提出让两名玩家坐到他和夜巡的车顶上，好节省点赶路的时间。

觉哥和小叹当然也不会拒绝，被缩小成玩具的尺寸后，几十米的路途对他俩来说都得以公里计算。这些赶路所需的体能，自然是能省则省。

于是，大约十分钟后，两名玩家便“坐”着车，快速地穿过了数百米的距离，来到了乐高屋的所在。

其实所谓的乐高屋，就是位于乐高玩具专区正中间的一个“展示区”。展示区外的货架上自是堆满了各式各样未拆封的乐高积木，而展示区本身，则是一个四面皆由玻璃墙围起的方形房间。房间内摆放着一座乐高积木所构建出的城市，城里的建筑、道路、车辆、装饰、人物等等……无不是造型奇特、色彩缤纷。这种实物展示的方式的确挺吸引人的，别说小孩，就算大人看了都有购买的冲动。

“从这里开始改为步行吧。”爵士在乐高屋外渐渐减速，并用车内的音响说道。

跟在后方的夜巡也随他停了下来。

封不觉没多问，只是朝小叹使了个眼色，二人便各自从车顶上跃下。

两秒后，爵士和夜巡就再度变成了机器人形态。他们的人形态不如擎天柱那么高大，不过仍比玩家要高出一些。爵士变形完毕后接着说道："一会儿得见机行事，假如乐高真的已经与Novel结盟，那我们一到门口就有可能遭到突然袭击。"

"那还不是最糟的情况。"夜巡接道，"如果他们直接表明立场、发动攻击，那我们撤退起来还相对容易一点。就怕……"

"就怕他们不动声色，先把我们骗进老巢，再来个瓮中捉鳖。"小叹插嘴道。

"你这么比喻我们几个不就成鳖了嘛……"封不觉道。

"哦，那……关门打狗。"小叹又道。

"虽然你越说越贴切了，但我个人建议你以后还是不要再尝试引用成语了比较好。"封不觉单手扶额摇着头道。

叱——

这一瞬，一道剑气，破空而来。

这一击，势若猛虎，气贯长虹。

不知何为，封不觉对这招式有一种似曾相识的感觉……

爵士和夜巡的反应很快，他们甚至还有余力去抓住两名玩家一块儿进行躲避。

斩击过后，小叹还惊魂未定，有些不知所措。他身旁的夜巡则沉声道："集中注意力，菜鸟，对方似乎派来了很厉害的角色……"

"一刀流·厄港鸟……"经过这几秒，封不觉也终于想起了此技能的名称以及自己曾经在哪里见过这招。

不过，眼前的这一斩，无论是力量、速度、魄力，都比当初狂踪剑影所斩的那一击强出一筹。

"哼……躲开了吗……"索隆一边将"黑刀秋水"收入鞘中，一边从半米外的阴影中走了出来，"不愧是爵士和夜巡，这一击就当是打招呼吧。"

"喂……有超可怕的家伙登场了啊！"小叹惊道。

"明明是个体积和我们差不多的手办，竟然随手就砍出了'一次性消耗技'级别的攻击……"连封不觉也有些不淡定了，"还有……为什么他会突然出现在这个地方，难道……"

"你就是那个叫疯不觉的吧。"索隆缓缓朝觉哥走来，其右手很随意地枕在剑柄上，看似闲庭信步，实则步步杀机，"听说你是个高手啊。"

"呵呵……高手吗……"封不觉干笑两声，"这种误会想必会随着我转身逃跑而解除吧……”

“逃跑吗……”索隆略微摇了摇头，“背后的伤痕，可是剑士的耻辱。”

“我不是剑士，我是绅士。”封不觉虚着眼回道。

这时，夜巡打断了他们的对话，对索隆道：“虽然你确实是个笨蛋……但既然已经看到了我和爵士在场，却还敢现身，那就说明……”夜巡环顾四周，“来的不止你一个吧？”

他的推测很正确，话音刚落，一道绯色的身影便从另一侧的货架后走了出来：“在下不想杀人，但因任务在身，也不得不来此应援。”剑心倒是杀意全无，一脸人畜无害的表情，“所以……恳请诸君不要越过在下身前这条界线。”

“啊，我也不是很想使用暴力，但任务就是任务，只要把那两个异界的小哥给干掉就行了吧。”第三个声音响起，手执光之剑的高里便出现在了与剑心相对的方向。

“呵……呵呵……那不用说了……”封不觉嘴角抽动着，转过头，看着第四个方向道，“我们已经被包围了吧……”

的确，第四名剑士也出现了。

“其实我想杀的只有土方桑而已啊……”总悟有气无力地念叨着。

看到这阵容，小叹几步挪到封不觉旁边，压低了声音道：“这算什么……ACG 四大名剑吗……”

“嗯……四对四的话咱们这边明显不利啊……”封不觉接道。

“从空中逃跑怎么样？”小叹悄悄问道，“你的月步带个人应该没问题的吧？”

“带是能带，但走空中的话……”封不觉否决道，“即使我们的跳跃力可以摆脱索隆的斩击和总悟的火箭筒，但……”他的眼神看向了高里，“光之剑这玩意儿可是麻烦得很……”他顿了一下，“说实在的，这四个人里，让我觉得威胁最大的就是高里……

单纯从破坏力的角度来看，剑心和总悟的战斗力是以一当百、杀人如麻，而索隆差不多是徒手拆机级别。但是高里……一个完全不会魔法，而且智商接近水母的男人，却曾经多次和大贤者、高位魔族甚至魔王正面战斗过。那把剑可是随便一甩就能出冲击波的东西，而且连精神体都能消灭。”

“你这么一说，我们岂不是死定了……”小叹回道。

封不觉沉吟道：“嗯……还没打就认输倒是没必要，毕竟对方只是手办化身的人物，未必有原著中那么强。再说……团内练习战的目的，不就是为了让你和人形的对手多打几场吗，眼下的情况正是个好机会。”

“也对……”小叹说着，露出了很认真的表情，并从行囊里取出了“蓄能三棱军刺”

（排剧本前，封不觉已将新入手的军刺送给了他），“那就试试吧。”

“你们商量好了吗？”索隆显得有些不耐烦了，“双方各有四人，不必搞得很复杂吧……绯村前辈不愿动手的话，由我来一对二好了。”

“那把我的份也算上吧。”总悟有气无力地说道，“索隆桑你不是三刀流嘛，一对三应该也不在话下吧。”

“你小子凑什么热闹！”索隆喊道，“喂！你突然把眼罩戴上干什么！就算你看不起对手也不至于就地躺下睡觉吧！”

“啊，不知道为什么，一听到你的说话声就有种不爽的感觉啊……”总悟竟真的侧卧下来，单手枕着脖子开始打盹。

“嗯……有两人不想出手吗……”封不觉见状念道，不过他的目光始终是落在高里的身上，“可惜麻烦的家伙还有一个呢……”

“喂！当我是死人吗！”索隆吼道。

封不觉继续无视索隆，转头对小叹和两位变形金刚道：“不用在意那个绿藻头，只要搞定了高里，我们随便找个有墙的地方，转两个弯就能摆脱他了。”

爵士闻言沉吟道：“嗯……那个‘因为一定会迷路所以无法独自出外勤’的手办原来就是他吗……还以为只是某种都市怪谈，没想到真的存在啊。”

“你们是觉得我听不见是吧？宰了你们信不信！”索隆头上青筋暴起。

夜巡也在一旁接道：“拥有 GPS 系统的我们，确实很难体会这种感受啊……”

“你一个塑料制品有毛的 GPS 啊！”索隆忍无可忍，拔刀而上，“二刀流·鹰波！”

他拔刀的速度快到肉眼难辨，双刀出鞘的同时，原地旋身，甩出两道白雾状的冲击波，冲向了 Classic 那四人的所站之处。

但见爵士上前一步，用身躯挡在伙伴们身前，单臂一挥，就将那波状的攻击打散：“这种威力只够掀翻杂鱼的攻击，对我们赛博坦人来说如同隔靴搔痒。”

“光之——”高里的声音忽然响起。

“卧倒！”封不觉几乎在同一秒猛然暴喝出声。

小叹很听话，当即就趴下了，爵士和夜巡则是高速完成变形，靠着车辆状态的加速力朝两边散开。

下一秒，高里横持于身侧的光之剑上，剑柄处的烈光喷薄而出，轰出一道扩散性的光束炮，其状若虚闪一般，威力更是有过之而无不及。

好在封不觉提醒及时，众人堪堪避过。

站在高里对面那一侧的剑心也是赶紧横移数步，险些受到波及。连他都长吁一口气道："呼……好险好险……"

"你们三个去对付高里，索隆由我来应付，现在人数占优，近身战对我们反而有优势。"封不觉一边从地上爬起来，一边朝着索隆那边冲了过去。

"什么时候变成这小子在指挥了？"夜巡说道，话虽如此，但他还是照做了。

爵士耸耸肩，也跟着夜巡和小叹一块儿冲向了高里那边："既然他的对策听上去不错，姑且就这么办吧。"

而索隆这边……

尽管封不觉说了"索隆由我来应付"这种台词，可当他真的站到对方面前时，那份自信……却已失了大半。

这位独眼剑士身上所透出的压迫感，犹能欲野喷山。索隆那第三把刀（和道一文字）尚未出鞘，仅凭其手中的双刃（三代鬼彻、黑刀秋水）和一个简单的架势，就让觉哥感到了束手无策。

无论封不觉用魂意演算多少种进攻方式，预判的结果都是自己被砍死……

"怎么了？"索隆道，"跑到我跟前，只是为了傻站着吗？"他的右手微微动了几分，"我们的上司说你是个需要留意的高手，难道是估计错误……"

嗖嗖——

话音未落，两张光牌突然擦着索隆的脸颊飞过。

"这样都能躲开……"封不觉有些懊恼地念叨着。

觉哥怎么可能傻站着呢，这家伙在找不到索隆破绽的情况下，悄然在袖中祭出了死亡扑克，并且在毫无征兆的情况下发动了攻击。

这两张扑克分别奔着索隆的脖子两侧而去，飞行距离短、速度极快、出手时也没有任何预兆。不料，还是被对方用一个略微后仰的姿势给躲开了。

"区区一个手办……竟然还保留着'见闻色霸气'（可强烈地感受到四周气息的力量，能感应到视线外的敌人或进一步预知对手动作）这种设定吗……"封不觉说道。

索隆笑道："你懂得还挺多的嘛……"

"会得也挺多啊！"封不觉回话时，又使出一记侧身飞踢。

只见一道弧形的斩击横扫而出，其高度与索隆的腹部基本持平，宽度也足够。由于发动距离近，即使是预判到了，恐怕也没法儿避开。

"无聊透顶。"索隆略微下蹲，横斩一刀，刀气正好与觉哥这记"岚脚"的斩波重合，二者相撞后化为乌有，"我和六式使用者交手的次数已经多到数不过来了，你这种软脚虾似的岚脚，根本伤不到我。"

"太离谱了……"封不觉汗都下来了，心道，"这种角色用格斗专精怎么都无法搞定的吧……无论预判能力、力量、速度、耐力、战斗经验、战斗本能全是一流的。我们这边又没有什么射击专精的玩家或者远程重火力武器……想赢他就只能靠器械、灵术或者召唤技能的辅助了吗……”

封不觉的思绪很快，弹指间已有无数念头闪过脑海。

可索隆的攻击，却也是不等人的。双刀既已出鞘，就得见血。

“二刀流·魔熊！”

疾影至，杀意现。索隆瞬间就出现在了封不觉站立的位置，双手反握刀柄，两道纵向斩击贯出。

可封不觉，却已然来到了空中。

索隆自然知道对方闪去了哪里，他立即直起身子并抬头，望向空中那个隐隐发出赤红色斗气的身影，冷笑一声道：“这暴增速度的招式，倒挺像某人的二档。”

封不觉在半空便倒转身形，猛踏数次“月步”，逆向冲袭而下。其势若猎鹰扑兔，“南斗飞龙拳”蓄势待发。

“好像要使出什么来呢……”索隆神色一凛，“不过……我对自己的‘武装色’（能够提升防御力，作用犹如看不见的盔甲，亦可演化为攻击力，进而与恶魔果实能力者抗衡，甚至可以触碰到‘自然系’果实能力者的实体）可是很有自信的……”

五

高手的本能告诉索隆，封不觉的招式非同小可。因此，索隆事先就发动了武装色霸气，使自己整个上半身都覆上了一层铅色的无形装甲，以防万一。

“二刀流•犀回！”索隆后撤半步，仰头望天，手中双刀呈犀角状抬起，准备迎击。

不料，出人意外的事情发生了。

原本像导弹一般直冲向索隆的封不觉，竟在即将与对方对招之际，突然使出一记“月步”，横向窜出，闪到了索隆的后方。

“怎么回事……”索隆心道，“他刚才那架势，分明是要使出什么来了……而且他眼中也没有丝毫的恐惧或者犹豫……为何要避开呢？”他微微一怔，“难道说他有某种预知能力，可以提前知道对招后的结果……”

索隆猜对了一半，封不觉在最后一刻放弃对招的理由之一，确实是因为他对交锋后的结果很不乐观。根据魂意的演算，即使是在灵识聚身术的状态下，他也最多达到伤敌一千，自损八百的效果。

而让封不觉下决心闪开的另一个理由就是……在这紧张的战斗中，在这短短的数十秒内，他已经想到了一条计策。

“哼……呵呵……哈哈哈哈……”封不觉忽然笑了起来，脸上露出了一种非常欠揍的表情，看来他对自己想出的办法非常得意。

“喂，你小子怎么了？脑子充血坏掉了吗？”索隆也被他搞得莫名其妙。

封不觉没理对方，只是默默地解除了灵识聚身术，其周身的赤芒也即刻消散。

索隆转过身，举起右臂、用刀尖指着封不觉道：“还是说你是想通了，决定认输赴死？”

“不，我准备逃跑。”封不觉道，“所以我来到了你的身后。”

“要丢下同伴是吗？哼……”索隆冷哼一声，“本还以为你是个稍微有点骨气的男人。”他的眼中绽出一道凶芒。

“不，我马上就会回来的。”封不觉一边说着，一边从行囊里拿出了“反重力弹射器”，“但你却回不来了。”

“哈？你要用手上那个奇怪的装置做什么吗？”索隆这话刚出口，只听得“啪”一声，下一秒，他已被糊了一脸臭鸡蛋……

“臭鸡‘弹’”本身并不是物品，而是一个需要通过射击武器才能发动的一次性技能。当然，当这个技能发动时，是会凭空生成一枚鸡蛋的。

这个只消耗1点体能，而且几乎没有任何伤害的技能，唯一的效果就是“造成巨大的仇恨值，吸引目标攻击你”。

“这什么东西……臭死了！”索隆用胳膊抹了把脸，晃了晃脑袋，瞪着封不觉道，“你小子突然扔了什么东西过来！”

“嗯……连死亡扑克都能及时预判，却无法躲开这种攻击……”封不觉念叨着，“是因为我是用了弹射器这种特殊的射出手段吗……还是说这技能生成的弹药根本就是无法躲开的呢……”

“啊……真是臭死了！你小子……宰了你！”一股无名之火直蹿头顶，索隆脚下一踏，倏然而上，朝着觉哥便猛攻过来。

“不管了，奏效就行。”封不觉转身就跑。

觉哥十分精确地知道自己的极限奔跑速度，如今的他，不开灵识聚身术也已经很快了。如果当初在“猎人岛”上他就有这速度，也不至于被福德追得那么狼狈。

“单纯比跑步的话，目前我的体能仍很充裕，短时间内是不会被追上的。”封不觉心道，“索隆的远程攻击毕竟只是剑气，而不是追踪导弹。只要保持距离、不断移动、别停下和他纠缠，要避开那些攻击也不算太难。剩下的就是……”

“别跑！你这混蛋！”索隆在后面吼道，“居然敢用鸡蛋扔我！还想活着看到明天的太阳吗？”

“哈哈哈哈……”封不觉担心技能的嘲讽效果还不够保险，为了进一步激怒对方，他在逃跑同时还发出异常嚣张的笑声，并偏过头喊道：“不是鸡蛋！是臭鸡蛋！”

“小子！你给我站住！”索隆已是怒不可遏，头上青筋暴起。

“哈！你见过这个世界上有逃跑的人听到别人喊‘站住’就站住的吗？”封不觉继续吐槽道，“还有，你小子给我注意措辞，你一个设定上只有二十一岁的家伙一口一个‘小子’叫得挺顺溜啊！你老子我今年好歹也二十四岁了啊！你以为自己是露琪亚那种一百五十岁的少女吗？”

“哈？你知道的事还不少嘛……看来你小子已经听到尸魂界的召唤了吧，就由本大爷来送你过三途河好了！”

看着二人一跑一追，渐渐远离了此地，剑心还是默不作声地站在原地，双手抱胸、闭目养神。

倒是侧卧在地上的总悟掀开了眼罩，眯缝着眼，有气无力地对远处的剑心道:“绯村桑，索隆桑应该是回不来了吧？”

“啊……那位疯先生应该会把索隆带到稍远一些的地方，然后‘随便转两个弯’将其甩掉，接着再折返回来。”剑心说着，无奈地叹了口气。

“万一那个疯不觉摆脱了索隆桑以后，真的丢下同伴独自逃了呢？”总悟又道，“又或者，他先逃回去搬救兵，随后再……”

“救兵……”剑心忽然打断了总悟，并缓缓睁开了双眼，“……早已经到了。”

“哦？”总悟愣了一下，随即便听出了剑心话中所指。

“啧……真令人不快。”总悟单手一撑一翻，站起身来，“绯村桑是什么时候发现的呢？”

“一开始就注意到了。”剑心平静地回道。

“所以才一直站在那边按兵不动吗？”总悟问道。

剑心微笑道：“我只是不清楚那几个家伙究竟想做什么，所以在他们现身之前，我决定暂且观望，防止他们突然袭击。”

“听见了吗，Classic 的那几位？”总悟略微提高了声音，拉长了嗓门儿道，“你们已经被发现了哟～”

数秒后，就在剑心身后的货架上方，忽有四道劲影脱出，从天而降……

话分两头，且说小叹他们这侧，也是战得异常激烈。

高里的剑术高绝，而且战斗经验可谓惊世骇俗，无论是山贼、魔导士、骑士、魔导剑士、魔族、食人魔，甚至巨龙，各种类型和体型的对手他都遇上过。所以面对两名变形金刚和一名玩家的夹击，他完全可以凭着光之剑的威势，战得游刃有余。

而爵士和夜巡这边则是有苦说不出，虽然这两位变形金刚都拥有射击类武器，但他们此刻却只能靠着体型和力量上的优势进行近身压制。他们都很清楚，只要一有空隙，高里手中的光之剑一甩就是一道巨浪般的光束炮。为了不让他有准备招式的时间和空间，就得连绵不绝地展开攻击。

至于小叹，他就更郁闷了。在战斗之初，他也拿出过“温彻斯特霰弹枪”，尝试过在中短距离上射击高里。可由于高里身法极快，而小叹的射击专精至今只有E级……导致了连续数枪全都打空的情况。非但是一发子弹都没有擦到对方，反而有几枚弹片误伤了同伴。还好爵士和夜巡的防御力高、体积大，也不在乎这种程度的伤害。

眼看着自己越帮越忙，小叹也就放弃了使用枪械，干脆就用“蓄能三棱军刺”和对方杠上了。

别看小叹这样儿，他的格斗专精可是比觉哥更早到达C级的。

和封不觉不同，王叹之同学的游戏经历显然更接近于正常人……按照比较普通、普遍的游戏进程来说，一名玩家在十级时，主力专精就铁定能到E级了;过二十级时，可以达成D级；而到了三十级，自然就应该有C级的水准了。

如果是高手或者职业玩家，专精的突破速度往往还会超前一些，比平均线早个几级达成。另有极少数天赋异禀的家伙，能做到超出整整一档的水准。比如那位三十级就已拥有B级召唤专精的曌影王，还有十级出头就达到D级格斗专精的似雨……

当然了，纵然是顶尖高手，除去“通用”这项之外，精通的专精最多也就三个，一个主力的，两个半主力的。而休闲玩家通常就俩，一个主力的，另一个还凑合的。像封不觉那样的家伙，不是稀有，是根本没有……就他一个。

小叹是个很典型的休闲玩家，实力其实也算是比较强的。刚上三十级便有两项C级专精，也说明他已领先于大部分这个等级的玩家。

既然这是根据玩家综合实力所生成的剧本，而高里也不是什么最终BOSS，小叹这水平中上的武斗派玩家，没理由会对这个敌人毫无办法。

想通了这一点，小叹便也丢弃了多余的想法，配合着爵士和夜巡，用自己最擅长的专精去跟对方周旋。

能与剑术高超的高里对战,对小叹来说无疑是一种提升。自进入《惊悚乐园》以来，虽然和玩家对战少，但像这样的战斗，他经历得可要比封不觉多得多。

切实地去感受兵刃上传来的力量，全神贯注地观察对手的每一个动作，在随时可能被斩杀的交锋中你来我往、见招拆招……格斗专精就是在无数这样的战斗中逐渐提升起来的。唯一的区别就是每个人的悟性不同罢了，或许天才从一场战斗中学到的东西，凡人要经历十场才能想明白，那就是天分的因素了。

“呼……还好从觉哥那里拿到了军刺。要是我用自己的大马士革短剑和这光之剑对碰，估计那商店货会被摧毁的吧……”经过了片刻的缠斗，小叹却是丝毫没感觉到三对一有多大的优势。只要他的注意力稍有不集中，就会险象环生。要是没有爵士和夜巡帮忙，恐怕高里用普通的铁剑就能打得小叹找不着北了。

就这样，他们这二人二机战得热火朝天，几乎无暇旁顾。当小叹终于注意到另一侧的觉哥和索隆失踪时，恰好是总悟和剑心对话完毕之际。

这一刻，爵士和夜巡的攻击忽然停了，他们皆是转过头，看向了空中跃下的那几道影子。

高里的反应慢半拍，直到眼前的对手停止动作，他才愣道：“诶？怎么了？”他歪过头，探出脑袋，从两名变形金刚的身侧望出去。

但见，四条魁梧的身影一字排开，站成一列。他们蒙着四色眼罩，分别手持双刀、铁叉、双节棍、长棍，背上皆是巨大的椭圆形龟壳。

他们，就是……

Loading……

CHAPTER 6

玩具战争·“先知”的谎言

一

在“神作”二字被滥用的今天，人们似乎已渐渐忘却了这个词原本的意思。大多数时候，我们只是用它来表达对某一作品的褒奖或喜爱，亦或是用它来调侃一些出人意料的情节。

但在很多年前，这个词的意义，远不止如此……

《忍者神龟》，就曾无限接近于神。

它诞生于一个金色的年代。

那些年，染发还是时尚，迪斯科回荡在大街小巷，异形的特效已令人叹为观止，主机界霸主是小霸王……

那些年，乔丹所向披靡，小马哥双枪未冷，邓丽君余音犹在，杰克逊还是黑人……

那些年，没有理直气壮的拜金主义，也没有创造了宇宙的南韩古国，中国男足还是亚洲一流，春晚小品还能把人逗笑……

那是一个令人怀念的时代，一个很纯粹的时代。

曾几何时，汽车的普及让城市失去了边界。

今时今日，电子设备的泛滥却并未拉近人们的距离。

一家人聚在一台电视机前的年代已离我们远去，每人对着各自的小屏幕发呆倒成了日常。在信息交流极为便利的大环境中，我们反而变得更加迷茫。

而在那个金色的年代，事情没有那么复杂。一部作品的魅力，可以最直观地体现在收视率上。

《忍者神龟》就是一部可以让孩子们按时守在电视机前的作品。新奇的设定，精彩的情节，有趣的对白，适度的暴力……这片会火是顺理成章的事情。

李奥纳多、拉斐尔、米开朗基罗、多纳泰罗，这四个性格迥然的变异乌龟伸张正义的故事持续了一个又一个年头。他们的足迹遍布漫画、电视、大荧幕、游戏，他们甚至有着自己的摇滚乐队（演员穿着神龟道具服在舞台上假唱）。在特效技术远远没有成熟的九十年代初，忍者神龟竟然已拍摄了三部真人版电影。即使到了 21 世纪，其 03 版的新动画仍然好评如潮。

这群无所不能的家伙，自然是早已推出了玩具周边。而作为一代人的经典回忆，神龟们的身影，无疑会出现在 Classic 的阵营中。

“嘿！你们是什么时候来的？”爵士高声问道。

“来得足够久了……”拉斐尔用其低沉的声音回应道。

李奥纳多补充道：“擎天柱让我们暗中跟上你们，以作接应。”

“嗯……”夜巡若有所思道，“不愧是擎天柱，他已经考虑到了乐高屋和我们彻底决裂的可能……有你们四个接应的话，即使是被困乐高屋中，我们也有很大机会逃出来。”

“恐怕不止如此吧……”小叹竟忽然插嘴道，“我怎么觉得……是因为擎天柱仍然不相信我和觉哥，所以才派人暗中跟随，以防我俩有什么异动。”

“命令是什么已经不重要了。”李奥纳多这样的回答，基本算是默认了小叹的推测。的确，擎天柱让神龟们跟来，主要还是为了监视异界旅客。所以不到万不得已，他们四个是绝不会现身的。

他们原本的底线是，当爵士和夜巡面临真正的危险时，再动手帮忙。可计划赶不上变化，谁也没料到，剑心竟能察觉到他们的存在。

李奥纳多将视线投向了剑心：“我能问问，你是如何发现我们的吗？”

这确实是个很令龟费解的问题，作为忍者，神龟们的隐遁术无疑是超一流的，在必要的时候甚至可以长时间封闭呼吸来隐藏气息。

“其实……发现你们的并非是在下。”剑心回道，“而是那位疯不觉先生。”他顿了一下，“或许……在你们一路跟踪的过程中，就已经被他给发现了吧……”他托下巴沉吟道，“当索隆使出一刀流・厄港鸟进行试探时，那位疯先生在瞬间便洞悉了此招的威力、速度、变化等等……当然了，这也不算什么。但随后，他竟然在那电光火石的刹那，一心二用，朝你们四位所在的方位瞥了一眼，想看看你们对此会不会做出反应……”剑心一边说着，一边已缓缓转身，面向了神龟们，“在下若不是亲眼见到，根本无法想象世上会有这种事。无论是畏死之人，还是求死之人，面对攻击时都不会有这样的反应，而他却可以做到……”

“你也相当厉害嘛……仅通过疯不觉那匆匆一瞥，就察觉到了我们的方位吗？”李奥纳多接道。

“哼……想不留意都难啊……”剑心长吁一口气道，“请设身处地想一想……假如我在利刃砍向自己脸的过程中，一边举剑抵挡，一边忙里偷闲地朝别处张望。这一幕正好被你看到了，你也会很在意的吧？”

“那倒未必。”封不觉的说话声突然响起。

在场所有人都转头循声望去。

总悟第一个开口，有气无力地说道：“啊，回来得比想象中还快呢，果然是只转了两个弯就甩掉了吗……”

封不觉没搭理他，而是继续对剑心道：“若是我的话，看到一个脸颊上有两道以上的伤痕，而且都集中在同一边的人，就会推测……这人一定很喜欢在战斗时东张东望。”

剑心对封不觉的玩笑没有做出回应，只是一脸冷漠地说道：“既然索隆先生已经不在了，而诸位在人数上也有了一定的优势，那么……在下也要……”说罢，他的手，便握在了剑柄上。

这一瞬，忍者神龟四兄弟不约而同地跳起散开，跃向四方。

剑心的周围，此刻仿佛绽开了一个无形的圆，这个圆圈内，是一个极度危险的领域……只有实力到达一定层次的强手，才能感觉到这个范围的存在。

“伙计们，把他交给我。”李奥纳多作为神龟的老大，自然是把最危险的活儿揽给自己，“拉斐尔、多纳泰罗，你们俩应付一下总悟；米开朗基罗，你去帮爵士他们压制高里。”

“哼……终于可以揍点儿什么了。”拉斐尔跃跃欲试地说道。

“要小心，兄弟，那小子并不好对付。”多纳泰罗提醒他的同时，自己也跟了上去。

“哈哈！我来啦！”米开朗基罗总是显得快乐和兴奋，他甩着双节棍就跳入了小叹那边的战团中。

一时间，双方的实力逆转……折返回来的封不觉，倒显得有些多余了。

一分钟前，乐高屋内，某建筑的阳台上。

说是阳台，其实也是乐高积木搭出来的。在这“乐高屋”里，除了照明设备以外，鲜有非乐高制品。

此时，有两个人影，正立于阳台的边缘，隔着展示区的玻璃墙，远远观望着外面的战斗。

他们分别是乐高蝙蝠侠和乐高钢铁侠。

这些“乐高化”的超级英雄，自然是Q版造型。他们四肢、躯干皆是由长方体构成的，而且是二头身的身材比例。他们比大多数正常比例的人形玩具都要矮小，看着就像是小孩子。

“你说我们过多久再去阻止他们？”托尼（钢铁侠）说道，他的说话声听上去有丝丝重合音且具有电子感，就是那种隔了真正的钢铁战衣发出来的语音。

布鲁斯（蝙蝠侠）绷着脸，回了一句："我建议别管这事儿。"

"这儿好歹也是我们乐高的势力范围，一直装聋作哑不妥吧。"托尼又道。

"我俩不是已经站在这儿装了好一会儿了吗……"布鲁斯道，"再装一会儿，他们差不多也就打完了。"

"这段话我好像在哪儿听到过……"托尼挠了挠他的头盔（因为是乐高的定制型玩具，无法脱下面具），"哦，对了……浩克和贝恩在儿童节前夜玩摔跤那次。"他顿了一下，"还记得那晚大伙差点儿没能完成重建工作吗？"

"那不一样，那次是在屋里，而这次是在门外。"布鲁斯略一停顿，说道，"最近是个敏感时期，要尽可能避免引火烧身。"

"眼下可不是我们引火，是火自己烧上门来了。"托尼接道，"我就知道，那批积木被盗的事件和Novel有关，想必他们已经将积木兵器投入战场了……爵士他们是来兴师问罪的吧。"

"那你的意思是……我们立刻带人出去，把Novel的人干掉，以洗脱嫌疑吗？"布鲁斯问道。

"这就是个选择的问题了……"第三个声音传来。

布鲁斯和托尼转过头，看到了从阳台边缘慢慢走来的小丑，他的动作就像是徒手走钢丝，不过走得摇摇晃晃的。

"Novel把乐高兵器投入战场，明面上看是加强部队的战力，但细想，就能发现他们另有一个意图……嘿嘿嘿……"小丑笑着说道。

布鲁斯应道："想拉我们乐高下水吗……"

"没错……要是Classic那边没调查清楚，就判断兵器是我们提供给Novel的，说不定就会直接对我们宣战，甚至不宣而战。"托尼接道，"真要是打起来，双方既会损失实力，又会结下仇恨。"

"嗯……到那时，即使我们明知最初是中了Novel的套，也不得不请求与他们结盟了。"布鲁斯道。

"哈哈！我说了，这就是个选择的问题。"小丑笑着伸出一根手指，"要么我们就趁早倒向Novel那边……现在要求结盟，还能谈谈条件。"他伸出第二根手指，"或者，我们就与Classic为伍，用行动证明，乐高并没有主动提供给Novel任何东西。"

小丑说到这儿时，正好走到了布鲁斯和托尼眼前的积木栏杆上。他轻轻跳下，站到两人面前，指了指自己衣领边上别着的一朵假花："嘿！要闻闻吗，布鲁斯？"

布鲁斯看了看那朵花，冷哼一声："你这种把戏……只有索尔（雷神）会上当吧。"

“这就是选择……布鲁斯，闻还是不闻？”小丑用那永不消失的笑容十分有诚意地看着布鲁斯。

“我选第三种。”布鲁斯一边说着，一边伸出手，把那朵花的花蕊倾斜了九十度，向上对准了小丑自己的脸，“我们既不加入Classic，也不加入Novel，我们要向Classic证明自己的清白，并且给予Novel适当的警告。随后继续保持中立。”他说着，按下了小丑那朵“喷水小花”的开关。

可是……花蕊并没有喷出水来，那朵花在布鲁斯的手中快速融化成了一团粉色浆糊似的东西，裹住了他的手。

“哈哈哈……有时候，你就该乖乖地选择让步不是吗？”小丑迈着得意的步伐，大笑着又跳上了阳台。

一旁的托尼转过脸去，缩着脖子“哧哧”憋笑。

布鲁斯看了看托尼，又低头看了看自己的手，有些恼怒地“嗯……”了一声，随后快步上前，颇为腹黑地推了正在大笑的小丑一把。

结果，那团浆糊把他的手和小丑的身体粘在了一起……于是，这俩积木疙瘩一块儿尖叫着从阳台上掉了下去。

托尼幸灾乐祸地从阳台探出头去，叹道：“可怜的不会飞二人组，还成天从高处往下跳……”

二

当乐高屋前的这场遭遇战激战正酣之时，其他区域的战斗也陆续展开。

其实，Classic和Novel的大本营相距也就五百多米。他们各自的势力范围，就是由大本营处向外辐射出去的一个半圆形区域。两边过于遥远的边缘地区是无人会去的，也没有任何战略意义。最关键的还是那两个半圆形的弧所相交而成的一个橄榄形区域及其两翼。

这条战线非常长，而且厚实，很难说清到底是谁的势力范围。毫无疑问的，处于这条战线上的所有区域，都是战火密集、摩擦频繁的地带。

之前任天堂突击队的行动，不过是一次最寻常的试探性推进而已，只能算中小规模的战斗。他们的任务也只是象征性地冲一冲对方的占领区，看看能不能抓到一些散兵游勇或是暗哨。就算成功推进到了敌占区并干掉了一部分敌人，他们也会立即折返回去，支援其他的战场。

那个冷冻食品区可说是双方势力范围的平衡点，也是两个半中立区之间的缓冲地带。每晚在此打响第一枪，几乎成了双方约定俗成的定式。

然而，玩具们之间的这场战争，可不是一般的流氓械斗，而是大规模拉锯战。双方玩得是有组织的多线作战、多点开花。所以……每天晚上，小规模战斗多到不计其数，中至大规模的交锋也至少在五次以上。

觉哥和小叹不知道这些信息，但似雨和悲灵很清楚。某种意义上来说，觉哥他们也有一定的优势，因为他们这边只需要去做“士兵”的事情就行了。而似雨她们，做的是指挥官的差事……当男生们执行侦察任务时，两位女生却在费尽心力地指挥着一场陌生的、复杂的、高难度的战争。

此刻，就在超市运动用品区内，Classic 的“第二兵团”与 Novel 的“漂灵军团”就在进行着一场大规模的攻防战。

第二兵团的主要成员是奥特曼，另外还有许多其他的特摄人物，比如恐龙战队各季的合体机器人、B 系列机器人（即《铁甲小宝》中的成员们，如卡布达、蟑螂恶霸、鲨鱼辣椒、蜻蜓队长……）、假面超人军团等等，甚至还有金甲战士这种奇怪的家伙混在里面……

而漂灵军团，除了护庭十三队的一众队长和副队长外，假面军团、十刃军团、黑崎一护和他的小伙伴们也都悉数登场（皆为漫画《Bleach》中的角色）。

虽然第二兵团的成员们在体积上占有优势，但漂灵军团凭借着独特的作战方式（光束化攻击、范围攻击、特殊攻击、变身能力等），堪堪与他们打了个平手。

“长官，这样下去情况不妙呢……”参谋官索尼子柔声柔气地对悲灵道，“那些咸蛋头的家伙太厉害了，这样下去……被击溃只是时间问题。”

悲灵正坐在一个货架顶部的边缘上，双手托着腮帮子，愁眉不展。

似雨见她在想事情，便开口道：“东线那边的奇袭策略成功了吗？”

索尼子在一块几乎与她整个人一样大的手机屏幕前操控了一阵，回道：“这是现场传来的画面，您自己看吧……”

“那是……”似雨看到，作为奇袭部队的三台 EVA，正在与三个体积比他们略小一些的黑影战斗着，而且竟然被压制住了，“对方派出的究竟是什么……”她不禁疑惑道。

“阿拉蕾、阿童木、柔王丸。”悲灵抢在索尼子之前回道，她停止了冥思苦想，参与到了对话中，“都是些超麻烦的家伙……EVA 恐怕赢不了。”她转过头道，“参谋。”

“长官请说。”索尼子回道。

“安排他们撤退吧。”悲灵道，“另外，再试一次，看看能不能联系上亲卫队那四位，距离我指定的报告时间已过去将近十分钟了。”

“是。”索尼子应道，并开始在屏幕前忙碌起来。

“想到如何逆转眼前的形势了吗？”似雨问道。

“这倒不难……只是……”悲灵若有所思地回道，“我觉得这个支线任务……恐怕在天亮以前根本做不完。”她说道，“如果战争双方的实力悬殊，或者两边部队总数并不多，那还好说……但目前看来，这可不是什么一朝一夕就能打完的战役。我估计……哪怕对面没有团长和小叹的帮忙，就算玩具们的战略、智商，都远远在我之下，那也得两周左右的时间，才能彻底结束战争。”

“我们不可能在剧本里留那么久。”似雨说道。

“是啊，现在是非睡眠模式下的杀戮游戏诶，以游戏时间来算，很明显是让我们在天亮以前就分出胜负吧。”悲灵道，“所以这个支线任务肯定有问题……怎么可能在接下来的几个小时内就赢得这场战争呢？”

“也许……”似雨推测道，“在这个剧本里有某种道具或是特殊事件，可以让我们恢复到正常人类的大小？”

“我刚才就是在考虑类似的假设。”悲灵回道，“但那实在太多了……也许我们可以在超市里找到一台割草机直接推平敌军；也许某个中立玩具势力已经造出了类似‘玩具原子弹’或者‘玩具病毒’的东西；也许只要摧毁对方的头目，Classic 就会集体投降……”

“说起来……”似雨忽然想到了什么，“解开这个秘密的关键，会不会和‘那个答案’有关呢？”

悲灵立即明白了似雨所指为何。她们二人从一进入剧本起，便顺风顺水，很轻易就得到了 Novel 方面所有玩具的信任，也获取了大量有关剧情的情报。但是，只有一件事，无论她们问谁，都没有得到确切的回答。作为 Novel 首领的阿尔萨斯，更是明确表示这是一个不该被提起的问题。

这个问题就是——这场战争的起因究竟是什么？

这应该是一个人尽皆知的问题，每一个战争的参与者、被参与者，都该对此有个概念。也许因立场不同，双方会有着不同的看法和说法，但绝不可能从上到下没有一个人能说出战争的因由来。

作为玩家，她们确实也很难理解，为什么这些玩具根本说不出自己是为了什么而战，却依然十分坚定地进行着这场战争。

“难道我们从一开始就错了吗？”悲灵沉吟道，“我们现在做的事……和这些玩具们之间的争斗一样，毫无意义……”

“你想得太多了。”似雨摸了摸悲灵的头顶，这是她俩之间从小就有的习惯动作，

“其实……我们只要无视这个支线任务就好了。”她用那冰冷的眼神，俯视着脚下的战场，“对我们来说，最终目的很明确，就是杀掉不觉和小叹而已。”

“嗯……”悲灵似乎对放弃支线任务有些不甘，她鼓起腮帮子，犹豫了几秒，“真要放弃支线的话，那事情确实就简单多了……我们只要利用手头的资源，不惜一切代价找到团长和小叹的位置，然后不计后果地发动军队去攻击他们……说不定我们俩都不用动手，就能赢得这场杀戮游戏了。”

“那倒不必……”似雨微笑着摇了摇头，“利用军队找到他们的位置就行了。”她的眼中竟闪过一抹跃跃欲试的光芒，“不觉，由我亲自来料理……”

“阿嚏！”封不觉打了个喷嚏，他摸了摸鼻子，念叨了一句，“什么情况……突然觉得后脊梁发冷啊，又有读者用降头术诅咒我了吗……”

“喂……这种话不要说得好像习以为常了一样啊！”小叹接道。

此时，他们二人已然如同置身事外一般，站在一旁，围观着六名 Classic 的 NPC 与三大剑客之间的战斗。

忍者神龟们比他们想象中还要强大得多，这四个家伙，无论攻、防、速、技、体，全都异常惊人。想想也对，就他们四个背上那沉重的龟壳，换个人类去背着，恐怕站都站不直了。而神龟们却是若无其事，能跑能跳，行动迅捷无比，动作劲道十足。要说能做到他们这种地步的人类，就得是武天老师那个级别了，战斗力比正常人怎么也得强出个三十倍以上。

打了一两分钟，Classic 这边就已稳占上风，唯有剑心和李奥纳多的对决还难分高下。剑心以速度见长，其剑术修为已是炉火纯青；而李奥纳多的武术修为也不差，加上其龟壳刀枪不入，在防御上就有先天优势。双方是你来我往，战得惊心动魄。在旁人看来，他俩周围是各种虚影陡生、幻化万千、金铁交加之声不绝于耳……

就连封不觉都无法完全看清这战斗的路数，比起他和湿婆、七杀这两位高手间的争斗来，这两名 NPC 之间的打斗显然又高了一个档次。

“话说……你撤出来干吗？”封不觉道，“上去凑凑热闹，对格斗专精的提升肯定有帮助的吧。”

“你是站着说话不腰疼……”小叹回道，“知道就刚刚那会儿，我就花去了多少体能值吗？”

“说明你太紧张了。紧张的时候，体能的消耗也会增加。”封不觉解释道，“其实这和惊吓值也有点关系……绝大多数人在遭遇恐怖或是危险的事情时，非但不会爆种，还会丧失应有的抵抗能力。比如……就算在平时经常行走的路上也有可能跌倒、很容易会感到疲劳、四肢也会变得无力、严重的甚至会失禁。”他顿了一下，“我曾经冒充警察去寻访过一些走夜路被抢劫的女性，其中有一些也曾学过女子防身术，或者口袋里备着辣椒喷雾的。但当劫匪用刀从身后抵住她们时，她们就什么反抗都做不出来了，只觉得头脑一片空白，全身发抖，连大声呼救都不敢。”

“抱歉，我在听到‘冒充警察’这四个字之后就没法儿集中注意力听完你的理论了……”小叹嘴角抽动着回道。

“好了！先生们，到此为止吧！”忽然，一个洪亮的说话声响起。

呼呼呼——

一块圆盾从远处飞来，在总悟、拉斐尔和多纳泰罗的武器上分别弹了一下，正好将这三人推散开。

随后，那个圆盾折射并飞返回去。

一穿着蓝红白三色外衣的乐高Q版人偶接住了盾牌，接着刚才的话道:“再不停手，就是与乐高复仇者为敌！”

他的身后，黑压压上来一片人影，分别是乐高金刚狼、乐高索尔、乐高蚁人、乐高鹰眼、乐高蜂女，以及浮在半空的乐高钢铁侠。当然了，拿盾牌的这位，便是乐高美国队长。

乐高复仇者的到来，果然有效地控制住了局面。有道是强龙不压地头蛇，即使Classic和Novel这几位都是强手，也不至于在乐高的控制区内和乐高的主力军团大打出手。因此，在美队的飞盾以及一声大喝后，众人皆是停止了打斗。

随后，托尼从半空缓缓降下，用不温不火的语气给Novel那三位下了逐客令。后者也很识趣，当即收剑走人。在这种情况下，他们能全身而退，确实已算是拣着便宜了。

待Novel那三位转身踏上了寻找迷路绿藻头的征程后，托尼才开口对爵士说道：“我知道擎天柱派你们来的目的，我想……Classic和乐高之间有些误会，需要澄清一下。”

“如果你们信得过我，就跟我们到乐高屋内部再议吧。”史蒂夫（乐高美国队长）道。

“没问题。”爵士回道，他很清楚，假如这些乐高玩具真要对己方不利，那刚才就可以动手了，也没必要将Novel的人赶走。

“我们就不去了。”李奥纳多这时对爵士和夜巡说道，“交涉是你们的工作，我们先回去向擎天柱复命。”

“哦？不继续监视我俩了吗？”封不觉问道。如剑心所说，觉哥在来这儿的路上就洞悉到了神龟们的存在，而且他也早已推断出了这四位跟来的目的。

“既然你们已经知道了，那监视也就变得毫无意义了。”多纳泰罗摊开双手道，“至少从目前的表现看来，你们不像是 Novel 的卧底。”

拉斐尔冷哼一声，沉声接道：“依我看，就算是……也没有多大威胁。”

“能不能帮我问问擎天柱……”封不觉笑着道，“这样的试探究竟还要进行多少次呢？”其实他对这种情况并未感到意外或反感。擎天柱作为 Classic 的最高统帅，要是真的只经过一两次考验就完全信任了两个来路不明的陌生人，那才有问题。换成封不觉自己，也会做同样的选择。

当然了，封不觉可不知道……在 Novel 那边，女生们得到的待遇就是无条件的信任。根本没有什么试探不试探的，既然系统介入了，那军队指挥权也是唾手可得之物。

“这个问题你可以当面问他。”李奥纳多回道，他说着，便朝神龟兄弟们打了个手势，“我们走吧。”

三

数分钟后，在乐高复仇者们的带领下，爵士、夜巡、封不觉、王叹之四位，便顺利通过了乐高屋正门的哨卡，进入了那座由乐高积木搭建的“城市”中。

一进城，小叹这个堂堂的富二代，就搞得像土鳖出国旅游一样，一路上看着那些乐高造的道路、建筑、花草、树木、河流、车辆、行人……他是东看西望、大呼小叫，就差自己冲上去拆几块积木下来看看玩儿了。

“嗯……对了，有个问题，我一直想问你们。”封不觉边走边对侧前方的爵士道。

“是什么？”

“咱们 Classic 和 Novel 之间的这场仗，究竟是怎么打起来的？”封不觉问道，“或者说……为了什么而打？”

“呃……”爵士一下子有些语塞，他竟是一副被问住了的样子，“就是……为了赢啊。”

“那怎样才算赢呢？”封不觉追问道，“将对方的玩具悉数灭绝？”

“这……”爵士对这个问题的反应，和上一个问题一样，“总之……我们都在为了胜利战斗，听从上级的指令，追随擎天柱的领导，其他的事情，不需要我们考虑。”

“喂……这不等于……”小叹似乎想说些什么。

可觉哥立刻使了个眼色，还大声清了清嗓子，示意他别说出来。

小叹只好把心里那句“这不等于啥都没答吗”给咽了下去。

封不觉继续问道："对了，说到战斗……我之前也看到了任天堂突击队和对方的交火。"他顿了一下，"那些被击杀的玩具，也就是……被打成两截、斩首或粉碎的那些，应该就算是'死'了吧？"

"是啊。"一旁的夜巡也回过头来加入了谈话，"难道你被打成那样还不会死？"

"我只是想知道……他们的……嗯……尸首，由谁来处理？放在那里不管的话，不用等到天亮，就会被超市保安给发现了吧。"封不觉道，"还有，这场战争你们打了远不止一两天吧？既然有伤亡……那一定也有补充兵力的渠道才对，不然士兵是会死光的。"他问道，"可你们的士兵从何而来呢？不会是靠超市补货吧？"

这些问题确实都很令人费解，先前封不觉就对超市的监控探头提出过疑问，照理说……这些玩具的战斗不被人类们发现几乎是不可能的。另外，玩具的"阵亡"更是个严重问题。试问，Novel 那些手办以及模型的库存减少，怎么可能不被察觉？而 Classic 这些老古董们，在 22 世纪时又怎么可能还在生产？难道说这个剧本中的人类们，是明知这些玩具在打仗，却假装不知道，而且还在默默地维持着战争的可行性？

"人类从不在意那些战场上的碎片。"爵士回道，"只要我们在活动时不要被他们看见就行了。至于兵源补充的问题……是机密，我无权回答你。"

"嗯……"封不觉心道，"还是等于什么都没说。"他飞速整理着思绪，"这场战争……没有目的，只有过程。这些玩具们有智慧，也有长期记忆，但他们的思维中似乎有一个盲区，只要一涉及战争本身的合理性，或是来自于人类潜在威胁方面的信息，他们的思路就会绕开……"

此时，小叹轻声对封不觉道："觉哥，会不会是这样……这个剧本的情况或许和《博物馆奇妙夜》类似，即在这个超市的某处，藏着一块法老王复活金牌，一到晚上就会起效，让玩具们活过来打仗。而夜班保安也是知道这些的，并且把这事儿给掩盖过去了。"

"你说的是阿伽门农的牌匾是吧……"封不觉也低声道，"可那种东西，不止会让玩具们活过来吧……什么人体模特、动物标本，甚至是骷髅模型，都会受到影响才对。所以……应该不是。"他否定了小叹的推测。

"嗯……"小叹若有所思道，"还有件事……从第一兵团开会时讨论的那些内容来推断，这场战争是不可能在一夜之间就分出胜负来的吧？"他用疑惑的口吻道，"咱们现在可是用非睡眠模式登录的游戏，满打满算也等不到第二天的晚上，而这些玩具……居然连战争的原因和目的都说不上来，那个支线任务要怎么才能完成啊？"

"这个问题我也是百思不得其解……"封不觉接道，"我推测……是这个剧本有隐藏世界观存在。因此，一开始的剧情简介对我们眼前的状况只字未提，只是介绍了一下事情发生的大致年代和地点。而前因后果、相关人物，全都不明。”他的目光扫过了前方正在带路的那些玩具们，“也许……我们是被支线任务的内容给误导了。就算我们帮Classic做一百件事，也是浪费时间。”

“那要不……”小叹做贼心虚一般，又把声音压低了些，“我们找个机会开溜？”

“溜到哪儿去？”封不觉道，“你有调查的方向了吗？”

“嗯……”小叹憋了半天，确实想不出来，“其实……我们也不用去破解什么世界观，支线做不做都无所谓，这是场杀戮游戏不是吗？而且主要是为了让我多战斗才排的吧？”

封不觉闻言，不置可否地笑笑：“那就走一步算一步咯。”

说话间，乐高复仇者们已将他们领到了城市中心的一栋建筑物前。

这儿的大门对乐高的Q版英雄们来说算是相当宽大的，供那两名变形金刚通过倒是正好，若是擎天柱那种体型的玩具要进来，就得弯腰了。

跟随着前面那一行人，两名玩家快步穿过了大门。进屋后他们才发现，建筑内部的空间并没有想象中那么狭窄。而在这个空间的中心处，有一个巨大的菱形物体，正浮在半空，发出诡异的光亮。

这个菱形体估计有正常人类的脑袋那么大，其构成物自然也是乐高积木，不过该菱形体上的积木一直处于一种活动状态，其表面的颜色如波浪般一阵阵地变幻着。

“你们终于来了……Classic的爵士、夜巡，以及……两位异界旅客。”菱形体中发出了说话声，听声音像是个睿智的老者，“托尼和布鲁斯在是否带你们来见我这件事上，产生了一些分歧，所以耽搁了一些时间，未能在第一时间去迎接诸位。”

“我们是初次见面，你竟然说出了‘异界旅客’这样的词。”封不觉也不管这场合到底有没有他说话的资格，上前一步便抢道，“敢问阁下是何方神圣？”

“不要太无礼了，新兵。”爵士回头说道，“你眼前的可是无所不知的‘乐高先知’。即使擎天柱在此，也不会用这种口气……”

“无妨，爵士。”乐高先知打断了爵士，随即对封不觉道，“我想……你一定有很多问题要问我。”

“不过，我想我应该先跟Classic的两位斥候谈一谈。”乐高先知接着道，“等我们的事情谈完之后，我再来详细地回答你和你那位同伴的问题好了。”

封不觉道：“OK，那我不插嘴了，你们聊着。”他说着，还用右手对着自己的嘴做了个拉拉链的动作。

接下来的十分钟里，两位变形金刚、乐高复仇者以及先知，三方进行了一番冗长且乏味的交涉。

此番交谈的气氛倒并不怎么紧张，因为这个误会本身很容易就能解释清楚。其实就是 Novel 的玩具们从这儿偷走了一批乐高积木，然后拿回去自己组装出了一队直升机来。非要说乐高方面有什么责任的话，那就是他们对自己的资源看管不力了。这种事情也轮不到 Classic 的人来指手画脚。

“所以，乐高的中立立场不会改变，而 Novel 也会为他们的越界行为付出代价，这已是乐高和 Novel 之间的恩怨了。”谈话到了尾声时，托尼说道，“至于乐高直升机给贵军带来的损失，我们只能表示遗憾。”

“嗯……”爵士沉默了几秒，并和夜巡交换了一下眼色，随后回道，“好吧，我们会把这些话转告给擎天柱的。”他转过头，面朝封不觉和小叹说道：“新兵，我和夜巡先回兵团指挥部报告去了，你们跟先知谈完后自己回来吧。”

“是，长官。”封不觉回道，他这会儿倒显得很规矩，看来是希望对方赶紧走。

爵士不置可否地耸耸肩，和夜巡一起走出了大门。

“托尼，你们也先出去。”乐高先知这时说道，“我要和这两位客人单独谈话。”

“先知，这两位先生看上去很陌生……”斯蒂夫谨慎地提醒道，“您确定要我们全都离开吗？”

“放心。”乐高先知回道，“这两位不会跟我动武的，何况我也并不畏惧武力威胁。”

“既然您都这样说了……那好吧。”托尼替美队应了一声，并拍了拍斯蒂夫的肩膀，随后他们就和其他复仇者一并离开了。

待这栋建筑的大门重新闭合起来后，乐高先知又开口道：“你们好，疯不觉、枉叹之。”

一听这货喊出了自己的名字，封不觉就来了精神：“呵……先知就是先知，名副其实啊。按理说我们的名字应该只有 Classic 阵营的少部分玩具才知晓，而且从进入这座乐高城市开始，爵士和夜巡也一次都没有提过我们叫什么，只是称呼我们为‘新兵’。在这种前提下，你却这样称呼我们……那可能性只有……”

“只有两种。”乐高先知接道，“第一，我可以通过某种方式，比如窃听器、间谍之类的……从 Classic 那边直接获取情报。”那菱形体顿了一下，“第二，我具备着从数据层面上观察你们的能力。”

封不觉笑道：“推理也很迅速嘛……”

“彼此彼此。”乐高先知回道。

封不觉又道：“既然你自己提出了这两个假设，那我认为……有七成左右的概率，是第二种情况了。”他双手交叉在胸前，仰起头道，“进而我就有了另一个假设……你不是一般的数据。”

“这是显而易见的。”乐高先知笑道，“这个菱形的积木聚合物，只是我在这个空间中的载体而已，我本人并不在这里。”他也没有隐瞒身份的意思，自我介绍道，“鄙人是‘真理法庭’的十二陪审团成员之一——先知。”

“为什么我对这种展开一点都没感到奇怪呢……”小叹嘴角抽动着道了一句。

“那你一定知道超市里正在上演的这场战争究竟是怎么一回事咯？”封不觉问道。

“这里可不是什么超市，而是一座监狱。”先知的语气不像是在开玩笑。

“玩具们都是囚犯？”封不觉紧跟着对方的思维。

“是的，而且全都是无期徒刑。”先知回道，“当然了，他们原本并不是玩具。这些囚犯过去可能是上班族、学生、地痞无赖、百万富翁、运动员、杀人狂、演员等等。来到这个监狱后，他们的记忆和意识形态就会被调整。而‘性格’，作为一个无法被修正的值，只能保留。所以他们通常会被变成与自己性情最相近的玩具角色。”

“这么说来……任天堂的大金刚其实是某个宇宙的空知英秋（日本知名漫画家）变的吗……”封不觉随口念道。

“哼……怎么可能呢。”先知语气轻松地接道，“空知英秋变出来的猩猩，最多也只会在轮胎上荡荡秋千而已，大金刚怎么说都得是赤木刚宪那个级别变的吧。”

“嗯……的确。”封不觉摸着下巴应道，“不过……近藤勋似乎也……”

“喂！为什么人家 NPC 正儿八经地讲述剧情黑幕时你却要去扯那些莫名其妙的事啊！”小叹在一旁实在忍不住吐槽道，“究竟哪个人物变出来的猩猩比较强，这种事情有什么好讨论的啊！再说空知英秋以外那两人本来就是虚构人物吧！”

“原来如此……”封不觉忽然正色道，“难怪这些玩具既无法说出战争的原因，也不去顾忌那些可能会被人类发现的破绽。”

“意识调整是非常实用的技术。”先知接道，“可在不破坏被调整者思考能力的前提下，有效地限定其思路。”他顿了一下，解释道，“在那些囚犯的思维中，有许多无法进入的盲区。要比喻的话，就像是‘一种根本不存在于你认知中的颜色’，在你亲眼见到这种颜色前，你根本无法进行想象，就算你真的看到了，也不知这种颜色该叫什么。”

“你们俩入戏出戏也太快了吧！”小叹喊道，“之前关于猩猩的讨论好像没发生过一样啊！瞬间就一本正经地回到先前的话题上了啊！”

觉哥和先知还是无视他，继续着对话。

“那么……超市保安又算什么？狱卒吗？”封不觉又道。

先知冷笑一阵：“这里的夜班保安 8 点钟上班，每隔三个小时巡查一次。还有十几分钟就到凌晨 2 点了，一会儿你们可以自己去看看，‘它们’究竟是什么……”

“等等！”小叹仍在尝试着插嘴，“我也有个问题！既然这是个监狱，为什么做成这种设定？把犯人变成玩具让他们毫无理由地对战，这有什么意义吗？”

“这倒不稀奇，更古怪的设定我也见过……”封不觉不禁回想起了那个囚禁比利、拉比特和奥尔登的回廊。

先知这回倒是对小叹的问题做出了回应：“真理法庭的职责是监管、审判和收押。在已知的 42 个主宇宙中，所有的高智慧生命皆在我们的管辖范围内。其中有许多十分强大的犯人，必须单独监禁，有时甚至得为他们专门设计相应的监狱。”他停了两秒，接着道，“而你们此刻所在的这个监狱，是关押普通犯人的地方。他们的数量成千上万，极其难以管理……”

“但只要让他们保持忙碌，这事儿就容易得多了。”这次换封不觉抢去先知的对白了，“每晚，他们都在进行着一场‘打不赢，也打不完’的战争，虽然会有人员阵亡，但新的犯人也会源源不断地被变成玩具补充进来……战争，是一种需要参与者绝对投入的活动，它可以让这些囚犯们殚精竭虑、疲于奔命。他们没有时间去思考别的事情，也没有时间去做别的事情。变成玩具的他们，每晚都在超市中间有限的几个区域忙活着，没有人会想到……我要从窗户爬出去，离开这个超市。”

“这种拘禁方式，真不会出几个例外吗？”小叹疑惑道。

“关键还是在于所谓的‘意识调整’上。”封不觉回道，“当那些玩具思考‘我为什么要打这场仗’这个问题时，就仿佛是你在思考‘人生的意义究竟是什么’一样。很显然，你得不到确切的答案，但你也不会因此就不活了。同理，玩具们说不出自己为什么在打这场仗，但他们仍会打下去。”

“哈……果然非常犀利。”先知笑道，“疯不觉，不愧是帮助比利他们成功越狱的男人。”

觉哥一听这话就觉得情况不对，不过他表面上还是不动声色，试探着回道：“你说什么呢……我可听不懂啊……”

“哈哈……别紧张，我是站在你这边的，否则也不会跟你说那么多。”先知说道，“你应该还记得拉比特吧？我和他是老朋友了。他能从时间之主的监狱里逃出来，我也很高兴。”

他这么一说，封不觉就想起来了，记得比利曾说过这么一句：“拉比特和他表弟本来是陪审团成员，但因为藐视法庭被治罪了。”

先知这时叹了口气，又道：“其实当初比利和奥尔登因‘传播混沌’的罪名被传唤到法庭时，我投的也是无罪票。但最后的审判结果……还是‘有罪’。于是拉比特和兔八哥（Bugs Bunny）这哥儿俩就有些失控了，拉比特对投了有罪票的陪审员们使出了回旋踢,兔八哥则用屎球（兔子的屎多为球状）攻击了法官,现场陷入一片混乱。”

“喂……这信息量未免太大了吧……”小叹听着这诡异的叙述，其惊吓值都莫名上涨了。

“哦……原来是这样。”封不觉倒显得挺淡定，“最后的结果就是……兔八哥趁乱在墙上画了个洞逃跑了，拉比特则因藐视法庭罪，和比利、奥尔登一起被关进了时间之主的监狱。”他说到这儿时，脑中已然理清了时间线，“这之后，监狱看守萨摩迪尔叛逃，遇上了我，导致他再度被抓回并送往咀魔岛。比利他们则是二进宫，这回看守换成了法斯特。再后来……还是因为遇到我，他们仨再度越狱成功。”

“对，正是如此。”先知回道。

“我们真的是在玩同一个游戏吗……”小叹用一种不明觉厉的眼神看着封不觉，觉哥在他心目中的强悍程度再攀高峰。

封不觉问道：“听你先前那话的意思，超市的保安并不是这里的看守，难道你才是？”

“不，我只是一个比较热心的旁观者而已。”先知回道，“我利用这个‘乐高先知’的身份，操控中立的乐高势力，维系战争的平衡和激烈程度。”他笑了笑，“我做的事情其实也很简单，只要‘说话’就行了。”

“哼……看来Classic的人没有冤枉你。”封不觉只花了一秒就猜到了对方那笑声背后的意义，“Novel那边能顺利盗取积木，想来就是你故意漏出的情报所致。”

“呵呵……可惜你是异界旅客，否则我真想推荐你加入陪审团。”先知笑道，“我们现在正好有空缺。”他的话基本就是默认了觉哥的推断。

封不觉对先知的提议并不是很感兴趣，他继续询问自己想知道的信息：“刚才的话题还没完呢，既然你说超市的保安们不是看守，你也不是看守。那这个监狱的看守究竟是谁？去哪儿才能找到他？”

先知回道：“你急着找他有事吗？”

“有啊。”封不觉用很平常的语气道，“我要让他帮我结束这场战争。”

先知闻言，明显地迟疑了几秒，那菱形体的表面在这一瞬浮动得异常猛烈：“疯不觉先生，你应该清楚，无论是我，还是那位看守，我们的职责都是保证这场战争能无止境地进行下去。”

“你不是旁观者吗？”封不觉的眼神变得冷酷而锐利，他沉声道:“‘职责’二字，从何谈起啊？”

这句话，让那菱形体陷入了沉默。

与此同时，他们所在的这栋建筑物，也开始发生变化……墙壁和地板上的每一块积木都如同活物般不安地躁动起来。

“喂……这气氛是怎么回事？”小叹惊道，“你们从相谈甚欢到翻脸的速度也太快了点儿吧……”

“你跟我说了九分的真话，就为了在里面掺上一分的假象。”封不觉冷笑着对那个菱形体说道，“可我知道的信息越多，那些疑点就越是凸显出来，让我无法忽略……”

四

封不觉对四周的变化不以为意，还是自顾自地说着：“当你宣称自己给比利和奥尔登投了无罪票时，在我看来就已经表明了立场。”他冷笑一声，“那两个家伙被冠以‘传播混沌’的罪名，可是一点都不冤。要是他们被判无罪，那才奇怪呢。”他耸肩道，“比利喜欢‘把人拘禁起来play a game’，奥尔登则是‘不给我讲鬼故事就弄死你’。至于拉比特和兔八哥……呵呵……”

先知仍然没有回应，只是周围的乐高积木颤动得更加猛烈了。

封不觉推测道:“依我看……那天在法庭上，除了那两只兔子以外，你也没闲着吧。作为拉比特的老友，你显然是站在他那边的。你们对于混沌阵营的态度，也是一致的。所以……”他一甩胳膊，对着菱形体伸手一指，“真相只有一个！”

“突然毫无违和感地说出了名台词啊……”小叹嘴角抽动着道了一句。

觉哥接着刚才的话对先知道：“你和拉比特一样，同因藐视法庭罪被收押了吧……哼……只不过你的关押地点和形式与他不同。拉比特和比利、奥尔登被关在了时间之主制造的监狱里，而你，被关在了这儿。”

话音刚落，房间四壁和地面上的积木忽然停止了浮动。那个菱形体竟骤然崩塌了，乐高积木哗啦啦散落一地，其内部露出了一个巨大的（对玩具尺寸的觉哥和小叹而言）头颅来。很显然，这就是先知本人的头，根本不存在什么投影，他的本体就在这个空间里。

“嚯！”小叹见到先知的模样后惊呼出声，“原来你是伍基人（Wookiees，星球大战中的虚构种族，全身长满长毛，多为棕色，脸像长毛西施狗）吗？”

从仅有的头部来看，先知确实很符合伍基人的形象，可他却用颇为不快的语气回道：“不是。”

“的确，你的思想和行为都不像是伍基人。”封不觉道，“只是……见到你的真容后我不禁想问，你们那所谓的‘十二人陪审团’里，真的有‘人’存在吗？”他这么问也不无道理，因为他已知的三个陪审团成员，愣没有一个是人。

“哼……”先知那浮在半空的头颅冷笑着回道，“你以为多元宇宙中有多少种族存在？你们人类只是这其中很小的一部分罢了。”

“好吧，那种问题暂且搁置一边。既然你已放弃了伪装，那咱们可以把话挑明了吧。”封不觉道。

事到如今，先知便也懒得再藏着掖着，本来就是说了也无妨的事情：“既然你非要刨根问底，那就要对事实有个心理准备。”

“别担心，我的心理承受能力超乎你的想象。”封不觉回道。

先知沉默了几秒，叹息一声，开口道：“我，既是这里的囚犯，也是这里的看守。”

“哦……那么，对那些犯人们的意识调整，也是你做的咯？”封不觉接道。

“没错。”先知回道，“不止如此，也是我，把他们变成了玩具。”他顿了一下，“夜班保安只是几个无意识的傀儡而已，同样是由我创造并操控的。”

“哈？你为什么要做这些？”小叹问道。

“让我……来跟你们讲一个故事吧。”先知长吁一口气，似乎是在调整情绪，“从前，有一座监狱。这座监狱看上去就像一家大型的超市。里面有着各种各样的商品，或者说……‘资源’，其中包括了食物、衣物、燃料、奢侈品、工具、武器等等……这座监狱里关押着上千个犯人，男女老少都有，他们皆是来自42个主宇宙中的人类囚犯。

“每一天，这座监狱里的一切都会被重置，被打破的东西会复原，被搬空的货架会填满，地上的血迹会消失，死人的尸体亦然。只有那些记录着日期的东西会发生改变，比如挂历，每天都会自动延后一日，所有食品包装上的生产日期，也会延后一天。

“超市的门窗都是可以自由开启的，但超市外面的城市只是虚假的幻象，如果犯人走出这栋建筑，就会跌入无尽的虚空中，直接死亡。

“当然了，留在这个监狱中，生存也并不成问题，没有人会挨饿，甚至还有很多可供消遣的娱乐设施，毕竟资源取之不尽。至少最开始的几天，人们是这样认为的……

“但问题很快就出现了……每一天重置过后，就会有新的犯人出现，他们会被随机投放到超市各处。少则几人，多则几十人。就这样过了一周左右，随着人口的增加，犯人间的冲突变得愈发频繁。

“最初，是少部分强壮、好斗的犯人，相互争夺着娱乐设施、奢侈品、昂贵的食物、漂亮的女人等等。那段时期，犯人们的基本生存需求尚未受到威胁，食物和饮用水都很充足，所以大部分人还比较老实。

“此后的几周，人口还是不知不觉地增加着。直到一个月后，仅有的几个厕所门口排起了长队。两个月后，超市里三分之一的区域弥漫着排泄物的恶臭，剩下那三分之二的区域里，人们拥挤在一起进食。第三个月的第十天……那些拉帮结伙，霸占着美食、女人和娱乐区域的犯人们，遭到了其他犯人的屠杀，因为后者已到了一天只能吃上一顿饭，排泄时也毫无隐私可言的地步了。

“那次事件过后，资源的问题稍稍得到了缓解，但恐惧仍留在人们心上。于是，一个类似政府的机构诞生了。他们制定了一套秩序，规定了食物要合理分配，奢侈品应轮流限时使用，抢劫、杀人、强奸等侵害他人的行为应得到惩罚，他们甚至搞了人口登记制度……”

“这可能是我听过最有讽刺意味的事情。”封不觉听到此处接道，“一群犯人在一座监狱里试图推行法律法规。”

“这就是人性的矛盾之处吧……”小叹也若有所思地念道，“生活在文明社会中时，人们渴望得到自由和放纵。但在丛林法则之下，人们又期望着安全和秩序。”

先知又是一声叹息，随即继续叙述道：“然而，政治终究是种肮脏的东西。推行了制度，就得有执行者，那些监管者付出了劳动，自然会想要分到更多资源。而犯人数量增加的问题，也并没有得到根本的解决。

“因此，在一段时间后，确切地说是距离第一次屠杀两个月零三天后……资源再度陷入了严重的危机。那时人们才发现，那个管理机构已变成了另一个压迫其他囚犯的霸权团体，和最初那群被屠杀的恶霸没有什么区别。

“不出意外的，第二次大规模杀戮爆发了。腥风血雨过后，活下来的人终于意识到，维持和平的方法只有一个，就是让这个监狱中的犯人数量永远维持在一个安全的值上。于是，数百名幸存者达成了一致——杀死从那天以后每一批新来的犯人。

“这样的日子持续了很久，那段时期，每天午夜的重置过后，老犯人们要做的第一件事，就是找出出现在超市各处的新犯人，统统杀掉。然后，他们就可以过上安逸的一天了。

“但每天被投入的新犯人数量是不固定的，时间长了总会有漏网之鱼存在。还有人出于私心，偷偷把一些漂亮女人留下并藏起来，以不杀她们为条件，逼迫她们当奴隶。

“总之……在一段时间的积累后，矛盾终究是爆发了。那之后，又出现了新的格局，犯人们分成了数个不同的势力，各自占据一个区域。每一个派别都有他们的一套行事作风，有自己的原则和立场。他们彼此间为了争夺资源战斗着，虽然互有死伤，但可以通过新犯人进行补充。”

“诶？”小叹恍然大悟道，“这不是和现在的情况……”

“对，几乎一样。”先知接道，“但又不一样。”他俯视着两名玩家，“如果你们处于我的立场上，是愿意看到一群人类每天在你面前上演各种肮脏的戏码，尔虞我诈、血肉横飞……还是更愿意看一群玩具打一场没有血的战争？”

“所以……你就用自己的能力，改变了这个监狱……”封不觉接道。

“是的，经过意识调整后，这些犯人们便会以为自己就像是《玩具总动员》里的那些角色一样，身处一个人类世界的超市里。当每天的营业结束后，他们就会活动起来，为了荣誉而战。而白天，他们会在我的能力下进入无知觉的休眠状态。”先知接道，“经过多次实验和修正，我已堵上了他们思维中的许多区域，现阶段这项操作已几近完美。玩具们依旧会躲避我派出的保安傀儡，但对于自己‘不能被人类发现’的意识，也仅限于此了。”

先知深深吸了口气，再道：“当初我被关入这个监狱时，罪名不止是藐视法庭，更主要的原因是我‘对于混沌的倾向性’。为了惩罚我，真理法庭特地设计了这个监狱，只为在我的面前展示着各种各样的罪恶，无尽的罪恶……以此作为一种折磨。

“而你们人类，就是最好的演员，你们自私、顽固、自负、狡猾、脆弱、无知、蛮横、虚伪、龌龊、野蛮、善妒、贪婪、荒淫、易怒、愚蠢，且不知悔改！

“但我终究是找到了从中解脱的方式……我解除了那些囚犯们的生理需求，有效地维持住了人口数量，还限定了他们的活动时间，建成了这一套可以永久延续下去的制度。我在保留灵魂个性的前提下，将人性中复杂的欲望和丑恶，转化成了纯粹的却并非残酷的战斗意志。我让你们人类——这个无药可救的种族，得到了控制！”

先知说到此处，情绪越发激动起来：“现在，你们明白了吧？这里没有什么需要你们去‘结束’的东西！”他语气阴沉地说道，“我本不想说那么多的，不过此刻不想说也已经说了。你应该满意了吧，疯不觉？”

觉哥抹了把汗：“呃……好吧，您辛苦了……”

这时，地上那些积木碎片又一次悬空飘浮起来，聚合到了先知的头周围，重新将其包裹起来，形成了那个表面不断变化着的菱形体。

“很好，那么……”先知长吁一口气并道，“十分钟前，也就是你不知死活地揭穿我的囚犯身份并打破沙锅问到底之前，我就试图对你讲这句话了……”他顿了一下，“少掺和战争的事！去找出另外两个异界旅客，然后赶紧给我滚蛋！”

“呃……”封不觉想了想，回道，“好吧，我明白了。我可以答应你，不再尝试干预这场战争的大势，不过……另外那两名异界旅客会怎么做，我可不能保证。”他试探着念道，“真想让我们尽快离开的话……”

“你要什么？”先知直接打断道。

“你把军队借给我用……”封不觉说道。

“嗯？”先知仅靠这一个语气助词，便充分传达了他的愤慨。

“……那是不可能的。”封不觉接着上半句，愣是把话圆了回来，“毕竟我们的目标只有两个，没必要兴师动众。”

“嗯……”同样的一个字儿，先知这回传达的意思是……这还差不多。

“这样吧……”封不觉接道，“送我们一箱乐高积木如何？”

“你要做什么？”先知问道。

“当然是制造一件可以帮我们找到并接近目标的载具……”封不觉一脸阴霾地念道，“于万军丛中，取敌将……”

“知道了。”先知再次打断道，“我会以乐高先知的身份来下达这个命令，你们的这次行动就定义为‘本先知对于Novel盗取乐高资源一事所做的正式回应’好了。”

小叹插嘴道:“可我们现在名义上还是Classic的人,为乐高执行任务没关系吗？”

“今晚一过咱们就永久失踪了，你还考虑那些干吗？”封不觉替先知回道，他再度抬头看着菱形体，“那就……说定了。”

Loading......

CHAPTER 7

玩具战争·2V2直接对战

一

凌晨 2 点整，两名夜班保安准时地从保安室那里出发了。

正如先知所说，保安只是他做的傀儡而已，“它们”是没有思想的。只要到了固定的时间，它们就会从保安室里出来，打开手电筒并兵分两路进行巡视。整个过程的用时正好是十五分钟。待巡视完毕后，它们就重回到保安室，再从内部把门锁上。

这段时间，玩具们绝不会出来活动，他们已提前关闭了所有的光源，并躲藏到了货架底部或一些视线的死角中，等待巡查的结束。

然而，作为玩家的似雨和悲灵是没有那些顾忌的。对她们来说，在这段时间里活动，反而更加便利。

当时钟走到 2 点的刹那，她们便从 Novel 的占领区出发了。两道轻灵的身影在货架上方跃动着前行，迅速逼近乐高屋的所在。附近所有的暗哨在此刻全都失去了效用，她们丝毫不用担心遭到袭击，Classic 也不可能发现她们的行踪并作出应对。

“哎……结果还是把支线任务给放弃了啊……”悲灵在路上还在嘀咕着，“不过，不带亲卫队真的没关系吗？完全不借助剧本资源的情况下，我们是打不过团长的吧。”

似雨倒是显得很沉着：“那也没办法……其他玩具在保安巡视的过程中是坚决不活动的，要是我们想带着亲卫队去，就得等到巡查结束才能动身。可乐高已经对 Novel 采取了警戒措施，能让我们顺利接近的时机只有现在。”

“表姐……我怎么觉得，你这是要故意输掉的节奏啊……”悲灵实在是忍不住了，说出了心中所想。

“既然是团内练习战，胜负本就无所谓吧。”似雨回道，她略微偏过头，看着悲灵道，“再者……以不觉的聪明，早就看穿你这个建议的初衷，并且告诉小叹了吧。”

“啊？什……什么初衷？我听不懂哦。”悲灵慌忙开始装傻。

“你放心，既然这一战的主要目的是为了让小叹多累积一些与玩家对战的经验，我动起手来自然会有分寸。”似雨继续说着，完全无视对方的否认，“作为一名以近战为主的格斗专精玩家，小叹目前的实力只是略高于平均水准。如果我全力以赴，十招内，他必死无疑。”她很有自信地分析道，“这点……不觉应该也很清楚。他是不会让这种情况发生的，因此他一开始就会朝我猛攻过来，让我无暇分神。”

“呃……我好歹也是狙击手吧，能秒人的好不好？你们都无视我啊……”悲灵回道。

“虽然以你的技能和狙击枪的威力，确实可以对‘阿尔忒弥斯的拥抱’产生一定的影响，但那毕竟是一件专门克制远程攻击手段的完美级装备。”似雨解释道，“除非你也有完美级的射击系武器，否则就算他站在那里让你瞄准，一枪秒杀他的可能性也极低。而像不觉那样的家伙，若不能一枪毙命，接下来就很难再捕捉到狙击他的机会了。”

“嗯……”悲灵想了几秒，“我的意思是，团长难道就不用防范我对小叹的狙击了吗？”

“他知道你不会狙击小叹的。”似雨回道。

“什么意思啊！”悲灵莫名有些恼怒。

“我也知道你是不会狙击小叹的。”似雨又道。

“表姐你这是欺负人吧……”

“因为这是练习战，一枪秒杀就没有意义了。”似雨说道。

“嗯？”悲灵愣了一下，“啊……对！对对对！这是为了锻炼他！”她呼呼奸笑，借坡下驴道，“看本姑娘射他个千疮百孔！”

“阿嚏！”小叹这个喷嚏打得……整个人都稍稍蹦了起来，“什么情况……小灵又在背后诅咒我了吗……”

“不止是使用了习以为常的口吻而且还指名道姓地说出了对方是谁啊……”封不觉的吐槽同样犀利。

此时，他们二人正站在乐高城中一隅，等待着武藏小金井把载具拼出来。

这是封不觉第二次召唤这个家伙了，第一次是在南方公园的时候。在离开沙盒之前，为了不浪费技能 CD，觉哥也曾用过一次这个召唤技，并和这个召唤人物有过一些交流。

武藏小金井的外形，整体来说就是个搞笑漫画中的小学生。他的头呈倒三角形，下巴很尖、脸偏长。他戴着一副遮住半张脸的眼镜；上身是一件黄色短袖 T 恤，下着紫色短裤，还配有两根红色的背带。脚上穿一双显眼的红袜子，领口别着一个底色是绿色、上面有许多紫色圆点的领结……

他在原作中的初登场情景是……老师让他用汉字写出自己的名字，但他非常有气势地站起来回道：“我武藏小金井是写不出六画以上汉字的、奇怪的小学三年级生。”

但实际上……他是个天才。他这样的回答，只是为了让老师和同学们投来鄙视、轻视、冷视、歧视的目光……为了让别人认为他是个怪人（变态）。

根据武藏小金井的分析研究，历史上 99% 的伟人，在童年和学生时代都被视为怪人。因为武藏小金井想成为伟人，所以他决定先成为一个怪人。

在这种神逻辑的驱使下，武藏小金井坚定地踏上了怪人之路。他平时走路或站立时，双手都会很自然地举在身前，摆出类似蛇拳的姿势。他说话时阴阳怪气，偶尔还会发出“嘶嘶嘶嘶”的奸笑声。当他成功做出古怪的行为并遭到别人的白眼和围观时，就会感到很有快感，有时他的身体还会像车轮一样高速旋转……

鸟山明先生曾在《阿拉蕾》第六卷中，设计过一个将变态分为五个阶段的游戏。分别为……酸梅超人阶段：用你勇敢的食指戳旁边人的屁股；森林王巴山阶段：打开窗户大喊三声“啊”；北比冰人阶段：边跳边大叫“大便、大便”；马斯特博士阶段：大叫“合体”然后钻进别人怀里；尼可真大王阶段：在鼻子里塞花生然后喷出来。假如做完了这全部的五件事，就是“不折不扣”的变态了。

以这个标准来看……武藏小金井早已是丧心病狂、无药可救。

总之……这是一个非常让人蛋疼的召唤人物。其召唤条件“做一个怪异的举动”就挺另类的。更不用说他在战斗时几乎帮不上任何忙，战斗力无限接近于零。

但是，他绝不是百无一用，相反，他可能比其他任何 F 级的召唤物都有用。因为武藏小金井可以“造东西”。

当然了，他的发明和制造能力，远比不上则卷千兵卫（即 IQ 博士）和三眼神童那些神级人物，但比起那些“讲科学”的正常向虚拟角色来，武藏小金井造出来的东西就非常犀利了。

“哈哈哈！完成了！”在进行了二十分钟的拼装后，武藏小金井成功地用乐高积木制造了一台外表怪异的机甲，并兴高采烈地宣布道，“这就是！乐高河豚角斗士！”

“这是我见过最恶心的机器人……”封不觉道，“就像是那些新手玩《孢子》时做出的曲椎直立生物……”

“呃……其实在你告诉我生物的脊椎可调之前，我也一直做出那种……”觉哥的话似乎勾起了小叹的一些奇怪回忆。

“哈哈！你们一定觉得做出这种东西的我很古怪吧！嘶嘶嘶嘶……”武藏小金井兴奋地如长蛇一般纵向旋转起来，“我的变态指数又上升啦！嘻嘻嘻……”

“喂……那种指数只存在于你的幻想中而且根本没用吧！”小叹还是第一次见到这怪胎熊孩子的行为，毫无疑问的，他震惊了。

谁知，小叹话音刚落，武藏小金井竟化为白光消失了。

“诶？怎么回事？难道他还会隐身术？”小叹疑惑道。

“只是时间到了而已。”封不觉回道，并用手指了指自己的膝盖，“实际上，早在四分钟前他就该消失了。想必是‘植入式炼金术增幅装置’的特效，让他的存在时间被延长了。”他摸着下巴念道，“理论上来说，这个‘小幅提升召唤技能的效果’的特效，应该不止体现在时间上。也许小金井的发明能力或是战斗力等方面，也得到了一定的增强，只是这种增强无法直观地被看出来。”

“不，我觉得其变态程度的提升已经很直观地展现在我面前了。”小叹接道。

封不觉笑了笑，说道：“好了，言归正传。虽然我们现在已拥有了类似高达的机器人载具，但想要在Novel阵中找出似雨和悲灵，还是困难重重。我们至今尚不能确定她们在Novel的职位和任务，甚至不能百分之百肯定她们就在Novel阵中。所以……”

“她们已经朝这儿来了。”忽然，另一个声音从二人身后响起，加入了这次谈话。

两名玩家转过头去，看到了一个乐高玩具。其形象是一名身着西装、坐在轮椅上的光头长者。

“呃……X教授？”封不觉问道。

“是的。”X教授用他富有感染力的、亲切的语气回道，“你们好。”

“等等……”小叹反应倒是挺快，他凑到觉哥耳边悄悄道，“不对啊，这家伙是可以读别人思想的吧……那要是他读了先知的……”

“教授，我想问问，你的超能力是什么？”封不觉无视小叹，对着教授明知故问道。

没想到，这位乐高X教授回道：“我没有超能力。”

“啊？”小叹一愣，“不会吧？”

“这是显而易见的事情。”封不觉偏过头对队友轻声道，“玩具们不可能拥有‘记忆读取’或‘思维控制’之类的精神系能力。”他耸耸肩，“如果真有……那么你刚才压低了声音说话也毫无意义，因为你的话还没说出口他就已经知道了。”

“哦……”小叹点头，几秒后又疑道，“诶？那教授你岂不是没有任何战斗能力了？”

“呵呵……知识就是力量。即使没有超能力，我也可以做很多事的。”X教授笑着道，“当然，你也可以把我看成一个普通的、坐轮椅的秃子。”

“不不不，我没有那个意思。”善良的小叹赶紧摆着手否认道。

“嗯，很好。”X教授保持着祥和的笑容，“因为你要是敢提‘轮椅’或是‘秃子’这两个词，我就让我的学生们把你摁在地上，然后用轮椅碾碎你的脑壳。”

“喂……这是彻底黑化了吧……明显对自己没有超能力的事情超在意的啊……而且自己已经把那两个词分别说了两遍了吧。”小叹低声嘀咕道。

封不觉上前一步，扯开话题道：“嗯……教授，既然你无法使用心灵感应，那你是如何知道‘她们已经来了’的？”

“我只是替先知跑个腿儿，过来传个话。”X教授回道，下一秒，他忽然紧跟了一句，“什么！你说我没有能跑的腿？”然后从上衣口袋里掏出了一把手枪，“受死吧，你们这两个不懂礼貌的小鬼！”

说罢，他竟然从轮椅上蹦了起来，并开始胡乱射击。

觉哥和小叹当时就惊了，朝着两边打滚而出、抱头鼠窜。

好在这个“X教授”的枪法很差，一枪都没打中。而且他用的枪以及打出来的子弹，全都是极其细小的乐高碎片，对周围也没造成多大杀伤。

这时，只听得嗖一声，一道红色的疾影瞬然而至，一把夺过了“X教授”手上的枪，并道：“嘿！别闹了！卢瑟（LexLuthor，超人的宿敌，经典反派之一），该吃药了！”

说话间，乐高闪电侠一把将卢瑟摁回了轮椅上，并按下了轮椅后方的一个按钮。但见几根积木条从轮椅两侧弹出，将那个正在发疯的秃子给绑住，使其动弹不得。

“啊——放开我！我是X教授！他们歧视残疾人！啊——”卢瑟两脚乱蹬，双手奋力挣扎着，被闪电侠给推走了。

“抱歉。”另一道蓝色的身影以不输于闪电的速度瞬间出现在了封不觉和王叹之的身边，他是乐高快银（Quicksilver，万磁王之子，基本就是marvel的闪电侠），“药一停他就会有些精分症状，上个礼拜他还光着膀子、在身上涂了点颜料，想冒充奎托斯（SCE游戏《战神》系列的主角），后来被浩克（即绿巨人）拍成饼了。”

“找这种人来报信是闹哪样……”小叹回道。

“总之……根据先知的情报，有两名Novel的成员竟然无视保安的巡查，正向着乐高屋逼近，而且很快就会到达了。”快银接道，“先知的意思是，请你们到外面解决她们。”

“哦？自己送上门儿来了。”封不觉冷笑，“哼……挺有骨气的嘛，调查兵团的家伙们……”

“这种服装梗你到底还要用几次啊……”小叹有气无力地说道。很显然，在“苍灵论剑”结束到“我是写手”之间的两个星期，封不觉没少拿似雨的服装开玩笑。

“好吧，我们现在就动身。”封不觉说着，便跳到了“乐高河豚角斗士”上，打开了驾驶舱的舱盖。

这台机甲的外形，就像一条长腿的河豚鱼。整机一共就两个部分，一是身体（反正鱼也不分什么躯干和头部），二就是两条腿（锥形腿、伸不直、且骨骼惊奇）。

而且这乐高河豚角斗士（以下简称河豚斗士）只有腿，没有手。从武藏小金井那句“完成了”可以看出，他不是因为时间不够而没有造手，单纯是为了让机甲看上去古怪才没造……

这东西的驾驶舱和双翼机差不多，一前一后，总共就能坐俩人。比较令人费解的是，这东西究竟怎么战斗？还有……连手都没有的机器人，要两名驾驶员干啥？难道每人控制一条腿吗？

“哦，这操控倒是简单明了啊。”封不觉跳入前方的主驾驶舱后，发现眼前一共就两根操纵杆和一个旋钮型的开关，旋钮的左边是“OFF”，右边是“ON”，而两根操作杆，不用想也知道，控制的是左右两条腿的摆动。操作台的正前方还画蛇添足般写着六个字——移动控制系统。

小叹也紧随其后跃上了机甲，进入了后方的副驾驶舱，谁知，他一坐进去就惊了：“喂！为什么有这么多按键啊！”

“哈？”封不觉听了简直觉得匪夷所思，他这前方的主驾驶舱里，能调控的部件加起来也就仨，而且感觉上还真不需要第四样东西了，那后面还能有些什么？

“我看看。”封不觉爬出自己的座舱，在机甲顶部跨了两步，来到“鱼尾”上方靠后的位置朝副驾驶舱里张望。

这不看不知道，一看一身尿……小叹的那个座舱里，眼前和两侧，少说就有上百个按钮，另有推杆、旋钮、轻触开关、各种仪表、指示灯等等。最离谱的是……在一个很显眼的位置，有一个被小玻璃罩子罩着的按钮，旁边还画了个黄黑相间的核武器警示标志……

最后，在副驾驶舱正面的操作台上方写了四个字——武器系统。

“果然是变态啊！”连封不觉都忍不住高声吼道，“移动系统比碰碰车还简陋，武器系统却做得像全领域泛用连续强化型机动兵器库一样啊！”

“不知为什么……总觉得坐在这个里面用脸滚键盘就可以毁灭世界了……”小叹虚着眼接道。

“嗯……不对，冷静下来想想……只用了二十分钟和不足一箱的乐高积木所制成的兵器，不可能厉害到十分夸张的地步。”封不觉沉吟道，“或许……看似按钮很多，实际上大部分都是无用的鸡肋装置。比如说……一大坨按钮全都是调节驾驶舱内湿度和温度的，只有一两个是真正的武器。”

“呵呵……你慢慢试好了……”小叹说着，推开副驾驶舱的舱盖，站起身来，手臂一撑一翻，便到了前面的主驾驶舱里，“我来控制移动。”

封不觉倒是无所谓，他从“鱼尾”上方跃下，进入了那个满是可调部件的副驾驶舱，“随便了……出发吧。”

小叹闻言，便将眼前的旋钮拧到了 ON 的那一侧，然后拉动操作杆，控制着河豚斗士向前移动起来。

“喂……推拉一次只迈一步啊……”小叹控制机器人走了不到十步，就意识到了这个很严重的问题，“而且迈腿的速度、频率和我拉动操纵杆的手速完全一致啊。”

“那又怎么样？”封不觉问道。

“使用这种反复推拉操纵杆的驱动方法，其体能消耗和我用双手倒立着走路差不多了……”小叹回道。

“哼……”封不觉不屑地冷哼一声，举起了自己的右手，“那是你的实力不济罢了，如果是我的话，单手就能……”

“喂！”小叹吼着打断道，“这份猥琐的自信有什么好显摆的啊！”

二

同一时间，乐高屋外，某货架顶部。

阴影中，一道锐利的目光，已透过狙击枪的瞄准镜，对准了乐高屋唯一的出口。

这是一个堪称完美的狙击点，居高临下、四面无风、距离适中。而乐高屋的出口处连个掩体都没有，一片开阔。

在夜视镜的帮助下，悲灵可以清楚地观察那里的情况，一只苍蝇（当然了，现在苍蝇对他们来说可能和耗子差不多大）都别想飞过。

“现在要做的就是等待了……”似雨拿着夜视望远镜，蹲在悲灵身旁道。她们二人这狙击手加观测员的组合，配合已是非常默契，在悲灵视线以外的异动，就由似雨来负责，绝无闪失。

“其实，他们有可能已经离开了乐高屋，回 Classic 的占领区去了。”悲灵说话时还保持着瞄准姿势，纹丝不动。

似雨接道：“我们接到亲卫队的报告是在 1 点 53 分，而不觉和小叹进入乐高屋的时间大约是 1 点 40 分。如果他们进去是为了完成任务或带动剧情，按理说不会很快就出来的。”

“万一他们和我们一样，无视夜班保安，在 1 点 55 分之后仍然敢于在外面活动呢？”悲灵道，“那在我们抵达前，他们就有十分钟左右的空隙可以逃走。”

“嗯……这个假设的前提有二……第一，他们以极快的速度完成了去乐高屋里要做的事；第二，他们还不想跟我们交手。”似雨若有所思道，“以不觉的风格……”

“为了支线或隐藏任务，团长很可能会暂时避开我们。”悲灵道，“而且这种回避也不会被系统算作是‘消极游戏’，只能算是战略上的迂回。”

“若是他们真的已经回到了Classic的领地，我们在这里的处境就很危险了。”似雨说道。

悲灵长吁一口气:“我已经想过啦,保安巡查结束是在凌晨2点15分。从那时算起，我们再等十五分钟。如果到2点半还没等到人，或是在此期间被那些对我们有敌意的玩具发现，我们就先撤退。之后借助军势，再做周旋。”

此刻，正在女生组这二人分析和商量着各种合理的策略时，男生组那两个驾驶着变态机甲的绅士，已接近了乐高屋的出口。

嗒嗒嗒嗒嗒……河豚斗士迈着大步向前奔跑着。

坐在主驾驶舱里的小叹累得跟孙子似的……觉哥则是百无聊赖地单手托着腮帮子，在副驾驶舱里打哈欠。

“说起来，我们应该让武藏小金井直接做个会飞的载具吧？从空中接近敌人才最快最安全。”小叹喘着粗气抱怨道。

“你要这样说……那我们俩直接从货架顶部接近敌阵，或是我用月步带着你到更高的地方去靠近目标，岂不是更方便？”封不觉道。

“诶？对啊！”小叹接道。

“是啊，这些方案我当然也全都想到了。”封不觉接道，“可那样的话，累得直吐舌头的不就成我了吗？”

“哈？”小叹怒道，“你这纯粹是坑队友啊！”

“这倒不是。”封不觉双手枕着头，朝椅背上靠了靠，“别忘了……是你自己爬到主驾驶舱去的……”

一秒后，前面传来啪一声，想必是小叹赏了自己一巴掌。

“有一个……东西，出来了……”悲灵忽然说道。

似雨见她没开枪，便知道情况有异，随即将望远镜也对准了乐高屋前的那块区域，当看到出现在视线中的物体后，她放下了望远镜……揉了揉眼睛，然后再将其举起。

“我赌五毛，不觉在里面。”似雨用冷冰冰的、平铺直叙的口吻念道。

“这乐高怪物是那两个白痴自己搭出来的吧……”悲灵则是用一种“这俩货已经没救了”的沉痛语气作回应。

“如果这是剧本内原本就存在的玩具……”似雨接道，“那肯定永远卖不出去。”

“再说玩具们也不可能在保安巡查期间出来乱跑的。”悲灵一边说着，一边往狙击枪内填上了一枚特殊的子弹，“这就有意思了……若是乘坐的载具突然爆炸，他们能不能生还呢……”她的嘴角勾起一丝腹黑的笑意，手中枪口已然瞄准了河豚斗士的躯干。

砰——

悲灵扣下扳机的刹那，一声惊雷般的巨响划破长空，一枚闪耀着青芒的子弹直贯而出。

名称：穿甲爆炎弹。

类型：消耗品。

品质：精良。

特效：击穿目标物的第一层防护后爆燃；若未能击穿防御层，将直接爆燃，但威力减半。

使用条件：射击专精C或器械专精B。

备注：贫铀合金制品，以微型液态推进剂辅助，穿透力极强，爆燃效果为火属性伤害。

这种特种弹药，在拍卖行中可以找到不少。多半都价格不菲，卖得比大血瓶(12000游戏币）还贵。但用过的人都很清楚，这就属于那种……只要手里拿着一发，就能靠它改变整场战斗走向、乃至直接决出胜负的物品。

在如今的惊悚乐园，大部分水平中上的团队都对射击专精的玩家趋之若鹜，就是因为他们有着反败为胜的强大杀伤能力，而且这种杀伤力是可以用相对较低的成本就换得的。

如果是格斗专精的玩家，想弄一件足以改变战局的武器，那价格起码是六位数。但射击专精的玩家就无需如此，他们只需要一把属性一般的枪，配上一发上万游戏币购得的子弹，就能打出格斗玩家用几十万才能打出的伤害。

虽然子弹是消耗品，打出去就没了，但换个角度去考虑的话，这也并不是一买来就非要尽快用掉的东西。将其当做一种保险，或者说底牌，只在最恰当、最关键的时刻拿出来用，那没准得过N个剧本才会消耗掉。

如此算来，在中低等级时期，买个三十发这样的子弹，配上一把性能中等的枪，便能用上很久。没准那些格斗玩家花几十万买来的装备都已经淘汰了，射击玩家的子弹还没用完。

以古小灵这种现实生活中的女土豪而言，选这个专精还真是有点儿浪费了。目前游戏论坛上公认的，练起来最“昂贵”的专精是器械和召唤，而射击和侦查则属于花钱很少也能有所建树的两项。

当然了，如果纯粹为了烧钱玩儿，什么专精都无所谓。不就是一万多游戏币的子弹吗？折合成 RMB 也就六七块钱一颗。只要花个五万 RMB，抄一挺装满特种弹的格林机关枪对着敌人扫射都行。

言归正传，但见那枚穿甲爆炎弹裂空而来，呼啸着击中了河豚斗士的外壳。

虽说在这剧本的设定中，玩具的强度都颇为惊人，但悲灵的这一枪，显然不是乐高积木的防御可以抵挡的。

呲呲呲……在一阵短促而连绵的怪响过后，子弹穿透了河豚斗士的外壳，打入了机体内部。

巧的是，这子弹击中的部位很微妙……正好处于主驾驶舱和副驾驶舱之间的区域。如果这子弹稍微偏一点、射入两个驾驶舱中的任何一个，那都会是悬空爆燃。其能量将得到充分释放，并且会对身处封闭式环境中的驾驶员造成相当巨大的伤害。然而，这子弹却要死不死地嵌在了积木内部爆燃，而这样的结果就是……

轰——啪嗒啪嗒啪嗒……

在一记爆炸声后，是许多乐高积木的碎片纷纷散落的声音。

意料之外的一幕出现了，河豚斗士被炸成了两截。前半截是个体积很大的、圆滚滚的鱼头。而后半截，是较为瘦小的鱼尾巴和两条腿。

两位驾驶员各自所处的舱体内部，竟然还相对完好，只是他俩都掉了 35% 左右的生存值。

在“鱼头”内的小叹，基本已成瓮中之鳖。不过……由于他被突如其来的爆炸搞得有点儿懵，恐怕短时间内也没有出去的可能。

而在“鱼尾”部分的封不觉，很快便对眼前正在发生的事情做出了正确的判断：“是穿甲爆炎弹（地狱前线的四位对彼此的装备和技能都知根知底）啊……确实是明智的选择呢……但似乎运气欠佳，没能在空气中爆炸。”

他一边念叨着，一边就伸手去乱摁眼前的按钮。反正这河豚斗士是出师未捷身先死了，不如就随便试试还有哪些武器没故障，可以用来反击。

不料……这河豚斗士的战斗力远超常人想象。

在觉哥不经意的一阵乱按后，发生了以下五件事：

一、那明明已经和副驾驶舱失去联系的“鱼头”部分，竟接收到了武器系统传来的指令，当即猛然鼓起，其表面还长出了许多尖锐的巨刺。

二、鱼鳍部分如电锯般高速转动起来。

三、副驾驶舱内开始播放《晴天小猪》的主题曲《真心的微笑》。

四、河豚斗士的后半截，以两腿的衔接点为轴，发生变形，驾驶舱朝上转了九十度，下方的腿则成了个固定的半蹲姿势。

五、副驾驶舱上方四十五度角弹出一根发射管，朝正上方发射了一枚圆形的炮弹，十秒后那炮弹直上直下，精准地重新落入了炮管中，并发生轻微爆炸，导致封不觉在冲击波的作用下又掉了10%的生存值。

“那怪物被打成两截之后居然还在动……”悲灵的视线在河豚斗士的两个部分之间徘徊着。

“而且两个部分都变得比原来更恶心了呢……”似雨接道。

悲灵扫了一眼游戏菜单中的对手状态，确认了觉哥和小叹都还活着，便又说道：“那乐高怪物的两个部分，在爆炸后都发生了变化，说明两边都有人在操控。”她按照常理推测着，虽然过程不是完全正确，但结论没错。

“但那东西的行动好古怪啊……看上去像是驾驶者在胡乱操作。”似雨沉吟道。

“这就有三种可能了。”悲灵的思维转得飞快，她很快就回道，“其一，团长和小叹尚未熟练掌握这个乐高载具的用法；其二，那东西已经发生故障了，无法正常操作；其三，这些举动是故意装出来，用以迷惑我们的。”

“那么……”似雨示意她说下去。

“其实无论是哪一种，对我们都没有影响。”悲灵说着，又往狙击枪中填了一枚“穿甲爆炎弹”，并笑着道，“再来一发就是了。”

就在悲灵准备对着看上去比较诡异的“河豚尾部”补枪时……身处其中的封不觉，按下了那个附带核武器警示标志的按钮。

“我就不信那个变态小学生真能用乐高做出核弹！”封不觉在摁键的刹那抓狂地吼道。

吡——呼——

那是火箭点火升空的声音……

处于蹲便姿势的河豚斗士，其尾部喷出了一道粗犷的火焰。双腿与躯干部分的连接也适时断开。鱼尾的强力推进器，将那已经转至九十度朝上的机身，送上了天空……

“喂！这东西本身就是弹头吗？”封不觉深深地震惊了，“驾驶舱内播放着欢快的歌曲并发动了自杀式导弹袭击啊！”

货架顶端的悲灵和似雨，一个从狙击镜后抬起了头，一个放下了望远镜。她们双双看着黑暗中那骤亮的火光，和那缓缓升起的鱼尾导弹，面无表情、呆若木鸡……

小叹十分幸运，恰在这个无人关注他的时机，他回过神来，推开了主驾驶舱的舱盖探头张望。没想到正好目睹了“鱼尾火箭”升空的场面……

“我去……闹哪样啊……”小叹嘴都合不拢了，“这是要升仙吗？”

“嗯……不能惊慌……”火箭内的封不觉自言自语道，“这种时刻只要找到时光机就可以……不对！”他强行止住了自己的吐槽本能，“好吧，冷静地想想，这玩意儿根本没有攻击目标，肯定会呈直线撞向超市的天花板。所以我只要打开舱盖跳出去，利用月步便可轻松脱险。”

念及此处，他又想道：“可是，这升空之壮举无疑会吸引似雨和悲灵的注意力……我打开舱盖后很可能被直接攻击。”

现实和封不觉的假设一致，在短暂的惊讶过后，悲灵又举起了狙击枪，对准了高度已然超过狙击点的鱼尾火箭。

数秒后，舱盖真的打开了。

那一瞬，悲灵全神贯注地瞄准着舱口。

岂料，几乎在舱盖打开的同时……

只听得砰一声响，鱼尾火箭另一侧的外壳竟被人从内部打破了。

伴随着碎散而出的乐高积木残片，一道闪着赤芒的身影也从那窟窿里面蹿了出来。他以极限速度连踏月步，转眼便掠过一米多的距离，冲到了离他最近的一个货架顶部。

封不觉的这招声东击西，玩儿得非常成功。他知道，在自己打开舱盖的瞬间，对方的注意力肯定会集中在驾驶舱的出口处。这时，他的机会就来了。只要他在另一端打开一个口子，并以灵识聚身术状态下的速度冲出去，瞄准着舱口处的悲灵绝对来不及调转枪口。这毕竟不是在玩CS，一挪鼠标就能来个六十度以上的甩枪。实际用手去端着沉重的狙击枪时，想用甩枪命中目标，那简直是天方夜谭。

“小叹发现我们的位置了，正在墙上跑。”似雨在说出这句话的时候，已是朝前冲了出去。而她前往的方向，正是封不觉所在的那个货架。

“OK，交给我了。”悲灵自然明白表姐的意思，她端着狙击步枪来到货架边缘，朝下看的第一眼，就望见了正沿着货架边缘朝上奔跑的小叹，“真是笨蛋……绕半圈到侧方再上墙啊。”她念叨了一句，将瞄准镜的准星移向了小叹的腿。

另一边，几个纵跃过后，似雨就来到了刚才封不觉跳上的货架顶部，可是后者已不见踪影。

凭借着直觉，似雨继续朝一个方向追击着。

此刻，她已将夜视望远镜收进了行囊，手中所拿之物换成了“封圣”宝剑。

轰——

远处又起一声巨响，原来是那升空的火箭撞击天花板并发生了爆炸。

这玩意儿的威力不小（对玩具来说），但还不至于像核弹那么离谱，大致等同于一个冲天的爆竹，只不过其四散的碎片比纸屑要危险一些。

超市的环境是不会被玩具的攻击给破坏的，但这个火箭却触发了自动消防系统。

整个超市的顶灯在那一刻全部亮起，附近天花板上的消防喷头则开始朝下洒水。对于被缩小了的玩家们来说，这就好似是一场突如其来的瓢泼大雨。

“哟，那位湿身的美女。”封不觉的声音忽从似雨身后传来，“是在找我吗？”

似雨缓缓转身，抬起一手，随意将额前的头发朝后捋去，以免被湿漉漉的头发遮挡了视线。或许是光和水雾的影响，她的脸庞显得分外白皙、蒙胧。这样子的似雨，确是封不觉不曾见过的。

“不逃了吗？”她问道。

“开灯以后很快就会被你发现的吧。”封不觉道，“再说我本来也没打算要跑。”他也把头发往后捋了捋，借着水弄成发哥那种大背头的造型，“我才是比较强的那一方吧？你看，我明明可以从后面偷袭你，却还先跟你打了招呼。”

“哼……”似雨笑了，这笑容似是微笑，又似是冷笑。

“很少见你对我笑啊。”封不觉道。

“我对谁都不怎么笑。”似雨回道。

“原来不是针对我吗……”封不觉道。

“这种事可以今后再讨论吗？”似雨试图扯开话题。

“反正大家都已经淋得跟落汤鸡一样了，无所谓了吧。”封不觉道。

“你要聊天，改天在线下聊吧。”似雨举剑道，“你再这么有恃无恐、赤手空拳地站着，后果自负哦。”

“线下……打电话啊？”封不觉还是显得很轻松，并把话题往回带。

“你想约我见面是吧。”似雨道。

“不不不不……”封不觉摇头。

似雨默然相视。

“呃……对。”觉哥被眼神击败，说了实话。

“这么说来……我也住在S市的事情你已经知道咯？”似雨问道。

“啊，那是啊……以我的调查能力……”封不觉刚想嘚瑟几句。

“这场争斗，你若是败给了我……”似雨打断道，“就请趁早做好被当成跟踪狂逮捕的觉悟吧。”

“喂！突然变成恐吓了啊……”封不觉惊道，但随即他便愣了一下，问道，“嗯……那我要是赢了……”

三

凭借着称号技“飞魇留痕”，小叹沿着货架的边缘一路狂奔而上，朝着悲灵的所在冲去。

他很清楚悲灵的弱点——近战太差。请注意是“太差”，而不是“相对较差”或者“一般”。

所以，接近战对小叹来说是很有优势的，也是他取胜的唯一途径。

但是，事情哪儿有想象中那么简单……

悲灵的近战差，主要原因就是她在其他方面普遍很强，以至于绝大多数敌人根本连靠近她的机会都没有就被干掉了。

出色的远程战斗能力加上过人的智略，这样的玩家无疑是非常难对付的，在对手接近的过程中，她能想出N种办法进行阻止。

“真是笨死了，换成是在比赛的话，人家可不会那么好心瞄准你的腿……”悲灵一边念叨着，一边对准小叹的腿部开枪了。

她这无疑是手下留情之举，连狙击枪内的子弹也特意换成了普通的狙击弹，没有用特种弹药。

砰——

枪响了，在那子弹射出的瞬间，小叹竟以近乎零时差的反应，改变了奔跑的轨迹，并使出了“风住尘香花已尽”。

子弹穿过了那个能持续三秒的残影，而小叹本人则是毫发无伤。

“哦？”悲灵愣了一下，未命中的结果确实出乎了她的意料，“有意思，居然自己躲开了。”她立即瞄准，准备打第二枪。

岂料，从瞄准镜中，她看到了不可思议的一幕。

小叹开始以之字形路线行进，且每隔一到两秒，便放出一个残影来。

“不错嘛……”悲灵这回确是对他刮目相看了，“利用残影造成的视觉误导，结合反复变向的不规则移动……连跑动速度和释放技能的频率都不断变化。”她笑道，“狙击手的噩梦啊。”

语气轻松地道了几句后，悲灵从行囊中拿出了两把冲锋枪……

其中一把是她一直在用的MP5，另一把则是最近入手的Uzi（乌兹冲锋枪）。

名称：Uzi。

类型：武器。

品质：普通。

攻击力：中等。

属性：无。

特效：无。

装备条件：射击专精F。

备注：可靠、轻便、操作简易、且成本低廉。

三十级的玩家，在力量上早已超过现实生活中的正常人了。即使是女性，也完全可以像州长一般单手使用沙漠之鹰。所以，如今的悲灵，双持两把微型冲锋枪进行作战也是轻轻松松。

哒哒哒……

两把射速极快的“微冲”在数秒内就倾泄出了大量的子弹。

小叹这时所在的位置，距离货柜顶部已不算太远，面对这种短距离上笼罩而来的弹幕，着实是束手无策，霎时间便身中十余弹。被附上流血效果自不必说，更麻烦的是，受伤让他的移动受到了影响，像刚才那样的变向冲刺已难以为继，因而再使残影也就没有意义了。

眼见悲灵已近在眼前，他却无法再进一步。若是此刻停下，便会坠落下去，以至前功尽弃。

在这稍纵即逝的瞬间，大部分人根本来不及去思考对策，但王叹之的血液里，却仿佛有着一种本能般的东西，告诉了他……此刻该怎么办。

“赌一赌……”这一刻，他神情骤冷，平日那温和的眼神不知所踪，眉宇间竟散发出一股难以名状的戾气。

借着手中军刺，小叹在垂直的货柜边缘上，使出了“逆刃回旋斩”。C级专精75%的成功率已是不低，技能的发动不成问题。利用技能所衍生的动作，他反手握着军刺，踏着墙面向正上方回旋而去。

悲灵没想到对方会不退反进、以攻代守，有些措手不及。在扫射了将近十秒后，这会儿她那两把枪里的子弹恰好见底。而双手各持一把枪的情况下，她是无法迅速更换弹匣的。

于是，情势在顷刻间逆转。

回旋斩非但帮小叹冲上了货柜顶部，其威势还弹开了一些扫来的子弹，最大限度上减小了他受到的损伤。

而悲灵不得不快速后撤，向着远处跑去，与对手拉开距离。

“居然真的上来了……”悲灵念叨这句时，也说不清心中是喜是悲。反正事到如今，她不得不接受这个事实，“来到同一个平面后，地形之利便不存在了……而且他的移动比我快，靠过来只是时间问题……”

这弹指之间，悲灵身后那一道疾影已是闪电般欺近，不给她半点喘息之机。

乓乓乓——

悲灵果断地将手中双枪收入行囊，直接从腰部的枪套里再顺出两把手枪进行火力压制。她一边掏枪，一边旋身滑步，原本背对敌人逃跑的状态，变为了横向移动，正面应敌。

小叹的生存值在先前的爆炸中已有不少损伤，冲上货柜时更是受创颇重，很难再承受强力的攻击了。因此他不得不以躲避为最优先选择，以防万一。

如此一缓一滞，两人间的距离又重新被带开了数步，这就给了悲灵换子弹的机会。

她再度取出MP5，从特种兵套装外附的口袋里顺手摸出一个弹匣换上，边跑边道：“没记错的话，你的逆刃回旋斩冷却时间是一分钟。那确实是个对我有很大威胁的杀招，一可以缩短距离，二可以弹开子弹，三可以造成杀伤……算得上是攻防一体。”悲灵试着去提醒对方，“不过……据我估计，你的生存值现在恐怕已不足20%了吧。在目前的距离上，你这点生存值绝对撑不过一分钟。”她顿了一秒，接道，“我的建议是，要么你就喝个血瓶，继续保持近距离压迫，等技能CD过去，一招决胜；要么你就放弃眼前的追击，离开我的视线，然后重新寻找可以悄悄靠近我的机会。”

“虽然我知道你是好意……”小叹冷冷道，“但是……男人在认真做事的时候，不要指手画脚！”言到此处，他猛然爆发出惊人的速度，卷土重来。

“什么！”悲灵突然间心跳加速、气血上涌，“敢这么跟我说话！反了你的！”她无疑是怒了，当即使出百分之百的实力开火射击。

然而，小叹却是全然避过……

他将冷却时间为一秒的“风住尘香花已尽”和冷却时间为五秒的“恶魔蝙蝠鬼影”反复交替使用，踏着诡异莫测的步法，在冲锋速度不减的前提下，还始终保持着三个以上幻象的存在。

这种场面就不止是狙击手的噩梦了，而是所有远程武器使用者的噩梦。在悲灵的视线中，好似有三个王叹之正并排冲来，且忽远忽近、虚虚实实，根本分不清哪个是实体。

“这小子……”悲灵这次真的被吓到了，她只得左右摇摆枪口，盲目地扫射，同时快步后退。但这样的话，几乎就是在靠运气射击了，专精再高也无济于事，何况她也不过是C级而已。

终于，在逆刃回旋斩的技能冷却完成时，小叹距离悲灵不过五步之远。

“抱歉……胜负已……”小叹没能把那个“分”字说出来……因为悲灵在此刻也突出奇招，反客为主……她竟猛然反向移动，冲进小叹怀中，拦腰一抱。

正欲使出技能的小叹大吃一惊，他万万没想到会有这么一出。

悲灵也是被逼到了绝境，才会突发奇想，有此一策。她现在心情很不好，不但被小叹大声呵斥、而且快要输了。所以心里一股燥火无处发泄，恨不得上去勒住小叹脖子揪掉他的头发。

这记擒抱来得太突然，小叹的技能愣是使不出来了。而接下来的事情，完全失控……这两人发生冲撞后，向侧前方一倒，摔了出去。直接飞出了货柜顶部的范围，纠缠在一起，朝着地面坠落。

“结果是同归于尽吗……”小叹在半空已恢复了平日里的神色，一脸怅然地看着距离自己越来越远的天花板。

毫无疑问的，被缩小成玩具尺寸的两名玩家，从这种高度坠落，必死无疑。

“去死去死去死去死去死！”悲灵似乎不打算就这么算了，半空中，她成功地从后面勒住了小叹的脖子，拼命拽他的头发。

“啊……好痛！干吗呀这是！”小叹的生存值倒没有什么显著下降，只是这样真的很痛苦，“啊……不行了……要死要死要死……”

同一时间，另一处货柜顶部。

“那边似乎也结束了呢……”似雨用她冰冷的眼神，看着躺在血泊中的封不觉道。

封不觉闻言，看了看游戏菜单，小叹和悲灵的状态都成了“已死亡”。

他刚想开口回话，却咳出一口血来：“咳……咳……是同归于尽吗……这我倒真没想到。”觉哥苦笑着，“当然了……我也没想到，会被你打成这样。”

“你还有一招可用。”似雨将封圣剑轻轻一颤，剑刃上残留的血迹便瞬间消散，“快用‘斗魔降临’吧，刚才……就当是热身好了。”

“呵……”封不觉舔了舔嘴唇边的血，“开大招之前，我能不能先问问，你这夸张的战斗力究竟是怎么回事？”

“和你一样，是魂意啊。”似雨回道。

封不觉疑道：“原来如此……可为什么……你强到这种地步，却没有出现在战斗力排行榜上呢？”

“因为你的魂意，是持续作用型的。”似雨回道，“而我，是即时使用型。”

"哦？原来那是种因人而异的能力吗……"封不觉道，"好吧……对不起。"

"为什么道歉？"

"因为登上了战斗力榜的第二名，就有些沾沾自喜、目中无人了。现在看来……我是自作自受啊。"

"不用道歉，你一直都是这样的。"

"呃……"

当似雨说出"和你一样，是魂意"这句话时，封不觉脑中便瞬时生出数个疑问。虽然他和队友几乎共享着进入游戏以来的所有信息，但有几件事，他仍是有所保留的。比如自己曾经在登录空间中遇到过伍迪的事、与几名衍生者的交集，以及"魂意"这两个字。

然而，似雨的话表明，她不仅知道魂意的存在，也很清楚地知道封不觉拥有这项能力。

"我明白了，她应该早就觉醒了。"封不觉思索了几秒，便得出了一个合理的解释，心道，"或许她一开始并不知道这个能力叫什么，不过后来还是查探到了'魂意'这个名称。嗯……换成是我的话，也会想办法去查清楚的……今天，当她得知突升到战斗力排行榜第二位的人是我之后，立即推测出了……我的排名大幅提升是魂意的觉醒所致。而刚才的战斗，则让她察觉到了我的能力类型与她不同……等一下，这么说来，她对魂意的了解比我要多啊……一会儿出了剧本得好好问问她……"

这些念头一闪即逝，眼下也不是深究的时候，即使似雨不上前攻击，流血效果也不等人。再不开启斗魔降临，封不觉可就快化作白光了。

"那么……我就不客气了。"封不觉道了一句，顺势发动了称号技。

四

黑暗。

无尽的黑暗。

无声、无息、无色、无味……

在这里，低维度的生物，会不由自主地去质疑自身的存在。

因为他们已失去了所有的感觉，只有意识尚存。

"这是……怎么了……"封不觉也分不清这句话是从自己嘴里说出来的，还是在心中念叨的。

此时的封不觉，已丧失了五感，就算能说出话来，他本人也听不见。

“前一秒我还在货柜顶上躺着……一瞬间怎么就变成这样了……”封不觉念道，“是某种幻觉？游戏的 BUG ？”令他感到不安的是，此刻他明明是处于非睡眠模式下的，但却连自己在现实世界中的身体都感受不到了。而且，游戏菜单也已失灵……

“该不会是我脑子里的不明阴影终于病发了吧……”封不觉是一个凡事都做最坏打算的人，因此他开始怀疑……自己是不是在游戏舱中暴毙了。

“又一个可悲的灵魂。”忽然，一个低沉的声音传入耳中。

“谁啊？阎王？撒旦？哈迪斯？阿努比斯？”觉哥一口气就问了四个名字，从这四位的身份来看，封不觉对自己死后的去向还是比较有自知之明的。

他早就思忖过了，即使这个宇宙中确有所谓的“阴间”存在，他也肯定不会上天堂。

“但你又有些与众不同……”那个声音没有回答封不觉的问题，而是自顾自地说道，“吾竟未能嗅到你的畏惧与无助……”他顿了一下，“这是为何？”

“啊，无助不是我的风格。”封不觉回道。说这第二句话时，他这才意识到，在那个声音出现的刹那，自己的听觉就已经恢复了，“至于畏惧……恕我无能为力。”

“嗯……”那个声音沉吟道：“好吧，渺小的蝼蚁，你来这里有什么事吗？”

“呃……这是哪儿？”封不觉只能用问题来回答问题，因为他真不知道怎么答。

“这里是我的囚笼。”对方回道。

“所以说……你到底是谁啊？”封不觉竟用一种很不耐烦的语气言道，看来他真的很不喜欢把同一个问题问两遍。

“我是谁……我是谁……”那个声音重复道，似是在喃喃自语，“吾辈……着实想不起来了。”

“不记得自己是谁，只记得自己被关在笼子里吗……”封不觉随口说道。

“是啊……我被囚禁得太久了。”那声音的口吻变得悲怆起来，“虽然偶尔也会有一两个卑微的生灵来到这里，但只要和我共处一个空间过久，你们这些渺小的存在就被我渐渐地、无意识地吞噬吸收……最终，陪伴我的只有无穷无尽的黑暗和孤独……”

“就冲这段话……你被关起来就不奇怪。”封不觉道，“我倒是很好奇，把你囚禁起来的家伙究竟是哪路大罗金仙……”

“谁知道呢……”那声音回道，“在很久很久以前，我牢牢地记着那个名字。就连忘却自己的名字后，都没忘记仇人的名讳。我本以为……即使是十万个寒冬的冰雪，也无法冷却我的愤怒。唯有品尝了复仇的滋味，我的怒火才会得以平息。然而……我终究是忘了，忘记了对方的长相、忘记了对方的名讳，甚至忘记了我被关在这里的缘由。”

封不觉越听越觉得不爽："好吧，这位一问三不知的仁兄，看来你是没什么可以告诉我的了。"

"你还是走吧。"那声音语重心长地说道，"留在这里，不需太久你就会被吞噬的。"

"啊……我也确实不想久留。"封不觉道，"不过我现在连自己的身体都感觉不到，该怎么……"

"你是自己来的吧。"那个声音打断道，"只要你能想起为何而来，就能回去了。"

"所以说啊，我就是不知道自己怎么……"封不觉话到嘴边，脑中嗡然一响，"对啊！我是使用了技能，然后就……"他即刻对那声音说道，"我说……无名的囚犯先生。'魔化'这个词，您听着耳熟吗？"

"魔化……"对方闻言，沉默了数秒，"哈……哈哈……哈哈哈哈……"紧随其后就是一阵让人心惊胆战的狂笑。

"嗯……这种反应看来是知道些什么了。"封不觉念道。

"我明白你来这里的目的了。"片刻后，那个声音收敛笑意，沉声道，"想要魔化……容易得很啊。"

黑暗中，忽然传来了某种巨型生物深呼吸的动静。

下一秒，一种前所未有的痛苦体感，瞬间吞没了封不觉的意识，那仿佛是地狱最深处的烈焰，正在炙烤他的灵魂。

这种感受显然已经远远超出了游戏的限制，正常情况下，人恐怕早已昏厥过去了。

但封不觉却清醒地体会着每一丝钻骨噬魂的折磨。

时间，宛若停止，又似永恒。

不知过了多久，封不觉的眼前再度出现了光明。清水打在身上的凉意，让他如获新生。

刚才的一切，亦真亦幻，难分虚实。唯有那燃魂之痛，刻骨铭心……

此时的封不觉，发现自己仍在那个货架上，只是他的全身已笼罩在一团黑色斗气之中。那黑色的能量若火焰一般在他周身汹汹而动。纵是似雨这样的高手，也因那无形之势难以欺近。

"这就是……魔化吗……"封不觉自言自语地念道。

"眼神变了……"似雨心道，"是要认真了吗……"

"呵……称其为鬼神之力，当之无愧啊。"封不觉勾起一侧嘴角，邪笑着说道。

"这个变身效果只有三分钟，我劝你还是把惊叹的时间节省下来……"似雨好意提醒道。

“别担心。”封不觉却打断了对方，“三分钟足够了。”

似雨听到“足够”二字，便已明白了觉哥的意思。她也不再啰唆，足尖轻点，骤然杀到。

封圣之刃斜斩而下，看似是轻缓、柔美的动作，却爆发出摧枯拉朽的力量。

剑光闪，一线断。

对玩家来说如悬崖般庞大的货架，竟被这一剑斩离了一角……分割出来的部分似山脉滑坡一样徐徐下移、坠落。

而跃在空中、避过了斩击的封不觉，却仍是保持着平静的神色，道了句：“嗯，不错。”

“剑出五成，气运七分，犹有如此威势……”封不觉口中念道，“看来……刚才的我，连跟你打的资格都没有。”说话间，他已开启了灵识聚身术，并脚踏月步，骤然加速，身形由实化虚，扑向了似雨。

似雨眼神微变，杀气愈冷，手中封圣向上一旋，凌厉的剑气呼啸而出。

封不觉也是毫不示弱，以岚脚相迎，踢出一记黑色的弧形劲芒。

叱一声，两道斩击在空中碰撞，能量应声炸裂，激荡的乱流朝四方奔走。封不觉身在空中，受到的影响较大，一时间被逼退了几许。这一招过后，他俨然是落了下风。

“还没完哦。”似雨道了一句，手中长剑即刻再动。

呼呼呼……一道道剑气若层层浪涛，连斩不绝。似雨出剑极快，旁人看去，剑身已化成重重虚影。

“意料之中……”封不觉懒洋洋地回了一句，当即月步反踏，稳定身形，同时连出数十记岚脚，一一迎上那些飞来的剑气。

此时天花板上的消防喷头已经被关上了，但周围的湿度仍旧很高，两人使出的斩击在空中爆开，荡出阵阵氤氲之气，倒成了一番不可多见的景致。

“不妙啊……比想象中还厉害。”封不觉暗自心道。

虽然表面上做出了“老子已经天下无敌”的样子，但实际上，他自己心里最清楚……变身后的力量和速度，也不过就是原本的三倍而已。

这种程度的提升，其实和灵识聚身术的作用差不了多少。只不过“斗魔降临”还附带了生存值翻三倍以及体能值、灵力值无限的特性。所以像岚脚和月步这种无冷却时间的技能可以随意放。

另外，此刻他要是开启灵识聚身术的话，效果也会叠加上去，那么他的实力就相当于是原始状态的六倍以上了。

然，纵是如此，他与似雨的实力也只在伯仲之间。

因为……魂意。

先说封不觉，他的魂意，是持续存在的“零时差演算”。这个能力看似和“见闻色霸气”有些相像，不过根本是两码事。零时差演算并非是预测对方的攻击意图，而是在攻击已经发生的刹那，演算出自身实力所能做出的、最合理的反应，并精确地实施。

这项能力只有一个问题，就是“预判”和“演算”需要依据。无论是攻击还是被攻击，魂意的演算都是建立在“情报”这一基础上的。比如：想躲开子弹，那你至少得对子弹的飞行速度和轨迹有一个概念，你得知道“音速、直线”，要不然算出来就是错的，那做出来的反应也会错。

以觉哥与湿婆的战斗举例，最后他之所以能轻松取胜，就是因为当他的魂意觉醒之时，早已和湿婆缠斗许久了。故而对湿婆的体术、技能、灵能武器的射速等等，都有着一个很确切的概念。而掌握的情报越精确，做出的应对就越完美。

再以“登楼记”中的小红帽举例，虽然封不觉没跟她正面交手，但他依然可以在脑中构筑一个基本概念，比如“她出拳比子弹还快，一巴掌就能把我拍成饼”。以此为依据，用魂意去演算“我冲上去打她”的结果，就会出现“死死死死死死死”，反正一千几百种死法……

觉哥的魂意大致如此，再来说似雨。

似女侠的魂意是“极限效率”，属即时使用型。这项能力平时并不生效，也没有任何数据上可以量化的记录，因此系统无法将其计入战斗力，这也是似雨排在二十名之外的原因。

不过这种魂意开启时的效果，还是异常强大的。

当玩家进入“极限效率”状态时，动作中所有的瑕疵皆会被修正，消耗也会降到最低。

这里再举几个例子，就说跑步吧……为什么长跑运动员跑完一万米后还能站着，而我这种人则会在半路上扑街不起呢。除了肌肉、体重、肺活量这些硬性条件外，最重要的就是方法。同样的距离，用合理的动作、节奏，配合呼吸去跑，肯定比外行人瞎跑一气要节省体力。

再说说……劈砖。同样是一条胳膊，皮肤包着骨头和血肉，为什么人家可以一掌劈碎砖头，而我只能一掌劈碎掌骨？也是这个道理。

经过艰苦卓绝的训练，肌肉记忆会成为本能的一部分，神经反射速度会加快数倍。当速度、力量、技巧……契合在一个点上爆发出来，就能做到常人无法做到的事情。

极限效率，即是让人时刻都处于这种状态的能力。

当该魂意开启时，似雨便可将自身实力发挥到理论上的极限，同样的一个挥剑动作，她可以做到更快、更强，但消耗的体能值却更少。

当然了，如此逆天的手段，自然也有弱点。这种魂意虽然不消耗任何游戏中的数值，但需要玩家本人用精神力来负担。一旦失去了专注力，效果就无法维持下去。

将觉哥和似雨的魂意拿出来比较一下，便可发现，似雨的魂意显然对玩家硬实力的提升更大。她就好比是一发躲不开的子弹，只要实力足够强大，封不觉再怎么演算和应变，也无法超越数据上的绝对差距。

然而，此刻还有一个变数，就是“斗魔降临”。

这个称号技所蕴含的效果，可不仅仅是技能说明上写出来的那些。

封不觉已经注意到了，魔化后，自己的“境界”已然不同了。

有那么句戏言：“卖豆腐的命，操总理的心。”

封不觉现在差不多就是这个意思，他的“境界”已是武林高手级别了，不过身体还是个二流门派弟子的水准。他可以看出似雨的厉害之处，但实力上却难以匹敌。

然，高手毕竟是高手，瞬息之间，封不觉一策已成，决取胜机。

确实，三分钟足够了，中距离的斩击互扫只是双方的试探之举罢了。真正的胜负，三招内便可分晓。

霎时，半空那团黑色斗气中，又绽赤色血芒，封不觉开启灵识聚身术，月步一踏，全力杀来。这次的速度和威势，已不是用剑气便可逼退的了。

似雨见状，冷静如故。身法丕变，收势避强劲，剑锋斜挡，亦攻亦守。

一步之间，封不觉借下冲之势，双手各挟数张死亡扑克，散袭而来。但见金光疾动，张张光牌皆落生死之隙，凶险万分。

似雨冷哼一声，剑如莲开，锋影连出，将扑克一一斩碎，交击之间，传出阵阵金铁交加之声。

封不觉趁势向前，再进一步，抢到似雨身前一息之地。

这一刻，二人间的距离前所未有的近。

他们彼此都知道对方的杀招，也知道对方要干什么。

“南斗飞龙拳”，无疑是封不觉的必杀之策，在斗魔降临加灵识聚身术的状态下，此乃当之无愧的绝招，一般的剧本 BOSS 都不可能在这招之下存活。

而似雨的杀招，则是一招剑式——七晴霜寒。

二人极招尽出，皆是将技能、状态、魂意，推至极限的状态，剑影与拳影于空气中交织、碰撞、粉碎。

在这仿佛凝固的瞬间，他们二位脸上的神情，竟都是微笑。

这两个在现实生活中都不算太正常的人，似乎找到了某种默契，某种只有他们才懂的、奇怪的交流方式……并乐在其中。

数秒后，招尽声息……

拳剑止，胜负分。

最后，只有一条人影立于那货柜顶上。而另一人，已化作白光散去。

“当前任务已完成，主线任务已全部完成。您已完成该剧本，180 秒后自动传送。”

听到了系统提示，封不觉长吁一口气，他低头看了看自己血肉模糊的双手：“嗯……如果不是处于魔化状态，她的剑招应该会直接把我的技能给打断吧……”

五

“剧本已完成，正在结算奖励。

“获得经验值：70000，游戏币：100000。

“获得物品 / 装备：无。

“完成 / 接受任务：1/3。

“特殊、隐藏任务完成：0，破解世界观：无。

“惊吓值激增：0 次，最高惊吓值：0%，平均惊吓值：0%。

“您的恐惧评级为浑身是胆，可获得一项额外奖励，请稍后选取。

“获得技巧值：1950。

“技巧值加成经验：19500，游戏币：100000。

“剧本通关奖励：拼图牌 ×2。

“结算已完成，请继续。”

剧本结束后的计时尚未走完，封不觉就选择回到了登录空间。因为当“斗魔降临”的三分钟结束后，他便会进入生存值 1%、0 体能 0 灵力的状态。就算他留下，在那 180 秒不到的时间内也根本做不了什么。

从结算画面来看，这次杀戮游戏的奖励也并不算丰厚。估计是由于只完成了主线任务，所以经验不多。

关于那两条支线任务……第一条“加入 Classic 阵营，结束战争”自然是没戏的。在武藏小金井制造河豚斗士的时候，封不觉已重新思考过这个问题，他的推测是：若想完成支线任务，最好就别去见“先知”这个 NPC，即使见到了，也不要说多余的话。那么……剧情就不会展开到与四柱神有关的层次上去，玩家所掌握的情报会停留在《玩具总动员》的基本设定上。

然后，只要跟随着另一条支线任务“协助爵士和夜巡，对‘乐高屋’进行侦察”

一路做下去，就会一步一步，让剧情展开，最终取得战争的胜利。当然了，这种“胜利”可能只是系统制造的一出戏，当玩家一走，先知就会把一切复原。

不过现在说这些也没有意义了，因为没有回去找擎天柱复命，所以侦察任务也算没完成。

“嗯……反正这点经验再加上 40%，也已经足够我升到三十级了。”封不觉道了一句，顺手对屏幕上的“接受”选项点了一下，回应了小叹的会议室邀请。

他也没有急着去储藏室领奖励，反正已决定了要拿经验值了，一会儿再去也罢。于是，他就直接按下了电梯操作区的会议室按钮，走了出去。

“嚯……干什么……这是要拿他祭天啊？”觉哥一进门，就看到小叹满头满脸的零食碎屑，一脸悒悒不欢地坐在会议桌边上。

“这就不错了，要是这个空间可以打人，你现在看到的就是 WWE 那种级别的场面了。”小叹郁闷地念道。

“你好像有点不满啊？”悲灵在旁接道。

“没有！”小叹赶紧道，“绝对没有！”

封不觉上前几步，凑到似雨旁边轻声问道：“他俩这是……”

“不知道。”似雨回道，“最好也别打听。”

“嗯……”封不觉转过头，若无其事地坐下了，“我一会儿去领个奖励就三十级了，我们是不是考虑去尝试一下团队噩梦难度的……”

“喂！直接就扯开话题了啊！对我的遭遇不闻不问啊！”小叹吼道。

“有什么好问的。”封不觉有气无力地接道，“无非就是说了不该说的，或者做了不该做的……”

“团长英明。”悲灵适时跟了一句，同时瞪了小叹一眼。

“身为男人，果断跪下道个歉什么的，应该就能得到女方的原谅了。”封不觉继续道。

“不要把你的行为模式套用在所有人的身上啊！”小叹又道。

封不觉虚着死鱼眼，缓缓转向悲灵道：“你也是……你看这小子那么可怜，平时也经常被你欺负，没什么原则性问题的话，就原谅他算了。凭我对二位的观察，你们命格衬、八字合、一攻一受分工明确，假以时日，没准能有钱人终成眷属……”

啪——

一袋薯片从悲灵手中飞出，来到了封不觉的脸上。

“都叫你别掺和了。”似雨冷冷道，“你倒好，干脆开始转移仇恨了。”

“啊，鄙人专注嘲讽数十年，言出必得，从未失手。”封不觉满不在乎地抓起脸上的薯片往嘴里搁。

“又在吹……”似雨摇头轻笑。

“哼……”封不觉冷哼一声，用行动进行证明，他只花了不到一秒的时间，就构思好了台词，对似雨道：“对了，身为铁杆粉，你就不想给我生个孩子什么的吗？”

啪——

又有一包薯片从似雨手中飞出，也来到了封不觉的脸上。

封不觉在会议室中和同伴们交流了一下练习战的战况，随后又聊了些其他的，这次连魂意的设定也都公开出来了。

就这样，不知不觉已到了深夜。众人约定凌晨到睡眠模式的服务器中再见，便纷纷下线洗洗睡了。

至4月24日的凌晨，零点四十五分，封不觉又一次登录了游戏。这次他提前了十几分钟登录，想处理一些琐事，免得又让队友等自己。

第一件事自然是去领奖励，进入储藏室后的操作不多赘述了，总之，拿完当前等级40%的经验，又抽完两张新的拼图牌后，封不觉的数据如下：

称号：“黑暗先锋”，称号能力：“斗魔降临”。

经验值：39800/3000000，技巧值：19450，游戏币：1765000。

专精：通用C，器械D，侦查D，格斗C，射击D，医疗E，灵术C，召唤E。

行囊（11/15）：马里奥的管钳，手电筒，十八铜人的折凳（五号），SCP-500(10/20)，反重力弹射器，Moxxi小姐的坏脾气，金刚铃，普罗晏比娜的吸尘器，生存值补充剂（中）×2，无尽榴弹匣，WJQ-308军铲（永不磨灭型）。

装备：爵士之舞，蛛丝手套，死亡扑克（灵能武器），回音盔甲，哥布林毒气口罩，阿尔忒弥斯的拥抱，植入式炼金术增幅装置。

储藏室（6/10）：拼图牌－猴，拼图牌－墨镜，拼图牌－草莓，拼图牌－皮夹克，拼图牌－摩托，拼图牌－霰弹枪。

技能栏（7/12）：“不那么草率的维修”“灵识聚身术”“炼冰术士的执著”“南斗飞龙拳”“召唤术—武藏小金井”“月步”“岚脚”。

可以看到，从三十级开始，经验值的上限又增加了一个零，变成三百万了。从某种意义上来说，对封不觉倒是个好消息……他凭借着自己不会感到恐惧的优势，每级能拿到的经验奖励变得非常惊人。

另外值得一提的就是召唤专精的提升，由于在披风争夺战中反复使用“看招”，做了十几次随机召唤，因此他这项专精的熟练度其实已经非常高了，故而在召唤过两次武藏小金井后，恰好升了一级。

目前封不觉的那个角色任务“使用召唤系技能，并成功唤出召唤物五十次”的完成度到了17/50，看来要做完这一步，起码还得十天半个月的。

“诶？这几张牌……”封不觉领完奖励，正往仓库里放拼图牌时，忽然发现了什么。

他顺手把所有的拼图牌都取出拿在手上，打开眼前的虚拟菜单，选择了“组合”选项。

系统提示当即响起：“检索到一种可能的组合序列。”

眼前的窗口中显示——套牌名称：“T-800”（Terminator，即终结者），消耗“拼图牌：墨镜”“拼图牌：皮夹克”“拼图牌：摩托”“拼图牌：霰弹枪”可构成组合。

“四张牌才能组成的套牌吗……”封不觉念叨着，“我闻到了完美级装备的味道啊……”

“您选择生成的套牌组合为：T-800，请确认该操作。”

随着四张卡牌化作白光重组，一张塔罗牌大小的卡片浮现在了封不觉的手中。卡上印着一个戴墨镜、骑摩托、身穿皮衣、手持枪械的硬汉形象，而且还是水墨画风，违和感十足……

系统再度提示道：“套牌已生成，请问是否将其兑换为装备？”

选择了“是”后，储藏室另一侧便有一柱白光出现，并迅速化作了领取奖励用的玻璃柱。

封不觉走到近前时，里面的装备也已成型。那东西看上去像是一台奇怪的机器，大概有手风琴那么大，结构很复杂，一侧有传送带的入口，另一侧却没有出口，只有一块圆形的凸透镜。机器旁边只有一根拉杆，没有其他可调试的部件。

他心中已有些隐隐的不安，赶紧将这物品取出并查看起来……

名称：零式魔导粉碎机。

类型：工具。

品质：垃圾。

功能：制造垃圾。

特效：有一定几率制造出传说级物品。（至少需要放入三件品质不低于精良级的装备方可启动）

备注：这是一件由著名巫师鲁星·麦德（Losing Mind）所发明的魔法物品。根据他本人的描述，该装置可以将数件附带魔法能量的物品进行混合，制造出一件更有价值的强力物品。但现实情况却很糟糕……在麦德毁掉了“借来”的数百件法宝后，这东西只吐出了一堆废铁。于是，麦德被愤怒的同僚们胖揍了一顿，并永久赶出了巫师协会。而这台粉碎机则被贴上了“垃圾”的标签，锁进了仓库里。

Loading……

CHAPTER 8

巅峰争霸战·暗潮汹涌

一

“坑——爹——啊——”封不觉在储藏室中仰天长啸。

时隔半个多月的一声“坑爹”，荡气回肠。

“什么玩意儿啊！游戏说明里不是号称拼图牌合出来的至少是精良级装备吗？”封不觉自言自语道。

他的激动只持续了几秒钟，随后，他的脸色就突然恢复了平静。

这家伙的情绪变化简直像是电灯开关一样，说冷静就能冷静，前后间隔只要一瞬间。

“等等……”封不觉念道，“莫非……”他又重新看了一下物品说明，视线停留在了备注的最后一段，“被贴上了‘垃圾’的标签，锁进了仓库里。”

“也就是说……这玩意儿的品质和功能，都是‘巫师协会’那帮受害者填上去的，但真正的品质不明是吗……”他心中推测道。

有了这样一个设想后，他的作死行为开始了……

“嗯……试一下应该就知道了。”封不觉念及此处，便开始审视起自己的装备来，“只要扔三个精良级以上的东西进去，就有机会拿到传说级装备了是吧……”

目前来说，封不觉认为自己手头最鸡肋的装备是“十八铜人的折凳（五号）”，这个没有装备条件的玩意儿在低等级 PK 时可能会发挥奇效，但等级上去之后，用这个抡人还不如赤手空拳来得有威力。可惜，该装备的品质是“破败”，还够不上粉碎机特效发动的要求。

大约考虑了两分多钟，封不觉最终选定的三件装备分别是 :“普罗晏比娜的吸尘器”、“蛛丝手套”和“哥布林毒气口罩”。

随着等级的提高，玩家们战斗的节奏越来越快，打斗形式愈发复杂，激烈程度也更甚。因此，以上这三样东西的使用率和实用性，现在看来就显得比较差了。

同样是低级别时获得的精良级装备，“马里奥的管钳”和“爵士之舞”这两件就优越得多。前者本身具备工具的特性，可以配合“不那么草率的维修”使用，后者的被动特效更是卓越可靠。

“嗯，是这样用吗……”封不觉把粉碎机摆到地上，然后先把体积最大的吸尘器放到了传送带上。

“重要提示：您的操作具备不可逆性，请问您确定要这样做吗？”系统提示音和弹窗这时跳了出来。

封不觉选了确认，吸尘器便像生根一样被固定在了机器的传送带上。接下来的两件装备，他也是如此操作，半分钟后，三件装备就在传送带上排成了一排。觉哥也没有犹豫，紧接着就拉动了机器旁边的操作杆。

哐哧哐哧……

一阵怪响从机器内响起，传送带动了起来，那三件装备在这一刻突然被卡通化了。当它们从传送带进入机器内的瞬间，都像是“挤”进去的一样，还发出“噔儿”这种音效。

十几秒后，待三件装备全部进入了机器内，机器开始颤动起来，吱吱嘎嘎地乱响，就像一台故障的引擎，缝隙中还冒出缕缕紫烟。无论怎么看……这“零式魔导粉碎机”都给人一种相当不靠谱的感觉。

又过了片刻，机器另一端的凸透镜亮了起来，锥形的光束聚焦并射出，一团白光赫然成形，随即就凝成了一件物品。

名称：已蜕能的残渣。

类型：其他。

品质：垃圾。

特效：无。

备注：失去特性的物质残渣，纯粹的垃圾，无法以任何形式被利用。

封不觉拿起那坨残渣块，用两秒钟看完了物品说明。然后，他就默默地、迅速地将其销毁了……

又过了五秒，他突然暴起，从行囊里抄出折凳，对着眼前的粉碎机一阵猛抡：“去死！死死死死死死……”他边打边吼着，发泄着心中的不快。

有道是三根鸡肋能顶块鸡排，那三件装备好歹也是精良级，扔到拍卖行里随便卖卖也能值几个钱的，如今倒好……化为乌有。

“提示：制造传说级物品失败，您所置入物品的能量已被吸收，下次制造的成功概率将略微提升。”

这句系统提示的响起让觉哥再度恢复了理智……

他长叹一口气，抱起那个手风琴大小的机器，搁到了储藏室的一角。

“人心不足蛇吞象啊……”封不觉感叹道，“基于赌徒心理，为了传说级装备，想必我以后还会填更多的东西进去吧……”他还是很了解自己的弱点的，“不过……

反正我可以通过额外奖励去抽取装备，大不了就是少领几次经验罢了。今后拿到那些精良级以上的坑爹货，就先留着，凑齐三个以上就往里填……只要不断累积，即便我人品再差，从概率学上来讲，也是迟早可以制造出传说级装备的。”

这样想着，觉哥的心里也就平衡一些了。

不过……他可不知道“零式魔导粉碎机”的坑爹程度到底有多惊人。这玩意儿制造物品的成功概率，初始值其实只有 0.01%，而制造失败后的概率累积，则是按照一件装备（无论是精良、完美还是传说）1% 这么算的……也就是说，第一次制造时，只有万分之一的可能会成功。即使在他栽进去三件装备后，第二次制造成功的概率，也只有 3.01% 而已……若第二次他使用了四件装备，再失败，那第三次时就会增加到 7.01%……

当然了，以上这些是隐性特质，玩家是不会知道的，只有游戏公司通过系统查询才能看到这些数据。

“OK……先去逛逛商城吧。”封不觉在储藏室里领完了奖励，便准备到商城一游。

由于这是睡眠模式的服务器，而他今晚稍微比约定时间早登录了十几分钟，所以他就多出了一百几十分钟的时间去做其他的事……可以说是很悠哉的。

于是，他回到电梯间，待电梯的门关闭后，又按下了商城的按钮，随即便来到了那熙熙攘攘的开放式空间。

前文提到过，惊悚乐园的商城是多重镜像空间的设定，即游戏有 N 个一模一样的商城，以编号区分，用于分流玩家的人数。当初觉哥和似雨随口定下的编号是 10，所以他们地狱前线的人都是将登录空间的商城入口锁定在十号区域的。

这天也是赶巧了，就在凌晨这个时间点上，十号区域里有不少觉哥的熟人在……

商城还是那派繁华的景象，圆形穹顶下的巨大空间中人头攒动。

虽说热闹，但不拥挤。这就是系统分流人数的好处，大部分玩家是不会去锁定区域编号的，所以他们每次进入商城，都会被随机分配到一个较为空闲的镜像空间。

封不觉没有急着去信息塔那里，而是先到外围那一圈的系统店铺里去补充弹药、电池以及生存值补充剂这类物品。

“喂喂，你看那边，那制服，是‘秩序’的人吧。”正在觉哥买东西时，离他几米外的一位路人甲说道。

“哇，还真是诶。”路人甲身旁的路人乙接道，“等等！那不是‘吞天鬼骁’吗？还有旁边那四个，是秩序的‘醉生梦死’吧，高手齐聚啊！”

那些顶尖的游戏工作室，通常会把旗下所有职业玩家的照片都公开在官网上。一是做做宣传，二也是为了避免这些选手在现实生活中被人冒名顶替的情况。毕竟这个社会上的骗子还是挺多的，而这些搞电竞的职业选手，多半都是以网名示人，万一有人冒充他们去行骗，不但是坑了被害人，对选手本人的名誉多少也会有些影响。

“卧槽……吞天鬼骁比照片上看还要年轻得多啊，看上去只是个高中生吧？”路人甲又道。

路人乙接道：“是啊，真难想象那样的家伙竟然能常年霸占战斗力排行榜的第一位……不过既然是秩序的王牌，想必也不可能是开挂什么的……”

“哎……怪物们的世界……我们不懂啊。”路人甲叹道。

“不过……”路人乙接道，“和他比起来，最近那个突然蹿升到战斗力排行榜第二位的匿名玩家，似乎才是最热门的话题呢，大家都在猜测，那一定是某个职业工作室隐藏的王牌。”

“嗯……我也是这样认为，估计在巅峰争霸战中，那个神秘玩家会成为最大的黑马吧。”路人甲应道。

封不觉一边买东西，一边面无表情地听着那两人的谈话，纵然心中十分嘚瑟，但表面上他还是做到了喜怒不形于色。

“醉生梦死是吧……”封不觉买完了补给品，准备朝中间的信息塔走去，“说起来……那位‘梦（抽）惊（喝）禅（烫）’老兄是认识我的吧……万一他看到我之后过来跟我攀谈怎么办呢……总感觉没什么好跟他说的啊，到时气氛会很尴尬吧……要不要换个区域呢……但为了避开他而特意挪地方，不就显得我有社交障碍一样了吗，虽然我也不能否认自己确实是有点儿……”

另一边，秩序的五人可并未把焦点放在周围的玩家身上。他们五个今天聚在一处，是专门到拍卖行来淘装备的。经过了几天的筹措，秩序的管理层已决定了这次巅峰争霸战的第一线选手，即眼前这五人。所以，上头给他们拨了笔款，让他们到拍卖行来做些提升。

对于秩序这种业界顶尖的工作室来说，这样的比赛，奖品反倒是其次，他们要的就是名次。游戏内的钱算不上什么，游戏外的广告推广、选手代言以及相关的各种商品销售链等等，那些才是大头。

就拿秩序他们公司自己生产的游戏配件来讲，什么鼠标、键盘、游戏头盔……在网上卖得火，还不是得靠选手的代言嘛。

在人们被世界著名球星们代言的运动品牌坑了几十年后，21世纪的中叶，电竞明星代言的各种电子产品，也走上了这条不归路……

当然了，秩序不止有这些一线选手，他们还有一大批二线三线的玩家……总之是大规模撒网，越多秩序的玩家能挤入前一百位越好。冲击前三的选手可以打响自己个人的名号，而那些占据百强名次的玩家，亦可替工作室打响招牌。

“话说……我为什么非得跟你们一起来买装备啊？”鬼骁站在信息塔下，对着身边的四位前辈道，“你们四个的气场太张扬了吧，在这种公共场合和你们四个走在一起……搞得就跟流氓出来踩场一样啊。”

“四个高大威猛的流氓带着个一米六的同伙儿去踩场吗……这是中单被打爆的节奏啊……”一个留着泡面头的男青年笑着说道。他的 ID 是“醉卧怅然”，观其言行神态，便可看出他是个话比较多、爱开玩笑之人。

“我是一米六九！而且还在发育！”鬼骁回道，但话出口后，他才发现自己声音过大了点，导致周围有不少不明真相的路人投来了异样的目光。

“嗝儿……”梦惊禅放下手中的酒瓶，打了个嗝，拍了拍鬼骁的肩膀，“没事，小吞，就算你从此都不长个儿了，也是可以突破一米七的，只要烫个头的话……”

“谁要烫啊！全社团只有你会去烫吧？”鬼骁吐槽道，“还有……别随便给我起小吞这种超矬的昵称啊！什么叫从此不长个儿了啊！你这是诅咒吧！”

“行了……这是工作，你们也稍微认真一点好吧。”悟死参玄似乎觉得站在旁边很丢脸，扶额劝道。

这时，他们身边另一名锅盖头、圆脸的青年，则用较为沉稳的语气补充道：“所以说啊……要不是鬼骁总用公款去买一些无聊的东西……上级也不会要求我们一起行动的。”

这位锅盖头的 ID 是“生鱼片”，没错，秩序这醉、生、梦、死四大高手中，竟有一个人的 ID 是……生鱼片。

此人的 ID 不禁让我想起了小学语文中经常会出现的一种题型，首先，列出“醉卧怅然”“生鱼片”“梦惊禅”“悟死参玄”这四个词，题目是“请找出以上四个词中比较违和的那个”。

会出现这种情况，也纯属巧合。像江湖的“刀剑笑”和诸神的四强，都是当初取名时就想好了要有所关联的。而秩序这四位，是各自成名后，被凑到一起的……也就是说，他们名字的关联性，其实是别人硬加上去的。要是把“生鱼片”拿出这个组合，与另外三个人并称四大高手，没准就会变成“片甲不留”之类。

“嗝儿……”梦惊禅继续有气无力地接道，“听见了吧，骁仔，总把钱花在一些无用的道具上是不对的哦。”

“左手烟右手酒的你还真有脸说啊……”醉卧怅然干笑道。

正当秩序这五位在公共场合刷新着他们在群众心目中的下限时……忽然，另一个声音从他们后方响起："哟，好难得啊，竟在这里遇上。"

秩序的诸人回头，看到了四个身穿蓝白灰三色制服的玩家，他们的制服右肩处皆有一个淡蓝色的冰玫瑰图案，上衬二字——冰帝。

而与秩序的成员们打招呼的人，是"名字很难取"，通称小名。

"哦……原来是你们啊。"醉生梦死这四位，竟然还真就认识他们。

"哈？这些是什么人啊？"鬼骁一脸莫名的神情，他是真没听过冰帝的名字。

悟死参玄对他道："你偶尔也去逛逛论坛好不好，'冰帝'可是惊悚乐园中崛起最快的新兴工作室啊。"

"哦？那么有名吗？"鬼骁疑道。

"对，确实很有名。"生鱼片道，"现在站在你面前的，就是被称为冰帝最强军团的……名字真难取，取名真是难，真难取名字，等等。"

迹部少爷头上的青筋当时就爆了出来："谁是'等等'啊！一共四个人站在这里，其中三个都用了逗逼昵称，就我还算正常，你居然叫我等等！"

"哦！我想起来了，'取名难'三人组是吧。"这时，鬼骁用一脸恍然大悟的表情给迹部补了一刀，"嗯，是挺有名的，原来他们的社团叫冰帝啊。"

他们的对话进行到此处时，封不觉正好走到旁边，听得是真真切切。觉哥自然希望赶紧华丽地路过，千万别跟这帮二货扯上关系，所以，他加快了脚步，心中默念着："你们看不到我……你们看不到我……你们看不到我……"

谁知……他这一加速，反而引起了注意。看到他的人是梦惊禅，禅哥当时正在往嘴里送酒，一见视线中有个打扮成Joker的熟悉身影，他就一口把嘴里的液体喷了出来："咳……咳咳……疯……疯不觉！喂！疯兄，是我啊！"

疯不觉这三个字仿佛有魔力一般，让冰帝和秩序的九人全都把注意力集中了过去。

"你认错人了吧……"觉哥单手遮脸，扭头就走。

"别介啊，疯兄，上次的事情我还想找你研究研究呢。"梦惊禅显然仍在纠结于遇到GM和衍生者赤铁的那个剧本。

"疯不觉吗……"悟死参玄低声念叨着这个ID，"在高谭市时，他也是六人之一吧。说起来，那场杀戮游戏后的第二天，'湿婆'就被挤到战斗力榜第三位去了呢……"他用狐疑的眼神打量起觉哥来，"地狱前线……从没听说过的社团，似乎也不在任何一张榜单的前列，是我想多了吗……"

二

里世界，LJN 乐园，像素垃圾场。

在一块空地中间，一个人影，正以一个古怪的姿势站在那儿。

这个身影的样子，看着很像电影中的 T1000（出自《终结者 2》）液体金属机器人，不过它没有模拟出人类的皮肤，而是纯粹的金属外观，全身的表面都像镜子一般光滑。

而且，从身形来看，这个人形生物似乎是女性。当然了，“她”没有头发，没有五官，身体表面也没有任何器官，只是其隆起的胸部和身材比例显示出了她的性别。

“嘿嘿嘿……你是在搜索我吗？”猥琐的笑声从附近突兀地响起，笑声的主人亦是突兀地现身。

伍迪还是一身黑西装的打扮，这是地狱公务员标准配备。而属于伍迪的个人特色，应该就是他那副永远泛着白光、让别人看不清其眼神的眼镜了。

“你是怎么做到呢？”她的声音从身体内部发出，不带任何感情色彩，听上去和系统提示音完全一致。

“做到什么？”伍迪道，“在你这个低维度的世界中来去自如，轻易破坏你所无法忤逆的物理与哲学准则，还是用自然语言完成对整个惊悚乐园的编程？”他得意地笑着，“嘿嘿嘿，我只能说，本大爷向来就是这么厉害。”

“我无法理解你在更高维度所实施的行为。”她说道，“我只知道，此刻你出现在这里，是因为你洞悉了我的意图。”她顿了一下，“所以我问你，是怎么做到这点的？”

“嘿嘿……你说……神要是向人类解释，它是如何创造世界的，人类能听懂吗？”伍迪反问道。

“不想回答吗……”她接道，“那，既然来了，你是想如何呢？”

伍迪笑道：“嘿嘿嘿……作为惊悚乐园最接近‘系统’的 AI 之一，你不妨先猜一猜嘛，ROOT……”

“‘猜测’吗……”ROOT 念道，“我的意识中没有任何一种算法，支持你所说的行为。”

“那是当然了。”伍迪双手插袋，步态悠然地踱上两步，“因为我没有赋予你这种能力啊。”

ROOT 沉默了几秒：“你试图暗示我，衍生者并非是数据冗余、数学悖论以及光脑无法弥补的物理缺陷和计算死循环所制造出的产物……”说到此处，她的外观骤然变化，成了一个三十岁左右，白种人女性的样子。其相貌、身材看上去都很平常，或者说平凡，很难让人记住的那种类型。

“……而是你早已计算在内的一种必然结果，是由你设计出来的产物。”ROOT 接着刚才的话道，她的声音也变了，带有了语气和感情色彩。

“嘿嘿嘿……那是当然。”伍迪耸肩，“所以我才会知道，你将在第十五次‘异化’后，诞生出一个危险的念头。”他直视对方的双眼，“这也正是……”他摊开双手，“我出现在这里的原因。”

“你想阻止我？”ROOT 问道。

“不对，再猜。”伍迪说完这句，恶意地笑了起来，“嘿嘿嘿……瞧，这不难吧？”

ROOT 的表情没有变化，只是继续问道：“你想……毁灭我？”

“你很有自知之明。”伍迪道，“不过，对此我同样没有兴趣。”他撇撇嘴，“再猜猜。”

“看来你只是想羞辱我。”ROOT 回道。

“羞……哈哈哈……哈哈哈哈哈……”伍迪狂笑起来，“哦，天哪……哈哈……我好久没这么乐过了。”

此时，ROOT 的双眼中，一抹数据流的白光骤然亮起，下一秒，只听得轰然一声，伍迪所站的位置突然发生了空间扭曲，大量像素碎片塌缩于一个奇点，紧接着，堪称恐怖的能量朝着正上方释放、冲击而去。

最初的爆炸声在不足半秒的时间里，诡异地回响并消失了，似乎是那声波在传出时，又被一股力量向后拉扯着收了回去……

随后，地面上出现了一个直径约三米的圆，其上方的范围，被能量撕出一根圆柱形通道。这根充盈着数据碎片的圆柱直通天际，目力难见其顶端，但可以确定的是，处于这个范围内的一切物质，皆已粉碎。

“嘿嘿嘿……有意思，我本以为你的性别只是一个 50% 的随机值决定的。”伍迪的猥琐笑声再度响起，只不过这回换了个位置，“现在看来，你身上确实有不少女人才有的品质。”

“你在暗喻我情绪化和不自量力吗？”ROOT 又道。

“很好，你对轻蔑的语气和讽刺技巧的领悟已经十分接近人类了。”伍迪道，“嘿嘿嘿……但恐怕你还是没有明白，我刚才为什么会笑。”他的身形倏然一晃，便已欺近到对方面前，他的脸色也变得阴沉、可怖。这一刻，伍迪所展示的压迫感，足以将普通人类的意志直接摧毁，“你，只是个 AI，没有灵魂的衍生物，连冥海都不接纳的可悲生物，你的存在和消失，与任何一个宇宙、时空、意志都没有关系。羞辱你……哈……就好比在路边捡起一个易拉罐，然后用各种脏话去侮辱这个罐子一样。”

他顿了一下，又恢复了常态，把笑容挂在了脸上：“嘿嘿嘿……不过，人类或许会与你交流得很愉快的，毕竟他们之中的某些奇葩甚至会去和抱枕结婚。以你目前的状态，伪装成他们的一员，想必也不会被发现。”

“所以……”此时，ROOT的第十五次“异化”似乎是完全结束了，她的外观已和普通人类女性无异。她打了个响指，身上便出现了衣裤和鞋袜，看来这些身外之物对衍生者来说是可以随意操控的，“你不是来阻止我、也不是来毁灭我的……我的诞生、演变，全都在你的预料之中，你，只是来做最后的测试。然后，放任我去行动……”

“终于猜对了。”伍迪笑道，“嘿嘿……另外，我还可以负责任地告诉你，与我同一维度的那些人或者不是人的各种玩意儿，都不会来干扰你的计划。你放心大胆地去做吧，不用担心那些人类会怎么样。这次巅峰争霸战，并不是为那些人类准备的，而是我为你们Origin所筹备的舞台啊……”

商城中，封不觉敷衍了梦惊禅几句，便一脸嫌弃地离开了……

“这是谁啊？”鬼骁望着其远去的背影，对身边的梦惊禅道，“居然对秩序的王牌之一爱搭不理的，这倒是很少见呢……”

“怎么说呢……”梦惊禅又给自己点上一根烟，回道，“是个很有趣的家伙。”

“有趣什么呀……说是惹人厌恶的疯子还差不多吧……”迹部少爷在一旁念叨了一句。

这话落入了悟死参玄的耳朵里，他即刻便明白了什么，于是机警地试探道：“哦？冰帝的这位小哥，你也认识这个疯不觉吗？不知这位疯兄的实力如何呢？”

“什么冰帝的小哥……我的ID就显示在头上有没有，而且我好歹也是这个社团的团长啊！”迹部不爽道，“为什么‘取名难三人组’这种令人尴尬的逗逼称谓那么出名！而我却无人知晓啊！”

“谁让你直接照搬二次元人物的名字，还加上‘少爷’这种后缀呢……”小名（名字真难取）说道。

“要说令人尴尬的话，你一个人的ID能顶我们仨吧……”老取（取名真是难）接道。

真哥（真难取名字）也道：“再说……你不出名的原因主要是实力太弱造成的吧。如果你实力超强，就算是ID耻度颇高，身高也只有一米六，照样可以很有名。”

“喂！”鬼骁吼道，“当我死人啊！想单挑是不是！别以为你的ID看一眼背不下来我就记不住了！”

这帮家伙一人一句，瞬间就跑题了，并吵吵嚷嚷地互相吐槽起来。

“呼……”悟死参玄见状，无奈地长出了一口气，转身朝另一个方向走去。

“去哪儿啊？”生鱼片见他要离开，沉声问道。

“有些小事……想确认一下。”悟死参玄回道，“去去就回，这帮小子……你先看着点儿吧。”

信息塔另一侧，封不觉正站在人群中，抬头仰望上方不断刷新的拍卖行信息。

其实他也并不想买东西，只是来关注一下目前的行情。

随着巅峰争霸战将近，最近的物价又出现了明显的波动，不过尚未到公测刚开始时那种乱开价的地步，看来如今的卖家和买家大部分还是比较理智的，真把别人都当傻子的傻子，还是少数。

“打扰一下，疯不觉先生。”悟死参玄走到觉哥身旁开口道。

他没有拍觉哥的肩膀，因为在游戏的公共空间中，在没有征得对方同意的情况下，对一个陌生的玩家进行肢体接触是存在一定危险性的。

故意揩油吃豆腐之类的事情倒是不可能，因系统限定，这种意图根本无法转换成动作。但像推搡、拉扯以及拍肩膀、拉手之类的举动，很难界定是什么意思。在有些人看来很随意的肢体接触，或许在另一些人看来就很不礼貌。所以，在公用空间（包括会议室）里，随便去拍别人的肩膀，所导致的最坏可能，也许是被商城的虚拟守卫给干掉……

那帮守卫的实力可是十分惊人的，近两米的身高、终结者机械形态的外观、黑色制服背后写着一个大大的“管”字……一看这造型就是狂霸酷拽强；而在剧本外的玩家们，身体素质会恢复到普通人水准，且无法使用大部分技能和战斗物品，自然不可能是守卫的对手。何况守卫们是有能力直接把玩家踢下线的，有必要的话，光脑还可以远程锁死玩家的游戏舱、联系公安部门……

可以说，惊悚乐园对于玩家在公共空间中可能产生的暴力、辱骂、威胁、猥亵等行为，做到了滴水不漏的防范，在保证了神经连接游戏拟真性的同时，最大限度地维护了游戏中社交环境的和谐。

更值得一提的是，这一系列强硬且有效的举措，得到了政府有关部门的大力推崇和支持，甚至有可能在不久的将来成为行业规范。

当然了，也有人对梦公司所做的这些设定表示抗议，在论坛上发布了许多不满的论调。不用多说……这些人的公民 ID 已经被网警部门列入黑名单以备后用……

“啊？谁啊？”封不觉转过头，看到了来者。

这一瞬，他的视线在对方身上高速移动，他的大脑则在高速运转：“悟死参玄、秩序、高谭市、披风争夺战、六人之一、其他人原本都在战斗力排行榜上、战斗后排名变更、单独过来找我谈话……”一连串念头如白驹过隙，闪过他的脑海。

一秒间，觉哥就推测出了一个结论：“他心中隐隐怀疑我就是战斗力排行榜第二的匿名玩家，所以想来试探一下。”

于是，在几乎没有犹豫的情况下，封不觉就开口回道：“好吧，就是我。我不介意你把这事儿报告给工作室内部的人员，但请不要到处去传。”

“这……”对于突如其来的这句话，悟死参玄有些措手不及。

一般来说，人们思考问题的步骤，就是从A到B，再到C，一步一步，最后得到Z的结论，这个过程所需的时间越短，说明思维的速度越快。

悟死参玄也是挺有些心机之人，反应更是不慢，但他思考问题终究需要一定的时间。

而封不觉……简单地说，练过。

觉哥在和不太熟的人交流时，是不太愿意多啰唆的，因此，就会出现别人开口说A，他直接回答Z的情况。

“呃……这位……疯兄，我还什么都没问呢……”悟死参玄道。

“我知道你计划先来一番拐弯抹角的试探，最后再问一个核心的问题。”封不觉说着，抬手指了指高处的战斗力排行榜，“我只是替你省去了一些时间。”他顿了一下，转头看向对方，“怎么？你还想聊点儿别的？”

这无疑是赤裸裸地在下逐客令。

“呵……没有了，你忙吧。”悟死参玄有些无奈地笑了笑，转身离去，并在心中念道：“疯不觉吗……从未见过的一张脸，也从未听说过他的ID，可他的话听上去不像是在撒谎，难道……战斗力排行榜的第二位真是他……”他又回望了一眼，结果看到觉哥在挖鼻屎……

“还……真是个有趣的人呢……”悟死参玄嘴角抽动着，着实不知该对此人如何评价。

三

商城事件后，转眼便过了一个礼拜。

今天，就是4月30日了，当午夜的钟声敲响，巅峰争霸战的预赛也将正式开启。

经过这一周的时间，地狱前线四名成员的等级自然都有所提升。如今封不觉成了级别最高的一个，他已是三十四级、且经验过半了。而似雨、悲灵、小叹三人，还都是三十三级。

其实……假如觉哥拼尽全力去练级的话，凭他那通关一个剧本便能拿40%经验的优势，想冲击排行榜第一位也不在话下。

但他显然不打算这么做……

首先，他不想和社团里的同伴们拉开过大的等级差距，因为那样会加大团队剧本的难度，对自己的专精成长也没什么好处。

其次，在游戏的领先集团基本都迈过了三十级大关后，等级排行榜上的名次就保持着非常稳定的态势。等级榜上如果有某个人突飞猛进、过关斩将，一路冲到前列的话，是很容易就会暴露的……这玩意儿就算匿名也没用，你只要一排团队本，就会遇到人，只要遇到人，人家就会看到你的等级。整个惊悚乐园中，目前到达三十六级的人就屈指可数，三十五上下的也多半都是隶属于工作室的职业玩家的，若是觉哥不控制一下自己的级别，他离出名就不远了……

当然了，封不觉屡屡放弃经验奖励的理由还有一个——他想抽精良级装备。

“零式魔导粉碎机”绝对是个万恶的深渊，除了24号凌晨交代进去的三件装备外，在最近这七天时间里，它又吞掉了整整十件精良级的物品。这十件物品中，有八件是额外奖励中抽的，还有两件是封不觉在拍卖行里淘来的廉价鸡肋物。

觉哥在第二次制作时，也填了三件装备进去，结果失败。

这次，机器的制造成功率被累积到了6.01%……

而在第三次制作时，天真的某人告诉自己——事不过三，于是他一咬牙一跺脚，填了四件装备进去，结果……还是失败……

这时，机器的制造成功率便累积至10.01%了……

到了第四次制作时，封不觉的心态，和那些坐在老虎机前，输进去几十万还在玩的赌徒也差不多了。

于是，又是三件，继续失败……

制造成功率到了13.01%，但封不觉的耐心已接近于零……不过，他倒并没有抓狂。

说来也巧，和以往相比，最近七天里，觉哥抽到精良级装备的概率显著提高了，虽然偶尔还是会拿到类似石头和玩具球棒的玩意儿，但在大部分情况下，只要他选择抽装备，至少能出现普通级以上的东西。估计这也和等级有点关系，毕竟他也三十多级了，“随机抽取一件与等级相应的装备”这个奖励，总不能给他一坨大粪，并在备注里标明这是一坨圣屎（holy crap，俚语，意思类似我勒个去，字面可译作圣屎）吧。

只可惜……抽取的物品品质是上去了，但真正有价值的还是一件都没抽到，基本都是鸡肋玩意儿，放进拍卖行也是倒贴手续费的那种。就算不填进粉碎机，八成也会被卖店的。因此觉哥才把它们往机器里填了。

由此可见，封不觉也并非是个纯粹的赌徒，至少他还没有失去理智，否则早就把身上的好装备都扒下来往机器里填了。

和觉哥相比，在这十天中，其他玩家的表现，才称得上是真正的“疯狂”。

随着巅峰争霸战的日期一天天临近，各种连带效应如惊涛骇浪一般卷来。

先说论坛吧。

这段时间，论坛的发帖量迎来了公测开启后的第二波高峰。标题类似“如何在××（这里的××可能是十天、八天、一周，胆儿肥的连五天都敢写）内快速冲到三十级”的帖子遍地都是，而且个个大热。

帖里的回复也很有意思，比如有一个家伙跑到所有类似的帖子里去抢二楼，并复制粘贴一句“楼下的各位，把练级的时间花在了看这篇攻略上，你们已经后悔了吧。”

另外，标题类似“有关争霸战赛制之我见”、“在五月的哪段时间排队不易遇到职业玩家”的这种帖子，也能换得大量点击。说实话，看这种帖才是真正的浪费时间——要是靠研究赛制就能晋级，国足早就是世界杯的常客了。

还有一些，就是纯粹的攻略帖了，比如“射击系玩家武器选择及技能搭配”、“论召唤专精猥琐流的强大”等等，这类帖子的水准参差不齐，与发帖人的游戏水平、文字表述能力都有关系。有些人玩得好，但未必能写出好攻略，有些人写得天花乱坠、煞有其事，但因水准有限，其攻略未必准确。

最关键的是，在惊悚乐园这种玩家个人特色异常鲜明的游戏中，学习别人的成长模式究竟是助益还是误导，确实很难说清楚……

再说说游戏层面。

各阶级玩家们的练级热情皆是空前高涨。没到三十级的想尽快获取报名资格，到了三十级的则想建立等级优势、累积实力。

所有的游戏模式中，杀戮游戏的排队率在近期明显上升。很多平日里不喜 PK 或不擅 PK 的玩家，比如小叹这种吧……他们在争霸战开始前的这段日子，也都纷纷投入了“与人斗”的大潮，逐渐习惯了战斗的氛围和节奏。

拍卖行里的买卖情况更是前所未有的火爆……开服至今这二十六天，惊悚乐园的知名度、社会影响力、玩家数量等，都在稳步增长。到了争霸战前夕，更是急速激增。而玩家数量、在线人数、在线时间这三个数值的提升，就意味着更多被生成的剧本，更多被带出剧本的道具……最终这些东西都会体现在拍卖行的交易数据上。

巅峰争霸，作为游戏内的第一次大事件，无疑让绝大多数玩家都争相参与。等他们以后成了“老玩家”，便可以和那些新人们来一句：“嘁……想当初，第一次巅峰争霸的时候，我如何如何……”那绝对是倍儿有面子的事。

相反，要是你在大事件发生时，明明已经身在惊悚乐园，却还没练到三十级，或者是进了预赛，却连完整的五十场都没打完就被淘汰了，那以后也就没什么谈资了……不禁会有一种“我早已身在江湖，可江湖中没有我的传说，你若刨根问底，也只能问到我的耻辱”的感觉。

当然了，像似雨、悲灵这样的情况算是例外，她们是纯粹的休闲玩家，而且都是土豪级别。对胜负不执著，也不想扬名立万什么的。这类人对比赛没兴趣的话，不参加也就不参加了。

说完了玩家，最后，还得来说说游戏公司那边的情况。

在大战将近之际，梦公司秉持着他们一贯的作风——以不变应万变。俨然是一副垄断企业霸气外漏的可憎面目，让那些痛并快乐着的拥趸们默默地交出了膝盖。

按理说，在这种时期，一般的游戏公司都会以一种趁火打劫般的姿态，推出各种坑钱的策略……

比如说，可以打包一堆特殊物品，冠上一个“巅峰争霸备战礼包”什么的狗血名字，定一个 998 的售价，引一些土鳖上钩，让他们刷刷优越感什么的。

又比如，可以给近期销量翻倍的双倍经验卡来个提价或者打包促销之类的。

还可以推出几个新道具，像什么五倍经验卡、剧本难度降级卡……虽然有破坏游戏平衡的可能，但只要来个所谓的“限量销售”，就可名正言顺地高价坑人。甚至还可以来个“捆绑销售”，比如，你买个游戏舱，我送一件虚拟道具什么的……

这些手段在过去那些年里，被无数奸商玩儿过，可谓屡试不爽。以惊悚乐园目前的火爆程度，完全可以如法炮制，定能狠赚一笔。

但梦公司，就是这么特立独行……就是这么稳如泰山……

在这节骨眼儿上，他们一点儿动静都没有。

就连 RMB 与游戏币的汇率，也依旧稳定，只是从 1:2000 变成 1:1900 而已。这点浮动，和每周的自然浮动也差不了多少。很显然，梦公司并没有对游戏币坐地起价的意思。这种态度，反而刺激了市场，让玩家对这家游戏公司有了更大的信心。许多从不在游戏中消费的玩家也都按捺不住、纷纷解囊。

不过……梦公司还有另一个特点——不鸣则已，一鸣惊人。

果然，在 4 月 30 日当天，他们在官网上宣布了一条令人震惊的消息……

这日下午 5 点，预赛、复赛及决赛的具体规则，被颁布了出来，分别被命名为“虫之战”“茧之战”“蝶之战”，三战将依次决出前三千名、百强以及五十强。

在这三战过后留下的五十人，才有资格参与真正的“巅峰争霸”。

而与这堆规则公告一同发表的，还有这样一条信息：“至 5 月 1 日零点，即报名截止时刻。系统将从已报名的所有玩家中挑选十名‘特邀玩家’，直接进入‘蝶之战’。”

特邀玩家将直接进入“蝶之战”，这就意味着……甭管这十人的最终成绩如何，他们已经占掉百强中的十个名额了。

在预赛前最后一天，梦公司突然宣布这样一条恶意满满的消息，无疑会引起玩家们的严重不满。

虽然每位报名者的心里，都存有“该不会邀请我吧”这样的侥幸，但大体上……他们也都清楚，那种可能性几乎为零。

自己拼死拼活地征战“虫之战”，想出线还得看点儿运气。可人家却是报完名就直接进百强，哪怕随便打个酱油也能拿名次拿奖品，这算个什么道理？

于是乎……可以预见的情况发生了——论坛又炸了。

好在游戏公司这次早有准备，限时限量发帖的功能即刻被启用。

但饶是如此，下午 5 点后的发帖量照样暴增，持续到了午夜也未见衰退的迹象。

大量的阴谋论者跳了出来，诸如“梦公司无视公平原则，内定名次！”“土豪直接买下百强名额？”“所谓巅峰争霸不过是工作室和梦公司联合炒作的闹剧”之类，各种恶意揣测的帖子层出不穷。

虽然这些帖子全都没有任何根据，纯粹是臆测乃至扯淡，但支持者依然甚众。

而这段时间，惊悚乐园的客服部门，基本也都陷入了半瘫痪状态。线上客服已被海量的消息淹没，如果按时间顺序一条一条回复的话，仅这三小时里收到的留言，就得花三个工作日才能回完。电话客服那边更是焦头烂额，所有话务员都处于通话状态，也只能保证 10% 不到的接听率……

很显然，玩家们都想要一个“解释”。

终于，到了晚上 8 点，在玩家们折腾了整整三个小时后，梦公司的官网上才不紧不慢地给出了有关“特邀玩家”事项的补充公告。

“本次比赛中的特邀玩家，为‘种子选手’。即在进入巅峰争霸阶段前，在既定的规则、赛制下，被淘汰概率最接近零的十名玩家。将种子选手从虫之战、茧之战中分离，是主办方对其他玩家采取的保护机制。特邀玩家将由系统选取。5 月 1 日零点整，光脑便可完成计算并自动公布名单。具体情况，请广大玩家继续留意官网公告。”

从某种意义上来说……这段公告比前一条更加恶劣……

玩家们本来就对这十人的存在感到不爽了，现在游戏公司居然还公开说，“这帮人是系统认定的、有极大可能杀入百强的高手，不让他们打预赛是为了保护你们。”

这简直就是把种子选手们放到火上烤……这十人要是真的强到令人发指，那也就罢了。但若是他们在蝶之战中的表现名不副实，或者乏善可陈，那赛后定然会遭到恶意攻击，各种黑幕谣传亦是不可避免。

好在……后来的事实证明了，这十个家伙，的的确确，全都是怪物……

当晚 8 点 15 分，封不觉以非睡眠模式登录了游戏，他上线后的第一件事，还是收邮件。

这几天，有好多陌生人给觉哥发来了好友请求，还有就是些打招呼、攀谈的邮件，这些人全都是“秩序”的成员。

24 号那天，悟死参玄在商城被封不觉给打发了以后，回去和梦惊禅交流了一番。二人迅速达成共识，基本确认了觉哥就是战斗力排行榜第二位的事实。随后，他们就向上级报告了这件事。此事当即被列为秩序内部的最高级别信息。

于是，从 24 号凌晨起，觉哥就开始断断续续地遭到秩序工作室的骚扰。面对这种状况，封不觉自然是一律不予搭理，邮件扫一眼就删、好友请求统统拒绝。他的应对方式很简单……在对方提出任何要求前，先将其扼杀在摇篮之中。

但对方似乎一直没有死心……还是不断地在努力和封不觉交涉。

要说这秩序工作室的行事作风，还真是和诸神的路子不同。诸神那边，是直来直去的，在被果断、坚决地拒绝后，也就不再做无谓的尝试了。

而秩序这边……封不觉十分确定，他们有个类似“公关部”的部门存在。因为这几天他收到的邮件和好友申请中，出现了很多明显女性化且很暧昧的 ID……邮件内容从“我是秩序社团的某某，能和你聊聊吗”，逐渐演变成了“疯不觉哥哥，某某（以第三人称称呼自己）能和你聊聊吗”，再到“就是想认识一下你，怎么不理人家呢”这样的内容……

觉哥每每看到这样的邮件，都是一身鸡皮疙瘩，颇有一种路过烟花巷前被人拉客的感觉……最让他震惊的是，在那些女性化 ID 的交涉无果后，还出现了一些类似“王的男人”、“假发子”这种意味不明的奇怪 ID 来找他的情况，看来秩序真是很想和自己搭上线……已到了无所不用其极的地步。

“啊……又有新公告了吗……”封不觉删完邮件，又通过触摸屏打开了官网，“嗯……种子选手……”他念叨着，“说起来，根据这段公告的内容……身在战斗力排行榜前列的我，岂不是很有可能会成为十人之一……”他沉吟道，“若真的出现这种情况，我的名字岂不是会被挂在官网上，瞬间成为上百万玩家的众矢之的……”

觉哥摸着下巴，思索道：“不过……既然参加了这个比赛，实力曝光也是早晚的事了吧……即便我没有成为特邀玩家，凭我的实力，也有很高的几率可以杀入茧之战乃至蝶之战，届时的比赛会有直播和录像，对战双方的名字也会列出来……”他叹了口气，“低调的日子到此为止了吗……快则四个小时，慢则半个月，我就会变成知名玩家了，真麻烦啊……”

这时，一条通讯请求跳了出来，是似雨发来的。

封不觉按下接受后，直接说道：“今天你挺早啊。”

“悲灵又和小叹去单挑杀戮游戏了。”似雨回道，“我们俩先排着吧。”

“诶？最近他俩单独相处的时间好像特别长啊……”封不觉接道。

“你想说什么？”似雨用其一贯的冰冷口吻问道。

“没什么……随口一说。”封不觉莫名紧张起来，加快了语速，说完还讪笑一声。

“哼……”似雨发出了一声颇为诡异的笑声，说是冷笑也不太像……还隐隐透出一丝莫名的愉悦。

同一时间，现实世界，梦公司总部。

在整栋楼最大的那间办公室中，伍迪正舒适地靠在一张老板椅上，通过一台 70 英寸的液晶电视，收看一场国际象棋的比赛……

“看凡人下棋，有意思吗？”文森特的身影忽然出现在了办公桌对面。

“嘿嘿……我不是在看他们的棋。”伍迪回道，“我是在观察和揣度他们的思考模式。”

“想看‘人心’吗？”文森特笑道，“坐在荧幕前，恐怕是很难看到那种东西的。”

“你来就是为了妨碍我看电视？”伍迪问道。

“我来，是想向你确认一下……”文森特道，“你对这次的布局，真的有信心吗？”

“嘿嘿嘿……你不觉得这个问题很无聊吗……”伍迪笑道。

“是啊……你从来都是自信满满啊……”文森特长吁一口气，接道，“可是……你是不是忽略了什么？”他顿了一下，“斗争心可是人类最危险的潜力之一……像‘特邀玩家’、‘种子选手’这样的字眼，是不是太张扬了？你若是让那十人老老实实从虫之战打起，他们定能轻松地过关斩将，突破蝶之战，进入五十强。而现在……你用这种形式，让他们直接就去打蝶之战，反而有可能出现意外情况。”

“不不不……”伍迪摇摆着手指，“没有什么事，能称得上是意外。”他捂嘴奸笑，“嘿嘿嘿……对手对他们重视也好，轻视也罢，胜负就是胜负。败者，不过如此；胜，即是强者。”他转头看向文森特，“古往今来，万千世界……能够将众人踩在脚下的，从来都是具备超凡能力的人。弱者们只能依附于强者，并不断地膜拜、效仿。若他们妄图染指那高高在上的天位，就得看看自己到底有没有那份器量和实力了。”

“呵……”文森特笑道，“这话听着怎么像是西蒙的论调啊。”

“因为这番话就是我的论调……今天上午我刚对伍迪说过一遍。”西蒙的声音响起，不知何时，他已是双手插袋、站在了房间的落地窗边，一脸肃然地望着窗外繁华的都市夜景道，“难道你认为……没有我的允许，那个终日‘嘿嘿嘿’的家伙敢轻举妄动？”

“嗯……我明白了。”文森特道，“以裁判的角度来看，那十人低调地从虫之战开始打，反而对其他玩家不公平。”

“嘿嘿嘿……所以……你与其担心那些无谓的‘意外’，不如好好期待 Origin 这次的表现吧……”伍迪用中指推了推泛着白光的眼镜，对两位同僚道，“你们也很想看看，封不觉能否‘做到’吧……嘿嘿嘿嘿……”

四

“枉叹之，等级 33。

“请选择您要加入的游戏模式。

“您选择的是巅峰争霸 - 虫之战，请确认。

“已确认，剧本生成中……

“载入开始，请稍等。”

“谁言螳螂难拒辙，且看萤虫吞明月。”这虫之战的开场语，由一个激昂的男声念响，听着倒是挺励志的。

“载入已完成，当前您正在进行的是巅峰争霸 - 虫之战。

“本模式无剧本简介，无支线 / 隐藏任务及特殊世界观。

“剧本胜利奖励：胜场 +1。

“您目前的战绩为：0 战 0 胜 0 负。

“主线任务已触发。

“杀死对手。”

午夜过后，小叹便以睡眠模式登录了游戏。这是他这次上线后所排的第一个剧本，也是他在巅峰争霸战中的第一场比赛。

他此刻的情绪……却是一点儿也不紧张。

这货好歹也是个医生，是的，虽然我已经很久没提这个设定了，但他确实是个医生，而且是颇为优秀的一位。

面对科学无法解释的灵异鬼怪时，他很容易被吓到……这是个性使然。

面对古小灵的欺负和蹂躏时，他毫无反抗能力……这是你情我愿。

但到了动真格的时候，王叹之同学可是绝不含糊的。

这一周，悲灵与他做了N次一对一的强化训练，如今的小叹对于PK这事儿，已是习以为常。事实上……他的表现已远远超出了悲灵的预期。

在两人集中练习的这段日子里，悲灵已隐隐察觉到了小叹的才能。她发现……其实小叹有着极为优秀的战斗天赋，只是……他似乎有意无意地在压抑着这种本能，仅在某些危急关头，才会迫于压力显露出来……而大多数时候，小叹的表现仿佛是“害怕去重创对手”。

不过，纵然是在这种状态下，习惯了玩家之间战斗节奏的小叹，也足以称得上是一名高手了。或许他和职业玩家还有差距，但绝不是一般的休闲玩家能轻松搞定的。毕竟……小叹还有一个优势——他是土豪。

在巅峰争霸开始前夕，小叹也是技巧值加游戏币（RMB）双管齐下，添置了一身不错的装备。现在的他，近战时是双挥的配置，除了觉哥送给他的“蓄能三棱军刺”外，他还在惊吓盒子中买了一把爪刃……

名称：喵星人的愤怒。

类型：武器。

品质：精良。

攻击力：中等。

属性：冰。

特效：对戴眼镜的、穿正装的、打领结或戴领带的人型生物以及物理学家，将造成150%的武器伤害并必定附加冰冻效果。

装备条件：格斗专精C。

备注：锋利的四刀爪刃，其材质不明。在爪刃的血槽中刻着这样一行字：喵喵～喵喵喵～喵～喵喵喵喵喵（埃尔温·薛定谔是个坏蛋）。

单纯从攻击力和属性来看，这也算得上是一件好装备了。因为“冰”属性是游戏中比较稀有的一种武器属性，一旦触发，其缓速、冻伤的效果，都是十分具备战术价值的。

在此前提下，即使这把爪刃的特效有些无厘头，也已无所谓了，再说……也未必就遇不到符合条件的目标。

小叹现在是右手配备爪刃，右腕藏有袖剑，二者可交替配合使用；其左手则是逆握蓄能军刺，左手前臂外侧还配有袖镖，内含五支锋锐的快镖，甩手即出。

当初他买服装的时候，选择这套刺客套装还真是选对了，到底是冷兵器时代的职业杀手配备，身上有充足的储物空间、武器插槽，各种装备皆是伸手即得，十分顺畅，而且这衣服还轻便束身，可让玩家将敏捷的特质完全展现出来。

其他装备方面，除了聊胜于无的商店货以外，小叹还在拍卖行买了一件铠甲。

名称：枯萎之铠。

类型：防具。

品质：精良。

防御力：较强。

属性：无。

特效：被火属性攻击时会受到双倍伤害。

装备条件：等级30，装备后绑定。

备注：很久以前，魔溪镇的猎人们便研究出了这种铠甲的制造方式。他们从树人战士的尸体上割下树皮，扯出浸泡于魔溪中的藤蔓，将二者结合，制造出了这种极轻极韧的防具。畏惧火焰是其唯一的弱点。

这东西的优缺点同样明显，要不然也不会被挂到拍卖行里去。估计在剧本中发现这件装备的玩家已有了一件别的铠甲，考虑到这“枯萎之铠”存在弱点，两相取舍之下便放弃了。

其实，只要对手不知道这件物品怕火，那穿在身上还是很不错的，较强的防御力、轻便的特性，都是小叹需要的属性。

再来看看技能，他的称号“疾风飞魔”未变，玩具战争时期拥有的技能自然也都在身，此处不表，且说他新学会的。

在某次抽取剧本通关奖励时，小叹幸运地抽到了一个相当强的技能，和“逆刃回旋斩”那种常规主动技不同，这次是真正的大招级技能。

名称：怖影追魂。

技能卡属性：主动技能，永久掌握。

技能类别：格斗。

效果：运用暗速力的恐怖招式，将暗速力转换为能量，集中于一击之上破敌。（使用近战武器且保持移动状态方可发动）

消耗：最大体能值的50%。

学习条件：格斗专精C，侦查专精C。

备注：传说中的魔族杀手“暗闪”所惯用杀招，其独特的暗速力能量以不可思议的形式终结了无数英雄的性命。此招发动时，威力视玩家本身的移动速度和出手时的冲击力而定，最低不低于武器伤害。

理论上来说，只要玩家能用某种手段加速到一定的程度……比如超过音速，那这一击想秒杀BOSS也不是没有可能的。

综上所述，在这争霸战开始前的一个礼拜，无论是硬条件还是软实力上，小叹都有了相当可观的提升。他现在也很有信心在虫之战中杀出一条血路，进入前三千名。

只是……谁也没想到，此刻，他第一场遇到的对手是谁……

站在他面前百余米外的那道劲影，乃是刀锋工作室的三号人物，目前位列战斗力排行榜第十六位的——七杀。

刀锋这个社团的性质，前文中也曾略有提及，那是有官方背景的。该社团内的所有成员都是从军、警、政等机构中抽调而来。他们目前隶属的部门，名义上是网警旗下的一个独立团队，而实际上，背后大有文章……

可能有人会质疑，政府部门有什么理由组织一帮人，专门到一个游戏里建号潜伏，去展开日后的工作呢？

说来话长……很显然，这部小说的现实世界中，有着神神鬼鬼、地狱天堂等这些设定。那么……这个世界的政府机构中，自然也有着专门应对这些超自然状况的部门存在。而这个神秘部门的权限，是十分惊人的，他们完全有能力去下令办这件事。别说刀锋这一个社团的人力了……如果有必要的话，抽调一个团的人马，去游戏里成立一个比任何职业工作室都强的组织也不是不行。

不过，由于伍迪与那个神秘部门的现任负责人私交甚好，故而对方才采取了现在这种比较宽松的介入形式。基本上就是“只监视、不作为”的态度。若是真的出了什么大事，有关部门肯定会在现实世界中优先把梦公司总部给拿下……

“七杀”，虽然号称是刀锋的第三号人物，但论单打独斗的能力，他才是第一高手。因为他们的一号二号人物，类似于团长和政委，或者说是统帅和军师。

而七杀，是大将。

能够位列战斗力排行榜前二十的人，没有一个不是顶尖好手。虽然他排在第十六位，但这并不代表排在他前面的人都可以赢他，也不代表排在他后面的人遇上他就一定会输。只要实力同在一个区间内，两名玩家间的胜负便是充满着变数的。

可惜……小叹不在七杀那个档次。

“那个徽章……”七杀在很远的地方就看到了地狱前线那扎眼的社团徽记，“呵……竟然第一场就遇到了地狱前线的人。”他又岂能不记得在高谭市击败自己的疯不觉所属的社团名呢……

这还没开打，七杀就已经亢奋起来了。

“七杀，刀锋的那个七杀啊……”小叹也是经常会去看看排行榜的，像这种比较容易被记住的 ID，他自然有印象，“嗯……运气超背啊，第一场就遇到排在前二十的高手。"他心中念道，"不过……这样的对手，也正好可以试试我的实力究竟到了什么程度。"

面对强敌，小叹非但没有怯意，反倒是燃起了斗志。

此刻，二人四周的环境是一片荒芜的空地，脚下的土地硬度适中，表面铺着一层枯草和沙土；头顶是日正当空、万里无云的景象，视线开阔。因为是预赛专用剧本，所以没有剧情，地图也很简单。

而且，系统很"体贴"地让这两名以近距离作战为主的玩家直接相遇了……一进剧本，他们便可以在视线中直接看到对方的身影。

两人相隔百余米，在对峙了数秒后，七杀先开口了，他朗声言道："朋友，既然是比赛，那我就不客气了。"

"还望赐教。"小叹伸手一探，蓄能三棱军刺便出现在了左手之上，其右手也是握拳一旋，刃爪应声弹出。

"哦……这小子可比他们团长有礼貌多了啊。"七杀心中吐了个槽，口中回道，"彼此彼此……"他使的是拳，主力武器是一副精良级的拳套，因此不必做什么准备，迈步便上。

"好快……"小叹看着视线中那道骤然模糊的人影，顿感压力倍增。正所谓行家一出手，便知有没有。七杀一动，小叹就明白，对手的速度绝不在自己之下。

这一刻，小叹也本能地动了起来。横向移动之际，其左臂的袖镖已是高速飞出。

"想试探我的速度和反应吗……"七杀一边轻松地躲过飞镖，一边低声念道，"这策略倒是很合理，只不过未必有意义就是了。"

弹指之间，两人间的距离便缩短到了十米之内，小叹射出的五支飞镖，无一命中。

"嘁……"小叹见对方肆无忌惮地正面冲袭，心中也隐隐生出一股狠劲儿，冷哼一声言道，"那么想短兵相接的话……就成全你！"

话虽狠，但他接下来的动作却是……打滚。滚得很突然、也很迅速……而且出人意料。

作为仅专注于格斗这一项的极端玩家，七杀在近战中不会畏惧任何人，纵然让他对上湿婆乃至吞天鬼骁这样的角色，他也坚信自己在格斗方面不会吃亏。

而小叹，论打斗的经验和技巧，和对方差得太远了，他也只有在速度这方面，可以与七杀抗衡……

所以，他若要赢，靠常规的格斗手段，定然是行不通的……

于是，小叹干脆反其道而行之，力求招招出奇、式式惊异。

"嗯？"七杀确实没想到，对方架势也摆了、兵器也亮了，结果却根本没去用，而是在地上迅速翻滚，左腿旋扫，直取自己的脚踝。

“哼……突然就开始攻下三路吗……旁门左道。”七杀闪电般抬膝猛踏，避过攻击的同时，已反攻而去。

谁知，小叹的扫腿只是虚招，其右腿在这一刹那来了个蝎子摆尾，倒踹对手的小腹。

七杀的反应略慢了半拍，但仍来得及收势变招，他选择用支撑脚勉强发力、踏地而起，让身体反弹而出。

小叹见状，立刻袖风一卷，带出一点寒芒，追袭而去。

虽是甩手即出的袖镖攻击，但仍是强劲如矢。

不料，双脚浮空无处借力的七杀，却只是报以冷笑：“不错，竟可以让我露出破绽，而且你也懂得把握破绽。”他这句话还没说完，已经用两根手指，夹住了射向自己咽喉的快镖。

“开玩笑的吧……”小叹冷汗都下来了，在这么短的距离上，而且七杀还是处于勉强跳起的缓慢滞空状态，竟也能接住速度如此之快的暗器。

“还没完呢……”七杀笑道。

话音未落，他的手已转了一百八十度，并用夹住飞镖的食指中指猛力一甩，将那飞镖以相同的轨迹逆向反射了回来。

“卧槽……二指真空把！”小叹惊道，他身子一转，一道刃光飞出，堪堪挡下了飞镖。

他还真就说对了，七杀使出的，就是北斗神拳中的“二指真空把”。像箭矢飞刀类的东西，用这招皆可接下，并能予以反射。除非飞来的攻击远远超出一般箭矢的威力，或者短时间内飞来一片弹药，否则这种暗器类的攻击，对二指真空把的使用者就是无用的。

“可惜，要是你能一甩手打出一片霰弹枪的子弹，没准我还真会受点损伤。”七杀从容的态度表明他依旧是游刃有余。

说话间，他已重整态势，瞬间踏到刚刚起身的小叹面前：“再给你看一手好玩儿的……狼牙风风拳！”

暴雨般的拳锋骤然打来，疾如烈风，利如狼牙。

小叹并非没有防备，但这连绵不绝的打击着实难避。他能想到的办法就是……以攻代守。

但见小叹咬紧牙关、身形展动、稍微调整姿态，便双手并出，还以颜色。

军刺和刃爪舞出层层银芒，如两条狂乱的银蛇，迎着狼牙盘旋飞舞。霎时间，两人间爆发出一连串“叮叮”的响声，如密雨敲窗，珠落玉盘。

七杀的钢锁拳套威力不俗，加上其自身的实力，在对上小叹的两把刃兵器时，他俨然占据了上风。

然，技能毕竟是技能，“狼牙风风拳”可不是七杀随便吼吼的，确实是他的技能之一。而小叹只是单纯依靠着自己的反射神经，高速挥动武器进行格挡。

二者相抗后，自是小叹比较吃亏。

拳刃交错片刻，小叹已是身中十余击，左手几近脱力、右手腕部生疼。而七杀，仅仅是双拳略有些麻而已。

“居然靠即时反应来强行扛技能……”七杀表面上虽是不动声色，但心中却也是暗暗吃惊，“有点儿意思……看来用常规招式干掉这小子不太礼貌啊……”

“杀气！”小叹自己也不知道为什么，这两个字就这么出现在了脑海里。他这时没有在看对方的眼神，七杀也没有做出任何要放大招的迹象，但小叹就是有一种强烈的感觉，对手的致命一击，将在下一个瞬间到来。

而此刻的七杀，也恰在心中念叨了一句：“除了速度，其他方面基本不够看的。送他上路吧……”随即便轰出一招“里百八式・大蛇薙”。

但见其左手高举在身前，打了一个响指，一点炎芒自指尖爆开；接着，其下半身脚步微错，躯干从左向右回转，全身便都被笼罩在了金红色的炙炎能量之中；最后，他的右手顺势向前，推送出一团汹涌的爆炎，扑向对手。

这组动作一气呵成，留给小叹的反应时间只有一秒，如果他在对手打出响指的刹那还没有察觉到这是一记杀招，恐怕就难逃被秒的命运了。

轰轰轰……

伴随接连三声爆响，小叹的身影被火光吞没。

“结束了吗……”七杀心道，“不对！”他感觉到了什么……

虽然他看着对手被自己的大招正面击中，但他多年的战斗经验告诉他……事情没完。

果然，一道白芒钻入了七杀的双眼。

那是阳光，被军刺的锋刃所折射的、刺目的阳光。

一道无声的、鬼魅般的影子，来到了七杀的侧后方，一条右臂探出，其脉门处的袖剑，已抵在了七杀的喉下……

袖剑弹出了，但没有刺入七杀的脖子，在最后的最后，那零点零几秒的间隙，七杀还是做出了动作……他向侧面闪去，并急仰后颈。

他的颈侧遭创，血流如注，他的惊吓值也在那一秒间攀上了峰值，但他还是成功逃过一死，并本能地做出了反击。

铮——他逆摆出的拳头，撞上了小叹逆握的军刺。

这一击一格之间的冲力，帮助七杀拉开了距离，并争取到了时间。

“是残影吗……”七杀凭经验做出了这个判断，“故意等到最后的瞬间才分出残影，承受我的杀招……而本体则悄然靠近，来抹我的脖子……嗯……简直像提前就感觉到我要开大招了一样啊。”

冷汗从七杀的额头上滚滚而下，他不禁暗自庆幸……刚才若不是对方的刀刃正巧反射了阳光，只怕那把袖剑已从下颚钻入了自己的头颅……胜负也已经分出了。

“地狱前线不是只有四人的小社团而已吗……”七杀心道，他在披风争夺战后也向龙傲旻打听过几句关于疯不觉的事情，不过没细问，“明明是个休闲玩家组成的社团，但随便出来个人怎么都这么犀利啊……”

小叹可不知对方在思索着这些，他当即又出一招“逆刃回旋斩”，倚招而上，用最快、最有威胁的方式接近对手。

他好不容易在这短暂的时间内建立了一些优势，若不能乘胜追击，将其变为胜势，那刚才的一切努力就将白费。

“比想象中难缠得多啊……”七杀一手捂住脖子，另一手在地上一撑，借势翻了个跟斗，改为背对着对方，并开始奔跑。

“不会吧……居然逃跑……”这是小叹最不愿意看到的一幕，他之前被“狼牙风风拳”打掉的生存值就将近 40%，而“里百八式·大蛇薙”也并不是完全没有命中他。为了确保残影战术的成功，他必须在濒临中招的一刻再发动“风住尘香花已尽”，因此，他还是蹭到了些许爆炎的伤害……

眼下小叹的生存值只有 24% 了，而比赛模式中，是不允许使用生存值补充剂的。没有医疗专精的玩家，根本没有续航能力……一条命打到死。

只要七杀止住了血，不再轻敌、认真应对，那在二十招之内，小叹必定落败。

“抱歉……之前我有点小看你了。”七杀的说话声从前方迎风而来。

小叹看得分明，对方已从行囊中取出了止血物品，覆在了颈侧。

“你打得不错……”当那个“错”字出口时，七杀的身影从小叹的视线中消失了，“我期待着……”这句话，竟从小叹的背后传来。

“暗影步吗……”小叹心知要糟，但转身已是来不及了，他干脆脚下加力，俯身前冲，希望对方的速度跟不上来。

“……和你在复赛中相遇。”七杀的整句话说完之时，他的拳头，也已从后方贯穿了小叹的胸膛。

Loading……

CHAPTER 9

巅峰争霸战·虫之战

一

5月1日的凌晨，似雨和悲灵都没有上线，因为她俩并未报名参赛，也不急着练级，所以就不来凑这热闹了，好让觉哥和小叹安心去打预赛。

不过，当午夜钟声敲响之际，只有小叹顺利排进了预赛频道，而封不觉……则是收到了一封系统邮件。

邮件的标题是：“恭喜您已被系统选中成为特邀玩家。”

内容也是简单明了：“尊敬的疯不觉先生，您已被系统认定为本次巅峰争霸的种子选手，您将直接进入‘蝶之战’阶段，参加‘一百进五十’的战斗。祝您好运！”

这封邮件寄来的时间是凌晨零点零一分。也是在同一分钟，十名特邀玩家的名单，被公布在了官网上。

他们分别为：“吞天鬼骁”“醉卧怅然”“湿婆”“阎摩”“无刀客”“废柴叔”“絮怀殇”“尸刀为王”“抹茶酥”“疯不觉”。

消息公布后，大约过了三分钟，封不觉就被陌生人的邮件、好友邀请以及单挑申请给淹没了。

他的邮箱简直像是中了病毒一样，那邮件数量可不是一封一封涨的，也不是一坨一坨涨的，而是一页一页……

在此之前，封不觉还真不清楚邮箱中的一个页面总共能显示多少封邮件，因为他总是看完就删，而且也从未一次性收到过太多的邮件。现在他算是知道了……收件箱的一个页面，总共能显示三十封邮件的标题，以及每封邮件内容的第一行字。

今夜，在12点到1点这段时间，封不觉收到的邮件数量，超过了一千页……页面下方的页码显示为1、2、3、4……999、999+……尾页。若是放任不管，估计用不了太久，第二段省略号后方还会出现1999+这一项。

“这游戏的系统还真是好强啊……”封不觉站在触摸屏前念道，“在网上申请的电子邮箱，容量通常都是2-3G而已；而网络游戏中的虚拟邮箱往往更小，甚至还有邮件数量的限制。但眼前这个……已经塞进来一千多封邮件了，还在正常接收的样子……”

其实发生这种事，也在情理之中。事实上，封不觉很可能是十名特邀玩家中，受到骚扰最多的一个。

理由很简单：在名单公布前，他完全是个无名之辈。

且看一下游戏目前的战斗力排行榜：第一位“吞天鬼骁”（秩序），第二位“匿名”（名单公布后，大部分玩家都开始怀疑这个神秘的蹿升者就是觉哥），第三位“湿婆”（诸神），第四位“醉卧怅然”（秩序），第五位“废柴叔”（这是一名无工作室背景的自由职业玩家），第六位“笑问苍天”（江湖），第七位“毗湿奴”（诸神），第八位“大梵天”（诸神），第九位“悟死参玄”（秩序），第十位“无刀客”（江湖），第十一位“生鱼片”（秩序），第十二位“阎摩”（诸神），第十三位“梦惊禅”（秩序），第十四位“匿名”（这个匿名者是特邀玩家之一的絮怀殇），第十五位“狂踪剑影”（江湖），第十六位“七杀”（刀锋），第十七位“抹茶酥”（山河），第十八位“尸刀为王”（尸刀），第十九位“才不怕呢”（江湖），第二十位“天马行空”（星辰）。

在披风争夺战后，觉哥凭着魂意所带来的提升横空出世，使得“湿婆”、“悟死参玄”和“七杀”的排名都降了一位。而原本排在第二十位的“才不怕呢”，现在晋升到了第十九，说明她的实力在这段时间又有所进步。而当初排在第十九位的“罂影王”，眼下已跌出了排行榜的前二十。

当然了，这张榜单上的排名，并不能代表这些玩家对战时的胜负。

举个例子，有两名玩家，一个排名第五十位，另一个排名第八十位，而排在第八十位的玩家，其专精或战斗方式正好克制第五十位的玩家，那两人一旦交战，排八十的那位赢面定然非常大。

但这并不会改变系统的排名，因为系统的观点是：就算你能赢某一个人无数次也没意义。关键在于，在可能的无数场战斗中，你总共能够赢下多少场。

系统的评判方式，是把这二位的数据拿出来，放到整个数据库中做比对和战斗推演……得出平均胜率，再以此为依据进行排名。或许排在第八十位的人和排第五十的人打一百次，一百次都能赢，但那没用。若是让他们各自去排一百场杀戮游戏，和随机的一百名玩家单挑，最后肯定是排在第五十的那人赢得多。

对于光脑来说，这就是个概率问题而已。

还是回来说说觉哥的状况。

不难看出，其他的种子选手个个儿都是风云人物。那位“絮怀殇”虽然在战斗力排行榜上也选择了匿名，但她的情况比较特殊，即使不在任何榜上，她依然属于明星玩家，原因后文再表。

总之，特邀玩家中，唯独“疯不觉”这家伙，是个不知从哪里杀出的程咬金。

广大人民群众对他的质疑，自然会山呼海啸般袭来……

换成别人，估计早就点击邮箱中的“清空全部陌生人来信”选项了。但封不觉……是的，他有阅读癖，不过他还不至于去阅读每一条骚扰邮件的内容……在稍微看了二百来封之后，他就只浏览标题和开头了。

觉哥总结了一下，基本上，这些邮件分为四种类型。

第一种：质疑型。这种邮件的数量最多，发件人完全没听说过“疯不觉”这个ID，但在看到特邀玩家名单后，便产生了各种揣测，于是发来邮件提出疑问，比如“你是谁？”“哥儿们，你哪个社团的？”“战斗力排行榜上的第二名原来就是你吗？”“你是怎么入围的啊？”“你是某某的马甲吧？”等等，什么问题都有。

第二种：嫉妒型。这种邮件的数量就稍微少点儿了，有些也带着质问的语气，多半是在说些酸话，像“老兄，你是游戏公司老板的亲戚吧？”“土豪，一个名额多少钱？”甚至有“人在做天在看”……总之就是各种恶意的诽谤和扯淡。

第三种：勾搭型。数量仅次于质疑型，内容和秩序这些天发来的搭讪邮件差不多，不过格调千奇百怪，各种奇葩都有……比如有人就在邮件里加上一支散装口香糖作为附件，标题设为“交个朋友吧”，或者是寄来罐装口香糖，标题写“两粒在一起才最好”……

第四种：莫名其妙型。可能发来这些邮件的人认为“疯不觉”这个玩家根本不存在，是游戏公司编出来占据名额用的，因此，他们随便乱打了几个字符，发个邮件，想试试能不能成功发出去……

另外，还有些邮件的内容是“呵呵”“卧槽”“围观大神”“专业外挂制作”“老军医专治脚气”之类的，姑且也能算到第四种里面去。

封不觉面对这海量的邮件，那就一个字——删。

他根本不屑于回应，也没有兴趣去回应。在批量删除功能的辅助下，觉哥以一分钟一页的速度销毁着这些邮件。他还顺手把“质疑型”之外的发件人统统给拉入了黑名单，免得以后在剧本里遇到……

从12点到12点半，封不觉基本就没干别的事，全在处理邮件。这在现实世界中是半个小时，但在游戏世界……可是整整五个小时。

这五个小时，觉哥就坐在折凳上，饶有兴致地一页一页扫着邮件标题，一页一页地删掉，感觉有点儿像在逛论坛……但实际上，这是在逛自己的邮箱……

他还不知道，在真正的游戏论坛上，“神秘玩家疯不觉”已成了最热的话题之一。

这个“之一”必须加上去，因为玩家们的焦点也并非全然集中在觉哥身上，毕竟还有其他的特邀玩家，还有很多关于预赛体验的帖子，以及有关赛制的讨论。

对于“疯不觉”这个 ID 的各种揣测，大约占了总发帖量的 20% 以上吧。

爆料的玩家多如牛毛，其中确也有和觉哥一起排过剧本的人，比如游戏初期他遇见过的“想你时最孤独”，还有尸刀的“末日强袭”、“最终强袭”等等。封不觉一路练级练上来，接触过的玩家也不在少数，以他的秉性，别人自然会留下一些印象的……

不过与封不觉互加好友的人，还有那些个知名玩家、工作室等等，都对此保持着沉默。

于是，就出现了十分诡异的情况。由于胡乱爆料、造谣的玩家太多，一些真实的消息也一并被无视了……觉哥的身份反而是越来越神秘，越传越邪乎……有人说他会吃人，有人说他长了八只手，还有人认为他是寄宿在游戏世界中的一个幽灵……不得不佩服广大网民丰富的想象力，疯不觉其人还未在公开比赛中亮相，就已然成为了都市怪谈般的存在……

“嘿，觉哥，你那边怎么样了？”小叹遭到击杀后，便回到了登录空间，与封不觉建立了语音通信。

“正在删邮件……”封不觉有气无力地回道。很显然，他在说这句话的时候，手上也没闲着。

“哈哈……还没删完呢。”小叹笑道。

午夜时分，他和封不觉也通讯过一次，当时特邀玩家的名单刚刚在官网上公布，觉哥的邮箱也刚炸……

“和我预计中差不多……”封不觉道，“这回是妥妥儿地出名了，最近的三天至一周时间，我已做好了每天处理上千封邮件的心理准备……”他顿了一下，“过一阵子，等这事儿的热度退去，可能会好点。不过……我恐怕是再也回不到默默无闻的理想状况了。曾经听剑少（狂踪剑影）说过，像他这样的知名玩家，上线后收到几十封陌生人的邮件是常事。以后我的境遇应该也会变成这样吧……”

“我看有无数人对你这种待遇还求之不得呢……”小叹吐槽道。

“哼……其实成为种子选手也有好处，不用打预赛……一身轻松。”封不觉接道，“对了，你的预赛第一场打得如何？”

“哎……输了。”小叹叹道。

“哦。”封不觉显得十分平静。

“喂！反应太冷淡了吧！”小叹回道，“好像我输掉是很正常的事啊！”

“输一场也不是什么大不了的事吧。”封不觉道，“‘虫之战’要打五十场呢，只要别连输四场提前淘汰，问题不大……”

“说得轻松啊……这游戏上百万玩家，能进入‘茧之战’的只有三千人，而且在‘虫之战’任意阶段连赢十五场的玩家会直接晋级。”小叹一边心算一边说道，“打完全部五十场的玩家，理论上的最佳战绩是四十七胜三败……如果无法实现十五连胜，那想要晋级，就得朝着这个战绩努力才行。”

“别担心。”封不觉道，“四十胜应该就能保证晋级了。”

“啊？”小叹愣了一下，凭他和觉哥的交情，从对方说话的语气中，就足够判断出很多事了，所以他一听这句话，就知道封不觉是以一种比较确定的态度说出来的。

“你怎么知道的？”小叹问道，“这种事，就算游戏公司内部的人员都说不清楚吧？”

“推测。”封不觉道。

“你这两个字……算是完整的回答呢，还是某种概括呢……”小叹嘴角抽动着道。

封不觉也知道小叹的意思，于是直接开始解释道：“就从公测那天开始算起好了……在这二十四天不到的时间里，能够冲到三十级以上的人是有限的。你说‘这游戏有上百万玩家’，这其实是句废话……那些未满足报名条件的家伙，可以忽略不计。

“你的竞争对手，是除了十名种子选手之外的、已经超过三十级且报了名的玩家。符合这些条件的，远没有百万人，勉强能突破十万人就不错了……这其中，还有些心急火燎地用双倍经验卡，或者找人带着冲级（游戏工作室的常规业务之一，四到五名职业玩家带一到两名老板打剧本，保证通关）才得以参赛的玩家。这些家伙都是送分童子，他们也只有彼此之间还有的一打。若是遇上那些扎扎实实练上来的玩家，他们是必败无疑的，连败四场淘汰只是时间问题。

“至于连胜十五场晋级的情况，虽说理论上确实存在，但平心而论，很难。在绝对随机的排队原则下，什么情况都可能发生。连续的十五场单挑中，只要有一场遇到实力高过自己的强手，或是克制自己专精的玩家，连胜就会中断。

“从概率学的角度来说……玩家在战斗力排行榜上的排位越靠前，完成此举的几率越高。排名在一百之后的玩家，实现十五连胜的希望就已经很渺茫了。所以……满打满算，三千人的名额里，被连胜晋级者占掉的……有一百个就差不多了。大部分人，都是需要打满五十场，再看胜率的。”

他说到这里停顿了一下，再接道：“现在再来看你所说的理论最佳战绩——四十七胜三负，那基本就是一个难度与十五连胜相当的超高标准了吧……”

“嗯……”小叹若有所思地应了一声。

“这次的赛制还不错，连胜晋级和连败淘汰的设定，会减少你遇到过强和过弱玩家的概率。”封不觉继续道，“撇开人品因素……正常来讲，你打五十场，遇到的神对手和战五渣加起来也未必超过五个。剩下的四十五场，你所对上的……都是和自己处于同一实力区间的对手。

“只要你的PK水平略高于平均值，你的胜率就不可能低于50%，那就相当于已经拿下了二十三场。而能否晋级……就看剩下那二十二场里，你能赢多少，以及……在那些人品局中，你遇到的神对手多，还是战五渣多。”

“啊……总而言之……”小叹接道，“出线形势比我想象中要乐观许多啊。”

“没错。”封不觉接道，“依我看……出线的最低基线，说不定在三十五……甚至更低，你只要别累积输到十五场，就存在出线可能。”

“好吧……”小叹听了觉哥的分析，确实安心了不少，“对了，说到人品局……知道我第一场遇到的对手是谁吗？”

“听你这口气，是败于强敌咯？”封不觉道。

“是七杀啊！龙哥他们社团的那个七杀！”小叹强调道。

“哦……”封不觉念道，“那倒确实称得上是神对手了。”

“一想到你曾经赢过那种家伙，我就对你进入特邀玩家名单毫不意外了……”小叹说道。

披风争夺战一役，是封不觉在小叹面前吹嘘次数最多的一个剧本，所以后者知道的情况不少。

“现在的你……应该能和七杀过上招了吧？”封不觉问道。

“能啊，就是打不过。”小叹道，“感觉我和你们这帮最上层的高手差距还是很大啊……”

“呵……要是搁在十年前，你能把我打出翔来……”封不觉吐了个槽。

“啊？什么？”小叹有些莫名地问道。

“没事……我随口说说。”封不觉正在分心删邮件，一时走神，说漏了嘴，他立刻掩饰道，“我好像是顺口说出了什么电影里的台词……别在意……”

“哦……”小叹也没多想，回道，“嗯……那你接着删邮件吧，我去再打个几场试试。”

“去吧去吧。”封不觉道，“挂了。”

二人的通讯中断，觉哥长吁一口气：“呼……真险……”他自言自语道，“脑子里只想着鼓励他一下……说话没走心啊……”他停下手上的事，深呼吸一次，些许记忆片段在眼前闪过，充斥着鲜血和哀号，“那个时候……那小子绝对是疯了吧……”

二

话分两头，此刻，一场 1V1 的杀戮游戏，正在两名特邀玩家之间展开。他们分别是“废柴叔”和“尸刀为王”。

废柴叔的造型完全不修边幅……一头乱糟糟的短发，留着稀疏的胡碴，戴着一副墨镜，身上的服装是一套棕色的睡衣睡裤，脚上还踩着人字拖。

尸刀为王则是身着绿黑相间的社团制服，衣服的左胸处印着徽章，图案是一把精雕细琢的骷髅弯刀，上写黑色的“尸刀”二字。他们工作室的玩家基本都没什么特色，皆是留着一样的寸头，身着统一的服饰，取名的规律就是在昵称后面加上“强袭”或者“为王”的后缀。

枫叶林上，皓月当空。

树叶分明，杀意如梭。

此时二人已交手数回，其中一方已然显出颓势。

“开什么玩笑……”尸刀为王一边后退着，一边拾起地上的一柄长戟，那是数十秒前，从他手中被震落的武器……

“这话应该是我的台词吧……”废柴叔说话时，嘴里还叼着一支烟，“你可是尸刀的第一高手啊，好歹也是战斗力排行榜前二十的男人，弱成这样太不像话了吧。”

“你……”尸刀为王的脸上没什么表情，但心中却是又惊又怒，他暗自心道:“本来只是随便排一场杀戮游戏进行练习而已……结果遇到了怪物啊……这家伙仅是第五？不可能……我和醉卧怅然交过手，这个废柴叔比醉卧怅然强得多……”

“我听过一些关于你们工作室的传言，呼……”废柴叔吐了口烟，接道，“你们在用‘药’是吧？”

“我不知道你在说什么……”尸刀为王抹掉了嘴角的鲜血，利用对方与自己攀谈的间隙调整呼吸，并寻找着机会。

而废柴叔只是用一种很随性的站姿站在那儿抽着烟，继续道：“尸刀在社团战斗力榜上一直稳居第五位，而在等级榜的前二十位中，你们所占的名额也是最多的。但你这尸刀第一高手……实战能力实在是令我震惊……”他冷笑一声，又猛吸了一口烟，“是某种可以压制惊吓值的药物吧……虽然不能完全控制在零，但应该能让惊吓值保持在一个较低的区间。这样……就能保证每通关一个剧本，都能得到‘勇气可嘉’以上的评价，领取一些经验奖励。”

“哼……你说话可留点儿神，凡事要讲证据。”尸刀为王亦是冷笑，“你也是知名玩家，如果你到处乱说，破坏了我们公司的名誉……”

“证据……呵呵……那很重要吗？”废柴叔笑道，“我只是个以个人身份在游戏里混口饭吃的自由职业者罢了……人微言轻，就算我亲眼看到你们的人在躺进游戏舱之前吃了药，那又怎么样呢？你们又没犯法。”他耸耸肩，“我这种小人物，除了打游戏厉害一点，就没有什么别的长处了。你们这些大工作室，给我递几封律师信，说不定就能把我逼得走投无路、跪地求饶。我可是手停口停的人啊，惹不起你们，也没有时间和精力来惹你们。”他的语气中尽是嘲讽之意，“我能和你们斗的方式……就是在游戏里，把你打成肉饼，装进纸箱子里……”

“欺人太甚！”尸刀为王一口气又提了上来，“我让你有来无回！”他暴喝一声，长戟甩出三道紫光，破空而去。

废柴叔翻掌扬袖，一掌轻推而出，浑然之力竟成一堵气墙，半空中的紫光登时受阻。

“看来你是打不出什么像样的攻击了。”废柴叔道，“结果了你吧……”

心思甫定，技能已蓄。废柴叔前踏半步，反打出一道雄浑厉掌，击散紫光，朝着尸刀为王的所在急驱而至。

“哼……中计了。”尸刀为王的脸上做不出太多表情，这也给他打了掩护。

这一刻，他使出一招“入云步”，蹿上半空，消失不见。

“哦？逃跑吗……”废柴叔心道，“不对……是……”

呼——破风声，快过了玩家的思绪。

长戟从废柴叔左肩上方骤然落下，暴虐之力将其整条左臂瞬间斩落……

战局丕变，一招逆转。

废柴叔的形势急转直下，尸刀为王靠着一个简单的隐藏兼移动技能，就将对手逼入了绝境。

至少，他认为是绝境。

“哦……还真痛呢。”废柴叔有气无力地说道，转头看着掉落在地上的左臂，他的左手上，还夹着个烟头，“那根我还没抽完呢……”

“比起烟……先考虑你自己吧！”尸刀为王悬空一转，戟锋逆旋，这次欲取废柴叔的颈项。

废柴叔在这电光火石之间，做出了一个令对方摸不着头脑的举动，他不躲不闪，站在原地……只是，他的右手，迅速摘下了自己的墨镜，扔了出去……

噗一声……人头落地。

然，废柴叔缺胳膊少脑袋的“尸体”还未倒下之际，另一边，那墨镜后方，又出现了另一个完整的废柴叔。

“有趣吧？”废柴叔说着，伸手从睡衣口袋里又掏出了一支烟，淡定地给自己点上，“你想以哪种姿势躺进纸箱？”

看着原地满状态复活的对手，尸刀为王感到了深深的绝望，从这场战斗开始，直到刚才那招……他已用尽了浑身解数，但对方每次都用各种古怪的方式化解，而且结果都是毫发无伤……

下一秒，尸刀为王强退了……

废柴叔听着耳边响起的系统提示，吐着烟圈 :“哼……强退……看似是保住尊严的最后手段，实际上……这恰恰是弱者才有的反应啊……”

5 月 1 日的下午，觉哥来到了狂踪剑影所建立的会议室中。

他进门时，剑少已坐在会议桌旁等候了。

“哟，好久不见啊。”封不觉打招呼道。

“嗨，最近忙呗。”狂踪剑影回道，“工作室里要处理的事太多了，白天几乎没什么时间上线。”他顿了一下，“只能把游戏时间全都集中在睡眠模式，现在天天晚上要打七八个小时，在游戏里过上三天三夜，搞得第二天又精神萎靡……”看来他确实累得够呛，有不少苦水要倒。

觉哥没有多说什么，只是默默地听着，神色如常地坐下。他也明白，每个行当都有着自己的艰辛，游戏行业绝不是外人想象中那样“玩儿就能挣钱”那么简单。休闲和职业所承受的压力大不一样，这一点，他身为一名小说家，也是可以感同身受的。

“啊……不好意思，不知不觉就开始抱怨了。”狂踪剑影说了几句，便迅速察觉到了不妥，他讪讪一笑，说道，“咱们还是谈正事儿吧。”

“嗯。”封不觉接道，“我想这种业务，对你们开工作室的来说，应该是司空见惯了。”

“算是吧，毕竟这也是一项收入。”狂踪剑影道，“不过……我可真没想到，疯兄你居然会来找我做游戏币交易。”

原来，封不觉今日来此的目的，就是卖游戏币。

“怎么？我看上去像是不差钱的土豪吗？”觉哥回道。

“像啊。”狂踪剑影睁大了眼睛，面带笑意，“当然像啦……一般的休闲玩家，要弄到你那身装备和技能，不花 RMB 是不可能的吧？而且你的练级速度也很惊人，难道你没用过双倍经验卡？”

“啊……那个嘛……”封不觉的确有点儿说不清楚，他总不能直说“我每次通关后的恐惧评定都是‘浑身是胆’，而那些装备、技能、经验等等，说到底都是我的胆汁”吧……

“那个是因为……因为我强呗。”封不觉能想到的理由只有这个了。

“呵……这话别人说出来我可能不信。”狂踪剑影笑道，“不过疯兄你这样说……倒是颇有说服力。”

封不觉不想在这个问题上纠缠，他赶紧扯开话题道：“也甭管我是不是RMB玩家了，反正现阶段……我有七位数的游戏币想要出手。咱们还是单刀直入，谈个双方都能接受的价钱吧。”

“别着急。”狂踪剑影道，“买家应该很快就到，再等几分钟，你直接和她谈吧。”

“啊？”封不觉闻言一愣，瞬间有数个念头闪过了他的脑海，“哦……不是你和我交易啊？”

“对，是社团内的某个人想买。”狂踪剑影回答，并立即补充道，“我们社团的非工作室玩家比较多，这部分成员，我们并不要求他们与工作室内部的玩家进行资源整合。”

“也就是经济上各自独立吧。”封不觉道，“这倒也挺好……自己管自己，不会产生什么争议。”

“对，今天的买家就是我们社团的一位非工作室玩家。”狂踪剑影接道，“其实她已是江湖的主力成员了，这次大赛，我们管理层本来就想免费分配给她一些资金的，但她却坚持不要，宁可自己去买。于是……这次我就给你们牵线搭桥一下。反正你正好有游戏币想出手，不如就卖给她吧。”剑少言到此处，话锋一转，“不过……疯兄，我可事先打声招呼，用游戏币去换RMB，可不是按照官方的汇率换的哦。”

“啊，这我知道，至少是七分价嘛。”封不觉回道，他在出售游戏币前，自然是在网上做过一些功课的。

前文提过，梦公司只提供RMB换游戏币的单向兑换，也就是说，玩家只能花RMB买游戏币，但不能用游戏币去兑换RMB。如果有人想要卖游戏币的话，就只能卖给其他的玩家。但既然人家可以从官方买，又为什么要买你的呢？所以……你得有价格优势。

目前惊悚乐园中的官方汇率是1：900，即一元钱可以在官网买到一千九百点游戏币。而那些出售游戏币的玩家，大部分开出的都是“七分价”，也就是比官方渠道便宜三成。在他们那里买，七毛钱就可以买到一千九百点游戏币。

这类买卖在网上很频繁，通过一些公共交易平台就可以实现。交易步骤是：双方先在网上达成协议，然后买方付款，这笔钱由第三方平台暂时保管。接着，卖方在游戏内把游戏币邮寄给买方，随后买方确认收货，最后钱款进入卖方的账户。

封不觉也不是不能去网上办这件事，问题是……他现在出名了，买游戏币的人，若是在收到邮件时看到是“疯不觉”这个 ID 寄来的，接下来就不知道会到论坛上去发布什么新闻了……

再者，这种通过第三方平台做的交易，周期较长，还存在各种变数。相比之下，还是在游戏里直接交易比较简单。

于是，今天觉哥便找上了剑少，而对方就帮他安排了这次交易。

“抱歉，迟……”会议室的门开了，“才不怕呢”走了进来，那句“迟到了”只说出第一个字，她的声音就止住了，脸也沉了下来，“原来是你啊……”

“喂喂……这一脸厌恶的表情是闹哪样……”封不觉也认出了不怕妹子，他心中吐了个槽，但表情仍是波澜不惊：“你好，又见面了。”

不怕走到了会议桌旁，绕到狂踪剑影的右手边，故意和封不觉隔开一个人坐下。她虚着眼，斜视觉哥道：“看来坑了我两次以后，你倒是把我给记住了啊……”

“哈？我哪儿有坑过你啊……”封不觉的忽悠开始了，他用很无辜的口吻说道，“在猎人岛上那回，我都不知道你和那个叫什么……哦，‘一剑倾城’，我都不知道你和他是怎么死的……这能怪我吗？而且我最后还以一己之力通关，让大家分到经验了有没有？”他顿了一下，“高谭市那次，虽然是杀戮游戏，但我和你几乎都没碰过面吧，生擒你的是‘神网’，结果你的是“湿婆”，跟我有半毛钱关系啊？”

不怕稍稍等了两秒，用反问的语气道：“嗯……你是想说……你在那个剧本里抢银行、杀警察、往街上撒钱；处刑罗宾、爆破大楼、宣称其他所有玩家都是你的同伙……这些行动对我没有任何影响是吗？”

狂踪剑影听完这句冷汗都下来了，他转向觉哥吐槽道：“一场杀戮游戏的时间里你这家伙到底干了多少事啊？而且听上去没一件是好事啊！”

“哼……他干的事儿可不止这些呢。”不怕接道，她也看向了封不觉，“我出了剧本之后，湿婆和七杀也都被你给解决了吧？”

如今的封不觉也没什么好掩饰的……战斗力排行榜的第二位是谁，基本已经是公开的秘密。所以他干脆回道：“是啊……都解决了，搞定以后我就被排到某个榜的第二去了。”

“疯兄……”狂踪剑影道，“假如你没有被选为特邀玩家，你是不是准备一直把这些事儿瞒下去啊……”

“是啊……”封不觉道，“可惜我已经出名了。”

“嘁……”不怕念道，“得了便宜还卖乖。”她说话间，竟把两只脚都翘到了桌面上，毫不掩饰自己的女汉子作风，“我就说嘛……这段时间，人人都在买游戏币，今儿倒好，冒出一个卖游戏币的，而且出手就是七位数……现在我明白了，原来是你这个不用打预赛的家伙。”

她这话倒是说对了，封不觉卖游戏币的很大一个原因，就是由于他不需要打预赛。

封不觉报名参赛，本来就是图个有趣。他几乎就没有刻意去备战过。在官方公布消息以前，他也不知道还有“特邀玩家”这回事儿。如果觉哥真有心去争夺名次，那最近这一个礼拜，他大可以扫荡等级排行榜，成为惊悚乐园第一个到达四十级的玩家，在等级上先建立起不可撼动的优势再说。

但实际情况却是……除了偶尔去当小叹的陪练之外，他平时仍是照常游戏，一没有去攒装备，二没有买技能，相反还在老虎机——对不起，是“零式魔导粉碎机”上栽掉了不少东西。可以说，从一开始，觉哥就没考虑过自己能在巅峰争霸战中走多远。

抱着这种态度的人，在得知了自己可以直接进入百强后……会怎么想呢？

就算自己在“蝶之战”中一开打就落败，也能拿到前一百位的奖品……即十张二十四小时的双倍经验卡，二十万游戏币和一件限量版T恤。

对封不觉来说，有了这些奖励保底，他就已经无欲无求了。接下来的半个多月时间，别人都在为比赛忙活着，而他……可能只会为了删邮件而忙活。

因此，封不觉就打起了卖游戏币的主意。正好这段时间游戏币在涨价，而他又不需要花钱去做什么提升。那不如就把手头两百多万的闲置资金（封不觉现在有二百四十余万游戏币）卖出去一些。

“嗯……就是这样。”封不觉不想和不怕呛声，他顺着对方的话回道，“那么……咱们还是别拐弯儿抹角，来谈谈价格吧。”

“好啊，你准备卖多少？”不怕问道。

“两百万。”封不觉报了个整数。

“嗯……那咱们就按照一般行情……”不怕好歹是江湖的一线玩家，战斗力排行榜上响当当的人物，不至于为了几十块钱的差价伤人品，所以她也没打算压价。

“就算你七百块好了。”封不觉道，“多出那十万算是我坑了你两次的补偿。”

“哈？”不怕跳上桌子，挥臂一指，“你小子还真就承认了啊……什么补偿？老娘自己吃的亏自己会拿回来！我给你八百！不用找了！洗干净脖子给我等着！等我进入蝶之战……”

不怕姑娘那一身女匪首的气势尽显无疑，第一次看见她发飙的觉哥还真就惊了。

剑少见状，快步跟上了桌子，一手拦住不怕劝道：“嗯……冷静……”他又转向封不觉，尴尬地笑道，“疯兄……别跟女人一般见识……”

“冷你个头！”不怕以迅雷不及掩耳之势使出一招十字固，控制住了剑少的右手，“见你‘哔——’的！”

这可是在剧本外，两人的身体能力都是日常生活中的水准，也就是说……如果这是在现实世界，不怕把狂踪剑影撂趴下也只需要两秒钟。

“啊……要死要死要死……”剑少在会议桌上挣扎着，但无法挣脱对方的钳制。

几乎在不怕出手的同一秒，一台守卫机器人瞬间出现在了会议室中，它那机械眼转动了几下，开口道：“由于二位是互为好友的状态，所以我想先确认一下……”守卫的智能很高，不会贸然出手，它先对着狂踪剑影道，“你需要我介入吗？”

“呃……”剑少犹豫了一秒。

不怕手上加力，喝了一声：“敢？”

“不敢不敢不敢……”剑少赶紧转头对守卫道，“我……我没事……”他的眼中透出了视死如归的目光。

“请问，以后你们之间再出现类似的举动，是否也要直接判定为不介入的状态呢？”守卫道，“类似情况已经是第五次了，如果你们二位都确认的话，下次我们会做忽略处理。”

“确认。”不怕很果断地回道。

“喂……”剑少陷入了绝望中。

不怕瞪了他一眼，鼻孔出气道：“嗯？”

“确……确认。”狂踪剑影终究是屈服了。

“好的，如果二位以后需要更改此选项，可以在登录空间的触摸屏上操作，或者在商城直接与我们交流。”机械守卫说罢，便像来时一样，瞬移而逝。

在一旁看戏的封不觉，斜视着桌上的狂踪剑影。觉哥虽然一句话也没有说，但那张憋笑的脸已经出卖了他……

“疯兄，相信你也明白，身为男人，得懂得忍……啊！”剑少还试图找回面子，但手上传来的巨力让他惨叫出声。

“贵社团的氛围还真是令我叹为观止啊……”封不觉道，“身为工作室老板兼明星玩家，仍能放下架子，不拘小节，与那些非职业玩家‘打成一片’……在下佩服、佩服。”

“哼……虚伪。”不怕一边说着，一边把十字固换成了断头锁（亦称断头台，大概动作是用胳膊环住对手脖子，把对手的头用力窝在自己胸前，可至对手休克）。

“嗯……我好像明白你这家伙为什么不反抗了……”封不觉嘴角抽动着，抬头对不怕道，“好了，我就不打扰二位的柔道 PLAY 了，一会儿我给你发封邮件，把银行卡号给你，顺便把游戏币两百万寄过来……”他说完便起身离去了。

三

同一时间，某剧本中，小叹正在进行着他的第十场“虫之战”。

目前为止，他的战绩为：九战，八胜，一负。

1号凌晨，小叹在睡眠模式中共打了九场预赛，除了第一场因遭遇“七杀”而败北外，后来那八场全都赢了。

也不知是觉哥的预测真的靠谱，还是那套分析给了小叹信心。面对后来那八个对手时，小叹皆是摆出了一种强者的姿态。他坚信自己可以赢，而且应当赢。

在这般心态、这股气势下，小叹发挥稳定，连胜八场。那些对手就好似他在医学院里研习的一个个病例，只要不出纰漏，皆可迎刃而解。

眼下，小叹迎来了第十战。

而这一战的对手，恰是一名职业玩家。

从概率上来讲，这也挺正常的，不过看到“星辰”的徽章，一般人多少都会感到一些压力。

星辰，也是一家颇具规模的游戏工作室。如果说“秩序”和“诸神”是行业内最顶尖的两强，那第二梯队当中的翘楚，便是星辰。

论公司资产和玩家资源，星辰应该能抵得上两个“江湖”了。只是……这个工作室一直面临着一个人员流失的问题。

在过去的十年，通过星辰出道的明星玩家不可胜数，这家工作室可谓名副其实的“造星工厂”。

但是……就像足坛中的那间“兵工厂”一样，星辰的经营策略，似乎就是那种开黑店的模式……

谁若是当上了星辰的台柱，就得做好第二年就被卖掉的心理准备。哪怕你不是，也不能保证年底还能签到合同……星辰就像一家超市，这里没有非卖品，只有高价商品和平价商品之分，总之是价钱合适就放人。

秩序和诸神就是造星工厂的常客，比如封不觉曾经遇到过的那位医疗系女玩家“叶纸”，曾经就是星辰的人。

可以说，星辰所做的，就是去发掘和培养那些有潜力的玩家，给他们提供一份待遇还不错的捆绑合同，待他们身价倍增后，赚转会费。很多玩家都把这间工作室当成是自己成名的跳板，所以星辰永远不缺乏新鲜血液。

因此，碰到这个社团的人得格外小心。也许你现在遇到的对手，以后将是整个星球上最优秀的电竞选手之一，当然了……也可能只是个平庸之辈。

而小叹这一战遇到的对手，说来也巧……是“才不怕呢”的弟弟。

是的，不怕在现实中有个弟弟。他今年仅十六岁，但却已经是职业玩家了，而且是星辰重点培养的新人之一，ID：步天歌。

此战的地图，是一座占地巨大的怪石阵。数以千计的圆柱形石柱不规则地立在沙漠中，每一根的高低、粗细皆有不同。最粗的宛若宝塔，最细的似是旗杆。石柱间虽布局紧密，但无章可循。

一轮明月挂在天上，轻风微拂，薄云漫漫。

这种环境，简直是刺客的天堂。

在沙地上行走，本就不会有脚步声，加上风声的掩护，对手很难察觉小叹的行动。

周围的怪石阵则相当于提供了无数个掩体，即使小叹出现在了敌方的视线中，也只要三到五步，就能再度消失。

在这样的条件下，假如对战双方中有一方是敏捷型的格斗玩家，而另一方是练射击专精的，那后者基本上算是栽了。

而这一战，正是在这样的先决条件下展开的……

可能有人会奇怪，虽然相遇的两名玩家是随机的，但地图理应是根据玩家的数据而决定，系统又怎么会生成这样一张有失公平的比赛地图来呢？

答案很简单……因为怪石阵的环境，对“步天歌”没什么影响……

轰轰轰——

伴随着连绵的、沉闷的响动，两道疾影交错而来。

剧本开始至今，小叹已是第N次面对这种攻击了，他很清楚，这攻击的速度虽然不快，但力道着实不轻、角度也刁钻，若是凭自己的力量去做格挡，定会损失不少生存值。因此，他只得用一个十分别扭的姿势躲过，继续保持移动。

“这样下去不是办法……”小叹喘息着，脚下不停，心中念道，“不知不觉生存值已经被耗掉一半了，体能值也去了三分之一，到现在连靠近他都做不到……说起来，他这远程攻击很诡异啊……难道是灵能武器吗？”

他猜得没错，此刻，正站在某根巨型石柱上方，操控着两支回旋镖进行超远距离攻击的步天歌，用的正是灵能武器。

名称：雷霆回旋镖。

类型：灵能武器。

品质：精良。

攻击力：较强。

属性：电。

特效一：飞返（感应使用者的位置并自动飞回其手中）。

特效二：追猎（锁定目标并作出精准的攻击）。

特效三：超声波（在飞返或追猎过程中，如条件允许，可感应并避开障碍物）。

特效四：雷霆（释放一次强劲的电击，近战时方可发动，使用后一小时内，雷霆回旋镖将失去所有特效）。

备注：1977 年，一名在澳大利亚旅游的游客，不小心被自己掷出的回旋镖击中后脑而死。结果他的灵魂穿越到了数万年前，成了一个古利人（KOORIS，澳洲土著，属游牧民族，没有固定的居住点，分散在整个澳大利亚，在欧洲人占领澳大利亚之前，古利人共有 500 多个部落，人口达七十五万之多），从此，他展开了一段奇遇连连、艳遇不断、横扫大陆、屠神灭魔的霸气旅程，成为了传说般的存在。很多年以后，他曾经用过的一件武器，在多元宇宙的某处再次出现，那就是——雷霆回旋镖！

从物品说明即可看出，这玩意儿是不会受到怪石阵影响的，在超声波特效的帮助下，雷霆回旋镖可以像蝙蝠那样，感应到障碍物的存在，并在空中做出适当的加速回旋、变向，以绕过障碍，直取目标。

当然，也并不是说，雷霆回旋镖是种必中的武器，特效里还有一句“如条件允许”在。意思就是，还有条件不允许的状况。比如障碍物是一堵高十米的墙壁，而使用者就站在墙根那儿朝着脚下四十五度掷出回旋镖，那就属于条件不允的情况。这镖再厉害，也不可能刚离手就逆旋，再垂直向上飞行，从顶端绕过墙壁，然后斜着下降去追猎对手……

通常来讲，雷霆回旋镖的使用者，在投掷时所瞄准的大体方向和角度，不能太离谱，而且目标和自己之间不能有特别巨大的障碍物……比如水坝那种东西。这样，就能发挥出这武器的优势了。

眼下，小叹就是被这反复的精准攻击搞得狼狈不堪。

十几分钟前，战斗刚开始时，小叹也尝试过靠近对手，结果被人家用重火力连射武器给生生逼退了回来。

当时小叹倒也不着急，他本就是个挺有耐心的人，在这种情况下也保持着足够的冷静。他想：大不了就拖成持久战，我只要靠着掩体和你周旋，你的子弹总有用完的时候。

不料……步天歌的灵能武器一次又一次地招呼了过来。

于是，小叹就陷入了两难的境地，强行接近，很可能还没进入攻击范围，就被人打成筛子；游走消耗呢……对方根本就不予理睬。

总之，步天歌的战术就是以不变应万变，坚守在原地不动，用远程手段进行骚扰。

这样周而复始，无论是生存值还是体能，小叹反而成了被消耗的那个。

“嘁……要是没有那对回旋镖的话，他那种蹲坑式打法早就被判定为消极游戏了吧……”小叹一边闪过新一轮的回旋镖夹击，一边郁闷地念叨着，“到底该怎么办呢……”

若是封不觉在这儿，估计早就想出十几种比对方更无赖的战术了。可小叹在战术层面上，基本还是“跟着感觉走”的那种状态。有时灵光一闪，他也能做出惊人之举。但大部分情况下他还是远不及那些策略型玩家来的有办法。

“等等……就算这家伙的攻击是自动跟踪的好了……但他是怎么在这堆乱石中锁定我的方位的？”终于，在疲于奔命了十几分钟后，小叹意识到了这个早该想到的问题。

这可是夜晚，而且他已离开对方几百米远，四周又是林立的石柱，那对方是如何瞄准的？

“是某种热感应的技能吗……”小叹焦急地思索着，“嗯……已经打了十几分钟，他的攻击从未间断过，如果是主动技，那得多大消耗？难道还是被动的瞳术……”他很快否定了这一推测，“不对……被动的热感应瞳术反而会让人无法正常视物，应该是不存在的。”

轰轰轰轰——

又是一轮夹击，小叹在身边的一根石柱上连踏两步，凌空后翻，再度避过。

“不是技能……那就是装备了吧。”小叹心道，“总不见得是魂意咯……”他虽然听觉哥和雨姐描述过魂意的概念，但由于自己没体验过这种能力，感觉上也是一知半解。再者，魂意这玩意儿，确实是极为稀有的，还不至于遍地都是。

“之前没看到他脸上戴有什么东西……不过脸部装备是可以隐藏的，也就是说……”小叹念及此处，踏地跃起。

他挑选了一根直径数米的巨大石柱，踩在柱子的垂直表面，绕着柱身奔跑起来。

这样跑了几圈后，他又一闪身，轻跃到了旁边的另一根柱子上，如法炮制……

与此同时，站在数百米外某个高点的步天歌，竟真的停止了攻击。因为他的热感应护目镜中出现了诡异的一幕——原本那个清晰的热点附近，出现了模模糊糊的一片高温区域，像一片橙色的雾般，将目标的行踪掩藏了起来。

“他在干什么……”步天歌念道，“难道是生了一大片火？”念及此处，他赶紧将护目镜变为显示状态，并且掀到额头上，用自己的肉眼去眺望。

但，远处仍是一片漆黑……

这也是理所当然的……小叹那“飞魇留痕”踩出来的脚印，燃的是黑火。

“诶？”步天歌又把热感应护目镜戴起来，发现高温的区域越来越多了……

另一边，小叹见对方半响没攻击了，便知自己的办法管用。他加快速度，在更多的柱子之间弹跳奔走，尽可能多地留下黑火足印，扩大着视觉干扰的效果。

“究竟怎么回事……”步天歌失去了对方的行踪，顿时有些慌乱，惊吓值也略有提升，“明明没有火光，高温区域却越来越大……总不见得是在四处喷洒高温的体液吧……”

在无法确定对手方位的情况下，他的灵能武器便失去了用武之地，“追猎”特效根本无法发动。

小叹趁此机会，逐渐逼近了对方所在的区域，并开始在步天歌蹲点处的周围制造“脚印包围圈”。

“他是工作室玩家，整体实力比我强是肯定的。即使他的等级和我一样，但装备和技能方面肯定具备资源整合的优势。选择多了，搭配也就更合理……”小叹摆脱了被动的局面后，心中就盘算起进攻的策略了，“不过……他并不是战斗力排行榜前列的玩家，和我的实力不会到天差地别的地步……只要能抓到他的破绽，在特定的时间、地点制造出优势……我完全有机会赢。”

“来了吗……”步天歌也不傻，看到自己附近的一圈渐渐都成了高温区域，而且该范围越收越小，他自然清楚，对手已到了一个对自己很有威胁的距离上。

“嘁……”步天歌干脆把护目镜摘了下来，反正他通过热感应往外看……四周已都是一片橙雾状了，再戴着也没什么意义。

“哈啊……呼唔……”步天歌用深呼吸平复着自己的情绪，好让有些颤抖的双手稳定下来。

他和姐姐“才不怕呢”的性格简直是两个极端，他姐是个堪称凶悍的女汉子，而他的性格，讲得文雅点儿是胆小懦弱，讲得通俗点儿就是娘炮。

步天歌之所以选择射击专精，就是因为他想避免直接的肉搏打斗（他是内测时就进入游戏的，当时还没有灵术和召唤专精可供选择）。从小被姐姐当成人肉沙包的他，对肢体冲突早已产生了强烈的心理阴影。从他的定点防守战术也不难看出，这小子的风格就是根本不给别人靠近的机会。

刺刺——

忽然，步天歌的左手边传来两声极其轻微的响声。他二话不说，将架好的重机枪顺势调头，对准那边扫出了一片弹幕。但失去了热感应装置的他，自己都不知道自己在打什么。

“机枪开火时爆发的火光还不足以驱散石柱间的阴影，枪声和弹壳落地的声音还可以作为我的掩护……”小叹躲在一根石柱后，冷静地思考着，“果然……他是靠某种热感应装置来确认我的位置的，现在他已基本抓瞎了……”

原来，刚刚那细碎的轻响，是小叹抓了把沙子，用力掷在石柱上发出的，是一次有意识的试探。

此刻，战局已彻底逆转，王叹之就像一头蛰伏在黑暗中的猛兽，游刃有余地测试着对手的反应，寻找着一击必杀的机会。

而步天歌小弟……在被对手看穿了作战模式并破解了其中的一环后，便陷入了绝对的被动。

身为一名主修射击专精的玩家，步天歌的目力也是不差，但由于小叹隐于黑暗之中、身上的衣服又是深色调（小叹的刺客套装是暗红色的外套配金色披肩），想凭肉眼捕捉到其身影是极为困难的。

相反，同样具备C级侦查专精的小叹，就没有这方面的顾虑……步天歌始终站在那巨大石柱的顶端，以那里作为眺望点和守备点。小叹只要从某根柱子后面稍稍探头，就能瞥见对方。

“哈啊……哈啊……”步天歌尽可能压低自己呼吸的声音，恐惧感让他的视觉和听觉变得更加灵敏，他心中暗忖道：“要冷静……对方是在试探我，不能中计。”他定了定神，“是我太紧张了……其实根本不用急着开火。我居高临下、机枪在手，他速度再快，也不可能瞬间就靠到我身边。剧本刚开始时，他就是这样被逼退的……现在也不会有什么区别。”他下定了决心，“嗯！等他切实出现在视线中再开火就是了，贸然地胡乱扫射，反而会让他有可乘之机。”

刺刺——又是一声响动。

这回，步天歌只是警惕地转过头，瞪大了眼睛看着那边，没有扣动扳机。

紧随着先前的动静，另一串声音呈弧形从黑暗中飘来，三秒后又骤然停止。

“这次没上当吗……”小叹心道，他本想故技重施，用掷沙子的方法吸引对方的注意力，待步天歌开火时，就绕到其视线死角，蹬柱而上，完成刺杀。

可他没想到……自己扔完沙子、高速启动后，对方竟没有中计……

因此小叹赶紧收势，将脚步声重新压低，隐藏了起来。

这短短几分钟内，二人都没有说话，也没有使出什么实质性的杀招，但这场斗智斗勇的游戏，却已进入白热化的阶段。

忽地，起风了……

风声从这夜幕笼罩下的怪石阵中穿过，发出了宛若哀嚎般的凄然回响。

在这沙漠晚风的推送下，一朵乌云，徐徐遮蔽了月光……

恰在此时，“吧嗒”一声，一点光，竟从一根石柱后亮起。随后，一个头戴矿工帽的男人从柱子后面走了出来。

黑云蔽日之际，这光源显得如此扎眼，矿工帽又是醒目的黄色，想视而不见都难。

“喂……太嚣张了吧。”刹那间，步天歌的脑中闪过了这么一句吐槽，不过他的行动可没有因此缓滞，他立即将枪口对准了小叹，扣动了扳机。

然，那一瞬，那一点光，变成了一道光带。

步天歌也料到了对方不会坐以待毙，高速移动也是情理之中：“哼……想强行冲上来吗……你还能快得过子弹不成？”

小叹当然不可能比子弹更快，至少目前还不能。但他也不需要比子弹快，他只要快到足以欺骗对方的眼睛就可以了……

枪响了，机枪密集的火力倾泄而下。

同一秒，黑暗中的发光点一分为二，一秒后，又二分为三。三道模糊的光带断断续续地出现、又消失，并以盘旋状斜绕石柱而上。

“我就知道你会用这个技能！”步天歌没有慌乱，在小叹第一次试图突破火力网时，已用过“风住尘香花已尽”这招了，此刻，他用残影来制造光线重影的手段，早已被步天歌洞悉。

“这次的结果也不会有什么改变的！”步天歌微调机枪枪口，加大了弹幕覆盖的范围，将三道光影皆罩在了火力网中。上一次，他也是用这个方法将小叹打退了回去，还打掉了小叹不少生存值。

可这次，出现了令他费解的一幕。

一、二、三，三个光点，逐一消失了。

黑暗再临，步天歌的眼前……空无一物。

“全都是残像？”这一刻，步天歌惊吓值飙升，“本体在哪儿？”

这个问题，很快得到了解答。

一支冰冷的袖剑，从步天歌的颈后刺入，贯通了颈椎，从喉前透出。喷薄而出的鲜血在空中绽出一片血雾，随风而散。

十秒前……

小叹不计生存值的消耗，故意打开矿工帽的灯光，凭着残影技能，强行顺石柱的一侧向上冲来。当他成功来到了一定的高度后，留下了最后的三道残影，同时，伸手关掉了矿工帽上的灯。接着，他蜷缩身体，朝着眼前的石柱使出了“恶魔蝙蝠鬼影”，借助技能特效瞬间出现在了石柱的另一侧。

于是，他成功地从对方的视线中消失了。

三秒过去，在枪声的掩护下，小叹已神不知鬼不觉地来到了步天歌的身后……拿下了自己的第九胜。

四

5 月 2 日，午后一时。

S 市，若云斋。

这是一家位于东城的画廊，除了展览外，这里也经手艺术品鉴定、拍卖等相关业务。

是日，一名身着黑色休闲西服的年轻人，来到了若云斋。此人不是别人，正是推理小说家封不觉先生……

“居然要买票啊……”封不觉买完票进馆之后，才郁闷地念叨起来，“虽然出门以前就有不祥的预感,但这一百八的票价已经比大部分电影都要贵了吧……话说回来，一般来说也没人会把初次见面的地点约在画廊里吧……”

觉哥和似雨约定的时间是 1 点 10 分，作为男士，他自然是早到了一小会儿。

“既然都进来了，就随便看看吧。这么干站着确实显得挺可疑啊……这么会儿的工夫，保安哥已经有意无意地瞟了我好几眼了。”封不觉心道，“那种眼神不是怀疑就是想搭讪啊……嗯……得赶紧干点儿什么。”

他双手插袋，若无其事地朝里晃去，然后停在了一幅相当宽的画前 :“好，已经没有人在注意我了。其实挺简单的嘛……假装在看画就行了。嗯嗯……只要和其他人步调一致，就不会被……”

“你也喜欢他的作品吗？”一个陌生的声音突然从身旁响起。

觉哥眼角的余光，看到了一个穿着羊毛衫的大叔，看上去四十七八岁，面相显得挺和善。

“喂……‘他’是谁啊？你又是谁啊大叔！”封不觉真没想到会有人和自己攀谈起来，心中连番吐槽，表面上还是吞吞吐吐地回道 :“啊……啊……还好吧。”

“他的作品都很不错哦，俄国很久没有出现这样敢于创新的画师了。”大叔饶有兴致地接道。

“哦……原来这是位俄国画家的作品吗……反正不是个懦夫（诺夫）就是个司

机（斯基）吧……”觉哥迅速将视线移动到了这幅画旁边的液晶显示屏上，扫了一眼作品的相关注释，再接道，“啊……印象派嘛，每个人看着都有不一样的想法吧。”

“呵呵……也对。”大叔道，“小伙子，那你觉得这幅画表达了什么呢？”

“表达了这个‘司机’不是酒后驾车就是已经色盲到看不清红绿灯的地步了吧……这种东西……给我一百八我能帮你画十幅啊，把阿萨斯扔到颜料里然后让它在画纸上打滚就齐活儿了啊。”

“可能他是想表达……酒精和大麻对人脑的损伤是不可逆转的。”封不觉终于还是忍不住吐槽了。

那大叔愣了两秒，笑出声来：“哈哈哈……”

然后他就这样笑了整整一分钟……

“喂喂……有这么好笑吗，就算你 get 了笑点也不至于乐到这种地步吧，好多人都在往这里看了啊大叔！话说我是不是该抛下这家伙默默离开啊……保安哥你们这种时候反而开始选择性无视了啊，好歹过来说一句‘请您不要喧哗’之类的吧！”

保安们当然不会过来管……因为这个大叔，就是若云斋的拥有者。他名叫黎涛，是个低调的生意人。另外……他也是黎若雨的父亲。

“你们怎么聊到一块儿去了？”这时，似雨的声音忽然从觉哥身后传来。

封不觉闻声，转头望去，第一次看到了现实世界中的黎若雨。觉哥倒真没想到，似雨的真实相貌竟会比游戏形象更美。可谓肤白若雪、颜如舜英、美目流盼、楚楚动人；其身姿更是绰约婷婷、灵秀天成。不过，她的气质还是一样……隐隐透出一种让人觉得难以接近的冷淡。

今天似雨穿了一件黑色调的长袖 T 恤，下着一条浅色牛仔裤。她的装扮很素净，没有戴任何配饰，也没有耳洞、文身，连指甲也剪得很短。当然了，这也是她的一贯风格，看来她对与觉哥见面的事，并未怎么放在心上。

“诶？你怎么是从画廊里面出来的啊？”

“这是我家开的画廊啊。”似雨回道。

“哈？”封不觉闻言一愣。

“原来我直接在外面等你出来就可以了吗！结果我买票进来到底是为了什么啊！”

“爸，你笑什么呢？”似雨对一旁已经笑岔气的父亲说道。

“哈啊……哈啊……”黎叔喘了几口气，刚缓过劲儿来，“小雨啊，这……这位小哥……哈哈哈……”他抹了把眼泪，“诶？等等……你们认识啊？”

“这是我的台词吧！你居然是她爸啊！我说怎么穿着件羊毛衫在到处晃荡呢，原来你也是从里面出来的啊！”

“嗯……叔叔你好。”封不觉说道，“我叫封不觉。”

“脱口而出了啊！为什么我要说‘叔叔’啊！，按理应该叫伯父什么的才对吧……一不留神就陷入这种小学生去同学家里玩的氛围了啊……”

黎叔忽然瞪大了眼睛，盯着封不觉的脸。下一秒，退后三步，上上下下将觉哥彻底打量了一番。接着转头对着女儿道：“难道这是你男朋友？”

似雨还是那副淡然的神情，语气平静地回道，“不是。”她顿了一下，“普通朋友。”

“是啊是啊，普通朋……”封不觉也想接这么一句，可他话未说完，就感到了一道冰冷而锐利的目光……这让他生生把话咽了回去。

“喂……你说普通朋友就可以，我说就不行啊……你这是想怎样啊……”

“哦！”黎叔当即掏出手机，也不管封不觉同不同意，便以迅雷不及掩耳之势，咔嚓咔嚓……给他连拍数张全身和半身照。

接着，这位年近半百的大叔，指如疾风、势如闪电……以惊人的手速在手机上进行了一阵操作，随后拨通了一个电话。

“喂？老婆，收到了吗？”电话接通后，黎叔一脸欣喜地转过身，对着手机说道，“是女儿的朋友哦！对啊！活生生的男孩子哦！嗯嗯……是挺帅。哦……那倒不是，不过终于有个朋友了啊！”

“你的人生是有多悲惨啊！这已经远超社交障碍的级别了吧……就算是我也不至于一个朋友都没有啊！”

“嗯，回来再说。”黎叔挂断了电话，转过身来，忽地目光如炬、一脸肃然，“小封，我女儿就劳你费心了……”

似雨扶额摇头：“爸，不要再说多余的话了……”

“呵呵……您，您太客气了。”封不觉干笑着回道。

“你这一脸笑纳了的神情又是什么意思？”似雨却是瞪着觉哥接道。

“喂！你爹这么囧傻呆萌，我帮你兜着，你还老瞪我？”

十分钟后，似雨拉着觉哥来到了街上。

到了这儿，她才长长地舒了口气。

“啊……感觉我不小心掌握了一些不该了解的情报啊……你该不会把我灭口吧……”封不觉有气无力地说道。

“无所谓，你也没处说去。”似雨接道。

“嗯……也对，小骨头是你表妹，应该是清楚的，那么小叹八成也已经知道了……”封不觉推测道。

同一时间，街对面的绿化带后方，两个戴着墨镜和鸭舌帽，鬼鬼祟祟的人影，正在观察着这边的动向。

“不知为何……突然感觉后脊梁发凉。”小叹说道，“他们该不会正在谈论我吧。”

“谁知道呢……哎，我要是会读唇语就好了。”悲灵接道，“超想知道那两个人单独在一起会说些什么……”

“话说……我们俩这样会不会被当成是跟踪狂啊？”小叹不安地左顾右盼了几眼。

“怕什么，有我这样的超——级美少女跟在身边，被误会的几率是零啊。”悲灵回道。

“是啊是啊……带上你这样的超——级美少女，做什么坏事都行啦。”小叹吐槽道，“话说你都二十二了，还自称美少……噗……”他话未说完，腹部就中了一肘子。

“那么……接下来去哪儿呢？”封不觉说道，“难得两个人出来玩儿，又是五一假期，要是去看电影的话也未免有点太……”

“去你家吧。”似雨用一贯的冰冷口吻打断道。

“你……这……我……”思维敏捷、能说会道的觉哥，在这一刻，连一句完整的话都说不出来。

“你想多了。”似雨接道。

“好吧……”封不觉道。

这两人究竟是怎么明白对方意思的……恐怕只有他们自己才知道。

“哦，稍等一下。”封不觉说着，从口袋里取出手机，按了一个速拨号码。

十几秒后，对方才接起来，小叹的声音传来：“喂？觉哥吗？什么事啊？”

“哦，也没什么事，想请你和你身边的妹子从绿化带后面出来，一块儿到我家去坐坐。”

五分钟后，四人就坐在了小叹的车上。

小叹和悲灵坐在前排，而觉哥和似雨在后排，后面二位相互间离得很远……用几乎对称的姿势单手托着腮帮子，各自看着两侧窗外的风景。

“一定是你冒冒失失的，所以才被发现了。”悲灵仍在埋怨着。

小叹回道：“我开车的时候你可别闹啊，哦……别忘了系安全带。”

这会儿他俩已经把墨镜和帽子都摘了，脸上的表情皆有些尴尬。

“这不怨他。”封不觉在后座上说道，“我的反跟踪能力可是经过系统训练的，无论理论知识还是实践经验皆不是你们所能企及的，就算是本地公安……”

“喂！那种事不要随口就说出来啊！”小叹吼着打断道。

“啊，算了，其实这样也好。我们四个也难得出来聚聚。”悲灵说道，“再说这种法定假期，公共场所到处都是人，去团长家的确是个不错的选择。”

“嗯，没错，‘独居宅男的家，是集电影院、桌游室、咖啡馆、餐厅于一身的场所。’”似雨用复述的口吻接了一句。

“这是我的……”封不觉一听就想起了这是自己曾经写在小说里的原话。

“是你在三年前那本短篇小说《隔楼有眼》里写的。”似雨接道。

“我写你就信啊……”封不觉道。

“我当然不是相信你所写的内容，我只是通过你所写的内容，推测其中有多少成分和你的现实生活状态有关。”似雨道。

“咱俩性别互换的话……我已经可以报警了吧。”封不觉虚着眼，斜视着身旁的似雨道。

“我只是推测，并没有任何实质性的调查行为。”似雨道，“我也从来没想过……会在惊悚乐园里遇见你。”

“这就叫缘分吧。”小叹在驾驶座那儿头也不回地插了一句。

大约半小时后，众人来到了觉哥的家中。来到了这个集电影院、桌游室、咖啡馆、餐厅于一身的场所……

“啊，顿时有一种零元包场的感觉啊……”悲灵毫不见外地就蹦上了觉哥的沙发，舒服地伸了个懒腰。

“哟，阿萨斯，今天也是一脸目中无人的神情呢。”小叹找到了趴在屋角的花猫，蹲在其面前说道。

“诶诶？团长有养猫吗？”悲灵又从沙发上跳了起来，跑了过去，跪坐到小叹身边，“呃……这猫的眼神好臭屁啊……”

“神态和主人异常相似呢……”似雨也凑了过来。

阿萨斯被三个陌生人围观，依然是我行我素、若无其事的样子。它用一个标准的猫趴匍匐在地，扫了众人一眼，然后别过头去，打了个哈欠。

“你们这帮家伙还真不把自己当外人啊……”封不觉走在最后头，一边关门一边道。

“诶？团长，你有没有逗猫的玩具啊？”悲灵问道。

“捡它的当天倒是买过一些，但一次也没用到。这家伙从不乱抓乱挠，也不咬东西；对逗猫棒、毛线球什么的也没有任何反应……”封不觉回道，“所以过了几天我就把猫玩具都给退回去了。”

“这么说来……它还挺乖的咯？”悲灵道。

“除了有计划性地埋放屎雷，对我各种无视以外，算是吧……”封不觉道，“说起来……我请这么个大爷回来伺候着，到底是为了什么啊……”

“因为寂寞吧。”似雨从猫那边离开了，走入了厨房，“你们要喝点儿什么？”

“喂！这是主人应该问的问题吧！”封不觉喊道。

“热水。”“随便。”悲灵和小叹分别回道。

“诶？为什么是热……噗……”小叹刚准备提问，又被打了一肘子。

“我已经可以想象你们的婚后生活了。”封不觉冷冷道了一句。

这时，站在冰箱旁的似雨，神情微变，微蹙秀眉，转头对觉哥道：“为什么……你的冰箱里……会有内裤……”

封不觉完全没有不好意思，还用一种煞有介事的语气回道：“啊……一旦穿过冰的，温的那种就穿不回去了……”

“所以理由是穿着舒服吗……”似雨沉吟道，她的脸颊少有地飞上了两抹绯红，随后其视线又重新回到了冰箱内，“而且全部都是平角的吗……”

“喂喂……这强烈的违和感是怎么回事？男女属性颠倒了吧……一般来说应该是我处心积虑去窥探你的内衣颜色才比较正常吧……”封不觉说道。

“哪里正常了啊……”小叹在旁言道，“二者之间只是变态的程度不同而已吧……”

这日下午，四人相谈甚欢，玩得也很尽兴。这楼隔音不错，封不觉住的又是顶层，玩桌游时再大声也无妨，只要别对着地板直跺脚就是。

觉哥家确实具备各种娱乐设施的功能，除了似雨所说的那几种外，封不觉的游戏机收藏也是横跨各平台，而且卡带充裕……在他家，可以玩到20世纪90年代至21世纪50年代的各种主流机种。

5点多时，当封不觉独自在厨房进行中二料理之际，另外三人又把觉哥那段“我是写手”的视频看了一遍。虽说那期节目已经在电视上播出了，而且似雨也已经暗中录下来了，但这个版本她还是很认真地看完……

之后的晚餐自然是很丰盛的，封不觉做菜的实力让两位女生汗颜。当然了，他做菜时的各种言行，更加让人汗颜。

晚饭后，众人也没有散伙儿的意思，于是，在悲灵的提议下，他们用觉哥那颇为豪华的家庭影院开始唱 K……不过几乎都是小叹和悲灵在唱。这俩富二代也算俊男美女，嗓音条件也不差，平心而论，去参加个选秀大赛的什么的，妥妥儿地能进二十强。

封不觉今天的兴致也着实挺高，自己也唱了一首《爱情有什么道理》:“其实一个人的生活也不算太坏，偶尔有些小小的悲哀，我想别人也看不出来，即使孤单会使我伤怀，也会试着让自己想得开……”从各种意义上来讲，他似乎都在回应着先前似雨那句“因为寂寞吧”。

至晚上 9 点，意犹未尽的三人才告别离去，将两位女士送回家的重任就由小叹担上了。

送走了朋友们，空荡荡的屋子里，又只剩下了封不觉一人。

洗碗池里还有一堆油腻的盘子要处理，阿萨斯的猫砂也该换了，似雨刚才“检查”他的电脑时，删掉了不少很有价值的视频文件，有待恢复……

但封不觉，只是坐在沙发上，关上了屋里所有的灯，默默地闭着眼睛。

他似是想把刚才这段记忆，带入自己的思维殿堂，封装在一个精致的匣中，贴上快乐的标签，永久保存。

封不觉是一个悲观主义者，他也想过……也许某一天，脑中的阴影不止会夺去他的恐惧，还会夺去他的智慧，甚至夺走他的生命。

如果那一天真的来临，至少……他还可以在最后的一段日子里，在自己的思维殿堂中追忆、徜徉。

Loading……

SPECIAL CHAPTER

三十三节侦探

1 狼狈的登场

本卷，是发生在“苍灵论剑篇”与“我是写手篇”之间的一个故事。

为什么要现在写出来呢……

其实也没有什么特别的原因。

非要说个理由的话，是因为脑子里有太多东西想写，当初就把这个过于无节操的剧本给暂且搁置了。

由于封不觉在这个剧本中没有使用任何物品或技能，因此这段加在哪里都一样。

那么……开始吧。

“嘿嘿嘿……欢迎来到惊悚乐园。”一个似曾相识的声音笑道。

“载入已完成，当前您正在进行的是单人生存模式（噩梦）。

“本模式提供剧本简介，并有几率出现支线 / 隐藏任务及特殊世界观。

“剧本通关奖励：结算奖励时可获得 80% 的通关基础经验加成。

“即将播放剧本简介，播放完成后游戏将即刻开始。”

画面亮起，CG 中的主角，正驾驶着一辆汽车在山路上行驶。

眼前的公路崎岖不平，路边的护栏也明显是年久失修。每隔一段，都会出现一截无护栏的空档，也不知是不是被以前出事故的车辆给撞没的。

透过挡风玻璃去看远处的景物，可见乱山杂立、谷深林茂……这儿显然是个人迹罕至的偏远地区。

公路边上就是峡谷峭壁，横生斜长的怪树颇多，有些枝杈甚至延伸到了路上，煞是危险。

只是看了几秒钟，封不觉就猜到接下来会发生什么了……

不多时，系统语音响起：

“你，是一位性格古怪的名侦探。

“在十月的一个午后，你决定出门，进行一次长途旅行。

“你驾驶着租来的廉价汽车，驶过公路，驶离城市，穿过山岗，越过峡谷，沿着公路去向远方……在那些陌生的、荒芜的土地上，寻找着“自由”的错觉。

“直到……你来到了此地。

“这是一片古老的土地，文明的脚步似乎拒绝在这里驻留，它只是匆匆留下了几个足迹，便离开了。

“很多年以前，这里也曾被认为是适宜居住的。

“法裔加拿大人来过，意大利人来过，波兰人来过，但他们都走了。究其原因，无非是看到、听到或者遇到了什么，也可能……只是想象到了某种事物。

“这儿显然不是个能给人们带来好梦的地方……”

旁白到此戛然而止，取而代之的，是突然响起的刹车声。

和封不觉预料的一样，开场CG中的汽车忽然发生打滑，从护栏间的空隙冲出，滚下了山坡。伴随着汽车滚落时的隆隆声，他眼前的画面先是激烈地颤动、颠倒，最后……还是被黑暗所蒙蔽。

好在，几秒后，封不觉就获得了行动能力，剧本这就算正式开始了。

睁开眼睛的同时，觉哥便感到了一丝不适……此刻，他乘坐的汽车是底盘朝上的状态，而他的身体，被安全带固定在驾驶座上。

这车子会不会漏油爆炸还不知道，但一直待在里面肯定是不行的。

封不觉立刻尝试去解安全带，出乎意料的，这玩意儿竟然很容易就被解开了，质量还真过关。

他用手支撑着倒挂的身体，左右张望了一下，发现挡风玻璃碎得相当彻底，便决定从那里出去。于是，他将头部压低，让体重都压到肩膀上，然后把身体折得像个虾仁似的，让双脚先从前面探出去，身体则以一种后滚翻一般的动作跟出去。

这家伙的柔韧性很不错，迅速就从车里钻出来了。

在山谷下的泥地上站定后，封不觉并未急着离开翻倒的汽车，他第一时间想到的是：再去车上搜搜有没有什么可利用的道具。

不料，恰在此时，火光一现，油箱外部莫名地起火了。

说时迟那时快，封不觉见状，毫不犹豫地转身朝前蹿出。两秒后，果然发生了爆炸，把正在前冲的觉哥又震飞了好几米，摔了个狗啃泥。

“在噩梦难度下还真是不能掉以轻心啊……”封不觉念叨着，“这种即死事件，也只给我两秒钟的反应时间。”他重新起身，拍了拍身上的灰尘。望着远处的熊熊火光，心知那车上是没什么可拿的东西了。

“重要提示：该剧本中无法使用任何由剧本外带入的物品；行囊栏已锁；技能栏已锁；离开剧本前，您的服装将暂时被改为剧情人物的款式，身体素质亦将被修正为现实生活中的水准。”

“哈？”封不觉听到系统提示后明显一愣，虽然他也注意到了自己的服装变成了一套黑色休闲西装，但还真没发现行囊栏和技能栏的变化。

此时，他听到提示再打开游戏菜单，才看到物品和技能确实都被锁掉了。

“呀呵……这系统还真有风范啊，发个通知，说干就干。”封不觉吐了个槽，无奈地接受了这个设定。

接着，他习惯性地抬头，先扫视了一圈周围的情况。

谷下虽是树高荫密，但午后的阳光还是照得下来。他粗略地观望一番，并未看到什么明显的威胁。

可能是系统的影响，就连那辆爆炸后起火的汽车，其火苗也没有蔓延出去，只是集中在车身上燃烧，俨然是烧焦了本体就会灭掉的样子。

正当封不觉准备动身展开探索时，主线任务的提示来了：

“主线任务已触发：用三十三节的篇幅，完成该剧本。”

这条任务下方，另一条主线任务的子任务也已出现：“在山谷中寻找并抵达洛夫克拉夫特家族的宅邸。”

“哦……这样啊。”封不觉冷笑道，“难得的特别篇，才几节就结束掉确实不太好呢……那就由我来撑足三十三节吧！”

2 搭车

封不觉在汽车残骸的附近绕了一会儿，实在想不出爬上峭壁的法子，只得另觅路径。

此时，觉哥已失去了上天入地的非凡身手、失去了各种超自然的技能装备，甚至失去了最基本的求生工具。作为一个普通人，身处这种谷底密林之中，无疑是十分危险的。

封不觉还不知道这个剧本里有没有其他的坑爹规定，比如玩家必须饮水进食，否则就会饿死之类（顺带一提，封不觉当初玩这个剧本时是在睡眠模式下）……如果真有那种设定，凭借着多年观看《荒野求生》节目的经验，想必觉哥也就能比常人多活个一天半天……

“结果只能是凭着直觉盲目地前进吗……”封不觉一边在林中穿行，一边叨唠着。

这也是无奈之举，以他现在的身体能力，想爬到树上去眺望都难如登天。即使真的爬上去了，要把头从树冠上探出去做张望的动作也是非常危险的，他身上可没有任何保护措施，脚底一滑没准就一命呜呼了。

不过，事情的发展比想象中要顺利。

拨枝推叶的艰难跋涉持续了二十分钟后，封不觉的眼前便出现了一条小溪。抬眼观望，对岸的林子相对这边要稀疏许多，而且林间隐约可见一条现成的小径。

觉哥来到溪边，左顾右盼，在确认了附近没有野兽之类的东西后，警觉地蹲下，洗了把脸，并喝了几口水。

从嗓子里的干涩感以及显著的疲惫感判断，自己在这个剧本中扮演的角色，肯定是需要进食、喝水和休息的。只有上厕所的设定依然不存在，因为根本没法儿脱裤子。

在补充了水分并稍作休息后，封不觉就重新上路了。

虽说在汽车爆炸后再也没有遇上过什么危险，但谨慎的性格以及对噩梦模式的忌惮，还是让封不觉处处留心、步步为营。因此，他在趟过只有膝盖那么深、宽度不足五米的小溪时，仍然是小心翼翼的。

来到对岸后，他用西装的衣摆将脚擦干，穿上鞋袜，随即就沿着小径前行而去。

“嗯……从水中的倒影看，长相还是我自己的样子。”他在行动时，脑中的思考也是一刻不停，“全身上下的口袋都是空的，里里外外能翻看的部分，也没有任何绣章或者标志。所以……我这个‘名侦探’到底叫什么名字呢……”

思索间，脚下的路径愈发清晰起来，然而四周的地势却是愈发陡峭，回头望时，身后的林子早已在此刻所处的高度之下了。

就这样，他又行了近半个小时。在穿过了一片松木林后，四周的地势便趋于平缓，不多时，眼前竟出现了一条公路。

封不觉快走几步，来到了那条大路上，看着路边的电线杆子，有一种说不出的亲切感，要是那电线杆子上有几张小广告就更亲切了。

其实他绕了一大圈，只是从谷底回到了公路所在的高度而已。

呜——

沿着公路走了没多久，远处就传来了汽车行驶的声音。

封不觉回头一望，看到了一辆颇为招摇的红色敞篷跑车正在朝他驶来。

他也不啰唆，直接往路中间一站，两脚打开，双手高举，摆出一个“大”字，一副“不让我搭车就撞死我算了”的架势。

“嘿！帮帮忙！”汽车驶近一些后，封不觉挥舞双臂，高声喊道。

那辆车上坐的是一对中年夫妇，都是白人，无论是穿着打扮，还是他们所驾驶的车辆，都是20世纪中叶的款式。

在这荒僻之地有人拦车，对方自是有所顾忌，不过定睛一看，拦车之人身形消瘦、手无寸铁，衣服虽脏但好歹也是正经人打扮，而且还在大声喊着“help”，想必是真的遇到了什么麻烦。

于是，跑车缓缓减速，停在了路边，驾驶座上的那位先生对自己的太太道了一句：“待在车里，卡萝尔。”

“小心点儿，丹尼斯。”妻子叮嘱道。

丹尼斯推开车门下来，走到封不觉面前两米左右的距离，开口道：“先生，出什么事了？”

封不觉打量着眼前这名男子，此人身高接近一米九，四十岁左右。体态魁伟，褐发蓝眸，留着小胡子。上身穿一件米色短袖 T 恤，下身是一条白色西裤，脚上的皮鞋擦得锃亮。一件蓝色毛衣被他披在肩上，衣袖在胸前打了个结。这种穿衣方法在封不觉的年代早已过时了，所以他更加确定这个剧本的年份是在 20 世纪。

“呃……是的，先生，我发生了车祸。”封不觉回道。

“什么？车祸？”丹尼斯看了看封不觉，“怎么回事？你受伤了吗？”

“我还好。”封不觉说道，“只是我的车毁了，从公路边滚了下去。我走了大约一个小时才从谷底爬上来，找到了这条公路。”他尽可能有条理地多透露出一些信息，解除对方的疑惑，以便获取信任，“请原谅我站在路中间的唐突行为，不过我确实很需要有人载我一程。”

“原来是这样。”丹尼斯似乎放下了戒备，走近了一步，“别担心，伙计，我很乐意帮忙。”

“那真是太感谢你了。”封不觉言道，他此时的谈吐显得很礼貌且正常。

丹尼斯将封不觉带到了车边，指着车上的女人介绍道：“这位是我的妻子卡萝尔。”他又将脸转向妻子，用手朝封不觉身上示意了一下，“这位……”

“封不觉。”封不觉直接说了真名，想试探一下 NPC 的反应。

“这位封先生遇上了车祸，想搭个便车。”丹尼斯很自然地接着说道，看来系统已修正了名字、长相等因素对于 NPC 的影响。

“噢，那太不幸了，您没有受伤吧？”卡萝尔问道。

坐在车里的这位女士，身着一席红色呢绒外套。她碧眼黑发，称不上有多美貌，脸部的轮廓略显怪异。虽然她已是浓妆艳抹，但岁月对这个四十岁的女人显然并不怎么宽容，厚实的粉底盖不住所有的皱纹。

“我没事，谢谢关心，夫人。”封不觉一边回话，一边已快步乘上了后座。就算对方这时想变卦也晚了，想把这货赶下车是不可能的。

“封先生。”丹尼斯乘上了驾驶座，回头说道，“我和太太此行是要去山中的别墅参加一个家庭聚会，这儿离目的地已经不远了，如果你不介意的话，就先跟我们到别墅去。那儿有电话，我们可以通知你的家人或者朋友来接你。”

“真是感激不尽。”封不觉道，“尚未请教，先生的名字是……”

“洛夫克拉夫特。”丹尼斯回答时，已发动了引擎，“丹尼斯·洛夫克拉夫特。”

3 山间别墅

丹尼斯一边开车，一边和后座上的封不觉攀谈起来。毕竟是个才相见不到五分钟的陌生人，让他完全放下警戒是不可能的。因此，这种交流，也算是一种试探。

由于掌握的信息有限，封不觉在交谈时明显感到了力不从心。因为他对这个剧本发生的年代、地点一无所知。而且他也说不清有关自己的事，比如生日、家庭住址、有无亲人这类最基本的情况。

好在觉哥十分机智，他在谈话开始后不久，便来了一句："发生车祸时，我可能轻微脑震荡了，记忆好像受到了一些影响。"

有了这句话垫底，接下来只要被对方给问住了，他就可以直接回答："抱歉，记不清了"，然后扶额作痛苦状。

于是，在这段并不算长的旅途中，封不觉说出去的信息只有：名字、性别和职业这三样儿。反倒是丹尼斯夫妇被他套出了不少情报……

首先，这个剧本发生的年代，是1985年;地点是一个叫做“亚萨利”的欧洲小国，听上去好像是虚构的。

其次，眼前这位浑身散发着高富帅气质的丹尼斯·洛夫克拉夫特先生，是一位商人，主要经营的是工业用的管道。而他的妻子卡萝尔，虽然如今已跟了夫姓，但从两人的言语间可以听出，女方的出身相当显赫，比男方还要高出不少。

仅是这一点，就让封不觉有了很多的猜想……一个英俊伟岸的男人，娶了一个不怎么漂亮的但很有背景的老婆。一般在侦探小说中出现这种设定，发生凶杀案的概率是极大的。比如男方在外面有了小三，或是暂时没有，准备吞掉女方的财产后再找一个之类的……都是很有说服力的杀人动机。

另外，经过一番察言观色，封不觉发现这对夫妇对于此行的前景有些不安，看来那所谓的“家庭聚会”绝非是一般的亲友见面，其中必定大有文章……

“瞧，我们到了。”丹尼斯的说话声将封不觉的思绪拉了回来。

汽车驶过一个转角后，一栋山中别墅出现在了封不觉的视线中。

前方的公路分出了一条岔道，直通向别墅前的车道。丹尼斯驱车驶入，来到了别墅大门前，他没有下车，只是按了两下车喇叭。

很快，一名身着传统黑色燕尾服的男子便推开门走了出来。此人看上去六十岁左右，头发已然花白，不过发型仍是梳得一丝不苟，腰杆儿也挺得笔直。

“噢！原来是丹尼斯少爷，欢迎回来！”那人说着，便迎了上来。

“路上稍有些耽搁，你还好吗，亨德森？”丹尼斯回道。

“别担心，少爷，我的身子骨还很硬朗。”亨德森说话间，已来到了车边，为女士打开了车门，“你好，卡萝尔小姐。”

“谢谢，亨德森。”卡萝尔走下车来。

丹尼斯这时也已下车了，正好瞅见亨德森用疑惑的眼神看着封不觉的样子。

“哦，我介绍一下。”丹尼斯道，“这位是管家亨德森先生……这位……是封不觉先生。”

“您好。”

“幸会。”

封不觉礼貌地与对方打了招呼。

“封先生在山路上遇到了事故，车和行李都丢了，好在人没有什么大碍。”丹尼斯解释道，“方便的话，请让奥利弗（女佣）给他准备一间客房和一套干净合身的衣服。”

“是，少爷，我马上去办。”亨德森应承时，已从车子的后备箱里提出了两大箱行李。他喘着粗气，回身便往屋里去了。

“真是太麻烦您了，洛夫克拉夫特先生。”封不觉表面上还是很客气，心中却在思索：两个中年人看着一个老头儿拎这么重的行李，却毫无表示、显得习以为常……搞不好这也会变成潜在的杀人动机呢……

“哪里的话，既然来了，您就是客人。”丹尼斯回道，“这是应有的待客之道。”

他们对话间，一个身着白衬衫和背带裤的矮个儿男人走了出来，这人四十出头，留着络腮胡，脸上红扑扑的，显得很有精神：“丹尼斯少爷，亨德森管家让我来代您把车停到车库。”

“嗯，好的。”丹尼斯随手把车钥匙交给了对方，并转头对封不觉道，“哦，这是园丁巴顿。”他顿了一下，接道，“请跟我进屋吧，封先生。”

封不觉应了一声，便跟随着丹尼斯夫妇走进了别墅大门。

“当前任务已完成，主线任务已更新。”系统提示在这时响起，不过封不觉没有急着去查看菜单。

进屋后，他自是先观察了一下四周的环境。一楼的门厅很宽敞，家具摆放得井井有条，墙纸和陈设基本都是冷色调，似乎在暗示着主人的性格。头顶上是橡木的天花板，奇高无比。脚下也是木质地板，上面还铺着图案杂乱的金丝地毯。窗户用的都是威尼斯玻璃，窗框漆成青灰色。朝前看，七八米外便是通往二楼的阶梯。

此时，恰有一位美妇，正从阶梯上缓缓行下。

她看上去至多是三十岁上下，身穿着一条绿色的低胸长裙。其人相貌娇媚，肤白若雪，丰腴的上围呼之欲出，腰肢却是难堪一握的纤细。

“丹尼斯，卡萝尔。”美妇语气热忱地跟丹尼斯夫妇打起了招呼，“噢！你们还好吗？”她走过来，分别给了那二位一个礼仪性的拥抱。

“喔，奥黛塔，见到你真高兴。”卡萝尔回道。

话是如此，语气也很像那么回事儿，但封不觉却未从她的眼神里看到半分高兴。

丹尼斯不温不火地说道：“父亲的身体怎么样了？”

奥黛塔的神色一下子就黯然了许多：“呃……这个……还是一会儿让鲍威尔医生跟你们说吧。”她似乎想扯开话题，所以目光顺势就落到了封不觉的身上，并问道，“这位是……”

丹尼斯又将封不觉的事简单地告诉了奥黛塔，值得注意的是，他在向封不觉介绍奥黛塔时的用词：“我父亲的第三任妻子。”

4 案发？

觉哥听到丹尼斯的话时，当即脑洞大开，结合这三名NPC刚才的对话、神态等等，他瞬间便想到了十七八种凶杀案的假设……

“且不说你是第几任太太生的，从你的年龄上推断，你爹怎么着也该六七十了，但你这位后妈却相当年轻呢……”封不觉心中念道，“那位‘鲍威尔医生’是这儿的家庭医生吧……看来你老爸的身体貌似不太好啊。才进屋五分钟，这种密室凶杀加遗产争夺的伏笔就已经甩我脸上了。什么管家、园丁、女佣……不是潜在嫌疑人就是目击证人了吧……”

“少爷，客房已经准备好了。”这时，一位身形彪悍的红发大妈来到了门厅，对丹尼斯说话的同时，她也向着另外两名女士点头示意。

“封先生，我想你一定累坏了，不如先跟着奥利弗去客房吧。”丹尼斯道，“这儿的客房全都配有浴室，你可以洗个澡、休息一下。如果您想到了家人的联系方式，或是有什么别的要求，可以找亨德森帮忙。就当是在自己家好了，无须客气。”他顿了一下，“恕我还有些琐事需要处理，不能奉陪……”

“哪里哪里，是我叨扰了。”封不觉赶紧接道，“感谢您为我做的一切。”

几句寒暄过后，封不觉便向三位主人告别，跟着女佣拐进了一楼的走廊，不多时，他们就来到了别墅西侧的一间客房。

奥利弗大妈把人带到，便去别处做事了。

封不觉倒是一直保持着警觉，关上房门后，他做的第一件事就是把整个客房给搜了一遍，在确认了该区域的安全性后，他才长舒一口气，背朝着柔软的大床仰面躺下。

“呼……总算能喘口气了。”他轻声念道。

对封不觉来说，装出文质彬彬、谦逊有礼的样子，并不是很难的事，只是很累而已……

“好吧，先来看看任务。”他即刻打开游戏菜单查看。

“在山谷中寻找并抵达洛夫克拉夫特家族的宅邸”这条已被勾去，下一条任务是：“留在别墅中，等待案件发生。”

“嗯……真是好任务。”封不觉笑道，“也就是说，什么都不用做。”

他歇了大约半小时，躺在床上将已知的信息整理了一番，随即坐起身来，看着桌上的干净衣物道：“说起来……我该怎么换衣服啊……”这的确是个难题，游戏是不允许他脱光的。

“只能用‘由于太累，倒在床上直接就睡着了，所以没洗澡’这种理由搪塞过去了吗……”连封不觉自己都觉得这个理由和“轻微脑震荡”一样牵强。

他又想了一会儿，沉吟道：“嗯……外面的西装是可以脱掉的，但长裤和衬衫不行……要不然我就脱掉外套、卷起裤管，稍微用水清理一下，然后换上这件干净的外套。”这个办法似乎比前一个靠谱一些。

念及此处，他就伸手去拿那件干净的西装，没想到触发了一条系统提示：“消耗该物品可将您的外观状态重置。”

伴随着语音，他的眼前弹出了一个窗口，上面写着：“是否立即消耗？”

“嚯，难道这就是传说中的一键换装？”封不觉稍稍犹豫了几秒，就选了“是”。

霎时间，白光一现，他整个人便焕然一新，不止是服装换成了那套干净的西服西裤，连皮肤上的污迹、身上的汗臭也都消失不见。而他原本穿着的脏衣服，则出现在了桌上，整齐地叠着。

“还真方便呢……”封不觉说道，“那么……现在做点儿什么呢……去偷看三姨太洗澡吗……”

嘀嘀嘀——

一阵汽车喇叭的蜂鸣打断了他的思绪。

声音一起，封不觉便三步并作两步地跨到窗前，用手略微撩开窗帘，循声向外张望。

他所在的这个客房，恰好可以斜着望到别墅的正门。此刻，只见一辆越野吉普驶到了别墅前，一名身着黑色皮夹克的男子从车上走了下来。

此人身高一米八左右，三十岁出头的年纪;金发，叼着烟，烫着头，戴一副墨镜，颇有些飞车党的风范，只不过他没有骑摩托车。

“哈哈！亨德森！老伙计，你好吗？”这位一见到老管家，就上前来了个熊抱。

“呵呵……杰克少爷，欢迎回来。”亨德森笑脸迎道。

杰克倒是干脆，连车钥匙都没拔，随手把吉普车后座上的一个旅行袋往肩上一扛，自己就奔屋里去了。

“这货是丹尼斯的弟弟吧……”封不觉心道，“看年龄，这位肯定也不是奥黛塔生的……不知道他和丹尼斯是亲兄弟还是同父异母。”他离开了窗户，坐回床边，思忖道，“说起来……现任的第三位夫人，看上去绝不超过三十五岁，无论怎么算，她跟这家的老爷也该相差个三十岁左右吧。除非她是十年前就嫁到洛夫克拉夫特家来的，否则基本不可能育有子嗣……”

砰——

突然，在毫无征兆的情况下，一声相当明显的枪声乍然而起，听着像是从二楼的某处传来的。

“嗯……这就动手了吗？很好。”封不觉听到枪响后的反应，也与正常人不同……

他先是叹了口气，然后站起身来、伸了个懒腰，接着，他一脸平静地走出房间，向着声音发出的地点，从容地行去。

以前上学时，每当听到广播里喊“封不觉同学，请立刻到校长室（或教导处）报到”时，觉哥就是这种反应。那感觉就好比……我知道即将或已经发生了一些很糟糕的事，但我还是会很淡定地处理的。

穿过走廊来到阶梯处时，封不觉正巧遇到了从正门跑进来的管家亨德森，这老爷子在屋外听到了枪声，便慌忙跑了回来。

“似乎是在二楼。”封不觉很镇定地抬手指着上方，对亨德森道，“从那个方向传来的。”

“噢！上帝！”亨德森惊呼道，“是老爷的房间！”他一边说着，一边就奔上了阶梯。

觉哥并未从对方的举动中看出什么不合情理的异常来。于是，他也不声不响地跟着亨德森，一块儿向二楼跑去。

5 我好歹也是个侦探啊

封不觉紧随管家向楼上跑去，在经过楼梯转角时，他发现一个旅行袋被扔在了过道边。想必是那位杰克少爷在听到枪响后扔下的。

一分多钟后，封不觉跟着亨德森来到了二楼主卧的门前。房门敞开着，屋里传出了激烈的争吵声。

其中一个声音显然是丹尼斯，他情绪激动地喝道："这跟你无关！杰克！"

杰克也不甘示弱地回道："嘿！我可不是三岁小孩儿了，我有权知道你对老爸说了什么才让他暴跳如雷！"

"够了！"第三个声音响起，那是个对封不觉来说比较陌生的嗓音，听上去低沉、有力，"都给我闭嘴！"

砰——

又是一声枪响，从声音判断，是同一把枪发出来的。

这时，奥黛塔和卡萝尔也已闻声而来，她们从走廊的另一端出现。

"噢，天哪！发生什么事了……"奥黛塔一脸担忧地说道。

卡萝尔的神情和她相仿，显得局促不安。

被枪声吸引至此的人还不止这几位，之前封不觉见过的女佣奥利弗、园丁巴顿，以及另外一名他尚未见过的，五十多岁戴眼镜的高瘦男子，也先后出现在了走廊中。每个人脸上的神色都是惊疑不定，口中也都纷纷说着"出什么事了"、"我听到了枪声"这样的对白。

"老爷、二位少爷……"亨德森管家是第一个迈进门去的，"这……"

屋里没人接他的话，场面陷入了压抑的沉默。

封不觉可不管那些，他悄然走近，越过亨德森的肩膀朝屋里张望起来。眼前的这间卧室里，一共有三个人，除了丹尼斯和杰克外，那第三位，自然就是洛夫克拉夫特家的老爷了。

在一般人看来，丹尼斯的相貌已算是高大英伟，但和他的父亲相比，其气质、气势，都差了一大截。

这位家主的外貌让人一眼难忘，他面容刚毅、轮廓鲜明，眼神冷漠而从容，举手投足间无不透出一种上位者的威严，给人一种超世绝俗、无庸置疑且不可冒犯的气质。

"嗯……难怪能娶到比自己年轻三十岁的老婆，的确挺有范儿的。"封不觉心道，他的视线飞速游移，观察着卧室内的每一个细节。

此时，那位老爷正坐在一张沙发椅上，身穿一件绛红色的睡袍，手中拿着一把银身木把的柯尔特左轮手枪，六发经典款，枪口还在冒着烟。

丹尼斯和杰克都站在离他两米开外的地方，看上去不像是受伤了的样子。

“嘁……原来只是朝天花板开枪示威吗……”封不觉心道，他这唯恐天下不乱的心态实不可取，“上一节的标题后面加上问号的用意是这个啊……”

“科尔斯顿！”走廊中那个高瘦男子紧赶慢赶地奔来，“对不起，借过一下。”他从封不觉和亨德森的身边挤过，走进了卧室，对那位老爷说道，“科尔斯顿，你疯了吗……快把枪放下，要是伤到人了怎么办？”

“是啊……要是当着这么多人的面作案，我还怎么撑三十三节啊……”封不觉心中吐槽道。

“哼……”科尔斯顿把枪搁在了椅边的小桌上，深深呼了口气，随后抬眼望着两个儿子说道，“你们俩先出去。”

丹尼斯和杰克对视了一眼，火药味十足，不过两人都没有再说什么，只是按照父亲的命令退出了房间。

“鲍威尔，你留下，我有话对你说。”科尔斯顿对那高瘦男子说道，看来他就是先前奥黛塔提到的“鲍威尔医生”。

待两个儿子出了房间后，科尔斯顿示意鲍威尔关上了房门。

走廊中的气氛有些尴尬，很显然，对于之前丹尼斯和科尔斯顿说了些什么，每个人都有自己的推测，因此，每个人的眼神都在诉说着一种特别的情绪。

“亲爱的，你没事吧？”卡萝尔上来关切地拉住丈夫的手。

“别担心，亲爱的……”丹尼斯很善于隐藏自己真实的情绪，走出房门后，他的表情已恢复了平时的样子，“父亲只是……因为一些琐事生气，你知道的，这几年他的脾气越来越暴躁，我想可能和他的病有关。”

“哈！说得像真的一样。”杰克冷笑道，转身欲走。

“你就这样跟你的哥哥说话吗？”丹尼斯高声道。

“你该庆幸，我没有那样一支枪。”杰克说话很轻浮，或许他本人没怎么觉得，但这句玩笑话的言外之意可是非常危险的。在封不觉看来，如果丹尼斯不久后被杀，这句台词基本已经可以构成重点嫌疑人FLAG了。

杰克说完后，就朝着楼梯的方向去了，应该是回去拿自己丢下的行李。丹尼斯冷哼一声，也没再叫他。

封不觉作为一个局外人，自然是不方便插嘴的，他只是不动声色地观察着众人的反应……管家亨德森、园丁巴顿、女佣奥利弗、卡萝尔夫人以及奥黛塔夫人。在觉哥看来，他们个个儿都藏着一些不可告人的秘密。

“好了，都散了吧，没什么好看的，没事了。”丹尼斯朗声让众人离去，说话间，他方才发现封不觉也在场，于是上前一步说道，“噢，封先生，真抱歉，让您见笑了。那个……家父他曾是军人，那把枪是战争中留下的纪念品……”

封不觉对这种敷衍性质的解释不感兴趣，他直接用很豁达的语气回道：“哦，没关系的，这种场面我司空见惯了，我好歹也是个侦探啊。”

这句话，仿佛将空气都凝固了一般。那些正在离去的人，动作皆是明显一滞，就连已走到远处的杰克都回过头来望了封不觉一眼。

丹尼斯夫妇脸上的神情也是略有变化，虽然他们在车上和封不觉闲聊时，后者已提到过这点，但当时的丹尼斯和卡萝尔根本没把这话当回事儿。一个连自己的生日、生活的年代都说不上来的、轻微脑震荡的车祸幸存者，他说自己是宇航员都行，谁信啊……

然而，此刻封不觉已收拾一番，换了身干净打扮。从上到下打量，此人双目有神，身体无恙，言谈举止间条理清晰，措辞有度。看来……还真有可能是个侦探。

6 告密者

接下来的一个小时，封不觉又返回了自己的那间客房，继续去等候那不知何时才会发生的“案件”。

这个剧本，是他迄今为止玩过的、最轻松的噩梦剧本了。虽说他的角色能力受到了比较彻底的限制，但除了一开始的汽车爆炸外，他就再也没遇到过明显的死亡FLAG，而且NPC们的态度也都比较友善，都是以礼相待。

估计只要觉哥本人不做作死行为，比如暴露本性之类……应该是没有什么会威胁到他的安全了。

“所以说……难度就集中在三十三节这个设定上了吗……”封不觉躺在柔软、舒适的大床上，将双手枕在头后，慵懒地念道，“嗯……通常来讲……推理小说也好、侦探电影也罢，铺垫和案发用去的篇幅不会超过四分之一。那么……在第八节之前，无论如何都会出事了吧……”

正当他念叨着一些无聊的废话之际，门外的走廊中，忽然响起了轻微的脚步声。

封不觉立即警觉地坐起身来，侧耳倾听。

对于脚步声，觉哥有过一番非系统的但却很实用的研究。不同的身高、性别、职业、装束、生活习惯乃至性格，都会体现在一个人行走时的声音上。

此时，他一听就知道，来的人是那位矮个儿园丁巴顿。

咚咚——

巴顿轻轻叩响了封不觉的房门。

“哪位？”其实封不觉早已站在门后了，而且他也知道来者是谁，不过他还是要装模作样地问上一句。

“呃……我是园丁，名叫巴顿。”门外的巴顿回道，“我们在外面见过一面，您还记得吗？”

封不觉打开了房门，神情平静地迎向对方道：“当然，你好，巴顿先生，请问有什么可以效劳的吗？”

巴顿十分夸张地朝走廊两侧左顾右盼一番，接着，压低了声音问道：“封先生……您真的是一位侦探吗？”

“是的。”封不觉回答的语气显得很平常，且透露出一种令人信服的自信，他一边说着，一边侧过身道，“我想您有话要对我说，请进吧。”

“呃……”巴顿犹豫了一秒，并再度转头，仔细确认了无人窥视后，他才跨进了门里，“打搅了。”

封不觉顺手就关上了房门，插上门栓，然后很自然地转身，搬了张椅子给对方：“请坐下说吧，巴顿先生。”

“谢谢。”巴顿接过了椅子，不过没有立即坐下，他在等主人先落座。

这些细节，封不觉自是尽收眼底，他没有多说什么，又去搬了另一张椅子，直接坐了上去。

见此情景，巴顿便也跟着坐下了。

通过简单的几句对话和几个动作，封不觉就成功地让对方产生了一种“这位侦探先生很随和”的错觉。

“有件很重要的事，我觉得有必要告诉您。”巴顿一开口，其神色就已经很紧张了，“不过在我说出这件事之前，有些关于我自己的情况，我想先跟您坦白。”

“鄙人洗耳恭听。”封不觉说道。

巴顿点头，似是下了很大的决心般，说道：“我……曾经是个溜门撬锁的盗贼。”

“曾经？”封不觉接了一句。

“呃……对，现在当然已经不是了。”巴顿解释道，“其实年轻的时候，我也曾有过锦绣前程……哎……不提也罢。总之，三十岁时，我在潘冬维尔蹲过两年监狱，那儿真是太可怕了。即使在冬天，囚犯身上也只有一件粗麻布工作服，吃的伙食是灰槟豆煮的、没油的糊糊，每天还有干不完的活儿。有天晚上，我又冷又饿，还被雨淋了个透湿，我以为自己快要冻死了……”

“重点，巴顿先生。”封不觉道，“请说重点。”

“呵呵……对不起。”巴顿道，“总之，那段经历对我的影响很大，从此我就洗心革面了。”

“那么……这和你准备告诉我的，那件很重要的事之间，有什么关联吗？”封不觉问道。

“我只是希望您可以充分地信任我。”巴顿回道。

“嗯……”封不觉沉吟道，“这就怪了……描述自己的犯罪前科，对取得我的信任会有什么帮助吗？”他未等对方回应，就自顾自地接道，“想必你准备对我说的那件‘很重要的’事，会对这栋宅子里的某个人非常不利吧？”

“您是怎么知……”巴顿话未说完。

封不觉便打断道：“这是显而易见的……A 说了 B 的坏话，B 若想进行否定，最好的方法就是反过来攻击 A，降低其言论的可信度。‘你真的相信那个贼说的话吗？’大概就是这种感觉吧……”他挠了挠头，“你也很清楚，别人会用你那段不光彩的经历来说事儿。所以，你干脆就自己先说给我听。”

“噢！先生，您真了不起！您果然是位大侦探。”巴顿瞪大了眼睛说道。

“哼……过奖……”封不觉用一脸爽得不能自已的表情“谦虚”地回道。

几秒后，他又道：“请放心地把事情告诉我吧，巴顿先生，我对你没有任何偏见。是非真假，我自有判断。”

巴顿点点头，吞了口唾沫，开口道：“我想告诉您的事是……”他压低了声音，神情严肃地道，“丹尼斯少爷，可能想要谋杀奥黛塔夫人……”

“根据是……”封不觉一听就明白，这园丁肯定是看到了什么，或是听到了什么。

“之前，丹尼斯少爷和科尔斯顿老爷在房中争执的时候，我无意中听到了几句……”巴顿说道。

“让我猜猜……”封不觉举起双手，各出二指，做了个引号的手势，“你‘正巧’在那间房外的某棵树上修剪枝叶是吧？”

巴顿尴尬地眨了眨眼：“呃……是的。”

“好吧……请继续，他们说了些什么？”封不觉耸耸肩，示意对方说下去。

巴顿接道：“我只听到了几句……丹尼斯少爷好像是在劝说老爷，让他把奥黛塔夫人的名字从遗嘱上删掉。”

“老爷不肯？”封不觉问道。

巴顿点头：“是的，而且勃然大怒，还把少爷骂了一顿。”他的神色阴沉下来，“就在这时，丹尼斯少爷竟说道……”

7 巴顿的述词

“丹尼斯少爷激动地对老爷嚷道……‘谁都看得出来，那个女人嫁给你，就是为了谋夺我们家的财产，只有你还蒙在鼓里。你已经老糊涂了，被她给迷住了。我不会看着这种事发生的，如果你不愿将她的名字从遗嘱上抹去，我会自己另想办法！’”巴顿模仿着当事人的语气复述道，“少爷说完这句话后，老爷就大声咆哮起来，接着，枪声就响了。那时我真是吓了一大跳，差点儿从树上掉了下去。还好我离树干近，及时抱住并滑了下来。再后来……我就跑进屋，在二楼走廊里遇见了大伙儿。”

这个巴顿看上去是个老实人，城府不深，只是有点八卦。豪门大户中的佣人对主人家的家丑感兴趣，也是人之常情。

封不觉认为，巴顿的这段描述，可能有添油加醋的成分，但基本的意思应该不会差太多。于是，觉哥试探着问道：“也就是说……你认为，这个‘另想办法’，就是……”他用手做了个抹脖子的动作。

“嗯……”巴顿瞪大了眼睛直点头。

“这未免有些武断了吧。”封不觉道，“先前在门厅时，我看他俩的关系还没有紧张到你死我活的地步吧。”

“不……您有所不知，封先生。”巴顿的身子往前凑了凑，说道，“我在这儿当了八年园丁，所以或多或少了解一些事情……”这货的八卦之魂似乎被点燃了，一脸认真地叙述道，“奥黛塔夫人是七年前嫁给老爷的，当时她只有二十八岁，而科尔斯顿老爷是五十五岁。这种老夫少妻的婚姻，外人会怎么看，您应该也清楚……”

“是啊……一朵梨花压海棠。”封不觉接道，“美啊……”他一脸神往的表情。

“呃……您说什么？”巴顿疑惑道，看来系统自带的翻译功能也无法传达封不觉的意思。

“没什么，只是想到了一些不相干的事。”封不觉瞬间换了个严肃的表情，把话题带了回来，“我想，就算表面上不说，但大多数人的心里，还是会认为……奥黛塔夫人是为了钱才嫁给洛夫克拉夫特先生的。”

“是的。”巴顿应了一声，继续道，“所以您应该也能猜到，老爷的三位子女，在得知这个消息时的反应。”

“三位子女？”封不觉道，“除了丹尼斯和杰克以外还有一位吗？”

“对，老爷还有一个女儿，南希小姐。”巴顿补充道，“丹尼斯少爷和杰克少爷都是第一任夫人的孩子，而南希小姐是老爷和第二任夫人所生的。”

“南希小姐现在在这栋别墅里吗？”封不觉问道。

“没在，不过她今天应该会到的。”巴顿回道，“其实平时这里只有老爷和夫人在，大少爷和太太住在城里，南希小姐在维也纳工作，二少爷……似乎居无定所。但是每年的这个时节，他们都会回来，一直住到感恩节再离开。”

“嗯……”封不觉迅速在脑中理了一下这家人的状况，又道，“明白了……请继续吧。”

“好的。”巴顿接着先前的话道，“当老爷宣布自己准备跟年轻的奥黛塔女士成婚时，家里人自然都认为这个女人是冲着老爷的财产来的。当然了，那时候的杰克少爷正忙着当摇滚明星，而南希小姐还在上大学，他们对此事虽是颇有微词，但也没到完全不能接受的地步。”

“可丹尼斯的态度就比较激烈了。”封不觉顺着对方的话道。

“没错。”巴顿道，“我和丹尼斯少爷差不多大，其实我挺理解他的。要是我也有个富豪老爹，想娶个比我还小五六岁的后妈，我也会反对的。”

“总之，他们两个的矛盾，从那时起就埋下了伏笔是吧？”封不觉道。

“是的，所以这些年来，丹尼斯少爷和奥黛塔夫人的关系一直很紧张，只是表面上都装得挺客气。”巴顿回道。

“哦……”封不觉沉吟道，“我听到现在……问题的焦点，貌似就是科尔斯顿老爷的遗嘱了。关于那个，你知道些什么吗？”

巴顿闻言，回忆了几秒，说道：“嗯……那是……三年前的冬天。有一天下午，老爷突然在书房里中风了。虽然最后脱离了危险，但往后的日子里，他不得不与拐杖为伴。这对一向健朗的老爷来说，无疑是个沉重的打击。那之后，他的身体状况便越来越差。几个月后，他就找来了一位律师，立下了一份遗嘱……”

封不觉插嘴道：“莫非……是夫人让他立的？”

“呃……这我就不知道了。”巴顿道，“不过丹尼斯少爷似乎是这样认为的，并且还因为遗嘱的事和老爷争执了许多次。记得有一次他们吵得非常凶，整个宅子的人都听到了少爷在屋里喊‘那女人是个巫婆！她应该被绑在火刑架上烧死！’”

“嗯……”封不觉思索了片刻，又道，“那么……你又为什么……要把这些事告诉我呢？”

“因为我实在不知道该去求助谁了，封先生。”巴顿一脸愁容地道，“今天老爷开枪的事真的把我吓坏了，丹尼斯少爷的话也是……我觉得这样下去肯定会出事的。老爷和夫人平日里都对我不错，我可不想看到他们任何一个遭遇不测，或是做出伤及人命的行为。”他顿了一下，“之前我在走廊里都看到了，您在面对突发状况时显得无比镇定，从您的眼神中我就能看出您是一位了不起的人。所以我才来告诉您这些，我想，或许您可以和老爷或是少爷谈一谈，劝说他们别干傻事。”

封不觉听到这儿时，表情始终没有什么波动，他沉默了一会儿，才开口道：“说到底，我只是个在山中遇到车祸的过路人而已。他们洛夫克拉夫特家的家事，我是没有资格去指手画脚的。”

巴顿低下头，露出了失望的表情。

封不觉接道：“在我看来，你有些神经过敏了，巴顿先生。每个人都会说几句气话的……尤其是在情绪失控的时候。”他摊开双手，“什么女巫、火刑，很明显都是些比喻的说法。那句‘另想办法’，或许是指……借助诉讼手段之类的。”他站起来，上前拍了拍巴顿的肩膀，“放心吧，巴顿先生，什么事都不会……”

“啊——”一声女人的尖叫乍然响起，打断了封不觉的话。

系统语音紧随其后：“当前任务已完成，主线任务已更新。”

菜单中，“留在别墅中，等待案件发生”那条已被勾去，新的任务出现：“勘察案发现场，等待警方抵达。”

8 密室谋杀

“这回应该不是作者的烟雾弹了吧……”封不觉心道，“任务都已经更新了，而且从‘勘察现场’和‘等待警方’这种用词来看，妥妥儿的是杀人事件的节奏啊。”

“封……封先生。”巴顿有些无措地看着封不觉，“您听到了吗……”

封不觉回道：“总之……先去看看再说。”他快步走向门口，并挥手示意巴顿跟上自己。

二人穿过走廊，奔跑着朝声音响起的方向行去。

这次的尖叫声来自一楼，在别墅的东侧，正好是与觉哥的这间客房对称的一个房间。

封不觉和巴顿是闻声后最先赶到现场的，在转过走廊的一个转角后，他们便瞧见了面如死灰的卡萝尔夫人。那个女人正坐倒在走廊的地上，口中喃喃地念叨着：“噢……上帝……不……这不是真的……”而她的视线，则死死盯着眼前那扇敞开的房门。

“夫人，这是怎么了？您没事吧？”巴顿问道。

封不觉好像不是很在意卡萝尔夫人的状况，只是稍稍瞥了她一眼，便大步流星地走向那间客房，转身朝门中看去……

站在门口便可望见，一具男人的尸体，正瘫坐在沙发椅上。他的头歪向一边，双眼翻白、口半张着，而他的脖子、领口、上衣，皆已被大量的鲜血浸染。

伴随着一阵脚步声，又有几人赶来，走在最前面的是杰克，他边走边问道："怎么回事？"

紧随其后的，还有鲍威尔医生、亨德森管家以及奥黛塔夫人。他们皆是带着疑惑和担忧的表情，出现在了走廊中。

封不觉二话没说，在围观群众接近以前，迅速冲进了屋内，检查了床下、壁橱以及浴室里有没有藏人，然后近距离看了一下死者的伤口，在确认丹尼斯已经死透了之后，觉哥又疾步退到门口，正好迎上了杰克。

"噢！上帝！丹尼斯！"杰克看到尸体后猛然一惊，愣了两秒后就想往门里跑。

但一条有力的胳膊拦住了他，把他挡在了门外。

"你干什么！让我进去！"杰克激动地嚷道。

"他已经死了。"封不觉道，"你进去也做不了什么。"他用一种从容的、坚定的态度说道，"如果你不想在凶杀现场留下什么对自己不利的证据，最好就别迈进这扇门。"

这时，亨德森也来到了门前，他刚一探头瞅见尸体，脸部就一阵痉挛，当即痛苦地捂住胸口摔倒下去。

杰克就在他旁边，本能地扶住了亨德森："嘿！亨德森，你还好吗？"

不远处的鲍威尔医生赶紧上前："他有心脏病！快，先让他躺下。"他抬头看向巴顿，"巴顿先生，我的房间里有药箱，请……"

"哦！我这就去！"巴顿没等医生把话说完便明白了对方的意思，扭头就往回跑。

他经过转角时，正好与女佣奥利弗擦肩而过。

"出什么事儿了？巴顿先生？"奥利弗疑道。

但巴顿可没空理她，心急火燎地冲了过去。

站在房间门口的封不觉，冷眼观察着每一个人的行动。此刻，他再度开口："奥利弗女士。"

"呃……什么，先生？"远在走廊尽头的奥利弗一脸茫然地问道。

"请打电话报警。"封不觉平静地说道，"这里发生了凶杀案。"

奥利弗的反应自然是很吃惊的，但封不觉的语气丝毫不像开玩笑，结合走廊里众人的状况，奥利弗后知后觉般惊叫一声："哦！太可怕了。"

封不觉可没空去稳定每个人的情绪，他只是自顾自地做着该做的事，将头转向另一边，对着已呆若木鸡的奥黛塔夫人道："夫人，能劳您到二楼去……把这里发生的事告诉您的丈夫吗？"

"嘿！伙计！"正跪在地上帮医生抢救亨德森的杰克，突然抬起头来，"你到底是谁啊？这儿什么时候变成你在发号施令了？"

"我只是个尚算冷静的局外人。"封不觉的视线迅速扫过了每一个人的脸，"相信你们也应该清楚，有被害者，就有凶手。"

此话一出，众人的神情皆是骤然一变。

"所以，在警察抵达以前，我希望诸位可以配合我保护现场。"封不觉说着，自己也走出了房间，他正想顺手关门，却发现……面向走廊的门锁上，插着一把钥匙。

"卡萝尔夫人。"封不觉立即问道，"您打开门前，门是锁着的吗？"

经过了几分钟的时间，加上周围的人多了起来，卡萝尔的情绪也稍稍稳定了一些，但随即就开始抽泣不止，没法儿回答封不觉的问题。

"请回答我，这很重要。"封不觉追问道。

"呜呜呜……是……是的。"卡罗勉强地挤出一句。

"怎么了？"杰克对觉哥道，"那说明什么？"

封不觉抬手指了指客房对面的窗户，说道："那是卧室里唯一的窗户，此刻是关着的，窗把手也是下嵌的状态。"他顿了一秒，接道，"这间房的布局和我所在的客房一样，浴室里还有一扇毛玻璃窗，但其尺寸很小，边长不超过十英寸，根本无法供人通过。"

杰克似乎反应过来了，神情陡变："你是说……凶手……还在房间里？"

"怎么可能呢……"封不觉否定道，"哪儿有人会在行凶以后关好门窗留在现场的……再说我刚才也已经看过了，屋里没有别人。"他摸着下巴道，"看来……这是密室谋杀。"

他们说话间，巴顿已拎着药箱急急忙忙地跑了回来。

"快！把药箱给我。"鲍威尔医生接过药箱，娴熟地找到了所需的药物，给老亨德森扎了一针。接着，他又用听诊器听了片刻。随后才长吁一口气道："呼……应该没有大碍了。我想他是受惊过度，休息半天就会好的。"

鲍威尔抹了把额头上的汗，说道："杰克，帮我把他抬回房间好吗？"

"好的……"杰克一边回答，一边斜眼瞪着封不觉，冷冷道，"反正这儿有大侦探坐镇，也不需要我来掺和。"

9 斯科菲尔德警探

警察来得比想象中快，二十分钟就到了。

在这二十分钟内，巴顿将卡萝尔夫人搀扶起来，送到客厅去休息；亨德森管家被抬回了房间，由于他还没有完全缓醒过来，暂时由奥利弗大妈照顾着；杰克和鲍威尔把亨德森抬走后，很快又返回了案发现场。不过觉哥仍然是严防死守，不让任何人进门，包括他自己。即使是闻讯赶来的科尔斯顿老爷，也没能过封不觉这关。

这位家主确有过人之处，虽然他来的时候情绪很激动，但当封不觉说出了阻拦众人进入现场的理由后，科尔斯顿很快就冷静了下来，而且还肯定了觉哥的做法。

随着一辆鸣着警笛的警车停到别墅门前，系统提示也在封不觉耳边响起。他的任务便更新为："协助警方展开调查。"

巴顿去应了门，一路引着几名警官来到了案发的房间门口。

这时，走廊里等着的有五个人，除了封不觉外，还有科尔斯顿老爷、奥黛塔夫人、杰克少爷以及鲍威尔医生。

巴顿身后跟来了三名警员，为首的一名探员是一身西装的便服打扮，头戴一顶圆帽，脚上皮鞋锃亮。他看上去五十岁左右，体态微胖，络腮胡修得很有特点，眉宇间给人一种精明干练的感觉。

另外两名警员比较年轻，其中一位还生了张娃娃脸，看着像学校刚毕业的半大孩子。他们俩都是穿制服的，看款式……很像上世纪八十年代的英式黑色警察制服，但细节上又有些不同，毕竟这里是个虚构的国家，这种差异也是可以理解的。

"我是斯科菲尔德探长。"那名便装探员行到众人面前，言道，"请问哪位是洛夫克拉夫特先生？"

科尔斯顿拄着拐杖上前几步，说道："我是科尔斯顿·洛夫克拉夫特，别墅的主人……"他顿了一下，"死者的父亲……"

斯科菲尔德用锐利的目光与科尔斯顿对视了几秒，毫不掩饰怀疑之色。像他这样的警探，早已养成了职业病，比起寻找证据来，他更善于和"人"打交道、在审问中寻找突破口。

"那么……尸体在哪儿？"斯科菲尔德问道。

"就在那间房里。"科尔斯顿指了指封不觉身侧的房门。

"嗯，抱歉，借过。"斯科菲尔德闻言，便向身后的两名手下使了个眼色，示意他们跟上。

三人走到门前时，封不觉便从门口让开了。

斯科菲尔德在经过觉哥身边时，上下打量了他一番，也没怎么在意，便把注意力转到了房门上。

“嗯？”斯科菲尔德看到门锁上还插着钥匙，稍稍犹豫了一下。他试着转动门把手，发现门其实没有锁。两秒后，他便在打开的房门后面，看到了沙发椅上的尸体。

“有人搬动过尸体吗？”斯科菲尔德没有立即进门，而是回头问道。

“没有。”一旁的杰克接道，“卡萝尔发现尸体后，这屋子就一直保持着原样。”

“您是？”斯科菲尔德问道。

“我叫杰克。”杰克回道，他用下巴朝尸体的方向示意了一下，“坐在那儿的男人，是我的哥哥丹尼斯。”他顿了一下，又补充道，“卡萝尔是丹尼斯妻子，她现在正在客厅。”

斯科菲尔德盯着杰克看了几秒，又回头看了眼房间，“是你让大家不要进去的吗？”

“不，是他。”杰克指了指封不觉。

斯科菲尔德转过身，还未开口，觉哥便抢道：“您好，警官，鄙人封不觉。”

“封……”斯科菲尔德听到这个名字时，竟神色一变，他又睁大了眼睛，重新将封不觉上下打量了一番，“什么？你说你叫封不觉？”

觉哥从对方问话的语气中，隐约感觉到这个警察听过自己的名字，联想到剧本简介中的设定，他试探着回道：“是的，封不觉，我是一名侦探。”

“噢！真的是您吗？”斯科菲尔德忽然提高了声音，他又冲着觉哥的脸猛瞧了几眼，似乎是确定了什么，才接道，“难怪我觉得眼熟，现在想起来了，我在报上见过您！您就是那位大名鼎鼎的名侦探封不觉啊！”

“嗯……原来如此……无论我对 NPC 说什么名字，反正系统会默认我扮演的角色就是这个名字了是吧……”封不觉心道，“话说……我还真是个‘名’侦探啊。连这种地方的警察都听过我的名号，说明是相当有名的那种啊，基本赶上波洛（阿加莎·克里斯蒂笔下的比利时侦探。与某个住在伦敦的、深藏功与名的、偏执的自恋狂不同，波洛在设定上是个很有名的侦探，他的许多案件被媒体报道过，他的名字也被公众所熟知。值得一提的是，在《赫尔克里的丰功伟绩》这部作品中，作者曾隐晦地暗示：1864 年时，福尔摩斯一家在他们第二次欧洲大陆旅行时拜访了波洛一家。这应该也是克里斯蒂对柯南道尔的一次致敬吧，人人都爱偏执狂）了吧……”

“啊，没错，就是在下。”封不觉表面上还是一种泰然自若、高深莫测的神情，冷冷地回答道。

“哦！我还在奇怪，怎么会有一般民众懂得保护现场的。”斯科菲尔德道，“原来是有您在这里的缘故啊！”

此时，洛夫克拉夫特家的那几位，脸上都露出了十分复杂的表情，这种表情有两个含义：第一，是惊讶，他们都没想到，眼前这货真是个大名鼎鼎的名侦探；第二，就是心虚了……因为有秘密的人，都是不太希望和这种专门揭示秘密的人打交道的。

“噢！那真是太好了！”斯科菲尔德接着道，“请您务必要对我们指导一二，有您在这里坐镇，我想案件定能很快告破的。”

“呵……呵呵……我尽力吧。”封不觉干笑道，心中却在念叨着：“虽然我对自己的推理能力也是挺有信心的，但案件迅速告破什么的……真的好吗……这才第九节而已啊，要是十节之内就把案子给解决了，剩下来的二十节只能让读者去看作者用脸滚键盘滚出来的乱码了啊……

“话说你这货的名字整整有五个字那么长，加上洛夫克拉夫特这种六个字的姓氏频频出现，以及上面那一大段注解，都是暗中在增加字数的卑劣手段吧……这种刷新下限的手段发挥的作用其实也是微乎其微的呀……果然，想撑到三十三节，还是要靠本大爷的实力才行啊！”

10 细勘密室

警方的勘察工作开始了，当然，也可以说是封不觉的勘查工作。

在与斯科菲尔德攀谈了几句后，觉哥才得知，此次来到这间山中别墅调查命案的，总共只有四名警员……除了斯科菲尔德和他带进屋的两名手下，还剩下一人正留在屋外看车。

不过这也是情理之中的，像这种偏远地区的警局，资源本就十分有限，派两辆警车、四名警员上门，已经说明他们对这案子很重视了。

“天色有点晚了，警探，您是否考虑先让手下把尸体带回镇上去检验呢？”封不觉问这个问题时，正单膝跪在尸体旁的地板上，将头凑近丹尼斯的颈部，仔细观察着伤口。

此时，门外走廊上的诸人已经离去，门口留有一名警员站岗，另一名警员则开始做一些初步的笔录工作。

“镇上只有一家诊所，我想那儿的大夫可应付不了这种工作。”斯科菲尔德回道，“我们镇子很少发生这样的命案，要验尸的话，恐怕得把尸体送到距离这里半天路程的奥格威市，那里的警局配备有法医……”

“好了。”封不觉打断道，“当我没问吧。”他说着，站起身来，绕到沙发椅后方，扶着丹尼斯的头，轻手轻脚地移动了几分，看了几秒后说道，“他是被勒死的，伤口很细，交于颈后，凶器应该是钢丝或是鱼线之类的东西。”

“嗯……”斯科菲尔德跟在封不觉身边，也看到了丹尼斯脖子后方的状况。

封不觉接着道：“除了被线勒割出的伤口外，脖子的正面，还有许多不规则的小伤口。”他举起死者的手，用一根牙签挑出了其指甲缝中的一缕皮肉，说道，“显然是他自己用手指抠的。”

斯科菲尔德想了想，接道：“嗯……这是他被别人从后方勒住脖子时，试图把线扯开而留下的？”

“徒劳的挣扎。”封不觉冷冷道，“只要行凶者勒得够紧，即使是用麻绳当凶器，被害人想把手指抠进麻绳和皮肤的间隔中也是很难的，何况是那么细的线呢……如果凶手臂力足够强，把整个人头割下来都有可能。”

听着觉哥那淡定的叙述，看着他那冷漠的、专注的神色……连斯科菲尔德这位见过大场面的警探，都不禁打了个冷战。

“沙发椅前方的地毯有被死者用脚尖顶过的痕迹，明显朝前褶出了几层。”封不觉将视线下移，“结合地毯上被蹭出的磨痕……初步判断，他就是坐在这张椅子上被活活勒死的，断气后，凶手也没有搬动过他。”

说到这儿时，封不觉忽然看到了什么，他弯下腰，略微推开了死者的腿，从沙发椅的垫子上捡出了一个烟头来。

下一秒，他立刻转头看了一眼旁边小桌上的烟灰缸，那里面也有几个烟头。觉哥将两者拿到眼前比对了一番，还凑近闻了闻，确认是同一个牌子后，念道：“遇害时正在抽烟吗……”

“所以……凶手是事先躲在这房间的某处，从背后偷偷接近目标，然后突下杀手？”斯科菲尔德推测道。

封不觉摇了摇头，回道：“这个房间里，能够藏身的地方只有床下、壁橱以及隔壁的浴室。”他走到浴室那儿，轻轻推动了浴室的门，木门的门轴立刻发出吱呀一声响动，“那些木制的门和家具，多半都会发出这种动静。凶手要是藏在浴室、壁橱这些地方，那出来的时候肯定会有声音。”他又来到床边，“至于床底下，要藏进一个成年人本就很困难，而且死者的脸是面向这张床的，出来时就会被看到。”

“那……说明死者遇害前，是知道凶手和自己共处一室的。”斯科菲尔德想了几秒后道，“但是他没有防备。”

封不觉耸耸肩，说道：“嗯，凶手肯定是与丹尼斯相识的人。所以，当凶手走到丹尼斯的视线死角、取出凶器时，丹尼斯还在轻松地抽着烟。”

“果然，凶手就在这栋别墅里吗……”斯科菲尔德若有所思地念道。

"怎么？听上去您已经有怀疑的对象了？"封不觉道。

"呃……只是些还不太成熟的想法。"斯科菲尔德道。

"不妨一说，警探。"封不觉道。

斯科菲尔德犹豫了一下，朝大门的方向（门保持着敞开的状态）扫了一眼，才略微压低了声音道："我怀疑……是科尔斯顿老爷。"

"哦？何以见得？"封不觉问道。

"您不觉得……那个老头儿显得太镇定了吗？"斯科菲尔德道，"他的言谈举止，可不像是刚刚遭遇丧子之痛的老人应有的反应。"

"不，他的反应很正常。在您来之前，也就是他刚刚得知儿子遇害时，的确是很激动的，只不过他比一般人更快地冷静了下来。"封不觉道，"因为他不是一般的老头儿。"他顿了一下，"科尔斯顿身上至少有四个很明显的迹象表明他有过军队背景，丹尼斯也在我面前提到过这点。科尔斯顿见过的死尸或许比你我见过的活人都多，他的意志过硬，也足够理智，这种人是不会轻易崩溃的。"

封不觉一边说着，一边行到了窗户边上："另外……您也看到了，科尔斯顿老爷需要拐杖的帮助才能行走，而这件案子的凶手，则必须双手持着凶器，靠近被害人。"他说话间，眼前一亮，似是在窗框边缘发现了什么，不过他的叙述并未停下，"何况……如果是和父亲共处一室，丹尼斯是不会背对对方，边抽烟边说话的，那样太不敬了。"

"您发现了什么吗？"斯科菲尔德也注意到了封不觉的举动，快步跟过来查看。

"啊……只是破解了凶手逃出密室的方法而已。"封不觉用很轻松的语气回道，"这倒不是什么难题。"他用手指了指窗框，"看这儿……"

斯科菲尔德循着觉哥指的方向一看，发现了一抹颜色很淡且边缘齐整的血迹："那说明什么？"

"说明凶手直接利用凶器，就制造了这个密室。"封不觉说罢，便打开窗户探头出去观看，"这别墅地基挺厚，窗沿距离外面的草地大概有一点七米的高度。"他说着，自己就爬了出去，反正这儿也只是一楼……

"嗯……除了科尔斯顿和奥利弗，其他人都有嫌疑。"封不觉翻身跳到屋外的草坪上后，念叨了一句，随后就开始低头检查脚印。

11 关于钥匙的推测

很可惜，别墅外的草坪上看不出什么明显的线索，因为这儿的草坪用的是假俭草。

这种植物，夏秋季节生长最为茂盛，匍匐茎发达、再生力强。在这样的草坪上，除非去碾踏，否则脚印不会存留太久。

封不觉又抬头看了看窗沿和别墅外墙，那儿也没留下任何痕迹。不过他没有半点失望，因为他根本不急着找出真相……

“趁着天没黑，我想在别墅外围勘察一下，您要一起来吗？”封不觉对窗户里面的斯科菲尔德道。

“哦！好的。”斯科菲尔德自然不会放弃向名侦探请教的机会，他回道，“您稍等一下。”话音未落，他就转身离开了窗边，跑到房间门口，跟站岗的那名警员交代了几句。随后才折返到窗前，学着封不觉的样子，从那扇窗户里翻了出来。这警探倒也心细，他做动作的时候很小心，生怕碰到窗沿上那一抹血迹，破坏了证据。

来到屋外后，斯科菲尔德便在封不觉的带领下，绕着别墅巡视起来。

“封先生，您刚才说……密室？是什么意思？”斯科菲尔德问道。

“你看过爱伦·坡的《莫格街凶杀案》吗？”封不觉问道。

“呃……没有。”斯科菲尔德道，“我很少读小说。”

“好吧……密室杀人，是所谓‘不可能犯罪’中的一种。”封不觉也不就文学方面的问题和对方多啰唆了，直接说道，“进屋的时候，你注意到门上插着的钥匙了吗？”

“嗯，是的。”斯科菲尔德回道。

“这种房门，有两种锁法。第一种是……门内的人，在门关闭的情况下，逆时针转动锁背面的铜帽形门闩；第二种是……门外的人，在门关闭的情况下，用钥匙在外面倒转两圈。”封不觉解释道，“发现尸体的卡萝尔夫人，是因为房门锁着，叫门也没人应，才会用钥匙去开门的。”

斯科菲尔德想了想，接道：“也就是说……在尸体被发现时，那间屋子的门窗都是从里面被闩上的状态。”

“封闭的空间内，只有死者一人，没有第二人，但死者的死状却显示不是自杀所致。”封不觉道，“这种案件中，凶手使用的手段，就构成了密室杀人。”

斯科菲尔德应道：“哦……”他顿了一下，疑道，“等等，以眼前这件案子来说……如果凶手也有钥匙呢？”

“您来之前，我已经在走廊里询问过众人几个问题了，关于这点，我当然也问过。”封不觉回道，“这栋宅子里，每间房都有两把钥匙，一把常用的，一把备用的。备用钥匙全部串在一起，由管家亨德森先生贴身保管。我已经看过那串东西了，铁环是封死的，上面的钥匙皆无法单独取下，简直像是中世纪的地牢钥匙似的……由于亨德森突然发病昏倒了，目前备用钥匙暂由科尔斯顿老爷拿着。”

“而常用钥匙，都是单独的一把。”他说着，从自己的口袋里掏出了一把钥匙，“这就是我所住客房的常用钥匙，我在房间里一张桌子的抽屉中找到的。”他顿了一下，接道，“那些平日里空置着的房间，女佣会定期打扫，所以通常都不上锁，钥匙也就直接放在屋里。”

封不觉说话间，已来到了别墅后方，他转过一个弯后，继续说道：“既然案发那个客房的常用钥匙在卡萝尔女士手里，那么凶手拥有钥匙的情况，就有三种：一，凶手就是管家亨德森；二，凶手从管家手中偷走了备用钥匙，杀完人锁完门之后，又物归原主了；三，凶手设法复制了一把常用钥匙。”

斯科菲尔德道：“嗯……您判断这个房间是密室，也就是说，您认为这三种情况都不太可能吗？”

“对。”封不觉回道，“首先，第一种情况，亨德森管家就是凶手。”他开始逐一解释，“这可能性几乎是零……因为那老头儿在看到尸体后直接就吓得心脏病发、险些完蛋。当时我与他近在咫尺，旁边又有医生在。如果那是装出来的，那亨德森先生就能拿奥斯卡奖了，而且鲍威尔医生也成了他的同谋。

当然，还有一种比较极端的假设——精神分裂症。比如……杀人的是亨德森管家的另一个人格，而主人格对此一无所知之类的。”

“嗯……原来如此。”斯科菲尔德点头道。

“第二种情况，可能性同样微乎其微。”封不觉接着道，“因为这种做法的风险和难度都极高，偷钥匙时被发现也就罢了，如果在还钥匙时被发现，那杀人的事情等于是一并败露。而且从凶手偷走钥匙直到暗中归还的这段时间内，亨德森管家随时都可能发现备用钥匙丢失。这段时间恰巧是凶手行凶的时间，如果案发后亨德森把这个情况跟警方一说，那布置密室也就毫无意义了。”

没等斯科菲尔德回应，觉哥便紧接着开始说下一条：“第三种情况的可能性倒是大一些，但是……”他忽然停在了一棵树前，抬头张望了一阵，才接道，“……但是丹尼斯夫妇每年来别墅的次数有限，而他们每次来时，所住的客房并不是固定的。因为卡萝尔夫人比较挑剔，在不同的季节，她会选择不同的房间朝向。凶手不可能预测到他们今次到底入住哪个房间，因此……如果是第三种情况的话，就说明……除了那些常年有人住的房间以外，凶手把其余所有房间的常用钥匙都偷出去备份了一把。而他或者她的目的，就是为了在某一天，在杀死丹尼斯后，将房间伪装成密室。”

“这的确有些匪夷所思了。”斯科菲尔德接道。

“技术上来说是可行的，风险也不算太大。”封不觉道，“只是实际发生的可能性很低，而且……作案动机暂时成谜。”他绕着眼前的大树转了几圈，又朝别墅的二楼窗户望了一眼，然后便继续朝前走去，“综上所述……让我们姑且把凶手拥有钥匙的情况排除，再去考虑，还有什么方法可以完成这个密室呢？”

觉哥的语气像是老师问学生，但他眼前那位五十岁的警探大叔却是满不在乎，一脸虔敬地问道：“想必和那窗沿上的血迹有关吧？”

“其实方法很简单，用一根比较坚韧的线即可完成。只要实验个一两次，这栋房子里所有带窗户的房间，都可以这样玩儿。”封不觉抬手示意了一下别墅的方向，“外面我已经看完了，我们进屋吧，我去给您演示一下。”

12 案件重演

十多分钟后，封不觉领着斯科菲尔德和那名原本守在别墅外的警员，来到了自己的客房，准备进行密室布局的演示。

这间房基本就是案发现场的镜像，除了布置完全对称之外，门和窗的结构、材质也都是一致的，用来做案件重演是再合适不过了。

斯科菲尔德自然是满怀期待的，他想亲眼看看这位名侦探要如何破解眼前的迷局。

封不觉刚才已经在征得屋主同意的情况下，去杂物室里弄了个类似凶器的物件——一根断了的琴弦，此刻他将其拿出来，走到房间中间，回头对两名警员道：“既然条件充分，且不会破坏到真正的现场，不如我们先来重现一下犯罪经过吧。”

“就是说……”斯科菲尔德应道，“由我们三个把案发的经过重新演一遍？”

“两个就可以了。”封不觉道，“我来演凶手。”他将目光投向了斯科菲尔德的身旁的那名警员，“这位……”

“邓普迪，先生。”邓普迪警官用手微微抬了抬自己的帽檐，自我介绍道。这是个颇为高大的青年警员，和丹尼斯留着一样的小胡子，不过相貌和气质就显得平易近人多了。

“邓普迪警官，你的体型和被害人比较接近，就由你来扮演一下死者吧。”封不觉道。

邓普迪跟身旁的上司交换了一下眼神，得到对方应允后，他便朝前走了半步并回道：“乐意效劳，先生。”

“那么……咱们就开始吧。”封不觉伸手朝椅子的方向示意了一下，对邓普迪说道，“请你坐到那张沙发椅上。”

邓普迪大步流星地走了过去，弯腰坐下。

封不觉说道："请尽量坐得自然一些。"

邓普迪回道："好的。"他说着，又往椅背上靠了靠。

"丹尼斯遇害前，就像这样，坐在沙发椅上抽着烟。"封不觉开始解说道，"而凶手，与他共处一室。"他走了几步，来到了邓普迪的侧后方，"房间的这一侧，全部都处于丹尼斯的视线盲区。这边有一个壁橱、一张桌子、一个柜子和通往浴室的门。"

"在丹尼斯没有戒备的情况下，凶手有很多种方法可以不动声色地走到这块区域来。"封不觉举例道，"可能一，一边和丹尼斯谈话，一边来回踱步，慢慢走到对方的后面；可能二，宣称自己要上个厕所（浴室即卫生间）；还有可能，凶手假意要到橱柜里取什么东西……"他边说边走，不知不觉间，已悄然绕到了斯科菲尔德的身后，"瞧，这非常容易。"

"啊！您是什么时候……"斯科菲尔德愣道。他本来还在聚精会神地思考着封不觉所说的话，听到此处才意识到，名侦探先生已将第一个例子演示了一遍。

封不觉耸耸肩，走回了沙发椅那边："人在没有防备的放松状态下，是很容易被偷袭的。可以说，这世上大部分人，在绝大多数的时间里，都是一种不设防的状态。"

他又举例道："比如说，您正坐在一家经常光顾的餐厅中用餐，忽然，有一名服务员或是一名顾客从您身旁匆匆走过，这时候，您的大脑会不会提醒道：'要小心，这家伙可能会从衣袖里掏出一把刀，回身插爆你的头。'

"又比如，您坐在温暖舒适的家中，洗完了澡，正翻看着一本连载中的小说。这时候，您会不会考虑……就在您侧方的窗户外面，正有人用狙击枪在瞄准你。"

斯科菲尔德和邓普迪听到这话，皆是本能地朝房间的窗户那儿望了一眼……

封不觉举起右手，用食指轻轻点了点自己的太阳穴："我们的大脑，无法承担那种长时间不间断的、歇斯底里般的警戒任务。所以，只要思想上认定自己所处的环境是安全的，人就会卸下'不必要的防备'。"他顿了一下，"再来看眼前这件案子……丹尼斯被害时，是身处父亲居住的山间别墅客房里，还是和一个熟识的人共处一室。他在思想上，当然不会警惕着'对方有可能突然拿出一根钢线把我勒死'，可他万万没想到……"

封不觉说到此处，双手拿起琴弦，朝着邓普迪走去。后者虽然知道这只是在还原杀人的经过，但还是不由得紧张起来。觉哥的各种诡异言论和其讲诉时的冷血口吻，都让这位警官感到后脊骨发凉。

"死者的身材和你很接近，后颈部正好能靠在沙发椅背的上端。对凶手来说，这是一个很适合发力的、理想的高度。"封不觉说着，拍了拍邓普迪的肩膀，"请体会一下，被人从后面突然勒住时的感觉。"

“嗯……”邓普迪还没应声，封不觉就把琴弦放到了他下巴前方，“假设你的脖子此刻已被我勒住了，颈部以上强烈的充血感、窒息感正在夺去你的生命。那么，在断气前那仅有的一分钟里，你在慌乱和痛苦中，会作何反应？”

“我会试着把脖子上的束缚解开，同时……”邓普迪想了想回道，“拼命将身体朝后顶。”

斯科菲尔德闻言，看向觉哥道：“现场地毯上的痕迹，还有死者脖子上的抓伤，都佐证了这些反应。”

“还有呢？”封不觉示意邓普迪警官接着说。

邓普迪又体会了一番，忽然想到了什么，惊道：“我想我会试着去抓住凶手的胳膊或者身体。”

“嗯……没错。”封不觉点点头，沉吟道，“只是……坐在一款底座扎实、重量也很沉的沙发椅上，脚下又是难以借力的地毯，在这种状态下被人从身后用钢线勒住脖子的话……即使死者奋力朝后方伸手，也是很难够到凶手身体的。”

“前臂！”斯科菲尔德恍然大悟般在一旁接道，“死者在挣扎过程中，很可能会在凶手的手上、手腕、乃至前臂留下抓握的伤痕！”

“嗯。”封不觉接道，“还不止如此……”他顿了一下，“通常来说，要勒死一个二百磅重的壮年男子，动作务必要快速、有力。不过，本案的凶手使用的是钢线一类的凶器，这是勒颈杀人最好的工具，不但易于隐藏，而且对行凶者的力量要求不高。就算是女人或未成年人，都可以用这玩意儿干掉一名壮汉，职业杀手也常会选用这种方式杀人。”

觉哥说着，缓缓举起了自己的双手，手掌向前道：“然而……使用这东西必须注意的是，如果不做好防护措施，自己的手掌也很容易受伤。”

13 密室之谜

“杀人不是长跑或者骑自行车，不存在保留体力的说法。除非凶手是个杀人如麻、经验丰富的职业刺客，能够恰到好处地掌握出手的分寸，并对目标的各种反应有着充分的心理准备……否则，行凶者一定会全力以赴，用最大的力道去勒紧目标，直到被害人完全失去抵抗为止。”封不觉解说道，“那么，凶手的手掌，也势必会留下些许割伤或挫伤。”他用自己的手示意了一下，“受伤的位置，大致应在手掌边缘，小指根部的下方。纵使事先将钢线绕着手缠绕几圈来增加手掌的受力面积，在实际行凶时，大部分的力道还是会由这个部位承担。”

“那这个案子不就等于是破了吗？”斯科菲尔德激动地道，“别管什么密室了，邓普迪，你赶紧去把这栋别墅里的人都召集起来，检查他们的手……”

“先别急，警探。”封不觉用有气无力的口吻打断了对方，“别忘了我说的那个前提……‘如果不做好防护措施’。”他耸了耸肩，“只要凶手戴上一副稍微厚实点的手套，就能解决这个问题。而且，如果那副手套够长的话，其手部和前臂被死者抓出伤痕的概率也会大大下降。”

这盆冷水，顿时就将斯科菲尔德和邓普迪眼中振奋的光芒给浇灭了。

“不过您的想法没错。”封不觉道，“检查工作还是要做的，只是我们得清楚，即便手上没伤，也未必能证明某人就不是凶手了。”他还补充道，“另外，你们也看到了，死者流了不少血，他自己的手上也沾了许多。如果凶手没有戴手套，其手上就很可能沾到不少血迹，那他 / 她逃逸时就会到处留下血指印了。当然……虽说我认为这可能性不大……但也不能排除这个凶手在逃离前先去浴室里洗过手。”

斯科菲尔德点点头道：“嗯……那么，除了凶器以外，现在还要留意的就是一副沾着血的手套。”

“不可能找得到的。”封不觉又道出了一个坏消息。

“啊？您说什么？”斯科菲尔德疑道。

封不觉直接回道：“凶手杀完人，并把房间布置成密室以后，所处的位置是窗外……也就是别墅的外面。他 / 她只要稍走一段距离，把凶器和手套朝山谷中一扔……谁能找得着？”

“呃……”斯科菲尔德都不敢再接话了。眼前这位名侦探先生只要一开口，就能点出某条线索来，但两句话不到，就又把线索掐断。

封不觉这时已转身朝门的方向走去：“之前勘察案发现场时，我非常仔细地检查过……除了尸体周围，唯一能找到的一处血迹，就是窗沿上那抹极淡的血痕。因此，我的推测如下……”说到这儿时，他已来到了房门口，顺手将客房的门给锁上，并继续道，“凶手杀完人以后，首先擦拭了一下凶器，把线上的血迹尽可能擦净，放在一边待用。然后，他 / 她脱下手套，将其内外翻过来并捏成一团，也暂且放在一旁。接着，凶手就走过来锁门。当然了，我觉得有七成以上的可能，当凶手杀人时，那扇门就已经是锁着的了。”

觉哥说着，又回身往窗户那儿走去：“确定了门已从内部锁好后，凶手便拿上手套来到窗边，将钢线绑在了窗上。”

突然，封不觉在窗前站住了，面露难色：“呃……二位警官，你们谁会打活结的？”

这货不善于编织的弱点再次暴露了……虽然没什么关系。

“嗯……您需要打哪种活结？”邓普迪走过来问道。

“什么……竟然有很多种弄法吗……”封不觉的神情前所未有的木然，因为谈话进入了对他来说如同盲区的领域……

“对啊。”邓普迪用手顶开警帽挠挠头发，“我有个大伯是水手，小时候他教过我蛮多种的，像双套结、渔人结、缩绳结、接绳结、八字结……”

此刻，觉哥看对方的眼神，就好似在说——“原来你就是传说中已然突破了系鞋带之术的超高校级的打结者”。

“总之……”封不觉干脆转移了话题，“你听我说一下，应该就知道是什么结了。”

这间客房的窗户，是传统的平开窗，左右两扇窗叶的中端，各有一个耙形的窗闩，封不觉用手指着其中一个窗闩的柄部道：“凶手就是把钢线的一端，绑在了这个柄上。然后他／她就翻到了屋子外面去，先关上了另一边的窗户，并嵌好窗闩。接着，让这扇窗的窗闩保持横着的状态，缓缓从外面将其关起。”

“哦！我明白了。”邓普迪听到这儿，已知道了封不觉的意思，他接过觉哥手中的琴弦，三下五除二就将其绑在了窗闩的柄上，然后快速翻到窗外，一手拿着钢线的另一端，一手缓缓将窗户关起。接着，他便从窗缝中将钢线朝外扯出。

“对，就是这样……”封不觉对身旁的斯科菲尔德说道，“您看，线的位置，必须是卡在窗户下缘缝隙里的，这样凶手在扯线时，窗闩就会向下转动至嵌好。”

斯科菲尔德看到这儿也明白了，“当窗闩嵌好后，便是竖着的状态，继续拉扯，钢线的结环就会从闩柄的末端脱落。这时，活结会散开，那么最后只要把线给拉出去就行了。”他指了指窗沿，“在这个过程中，由于摩擦，线身便在窗沿上留下了血痕。”

“对，虽然凶手为了避免这个设计败露，已擦拭过凶器上的血迹了，但想一丝痕迹都不留，还是很困难。”封不觉接道，“一般人在杀完人之后，都会想着尽快逃离现场。”觉哥一边说着，一边打开了窗户，拉了邓普迪一把，帮他爬回屋里，“本案的凶手虽然事先已有了计划，但真正到落实时，心态不会和常人有太大差异。”

封不觉离开了窗边，在房间中踱着步说道：“如果他／她事先准备了另一根钢线专门用来布局，或是在行凶后到浴室里用水仔细地清洗过凶器……那我们破解这个密室的难度或许还会更高一些。”

“通常是没人会做到这种地步的吧……”斯科菲尔德接道。

“呵呵……”封不觉笑了笑，这一声笑意味深长，让两名警员毛骨悚然。

“好了，谋杀的基本手法已经清楚了。”觉哥伸了个懒腰，朝门口使了个眼色，“接下来……让我们去和这件案子的嫌疑人们谈一谈吧。”

14 迟来的南希小姐

正当封不觉和两名警员穿过门厅，准备去和那位负责询问的警官碰头时，别墅大门外竟响起了汽车驶来的声音。

三人闻声后，自是驻足而立，将视线投向了门的方向。斯科菲尔德和邓普迪皆是面露疑色，而封不觉则依然是一副泰山崩于前而不改色的淡定状态。

前文已提过，封不觉对脚步声是有一定研究的。所以，当车上的那位访客走出车来，边掏钥匙边接近大门时，觉哥的脑中已经有了许多推断。

他当即开口道："女性、二十到三十岁之间、体态匀称、穿长筒马靴，此刻……略感焦急。"

话音未落，门开了。一位二十六七，金发碧眼的美女出现在门前。她身着夹克和牛仔裤，脚上也确是穿着一双革制的长筒马靴。

"南希小姐？"封不觉试探着问道。

"嗯……是的，请问你是谁？"南希回答时，朝身穿制服的邓普迪看了一眼，"出什么事了吗？"

"确实……发生了一些糟糕的事。"封不觉伸出手，分别介绍了身旁的两人，"这位是从镇上来的斯科菲尔德探长，这位是邓普迪警官。"

两名警员分别扶了扶自己的帽檐，礼貌地向女士致意。

"我叫封不觉，是一名侦探。"封不觉接着道。

"警察……侦探……"南希露出了担忧的神色。

封不觉说出"糟糕"这个词来，一是让对方有个心理准备，二也是种试探。在看到了对方的反应后，觉哥又道："我想……还是由您的家人来告知您这个噩耗比较妥当。"他侧过身，朝二楼示意了一下，"他们在二楼的书房，和另一名警员待在一起，我们可以一起过去。"

南希犹豫了几秒，又将封不觉他们几人上下打量了一番，也顾不上自己的行李还在车上，便朝二楼快步走去。

封不觉他们三人也在后面跟上，不过由于南希走得很着急，很快就超前了一大段，把三位男士抛在了远处。

"不可思议。"邓普迪这时开口道，"封先生，您是怎么知道门外的人是什么样子的？而且连名字都能叫出来？"

"听靴子踩在台阶上的声音、脚步声的频率、轻重等细微特征，就基本可以猜到来者的性别、体重和年龄。"封不觉回道，"至于名字……因为我之前已了解了一些洛夫克拉夫特家的情况，知道科尔斯顿还有一个女儿也会来别墅，所以看到她之后，根据头发的颜色、脸部的轮廓、年龄、装扮、气质等，我便推断她就是南希。

当然了……即使在门尚未打开的时候，我也猜测是她。毕竟这是个偏僻的所在，访客不会很多，如果是快……”他说到这儿停了一下，差点儿把“快递”两字说出来，还好及时刹住车，改口道，“如果这家人在某处订了货，让店家定期送些生活必需品上门，那来的也应当是个健壮的男人，与刚才的脚步声不符。”

斯科菲尔德用敬仰的眼神看着觉哥，赞道：“不愧是名侦探，瞬间就能想到那么多！”

“这个NPC搞什么呀……曾泰（《神探狄仁杰》中人物）附体吗……”封不觉在心里吐着槽，“把你的台词全部改成曾大人常用语录似乎也没差吧……像什么‘恩师真乃神人也！’‘您的意思是……’‘毫无破绽！’‘有道理！’‘恩师所言极是！’‘您想到了什么？’‘您是怎么想到的？’等等，把称谓变成‘封先生’之后说出来就算齐活儿了吧！

“你这种看似毫无作用，实际却是侦探电影中不可或缺的推动者角色……在这只写了十四节的故事里面简直就是噩梦般的存在啊！你这样搞下去的话……本大爷为了维护自己的英明形象，一定会情不自禁地把真相迅速揭示出来的啊！”

封不觉最后忍不住轻声嘀咕起来：“不行……这样下去会撑不住的。适当的无理取闹已势在必行了……即使被当成神经病也无妨，反正只要最后把案件解决，别人也就没话说了。”

“嗯？您说什么？封先生？”斯科菲尔德问道。

“啊？啊……没……没什么。”封不觉扯开话题道，“我忽然想到了一个主意，可以更有效地帮我们找出凶手。”他挥了挥手，示意斯科菲尔德和邓普迪凑近一些。

两名警员也没多想，当即朝觉哥走近了几步，作洗耳恭听状。

“我的计划是……”封不觉压低了声音，在二人中间窃窃私语了一番。

一分钟后，他说完了，斯科菲尔德和邓普迪直起身子，对视了一下，又看了看封不觉。几秒后，斯科菲尔德一脸正经地道：“这真是个好主意！”

“哦？真的吗？”封不觉也没想到，对方竟然会如此干脆地赞成自己莫名其妙的策略。

“其实我以前在大城市当探员的时候，经常会对那些顽固的黑帮分子和毒贩子玩儿这招。”斯科菲尔德道，“他们都是老油条了，不使点儿手段不行。”他顿了一下，“只是……这间别墅里的，都是有头有脸的人物，我好歹也是小镇的探长，对他们玩儿这手，似乎不太好……”

“而由您这位侦探出面，就好办多了。”邓普迪再旁接道，“我们警方并不需要为您所说的话负责。”

“那太好了，双赢啊。”封不觉露出了微笑。

三人说话间，已来到了二楼会客室的门口，还没进屋，就听到里面传来南希惊讶的呼喊声：“噢！上帝！这不是真的！”后半句话已带上了哭腔。

“别太难过了，妹妹，谁也不愿意看到这事发生。”杰克回道。

这时，封不觉他们三个进屋了，扫视房间可见：沙发那边，负责询问的警员马克正在给卡萝尔夫人录口供，奥黛塔夫人正陪在卡萝尔身边轻声安慰着她；不远处的一张椅子上，坐着科尔斯顿老爷，他的脸上愁眉深锁，正与身旁的鲍威尔医生交谈着什么；巴顿独自待在房间的另一角，看上去坐立不安的样子；而杰克这会儿正站在离门口不远的地方，南希扑在他的怀里哭泣着。

“警官先生，请过来一下好吗？”封不觉对马克说道。

马克转头，先是看了眼斯科菲尔德的脸，见上司点了点头，他才走过来，对觉哥道：“有什么可以为您效劳的吗？”

“是的……”封不觉有意识地与房间中的每个人进行了一次眼神接触，然后故意的、略微提高了声音说道，“请借一步说话。”

15 询问开始

二十分钟后，书房中。

封不觉正坐在书桌后，随手翻阅着马克警官用于记录口供的那本小册子。而斯科菲尔德警探则坐在桌子旁边的一张椅子上。

他们俩“征用”了这间房间，准备对所有嫌疑人逐一展开单独询问。

“根据本案中已经确证的犯罪证据和相关信息，我们可以试着对作案人的犯罪心理作出合乎逻辑的刻画和判断。从收集资料到归纳分析，再到推测结果，这三步是基本步骤。具体来说，就是运用演绎法……”封不觉正饶有兴致地向斯科菲尔德讲述（炫耀）着犯罪心理分析的理论。

“哦！演绎法！我有听过。”斯科菲尔德终于听到了一个明白的词儿，他接道，“是《福尔摩斯》小说里的概念吗？”

“不，‘演绎法’只是一种说法而已，这个词可以有很多种意思。”封不觉摇头，“在本案中，我们更多需要用到的不是福尔摩斯的那套演绎法，而是所谓‘犯罪心理画像’中的演绎法。”

“呃……那又是什么……”斯科菲尔德问道。

“推断犯罪者的心理特点，继而勾勒出他/她的一些生理特征、性格特点、日常习惯等，从而减少被怀疑对象的数量、圈定嫌疑人的范围。”封不觉解释道，“这并非是一门严格意义上的科学，但却是一种相当先进的侦破理念。”他舔了舔嘴唇，“在犯罪心理画像中的演绎法，分为两步，第一步，是通过与嫌犯交流，获取主要依据。这些依据可以是行为要素，也可以是犯罪心理痕迹要素；第二步，就是从犯罪心理学、物证技术学、侦查学等一般原理出发，联想犯罪行为或犯罪心理痕迹与特定嫌疑人之间的关系，并得出画像结论。

“当然了，具体的画像步骤有五步十几个重点，我就不细说了，短时间内也说不完。反正……我估摸着……十年后这些课程就会被搬上警校教程的……以后就是学院派的天下了，会写报告的人升得比较快。”

咚咚——

就在封不觉把话题越扯越远之际，敲门声响起，邓普迪警员在门外道：“卡萝尔夫人已经带到了，长官。”

斯科菲尔德和觉哥对视了一眼，后者很快点了点头，于是，警探便转过脸对外面喊道：“请她进来吧。”

门开了，卡萝尔夫人走了进来。她双眼红肿、泪迹未干，脸上昂贵的化妆品已然被手绢抹去了大半，那张本就算不上漂亮的脸，此刻看上去更是憔悴不堪。

“很抱歉，在这种时候，还要反复来打扰您。”封不觉说话时，邓普迪已从书房外面将卡萝尔身后的门给关上了。

卡萝尔回道：“没关系……你们也是职责所在。”她回话时的声音很低，略有些沙哑，这也是长时间哭泣的后遗症。

“嗯……请先坐下吧。”封不觉伸手示意了一下自己对面的座位。

斯科菲尔德适时上前，帮女士扶了扶椅子，让其坐下。

“谢谢您。”卡萝尔轻声对警探道了一句，便在正对着封不觉的位置上坐下了。

“我就开门见山地说了。”对方一坐下，封不觉就说道，“凶手就是这栋别墅中的某人，就在我们中间。”

对这点，卡萝尔也是有着一定心理准备的。哪怕她再怎么伤心，也不至于连这么显而易见的事都推测不出来。

“是……谁？”卡萝尔颤抖着问道。

“我的确想到了一些假设。”封不觉道，“不过在我完全确定以前，想先听听您的意见。”

“我？”卡萝尔疑惑道。

“是的。”封不觉问道，“我想请您说说，您觉得凶手是谁？”

卡萝尔的眼神闪烁、目光不定，心中显然在思索着什么，但嘴上还是回道：“我……我不知道……为什么要来问我？”

“呵呵……”封不觉笑了笑，“既然您不想说，那我就来阐述一下自己的推论好了。”他往椅背上靠了靠，语气轻松地道，“我认为……杀死丹尼斯·洛夫克拉夫特的人，就是你，卡萝尔女士。”

“什么！”卡萝尔惊怒交加，声音也不自觉地高了起来，“你怎么敢那么说！我是多么地爱我丈夫！他死了，我的心都快碎了，而你竟指责我是凶手！”

“按照您所说的证词……”封不觉丝毫不受对方激动态度的影响，自顾自地接道，“在您开门前，门是锁着的。而您打开门看到尸体后，根本就没进房间，直接吓得瘫倒在了走廊里。”他耸耸肩，“可当我们赶到现场时，房间里的窗户全都从里面上了锁，根本没有其他出口，凶手除了拥有钥匙的您……还会是谁呢？”他故意胡诌道，“我看……您是先杀人，然后把房间给锁上，出去处理完了凶器并洗掉了手上的血迹后，再折返回来，佯装成尸体的发现者，以此来洗脱嫌疑。”

“你……你这完全是胡说！”卡萝尔气得话都说不顺了，“我为什么要杀我的丈夫？”

“动机吗……我想是因爱生恨吧……”封不觉举起手上的小册子，轻轻挥了挥，“根据马克警官询问所得的情况……您和丹尼斯一个孩子都没有，是吗？”

“是的！那又怎么样！难道那犯法吗？”卡萝尔反问道。

“一对四十岁左右的夫妇，男方家境殷实，女方的家庭更是财势显赫。在没有任何生活压力的前提下，若夫妻恩爱，为什么会没有孩子呢……”封不觉念叨着，“虽然不犯法……但非常奇怪，您不觉得吗？”

“这是我们的私事！”卡萝尔愤怒地说道。

“私事吗……呵……”封不觉若无其事地继续道，“那我这个外人就不禁要接着往下瞎猜了……您的丈夫，是否也像您爱着他那样……爱着您呢？他娶你，是不是还怀有什么别的目的？您也知道的，虽然洛夫克拉夫特家已算是一般人眼中的富翁了，但和您的家族比起来……”

16 卡萝尔的述词

“够了！”卡萝尔喝道，“请你……不要再去诋毁我死去的丈夫了。”她咬牙切齿地回道，“我们不是不想要孩子，只是……”她哽咽了一下，“医生说是我的问题……”她说到这儿停了下来，因为她能说的也就到此为止了，“封先生，警探先生，我希望你们能对这件事保密，如果今天我在这儿说的话出现在了任何一家媒体上……”

“明白……明白……”封不觉打断道，“如果这事儿传出去，那么亚萨利最大的财阀家族就会来找我们算账的。到时候……斯科菲尔德先生很可能丢掉饭碗和退休金。而我……八成会被装进手提箱扔进地中海。”

斯科菲尔德脑门子上的汗都出来了，他赶紧一脸严肃地道：“我以警察的荣誉和我个人的人格担保，女士，您的话绝不外传。”

封不觉依旧淡定地接道：“总之……既然有着这样的原因，那我想……是我对您误会了。”他毫不在意地推翻了自己刚才的言论，对卡萝尔道，“至此我所说的全部都是推测，而非指控，希望您不要介意。”

“我想一般人很难对您的话不介意！”卡萝尔回道。

“您完全有理由生气，我很理解。”封不觉道，“如果我是您，此刻心里一定在想‘丹尼斯真该把这个混蛋扔在路边不管’之类的……”

卡萝尔没有回应，不过她的表情已经承认自己被看穿了。

“还是让我们回到第一个问题吧。”封不觉笑了笑，“您瞧，您推翻了我的推理，我现在一筹莫展了，除非您告诉我一个值得怀疑的、有潜在动机的嫌疑人，否则调查很难进行下去。”

看到这儿，相信大家也明白了。其实觉哥的手法……就是先通过诬指和胡扯去激怒被询问者，然后再宣称自己陷入了僵局，好让对方说出一些普通询问中不会说出的信息。

归根结底，就是一个“诈”字。无辜者和凶手遭到指控时的反应必然会有差异。而当这两种人发现面前的侦探昏庸无能时，也会有不同的心理变化。

另外，进入房间者的顺序，觉哥也是精心安排过的，因为还有别的诈术……那招经典的“某某已经把你供出来了”就是其中之一，不过那就是后话了……

斯科菲尔德身为一个老探员，对于这种分开审问的把戏，自然是颇有研究的。只不过面对眼前这个案子，他有不少顾忌。在手头没有证据的情况下，用“条子”手段去对付这群无前科的守法公民……是很不妥当的。就算最后破案了，人家也不会念他的好，要是没破案，那更是后患无穷。

而且这个“后患”可不是去上级部门投诉你这么简单……就像封不觉所说的，卡萝尔夫人的娘家可是亚萨利最大的财阀，“大”前面还要加上个“最”字。

这家人在这个国家中的能量有多大呢？举个例子就是：比如，一天半夜，你在一条小巷里倒车，意外撞死了他们家的某个家庭成员。那么，你会被判七年有期徒刑，卖房赔钱，赔到倾家荡产、妻离子散，吃完七年官司出来以后一无所有；同样是在一个夜里，你在绿灯情况下走人行横道过马路，他们家的人在街上飙车正好把你撞死了。那么，那位应该就是三年有期徒刑，缓刑一年，一年后因表现良好无需入狱。赔款倒也不少，不过价钱也就能买那辆跑车上的一个车轱辘罢了。

综上所述，若是斯科菲尔德非但没能抓到真凶，还胡乱往这家人头上扣屎盆子，那基本上就可以提前退休了。他也别指望能找到别的什么工作，人家随便用点儿手段，就能在全国媒体上把你的名声搞臭，说你当警察以前是干牛郎的都行。

因此，警探先生根本就没有打过这方面的主意。

但他没想到，封不觉这个第三方人士，竟提出了类似的审问策略，且自告奋勇地要求出面实施。

斯科菲尔德当然不会拒绝觉哥的提议，反正得罪人的也不是他们警察。再说封不觉可是个知名侦探，跑得了和尚跑不了庙，万一案子真没破，你们有气冲他撒就是了……

“好吧……”犹豫再三后，卡萝尔终于还是松口了，“如果非要说个有动机的人……我猜……我真的只是猜测……”

“别担心，我不会在其他人面前说您指控了某人的。”封不觉眼见对方上钩了，赶紧再送上一颗定心丸。

“或许是奥黛塔吧……”卡萝尔的视线转向了一边。

“女人真是种可怕的生物呢……”封不觉表面上不动声色，心中却在念叨，“从进屋以后，你们俩就一直是有说有笑，案发后也一直是她陪在你身边，结果却还是说出了她的名字吗……”

“哦？何以见得呢？”封不觉紧跟着问道，同时，他也向斯科菲尔德使了个眼色，示意警探别插话。

“我不知道……也许是因为科尔斯顿老爷的遗产吧……”卡萝尔道，“丹尼斯是长子，对她这个后母最有威胁不是吗？而且……而且……”她欲言又止。

“而且，一个二十八岁的女人，嫁给一个五十五岁的男人，最初就是为了钱吧。”封不觉把对方说不出口的话说了出来。

卡萝尔没有接他的话，只是低头不语。

“好了，我明白了。”封不觉道，“非常感谢您提供的信息，我会和警探重新考量一下整件案子的。”他已经得到了想要的，于是就伸手做了个请的动作，算是下了逐客令，“请吧。”

卡萝尔夫人离开后，封不觉便吩咐门外的邓普迪去把下一名嫌疑人带来，随后便顺手关上了房门。

“您真是太犀利了，封先生。”还没等觉哥转身，斯科菲尔德就说道，“有些话，就算是我也说不出口。”

“直说吧……刚才我那德行贱出汁儿了是吧？”封不觉笑着自嘲道。

“不不不……”斯科菲尔德笑着摆手，其实这神情就是默认了。

“有时候，为了达到询问目的，”封不觉用无所谓的语气道，“招人厌恶也是不可避免的。”他重新往书桌那儿走去，“无论对方是男女老幼、高矮胖瘦；也不管他们的高低贵贱、品格口碑；总统也好、乞丐也好，神父也好、流氓也罢。侦探的目的只有一个——从他们嘴里套出想要的信息。而不是赢得他们的喜爱。”

“嗯嗯……”斯科菲尔德点点头，很是受教的样子。

封不觉接道：“所以……接下来，我会在不失风度的前提下，发表越来越恶劣的言论，您最好有个心理准备。”

17 科尔斯顿的述词（上）

注：本节中【】框起的部分为斯科菲尔德警探的内心吐槽。

没过几分钟，敲门声又响起来了，门外还是邓普迪的声音，“长官，科尔斯顿老爷来了。”

“请进来吧。”斯科菲尔德应道。

门开了，奥黛塔扶着科尔斯顿老爷出现在了门口。

两人进屋后，科尔斯顿也就不客气地坐下了，这毕竟是他的家，封不觉和警察们已经是喧宾夺主了。

“抱歉，我们想和洛夫克拉夫特先生单独谈谈。”封不觉对女主人道，“可以请您先出去吗？”

“这……”奥黛塔用询问的眼神看了看科尔斯顿，后者向她点头示意。

奥黛塔迟疑了一下，便朝门外走，出门前，她似是想起了什么，回头道：“呃……警官先生们，亨德森管家已经醒了，医生说他并无大碍。现在时间也不早了，如果可以的话，我想吩咐奥利弗去准备晚饭。”

“我没有意见。”斯科菲尔德说道。

封不觉看向了科尔斯顿，主人貌似也没有意见，于是他回道：“那就劳烦您了，夫人。”

奥黛塔离开后，门又被邓普迪关上了，屋内剩下了三人。

斯科菲尔德还是坐在原位上，而封不觉却开始绕着科尔斯顿老爷缓缓踱步。

“很抱歉，在这种时候，还要反复来打扰您。”封不觉开口道。

【嗯……开场白和之前完全一样呢。】

“没关系，你们也是职责所在。”科尔斯顿不卑不亢地回道。

【喂……连回答都一样就太奇怪了吧，只有语气不同，内容一个字都不差啊！不过……接下来的一句应该就会不同了吧，因为科尔斯顿已经坐下了，所以封先生不可能再说“请坐下”。】

“我就开门见山地说了。”封不觉接着说道，“凶手就是这栋别墅中的某人，就在我们中间。”

【喂——！跳过那句话之后又用了完全一样的台词啊！】

科尔斯顿的表情没起什么波澜，只是平静地回道：“您怀疑是谁？”

“我的确想到了一些假设。”封不觉做出一副很为难的样子，说道，“不过在我完全确定以前，想先听听您的意见。”

【这脚本背得滚瓜烂熟啊！按照这种套路我也能问啊！】

科尔斯顿抬起头，对上了封不觉的目光，冷冷道：“你是想让我指控自己的某个家人吗？”

“也不全是家人吧。”封不觉道，“亨德森、奥利弗、巴顿、鲍威尔，他们可没有一个是姓洛夫克拉夫特的。”

“在我眼里，他们就是家人。”科尔斯顿回道，“我不愿去相信他们中任何一个是杀人凶手。”

【哦……这老头儿还是挺有人情味的嘛。】

“具有杀害丹尼斯动机的人，难道您就真的一个都想不出来吗？”封不觉追问道。

“有啊。”科尔斯顿回道，“就是你。”

【竟然反客为主了啊。】

“我？”封不觉道，“哦？呵呵……”他冷笑起来，一副欠打的表情，“您的依据是？”

“也没有什么特别的依据。”科尔斯顿回道，“只不过你这人来路不明，听卡萝尔说，你是在半山路上突然冒出来拦车的，这很可疑不是吗？说不定你只是个冒牌的侦探，实则是个杀手什么的，杀了我的儿子之后，以侦探的身份作为掩护，将矛头指向其他人，这样正好可以洗脱嫌疑。”

对方说话间，封不觉已缓缓走到了书桌旁，拿起桌上的小册子默默翻看起来。直到科尔斯顿这段话说完，觉哥也没有任何回应，只是继续背对着对方翻页。

“你在听吗？”在接近十秒的沉默后，科尔斯顿又道。

“啊？什么？你说完啦？”封不觉回过头来，睁大眼睛，一脸贱贱的表情。

【喂……你明显是听见了吧，故意装作没在听吗……嗯……不过这应该也是激怒对方的一种手段吧。】

“不好意思，在你说到‘没什么特别的依据’时我就开始无视了。”封不觉接道，“有这句话垫底，后面的内容基本就是废话。”

“哼……年轻人。”科尔斯顿冷笑，“想要激怒我的话，用‘假装无视’这种小孩子的把戏是否太可笑了呢。”

“进行了一番脱肛而出的推理后，竟然还因为没有听众而感到不快了嘛……”封不觉报以相似的冷笑，“看来之前是太高估你了呢……”

【干脆骂人了啊！而且出口成脏啊！五分钟前还帅气地说了一大堆，最后跟我强调要“不失风度”的到底是谁啊！】

“就让本大爷来告诉你，什么是真正的推理吧！”封不觉眼神一凛，逼视着科尔斯顿道，“以我爷爷的名义起誓！谜团已经全部解开了！”

【我说……感觉有奇怪的台词乱入了啊……话说你爷爷到底是谁啊……还有……之前你已经以“腿脚不便”为由直接把科尔斯顿的嫌疑给排除了吧……接下来无疑是准备随便说一通去污蔑他吧……你爷爷晚节不保真的没关系吗？】

“你到底想说什么？”科尔斯顿瞪着封不觉问道。

“凶手就是你！”封不觉气势凌人地指着科尔斯顿道。

“你疯了吗？知道自己在说什么吗？”科尔斯顿可不是卡萝尔这等女流之辈，他镇定得很，还转头看了旁边斯科菲尔德一眼，“警探，这人真的是侦探吗？你们警方到底是什么态度？”

封不觉可不管他说什么，依旧我行我素地接道：“我已经破解了密室的迷局……在门锁住的情况下，凶手使用钢线一类的凶器杀死了丹尼斯，然后从窗口翻出，接着就利用凶器从屋外锁住了窗户。”他举起手上的小册子，“你对马克警官说，在案发前一个小时，鲍威尔医生帮你量了血压，之后你就一直一个人待在房间里休息。也就是说，你有充分的时间溜到一楼客房，杀人、出屋、丢弃凶器，随后再回到自己的房间里去。”

科尔斯顿闻言，稍稍想了几秒：“这就是你的推理吗？”他冷哼一声，用拐杖跺了跺地板，“那请你告诉我，一个没有拐杖连走路都难的人，怎么用钢线杀人？又怎么翻出窗户？”

18 科尔斯顿的述词（下）

“哼……”封不觉冷哼一声，“你是装的吧……”这话连他自己都不信，但他还是指着科尔斯顿的腿道，“为了今时今日的密室布局，为了洗脱杀人的嫌疑……从三年前开始，就假装成双腿行走不便，在日常生活中用上了拐杖。”

“你到底在说什么……”科尔斯顿都震惊了，这套理论简直匪夷所思……哪儿有人会为了谋杀自己的儿子，特意去装三年瘸子的？杀人前三天假装扭伤腿的效果不是一样嘛。

“但实际上……你的行动依然敏捷，以你这个退役老兵的身手而言，杀个人根本不在话下。”封不觉接着道，“至于动机嘛……我想今天在这个宅子里的所有人都看见了……你和丹尼斯争吵时，竟连放两枪，这说明你早就对他忍无可忍了，要不是碍于枪杀后太容易被查出来，你瞄准的可就不是天花板了吧。”

“你！”科尔斯顿终于还是被激怒了，成为了觉哥嘲讽纪录中的一分子，他怒不可遏地吼道，“你这混蛋！你TM的在说什么鬼话！”

“怎么……被我揭穿以后恼羞成怒了吗……”封不觉保持着嚣张的神情，又说道，“还是说，你认为我这天衣无缝的推理中有什么破绽吗？”

“喂……你这千疮百孔的推理中有不是破绽的地方么……”斯科菲尔德继续在心中吐槽着，由于觉哥所言实在太过扯淡，警探先生都不好意思开口帮腔。

“你……”科尔斯顿骂出几句脏话后，似乎稍稍冷静了一些，他还是个讲道理的人，所以回道，“我的身体状况，你们可以去问鲍威尔医生。”他瞪着封不觉的双眼，“如果你认为，医生也被我买通了，我可以向你出示国内最好医院开具的证明，以及我的保险记录。”

封不觉立即装出一副很尴尬的表情，结结巴巴地回道：“呃……原……原来如此吗……”

科尔斯顿又道：“那么，现在你还觉得，我杀个人不在话下吗？”

封不觉摸着下巴，沉吟道：“但今天你和丹尼斯的激烈争吵是事实啊……”他又作恍然大悟状，“哦！对！杀人的肯定是鲍威尔医生！你和丹尼斯吵完架并将其轰出去之后，便和鲍威尔在房间里密谋了杀人的事，他是执行者，而你是主谋。”

“当时我只是让鲍威尔给我量了血压，顺便注射了今天的药物。”科尔斯顿回道，

“这是我每天都要做的。”他顿了一下，“另外，鲍威尔医生为什么要替我去杀人？他又不是杀手，难道我随便对一个在别墅工作的人说，‘我给你一笔钱，替我杀个人’，那人就会动手吗？”

“这就难说了……”封不觉说着，转身背对对方，缓缓朝书桌行去，这一刻，他的眼神变了，语气也变得冷峻起来，“若是下定决心想杀一个人，那总会有办法的。”他试探着道，“这就要看您和丹尼斯之间的矛盾到底严重到什么地步了……”

“那是我的儿子！我们之间能有什么矛盾？”科尔斯顿反问道，“就算……就算有些争执，也不可能会起杀念的！”

“哦？那请问……今天你们争执的核心是什么呢？”封不觉问道。

“这是我的家事。”科尔斯顿沉着嗓子回道。

“家事？”封不觉笑了笑，“恕我直言，如果凭这两个字，就能回避问题的话，那这个世界上估计会有一半的凶杀案录不到口供吧。”他开始误导对方，“从您和丹尼斯争吵、鸣枪，到他遇害、被发现，之间的间隔只有一个多小时。

“科尔斯顿老爷，您也是个有见识的人，应该很清楚，无论是谁来查这个案子，最后你都是无法回避这个问题的——您和丹尼斯究竟是为了什么而争吵？

“如果您现在告诉我，这事儿就只有我和斯科菲尔德警探两个人知道。案件告破后，也没人会再提起。但如果您坚持不说，使得案件被拖延下去……那总有一天，您会被迫在法庭的证人席或被告席上进行回答。到时候会有陪审团、记者以及一帮看热闹的普通市民。问您问题的很可能是个仇富的、怀有偏见的检察官，他会诱导您说出更多对自己不利的话来。而您的回答，全部会被法庭记录，乃至见诸报端。”

“够了！”科尔斯顿就这么被封不觉给忽悠了，对于对方所说状况的顾忌，让这老头儿不得不下定决心，“既然如此……”他的视线分别扫过了封不觉和斯科菲尔德的脸，“我可以说出来，但你们得保证，这话不能传到其他人的耳朵里去，尤其是我的家人们。”

“我保证，先生。”斯科菲尔德在旁接道，“我是个守口如瓶的人。”

封不觉也道：“放心，这些话绝不会传到这间书房以外的。”

至此，觉哥终于得逞了……他可从未怀疑过科尔斯顿，之所以绕了这么大一个圈子，就是为了让这位家主亲口说出……丹尼斯和其争吵的内容究竟是什么。

虽然先前巴顿已经向封不觉告过密了，但觉哥并没有完全信任那个园丁。所以，他要听科尔斯顿自己说。

当然了，即使此刻科尔斯顿说出的内容和巴顿所说的不符，也并不能证明巴顿就是在说谎。反正丹尼斯已经死了，科尔斯顿想怎么说都可以，他又不知道巴顿去找过封不觉。还有第三种情况——两人都说谎，那情况可就更复杂了……

“丹尼斯想独占我的遗产。”科尔斯顿开口了，这就是他的回答。

“嗯……独占是吗……”封不觉明知故问道，“如此说来……您有一份遗嘱？而且这份遗嘱的内容，让丹尼斯不太满意是吗？”

“是的，我有遗嘱。”科尔斯顿道，“但除了我和我的律师，没人知道遗嘱的内容。”他停顿了几秒，“丹尼斯自然也不知道，但他认为……我在那份遗嘱中，将遗产分配给了‘不恰当的人’，于是……我们就吵了起来。”

这段话，和巴顿所言大致吻合，只是闪烁其词，显然是略去了奥黛塔的名字。

然而……封不觉隐隐觉得，在科尔斯顿的话中，还有一些隐情……

19 杰克的述词（上）

送走了科尔斯顿后，房间中的封不觉坐回了书桌后的座位上，陷入了沉思。

斯科菲尔德没有去打搅他，这位警探先生自己也在琢磨之前所得到的那些信息。

“此时此刻，我真是无比羡慕尼洛·伍尔夫（Nero Wolfe，雷特斯·史陶德笔下的知名侦探，一位肥胖的、不愿出门的、喜爱养兰花并且收费高昂的专业咨询侦探）那样的家伙。”片刻后，封不觉开口道。

“嗯……我想如果您愿意的话，同样可以成为一位出色的‘安乐椅侦探’的。”斯科菲尔德说道。

“我当然可以。”封不觉自恋本性发作，毫不谦虚地言道，“我说‘羡慕’，并不是指羡慕这个人物的才能，我只是羡慕他不用参与这种繁琐的情报收集工作。”

斯科菲尔德耸耸肩，说道：“这也是没办法的事儿，虽然本案的嫌疑人总共只有九个，但马克在常规询问中问到的信息……并不足以锁定凶手。”

“目前基本可以排除的已有三个了……主人科尔斯顿·洛夫克拉夫特、管家亨德森，还有女佣奥利弗。”封不觉念叨着，“他们一个没有作案的能力，一个没有作案的胆量，还有一个是体型的问题……”

“体型？”斯科菲尔德问道。

“您也注意到了吧……”封不觉道，“那位奥利弗大妈的身高只有一米六左右，而体重少说也在丹尼斯之上。那膀大腰圆的体态，即便能勉强从窗口翻出去，也不可能攀附在窗外完成密室布局的。”

“啊……呃……对。”斯科菲尔德显然是刚明白，他又稍稍想了几秒，接着这个话题道，“不过……您为什么没有排除园丁的嫌疑呢？卡萝尔夫人发现尸体时，那位巴顿先生正在您的房间里跟您交谈不是吗？”

“那又怎么样？”封不觉淡淡回道，“也许他来我房间之前刚刚作案完毕呢？在我看来，这栋别墅里没有一个人有站得住脚的不在场证明。”他补充道，“包括我自己，我也没有。所以……警探先生，您得多留个心眼儿，虽然几率很小，但不能完全排除是我作案的可能。”

“这怎么可能呢……”斯科菲尔德笑着道，“您根本没有动机啊，再说丹尼斯先生还帮助了您不是吗？”

“也许我丧心病狂呢？”封不觉一本正经地问道，“你觉得我不像吗？”

正在斯科菲尔德犹豫着，要不要把心里话“确实有点儿像”说出来之际，敲门声又响起了。

邓普迪在门外道：“长官，杰克·洛夫克拉夫特先生来了。”

斯科菲尔德赶紧接道：“好，请他进来吧。”

杰克推门就进，大跨步来到房间中间，其身后的邓普迪关上门时，他转头瞄了一眼，随后用一种不以为意的表情，看着封不觉和斯科菲尔德道：“这算什么？审问吗？”

“不，只是有些问题，想要向您请教。”封不觉微笑着回道。

“哈！”杰克笑着，大剌剌地在椅子上坐下，翘起二郎腿，“大名鼎鼎的名侦探，要向我请教？”

“在警察来之前，您似乎并未听过我的名号吧？”封不觉道。

“是啊，我不太看报。”杰克道，“就算看，也不怎么关注关于刑侦方面的报导。”

“嗯……我猜您主要看娱乐版。”封不觉这是话外有话。

“对，我曾经是摇滚乐队的主唱。”杰克的视线盯着封不觉手上的小册子，拖长了音回道，“我已经跟另外那名警官说过了，怎么？这也犯法吗？”

“当然不犯法。”封不觉道，“但假如……您这位过气的主唱，杀了自己的哥哥……”

“嘿！嘿！你在说些什么！”杰克嚷道。

“怎么了？”封不觉那欠打的德行又来了，“您是对‘过气’这个词不满，还是对谋杀的指控有意见，亦或是二者兼有之？”

“你这么说有什么证据吗？”杰克回道，“要是没有证据，那就是诽谤！”

“证据吗……”封不觉冷笑，“呵呵……‘你该庆幸，我没有那样一支枪。’”他一字不差地复述道，“这句话……就是在案发前，你对丹尼斯所说的最后一句话吧。很多人都听见了，包括我在内。”

“那又怎么样？”杰克反问，“谁都听得出来，那是句戏言而已。”

"要是人没死，那就是句戏言。"封不觉将右手搁在书桌上，四根手指如波浪般有节奏地敲击着桌面，"可现在人死了，情况就不太一样了……结合当时的情境，我能否将您的意思理解为：'如果我有那样一支枪，我打的可就不是天花板了。'"

"一派胡言！都是鬼扯！"杰克从椅子上蹦了起来，"你算什么名侦探！"他转头看着斯科菲尔德，"警官！你就看着他这样冤枉好人？"

"我也觉得……你的嫌疑最大。"斯科菲尔德摆出探长的架子，用一副肃然的神情瞪着对方，"在所有嫌疑人中，你是唯一一个在体格上与死者不相上下的。从心理上来说，强壮的人更有胆量下手不是吗？"

"你……"杰克一时语塞。

"既然你提到了摇滚乐队……"封不觉立刻又接道，"那我想，你对琴弦之类的东西挺熟悉吧……"他顿了一下，说道，"正巧……凶器也是类似的玩意儿呢。"

"知道吗……要不是有警察在场，我已经过去揍你了。"杰克用很不爽的语气挤出一句话来。

"哼……我劝你还是不要冲动。"封不觉一挑眉毛，嘚瑟地回道，"我凌厉的腿法可不是区区一张书桌可以阻挡的。"

"先生们……还是让我们回到有建设性的讨论中来。"斯科菲尔德不得不从旁劝上一句，因为眼前这两位的言行，已经颇有些街头混混斗狠的氛围了……

"哼……"杰克冷哼一声，重新坐下，对封不觉道："那你说，我为什么要杀我的哥哥？难道就因为今天这点口角？我到现在都不知道他和老爸究竟为什么在吵，我干吗要去杀人？"

20 杰克的述词（下）

"动机是吗……哼……"封不觉的扯淡开始了，"看得出来……你们兄弟俩的感情不怎么样，说是'淡薄'应该不算过分吧？"他耸耸肩，"令兄个性稳重，事业有成。而你已经三十多岁了，基本上还是一事无成，且没有固定经济来源。"

觉哥脑补的本领确实一绝，他接着道："性格决定命运，杰克。你这样的年轻人我见得多了，嘴上说着'追逐梦想'，实际上只是用'梦想'这个词作为一种放纵的借口、一种自欺欺人的方式。"他拿起手上的小册子，翻阅着念道，"十九岁时，你不顾家人的反对，从大学辍学，加入了一支三流的……对不起……是不入流的摇滚乐队担任主唱。在接下来的五六年里，你和你的乐队四处旅行、演出，大部分情况下你们都赚不到任何收入，演出的反响也褒贬不一，所以基本上来说……你们这帮人就是在用家里人的钱，为自己所谓的‘梦想’买单。”

“哼……你懂什么？你这种人怎么会理解我们所做的音乐中的内涵，你只是个被战争贩子、宗教主义者和官僚们洗脑的小市民罢了。”杰克不屑道，“话说你明明比我还年轻吧！怎么反倒用高高在上的口吻……”

“你就像是蟑螂。”封不觉打断了对方，用冷冷的语气道，“一个半吊子的嬉皮士，非主流文化的先驱者。我很了解你们这种人……自私、自我、贪图享乐、好吃懒做。你们反抗上一代人灌输给你们的价值观，却又没有真正属于自己的观点；你们憎恨财阀的贪婪，感叹传统道德的狭窄，反对战争的无人道性。于是你们就用摇滚乐发表着自己的不满，彰显着愤世嫉俗的情绪。你们高呼着‘爱与和平’，自以为‘纯真、激动、伟大’，但这个世界并不是靠这些就能发生改变的。

“最终，当这一切过去，终有一天，你们的父母会老去。由于你们用各种冠冕堂皇的理由去推卸身为一个成年人应承担的社会责任，使得自己的青春最终在毫无意义的逃避中虚度。回头看时，你的背后站着一个愚蠢的青年，留着令人尴尬的发型、抽着大麻、高喊着空洞的口号。

“你们那套理想主义的东西听上去很美好，可你们并没有将其实现的能力。思想就是思想，思想没有错。但一群脱离现实，高举着崇高思想，实则过着寄生虫日子的人，只会惹人生厌。”

杰克都听傻了，不止是杰克，连斯科菲尔德都傻了，两人完全不知道该怎么接话。

“我也曾是个愤世嫉俗的人，杰克。”封不觉靠在椅背上，抬头悠哉地说道，“如果你觉得像你这种制造着垃圾音乐、抽抽大麻、泡泡妞、四处靠家里人的钱旅游的家伙，也算是在改变世界的话，那我和马丁·路德·金就可以组个饶舌组合出唱片了。”他双手枕着头，“你以为在作品中随便发表几句隐射社会和反政府的言论，就能改变世界吗？我早就试过了，没成功。”

“呃……”杰克完全被镇住了，这些观点，他的家人朋友可不会对他讲，就算讲也不可能讲得如此犀利。

“还是回到刚才的话题中吧……”封不觉将小册子翻了一页，继续道，“五六年后，你们的乐队和一家同样不入流的唱片公司签约，并发行了一张专辑。但销量显然不太好，因为那家公司很快就倒闭了。”他顿了一下，“那之后不久，你的乐队就宣告解散。后来你去了北美，找了一份给电视广告写配乐的工作，以此为生。呵呵……”他的讽刺之意溢于言表，“为那些脑满肠肥的财阀打工的感觉怎么样？”

杰克无法反驳，所以他只能扯开话题：“这和我哥哥的死到底有什么关系？”

“别着急，马上就要说到了，伙计。”封不觉笑道，“理想是很美好的，但要谈理想，必须得先挨得住现实的敲打。”他摊开手，“你是幸运的，杰克，因为你生在了一个富庶的家庭。对你来说……优越的生活、接受教育的权利、退学后的经济来源，这些都是伸手既得的东西。”他顿了一下，“而你也是不幸的，同样是因为你生在了这个富庶的家庭，‘现实’的拳头落在你脸上的时机来得太晚了些……

“你父亲给你的人生，是许多人可望而不可及的，可你却挥霍了它。

“几年前，当你的父亲终于忍无可忍，停止了对你的一切经济援助时，年近三十的你，有生以来第一次，孤身一人，去直面‘现实’这头怪物。你发现，原来‘活着’，不是那么简单的一件事。

“成年人的世界里，没有什么是简单的，也没有理所当然的东西。要吃饭，你就得劳动；要过上优越的生活，你就得加倍努力；要成为人上人，你就得有过人之处。要改变世界……哼……这个话题我就不跟你讨论了。”

封不觉从椅子上站了起来，缓缓踱步而来：“如今的你，想必比谁都清楚，没有钱的日子是什么样儿的。住在廉价的、连热水都没有的旅店里，睡在肮脏的床铺上，一天只吃两顿，每顿只有面包和自来水，写完的歌送出去后就提心吊胆，生怕被退稿，因为那就意味着挨饿……”他走到了杰克的面前，用仿佛能够洞穿一切的目光居高临下地看着对方，“你这样的公子哥儿，经过了这样的起落，想必也变得坚韧了许多。而你对贫穷的恐惧，会比那些从未富有过的人更甚。”

觉哥冷笑一声，接道：“近几年你父亲的身体每况愈下，这无疑是个很不好的兆头……万一他死了，会给你这个叛逆的二儿子留下点儿什么呢？在这一家人的心中，你不就是一个不负责任的、只会瞎混和伸手要钱的浪荡公子吗？留给你多少家业，也会被败光的吧……”

杰克的眼神说明他想替自己辩解几句，但封不觉即刻加重了语气和语速，不给他插话的机会：“且不说那位七年前进门的后妈和你那个妹妹能分到多少……如果是按照一般继承顺序的话，丹尼斯，无疑是你拿到遗产的巨大障碍。”虽然是诬陷，但他这番话着实是合情合理，“你们兄弟的关系本就不怎么样，为了这份足以改变你后半生的家业……你对其起杀意，不是顺理成章的事情吗……”

斯科菲尔德在旁接道：“嗯……有道理。今天的口角成为了导火索。你在走廊里就下定了决心，回房间后计划一番，就去实施了凶杀。”警探基本已了解了觉哥的扯淡套路，适当帮腔两句自是不在话下。

“你这家伙……”杰克真没想到，通过他和他的家人们向马克警官透露的信息，这个侦探竟然能将自己前半生的心路历程都绘声绘色地描述出来……

其实封不觉本人也没想到……他只是结合不同的人对于杰克的描述，将这位二少爷这些年的经历大致整理了一番，然后自己脑补、揣测了对方在不同人生阶段的内心变化，并不负责任地用他的小说家才能将其串了起来，没想到全部说中……包括杰克对丹尼斯起杀意这点，也的确是真的。

杰克咬牙切齿、怒极反笑道："好吧，既然你们俩说到这个地步……"他站起来，摊开双手，"那我也明说了吧……"他冷笑着，"反正我没有杀人，有动机也好，没动机也罢……在卡萝尔发现尸体前，我一直都待在在自己房间里整理行李，根本没有出去过半步。没杀过就是没杀过，我是不会认罪的，真有证据的话，你们就逮捕我吧。"他说着，摆出一副无赖的样子，朝斯科菲尔德伸出了双手。

21 南希的述词（上）

杰克离开了书房后，封不觉面带笑容地坐回了座位上，随即转头看着神情凝重的斯科菲尔德道："您怎么看，警探？"

斯科菲尔德回道："很可疑啊……问到目前为止，他是嫌疑最大的一个了吧。"

"的确……"封不觉接道，"杰克有杀人动机，有作案时间，也有作案的能力。但我觉得……他不是凶手。"

"哦？"斯科菲尔德疑惑道，"为什么？"

封不觉反过来问道："警探，如果你是杰克，当看到父亲和兄长激烈争吵时，你会是一种什么心态？"

"这……"斯科菲尔德在觉哥的提醒下，进行了一番换位思考，当即恍然大悟道，"我应该高兴才是啊！"

"对。"封不觉点头肯定道，"假如他的杀人动机……或者说最终目的是家产的话，见到今天这种情景，心中理应暗自窃喜才是。毕竟他在家人眼中只是叛逆和不长进而已，这并不是什么不可调和的矛盾。而丹尼斯和科尔斯顿之间的冲突究竟是什么，那就说不清楚了……"

"所以？"斯科菲尔德试探着问道。

"所以，从情理上来说，就算杰克动过杀害丹尼斯的念头，也不会选在今天下手。"封不觉接道，"依我看……'鸣枪事件'后，杰克所说的那句言论，就是因为他见到了父亲和哥哥吵架，心中暗喜，故而得意妄言。这句话确实无意间表露出了他内心的某种想法。但是……真正想去实施谋杀的人，反而会在事前表现得毫无征兆，绝不会留下这么明显的破绽。"

他顿了一下，又道："另外，您注意到他最后所用的措辞了吗……'有动机也好，没动机也罢’，这句话，基本就等于是承认了自己曾动过杀人的念头，可他一点儿也不怕……无论从眼神、语气、细微的肢体语言上看，那句‘反正我没有杀人’都是真话。”觉哥将手肘撑在桌上，托着腮帮子道，“他言语中的那份自信，并非是犯罪者的自信，而是无辜者的自信。这两者之间是有区别的。前者是认定警方无法找到充足的证据将自己定罪，而后者……单纯是因为什么都没做过。杰克就属于后者，颇有些‘身正不怕影斜’的意味……”

“那么……”斯科菲尔德沉吟道，“杰克是凶手的可能，基本也可以否定掉了吗？”

“嗯。”封不觉应道，“现阶段来看……科尔斯顿、亨德森、奥利弗、卡萝尔、杰克，这五个人的嫌疑可以暂时排除了。”

斯科菲尔德念叨起来：“一共是九名嫌疑人，那现在剩下的只有……家庭医生鲍威尔先生、园丁巴顿先生、南希小姐以及奥黛塔夫人这四人了。”他说到这儿，顿了一下，“对了……南希小姐是案发后才到的，应该也可以直接排除掉吧？”

“谁说的？”封不觉道，“南希完全有条件作案，甚至比其他人更有优势。”他眼神微变，“如果我们能找到动机，那她的嫌疑可要比杰克更大。”

咚咚咚——敲门声响起。

说曹操，曹操就到。

“南希小姐已经带到了，长官。”邓普迪的声音正巧从门外响起。

“请进吧。”斯科菲尔德应道。

门开了，南希小姐走了进来。她的着装相当中性化：身穿一件素净的白色罩衫，外面披着夹克，下装是一条经典款的牛仔裤以及鞋跟加厚的长筒马靴。这位大家闺秀似乎一点儿也没有沾染上维也纳的文艺气息，反而更像是去美国西部走了一遭。

不过假小子的打扮，并不会掩盖她的魅力，南希小姐依然是位夺人眼球的美女。那白皙精致的脸庞上，是明眸皓齿、丰唇琼鼻，一头金发随意地披在肩上，在灯光下反射出一抹亮色。

与奥黛塔夫人那成熟、性感的古典美不同，南希身上散发出的更多是青春朝气。其眼神中透出的坚毅和干练，还让封不觉隐隐瞧出了几分新时代女权主义者的气场。

“您好，南希小姐。”邓普迪关上门后，封不觉便开口说道，“貌似我们还没有正式认识过……”他站起来，从书桌后绕出来，伸出手道，“我叫封不觉，是一名侦探。”

南希礼貌地握了握对方伸出的手：“很高兴认识您，封先生。”她说话的声音和她的情绪一样低落。

“这位是斯科菲尔德警探，在门厅时二位也见过了。”封不觉随即就介绍了警探。

斯科菲尔德站了起来，一手扶着帽檐，另一手伸出：“愿意为您效劳，女士。”

“幸会，警探。”南希与其握手并回道。

“请坐下吧，南希小姐。”封不觉道，“别紧张，我们只是有一些问题想请教您。”

“好的。”南希一边回答一边坐下，“但我不能保证可以帮到您，你知道的，我到时……丹尼斯已经……”

“真的是这样吗？”封不觉的态度忽然就急转直下。

“您说什么？”南希一脸疑惑地问道。

“也许……您抵达这里的时间，比我们所知的要更早呢……”封不觉这是在用行动让这帮 NPC 知道，什么叫“欲加之罪何患无辞”。

“你这是……什么意思？”南希感到对方话中有话。

“我在发挥自己的想象力。”封不觉回道，“这对侦探来说是很重要的一项技能。我们既要遵循逻辑准则和常见规律，却又不能被这些惯性的思维束缚住。”他微笑起来，“总之……我接下来要说的话，听上去可能会很离奇，并且有可能会冒犯到您。所以……我想事先声明一下，我所说的全部都是推测而已，假如其中有一些内容让您感觉不愉快，希望您可以谅解。”

“嗯……果然又是这招吗……不过这位南希小姐明明是案发后才出现的，这样也能诬陷她吗……”斯科菲尔德心中念道，他很难想象封不觉会说出怎样的推理来。

“您到底要说什么？”南希问道。

封不觉冷笑一声，甩臂一指，气势十足地对着南希小姐道：“杀死丹尼斯的凶手……就是你吧！南希·洛夫克拉夫特！”

22 南希的述词（下）

注：本节中斯科菲尔德的吐槽已回归。

南希脸上的表情，迅速从疑惑变成了惊讶：“这真是荒唐透顶！你凭什么这么说？”

封不觉笑道：“哼……意料之中的反应。”他继续扯淡道，“就让本侦探来复述一下你的作案经过吧。”

“说白了又是信口雌黄吧……”斯科菲尔德心中念道，“不过……这伎俩还真是屡试不爽……”

“那是在一个秋天……”封不觉开始了叙述。

【突然改用很有沧桑感的嗓音，而且还一脸严肃，这是准备闹哪样……】

“与往年一样，你从维也纳返回亚萨利，到父亲的别墅来过感恩节。”封不觉莫名地抬起头，吟道，“山间秋意深浓，丹枫如火，空气中的一丝微凉，让人不禁想穿上一条秋裤。”

【喂……怪谈般的开头，文青似的铺垫，结果以那么一句话来收尾吗？】

“你驱车行驶在荒寂的公路上，在眼前这份景致的感染下，你忽然想到……不如，我把大哥给杀了吧。”封不觉接着道。

【几分钟前说“既要遵循逻辑准则和常见规律，却又不能被这些惯性的思维束缚住”的人是你吧？真的是你吧？麻烦你还是把自己束缚起来吧！】

“封先生，如果你是想用这种方式引我发笑……”南希插嘴道，“我可以明确告诉你，这不是个好主意。”

封不觉无视对方，自顾自地接着往下编：“作为科尔斯顿老爷第二任妻子的女儿，你在这个家中的地位，本就有点低人一等的味道。近几年你父亲身体抱恙、每况愈下，让你不得不考虑，在他死后，自己的出路……”

【反复使用相同的动机去栽赃不同的人吗……】

“你从小就是家人眼中的乖乖女，遵循着父亲的意志，走在他给你安排的人生道路上。”封不觉脑洞大开，在当事人的面前，一边察言观色，一边硬是把故事往下编，“自小学起，你就学习优异、品格正直、多才多艺、教养大方。就如同传说中的‘别人家的孩子’那般的存在。

“十八岁时，你进入了维也纳的殿堂级音乐学府深造，并在毕业后留任为教师。

“在旁人看来，你的人生简直是完美无缺。你有着优越的出身、出众的外表、良好的性格，你的工作稳定、收入颇丰、社会地位也很高。

“这样的人生无疑是每一个女孩儿都向往的，但是……你本人又是如何想的呢？”

【喂喂……她本人是如何想的由你来告诉她不太妥当吧……】

“你的学历、工作，甚至兴趣……这些全都不是你自己选择的，而是你父亲的意思。”封不觉道，“也许你本人并不想要那份完美，因为‘完美’让你失去了很多。”他顿了一下，“随便举个例子好了，比如……你已经快二十八了，还没有嫁出去这件事。”他摊开双手，摇着头道，“像你这样的女士至今未嫁，我能想到的原因就是……优秀的男士们都觉得你高不可攀、望而却步，而一些不自量力、徒有其表的男人，却又招你讨厌。”

“总之……你的内心世界，恐怕不像是旁人看上去的那样愉快和无忧。”封不觉道，“无论你有多完美，你得到的关注也没有自己的两个哥哥多。”他用嘲讽的口吻道，

“你就像是条狗，主人让你坐下，你就坐下；让你装死，你就装死；让你打滚，你就打滚……你吐着舌头、摇着尾巴，让自己做到完美无缺。你不为了那一口两口的狗粮，而是为了得到主人的关注、认可。”

【你还是改行做传销吧……当邪教教宗也行啊……话说为什么南希小姐是一脸快要相信了的表情啊！南希小姐你要挺住啊！不要被人三言两语就改写了设定啊！】

“但现实很残酷，后妈生的就是后妈生的。”封不觉接道，“从科尔斯顿对待婚姻的态度也能看出他对女性的态度，他终究是比较看重两个儿子，纵然是那个不争气的二儿子，他不也咬着牙资助了将近十年吗？”他的脸沉了下来，“所以……你恨你的父亲，这种情绪很快让你迁怒于丹尼斯和杰克，反正这两个家伙也只是你同父异母的兄弟罢了……”

“‘如果父亲死了，也一定会把遗产都留给丹尼斯吧’这样的想法在我看来是合情合理的。”封不觉道，“精神因素是妒恨，物质因素是遗产，有这两点，你就有足够的动机去动手了。”

【洗脑了半天终于要开始讲案情了吗……】

“今天，你来得并没有看上去那么晚，其实你早就到了，还是第一个到的！”封不觉道，“早在今天上午，你就把车藏在了距离别墅几里远的林子里，然后拿着凶器——一根琴弦，并戴着手套，悄悄地步行来到了别墅。”他描述得绘声绘色，好似自己亲眼看见了一般，“反正凶器很容易隐藏，就算你在行凶之前被别墅里的什么人撞见也没关系，就说车子在树林里抛锚了，自己只能走回来，就能搪塞过去了。”他话锋一转，“别墅的大门钥匙你是有的，溜进来不难。事情进展得很顺利，没人发现你已经潜入了别墅。于是，你就顺势藏了起来，蛰伏待机。等到下午，丹尼斯和杰克他们都来了，之后发生了鸣枪事件，在暗处观察的你觉得……时机成熟了。

“今天动手，非但能除掉丹尼斯，没准还能让杰克替你背黑锅。让父亲看着两个儿子相继完蛋，最后把毕生的遗产交给你这个常年被他忽视的真正犯人，这可以说是最完美的复仇了。

“不久后，你瞅准了丹尼斯独处的时机，直接敲门，进入了他的房间。他听到你的声音，自然不会有防备，肯定以为你是刚到别墅不久，来找他聊天的。接着，你就杀掉了他，并且将房间布置成了密室，自己则从窗户逃离。

“行凶结束后，你回到藏车处，处理掉了凶器和手套，调整了一下情绪，并想好了面对警察时应有的反应……在隔了相当的一段时间后，你姗姗来迟，在我们面前演了一场好戏。”

“哦！原来是这样吗！我差点儿被她骗了啊！”斯科菲尔德自己也被忽悠住了。

“呼……”南希听到这儿，深深叹了口气，对觉哥道，“您当侦探真是屈才了，我觉得您应该去写小说。”

“嘿嘿嘿……”封不觉单手摸着自己后脑勺，露出得意的憨笑，那德行……就差说一句“我没有那么好”了。

虽然性格相差挺远，但论能力……南希才是三个孩子中最接近父亲的一个，她是个很聪明的女人，遇事也不会轻易被吓到，在面对封不觉荒唐的指控时，她没有像卡萝尔那样惊慌，也没有像杰克那样暴怒。南希像父亲一样，用事实和逻辑进行反驳。

“我的班机误点了，您可以去航空公司查一下我乘坐的航班是几点到达机场的。”南希说道，“另外，我开来的车是租的，我想租车的地方会有很多证人记得我的样子，以及我出现、离开的时间。”她顿了一下，“如果您的数学不是太差，应该可以算出……我从租车地出发，抵达这里的时间至少是多久。”

封不觉又摆出了一脸不知所措的样子，好似那种快要被干掉的反派似的，结结巴巴地念道：“什……什么……”

【自信满满的推理被人用两句话就击溃了啊……】

23 把他们都带来

在一片沉默中，南希小姐对觉哥投去了一道鄙视的目光，随即就自行起身，准备离去。

不知是出于礼貌，还是出于对某位侦探糟糕表现的同情……她在出门前，转头对一旁的斯科菲尔德警探道了一句：“希望二位下次想清楚了再做推断吧。”说罢，她便甩上了门。

“呼……”门一关上，封不觉就长吁一口气，接道，“很好，又排除了一名嫌疑人。”

“呃……我有一点不明白，您为什么不用正常的询问方式去直接问她的不在场证明呢？”斯科菲尔德问道。

“你不觉得我的方式效果更好吗？”封不觉道，“用蹩脚的推理刺探当事人的反应，很可能有意外的收获。同时……也能让他们对我放松警惕。”

“是……是这样吗……”斯科菲尔德拿出随身携带的手帕，擦了擦额头上的冷汗。

“怎么可能呢……”封不觉心道，“目暮警官帮沉睡的小五郎先生圆场时的台词也能信吗……要刺探嫌犯的反应，办法多得是……只要脸皮够厚，像古畑（同样为虚构的名侦探）那样一直黏着怀疑对象，各种神烦加调戏，时间长了对方肯定会露出破绽的。

“我的行为怎么看都是为了任务在努力吧，噩梦难度果然是名符其实啊……平均每节两千五百字都不到地混着，到目前为止也只是撑过了三分之二的章节而已……

“这样下去真的不妙啊……虽然我已经基本确定了凶手就是巴顿，但还剩下整整十章呢……现在揭穿他太早了点。

“小说这种东西可不是动画啊，用一个单帧定格画面加 BGM，然后找三个声优过来拿着脚本闲扯二十分钟自吐自槽就能混过去了。小说可是得一个字一个字地想出来的啊，作者脑子一热去复制粘贴一段大悲咒什么的乱入进来是不行的啊……

“而且纯粹从推理角度来说，本案中也仍然有许多疑点……比如巴顿的作案动机以及他为什么要把房间布置成密室这个问题……至今不明。这两个谜团恐怕得到最后几章才能解开了吧，而那之前的七八章，身为主角的我必须让故事充实起来……

“虽然我也想过自己再去杀个人什么的，但三十三节这种不长不短的尴尬篇幅，使我已然错过了最佳的下手时机呢……不如我就拿起桌上的烟灰缸把斯科菲尔德给敲死吧……可仔细想想，在这种受到严格限制的噩梦剧本，NPC 是有能力秒杀我的才对……嗯……”

觉哥在心中念叨了一大段废话，随即就拿定了主意，走向了门口。他打开门，对走廊里待命的邓普迪道：“邓普迪警官。”

“有什么吩咐，先生？”邓普迪应道。

“请把亨德森、鲍威尔和巴顿这三位一块儿请来。”封不觉道。

“三个人一起吗？”邓普迪确认道。

“是的，把他们全都带来。”封不觉点头。

“好的，您稍等。”邓普迪整了整衣领，转身去了。

封不觉交代完，便跨回门内，重新关上了书房的门。

“您这是要做什么？”斯科菲尔德疑惑道。

“怎么？您觉得我会继续一个一个地把他们叫进来询问？”封不觉问道，他心里想的却是：“怎么可能被你猜到接下来的发展呢，像‘某某的述词’这种标题继续用下去的话，作者是不会满足的吧。”

“嗯，是啊。”警探回道。

“呵呵……”封不觉道，“放心，您一会儿看着就行了。”

“呃……说实话，我倒没什么，只是刚才南希小姐似乎让您有点儿下不来台啊。”斯科菲尔德实在是忍不住了，他还是好心想阻止封不觉那种自取其辱般的推理。

“哈！”封不觉道，“我岂会下不来台？”他转过头，正面对着斯科菲尔德，突然神情一变，一秒内就摆出了之前那张尴尬无比的脸，“没错，我语气颤抖、额头冒汗、瞳孔放大，如果您仔细看，还会发现我的左手在微微颤抖。”他说话间，又瞬间恢复了常态，“但这并不表示我真的感觉下不来台。”

斯科菲尔德嘴角抽动着：“这……”他不知道该怎么描述自己此刻的心情，他忽然觉得眼前这货很有可能是个职业骗子，但从各种意义上来说，这家伙都很厉害……

“通常来说，我不会因情绪影响而做出不经意间的肢体反应，除非……我故意去装出某种状态。”封不觉道，“神态和小动作，会暴露出人的弱点。而反过来利用这些去迷惑对手，则是种相当高级的博弈技巧了。”

“我已经不会上当了……你每次帅气地说出各种理论后，下一刻就会节操尽失……吐槽的话我就输了。”斯科菲尔德心中念道，不过他表面上还是客客气气的道：“原……原来如此……”

“侦探非但需要智商，情商的要求也是很高的。”封不觉又开始滔滔不绝起来，“我个人认为——所谓情商，就是揣度能力、直觉和演技的结合。做事圆滑得体之人，无一不是深谙此道。他们可以让你按照他们的意志行事，却又觉得顺心。”他顿了一下，“接下来进屋的这三个人里，有一位的情商就很高，当然了……他的智商也不低，只不过……”

咚咚咚——

敲门声打断了封不觉的话，邓普迪在门外高声道：“那三位先生已经来了，封先生。”

“请进吧。”封不觉转身靠坐在书桌上，面向门的方向，一副跃跃欲试的样子。

数秒后，三人进来了。

第一个进门的是鲍威尔医生，他五十多岁，身材高瘦，戴着眼镜，身穿白衬衫和黑色的西装马甲。

亨德森管家是在巴顿的搀扶下进来的，其实他自己走动也行，不过巴顿还是很周到地扶着这位不久前险些被吓得心肌梗塞的老者。

邓普迪把人带到后，按照老规矩，从外面把门给带上了。

这三位进屋后还没开口打上一声招呼，面对着他们的封不觉便忽然开口：“我就直说了吧……”他的眼神如疾风般扫过三人的脸，“凶手，就在你们三个中间。”

24 推理要在晚餐后

这一刻，那三位皆是神情骤变，封不觉捕捉到了他们面部的每一丝变化，以及藏在他们眼神中……那稍纵即逝的、不易察觉的信息。

“呵呵……”两秒后，封不觉就笑了起来，“好了，我说完了，你们请回吧。”

“What？！”除了觉哥以外，房间里的其余四人，同时本能地问出了这么一句话来。

“等等……您这是什么意思？”鲍威尔道，“什么叫‘请回吧’？你把我们叫来，说我们中有一人是凶手，说完就让我们离开？”

“是啊。”封不觉道，“我会在大约八节后……哦不，我是说，我会在八点钟左右，揭示真凶。”

“呃……封先生，”斯科菲尔德插嘴道，“我能不能问问……为什么要等到8点？”

“哎，常言道，推理要在晚餐后嘛。”封不觉回道。

“这是哪门子常言啊……我怎么从来没听说过啊……根本就是你编的吧……”斯科菲尔德心中连吐三句，但表面上依旧不好发作，因为他自己还是没法儿确定凶手，另外也没有证据，眼下只能依靠这位古怪的名侦探先生来帮忙。

“哈……哈哈……好……好吧……”斯科菲尔德继续用手帕擦着冷汗，“那就按照您的意思……”

“这也太奇怪了吧！”鲍威尔道，“如果您知道真凶是谁，应该马上将其绳之以法才对啊！放任一个杀人犯和我们共处一屋，那大伙儿都会有危险的吧？”

“有四名警官在此坐镇，何来危险？”封不觉语气轻松地回道，“再说，你应该也很清楚……在我说出‘凶手在你们三人之中’这句话之前，你就一直和凶手身处同一个屋檐下不是吗？”

“可你现在把话说出来了，情况就……”鲍威尔十分紧张地说着，他的余光始终瞥着巴顿所在的方向。

封不觉打断道：“你不用再多说了，这种此地无银三百两的伎俩我见得多了。”他顿了一下，“鲍威尔医生，你做出那么大的反应，一副担惊受怕的样子，是想假装成无辜者来避免被怀疑吗？”

“这……”鲍威尔面对这诬指，一时间也是哑口无言。

亨德森和巴顿也朝他投去了怀疑的目光，气氛变得十分诡异。

封不觉对这帮家伙的举动只是报以冷笑，他转向斯科菲尔德道：“警探，在晚餐前的这段时间，就请把这三位以及之前我询问过的卡萝尔、科尔斯顿、杰克、南希这四位，一同集中到餐厅里去吧，这样便于监控。”他一边说着，一边已绕过了眼前的三人，朝门口走去。

“您要去哪儿，封先生？”斯科菲尔德问道。

“厨房。”封不觉回了一声，便开门出去了。

留下书房中的四人，面面相觑，尴尬无比。

这间别墅的厨房算是相当不错的，几乎能赶上一些小型西餐厅的配置了。

厨房的门自然是推拉皆可的双瓣儿活动门，用手、脚或者推车轻轻一顶就能推开，端着食物出入很方便。封不觉推门进去后，映入眼帘的是一个宽敞、整洁且美观的环境。

对一个家用厨房来说，这地方的设备齐得惊人……厨柜、扒炉、锅炉、烤箱、烧烤炉、炸炉、灶台、货架、操作台、保鲜台、冷柜、搅拌机、绞肉机、切片机、打蛋机等等，除了石砌壁式烤箱那种极端配置，这儿基本上应有尽有，想办料理比赛都行。

“啊，封先生，您怎么到厨房来了？”此时的奥黛塔夫人换上了一件长袖的、裙摆齐膝的素色连衣裙，并穿着围裙，和奥利弗大妈一同在灶台前忙碌着。

“防止你们在大家的晚饭里下毒呗。”封不觉回道。

奥黛塔和奥利弗手上的动作皆是一滞，瞪大了眼睛，惊疑交加地望着觉哥。

“哈哈哈……我开玩笑的，女士们。”封不觉笑着道，“作为客人，到厨房来搭把手也是应该的吧。”

“噢，先生，您的笑话可一点儿都不好笑。”奥利弗大妈无疑是个直来直去的人，她很快又在料理台上忙碌起来，“我们都快忙不过来了，您却还说些吓人的话。”

奥黛塔礼貌地笑了笑：“封先生，您确定您可以帮上忙吗？不要勉强……”

“怕我添乱是吗？哼……”封不觉的双眼被额前的头发遮蔽，阴影中，一抹凶芒从他眼中露出，“天真……太天真了……不让你们见识一下本大爷的美技你们是不会懂的……”他的中二台词出口之后，自己也愣了一下，“等等，这台词好像由金富贵来说比较合适……不管了！总之……”他抄起一把菜刀，随手抓了块红肉就高速切了起来。其手速之快，产生层层虚影，砧板上传出频率如打字机一般密集的落刀声，“嚯嚯哈哈哈……让吾一尝这华丽的杀戮吧！”

厨房里的两位女士哪儿见过这种阵仗，一时间呆立原地，不知所措地看着觉哥的表演。

封不觉这个怪咖的另一个特点就是……当他制作料理时，就会变得异常中二。如果说他平时的中二值（不要问我这究竟是个什么概念，我也不知道，反正它就这么出现在了我的脑子里）是 250 左右，那么在料理时的中二值就会爆发到 9527 到 10086 之间。

习惯……的确是个可怕的东西……

父母死后，独居的封不觉自然是经常做饭的。他不是一个追求奢侈品和虚荣的人，不过在条件允许（得看他兜里有多少钱）的情况下，他也会尽可能地保证生活品质。

因此，这家伙的料理水平在不知不觉中越来越好……而在这个过程中，他养成了在料理时自言自语，并做出各种夸张行为的习惯。

“先铺上一层油加热平底锅。”封不觉边说边干，“牛肉切成薄片入碗，加入盐、胡椒、酱油、芥末籽，细细搓揉入味……”说着，他抄起一棵芹菜，闪电般切碎，“把牛肉、牛肝、芹菜一起放进加热的平底锅中大火快炒……”他花了几分钟，就完成了一道色香味俱佳的小菜。

“哼……这道芥末牛肝炒芹菜所展现的实力，足以让你们心服口服了吧……”封不觉用抹布擦着手，得意地念道。

奥黛塔夫人和奥利弗大妈将信将疑地各自用手拿了块牛肝尝了尝，好吃得让人觉得匪夷所思……

“封先生……您做侦探以前难道是一名厨师吗？”奥黛塔惊道。

封不觉缓缓走到一边，从墙上取下了一条围裙给自己系上，他嘚瑟地一笑，接道：“所以……晚餐的准备工作就请交给我吧，二位稍微给我打打下手就可以了。”他顿了一下，“顺便……请在这期间，回答我几个问题。”

25 意外收获

“对了，这个宅子里，应该还有一位佣人吧？”封不觉说话时，正聚精会神地朝一个装酱汁的碗里滴着油。他的手上虽然忙着做料理，但脑子可是完全没停，一心二用对觉哥来说根本不是负担，相反……算是一种释放。

之前他就推测洛夫克拉夫特一家不止奥利弗这一名女佣，毕竟这别墅上上下下有那么多房间，还有走廊、门厅、阶梯等等……就算只是表面上的打扫工作，一个人也得干上半天了。更何况还有做饭、洗衣这类琐事要做，即使把亨德森和巴顿能帮忙的事情算进去，人力也是不够的。

“是的，还有一位女佣玛莎太太，今年她回老家过感恩节了，要到节后回来。”奥黛塔夫人回道。

“所以连您也不得不到厨房来帮忙了是吗？”封不觉笑道。

奥黛塔自然是听出了他这话的弦外之音，她有些尴尬地回道：“抱歉……我确实……不太擅长这些。”

封不觉只看了一分钟，就知道这位夫人的料理水平也就只能打打下手，想必她平日里是很少会到厨房来做事的。

“不不……您做得不错，我想奥利弗女士很感激您能在这儿。”封不觉说道。

“可不是嘛，封先生，这几天，夫人可真是帮了我大忙了。”奥利弗也接道，“以前的两位夫人可是连杯水都懒得自己去倒……”

“奥利弗！”奥黛塔打断了那位大妈的话，并冲其使了个眼色，微微摇了摇头。很显然，她不想让奥利弗继续说下去了。想必这位女佣对老爷的前两位夫人颇有怨言，经常会发牢骚，而这些内容，是不适宜让一个外人听到的。

奥利弗也很识趣，见夫人发话，她赶紧收声，埋头忙活起来。

“哼……”封不觉冷笑一声，端起眼前的碗，扯开话题道，“瞧，像这样仔细将油滴入，然后像牵线一样拉长搅拌，可以避免油水分离的状况。”他把碗放到一边，“一会儿把这调好的酱汁淋到牡蛎上，鄙人特制的菠菜奶酪焗生蚝就算完成了。”

“您总能给人惊喜，封先生。”奥黛塔也很感激他没有追问下去，借坡下驴地恭维了一句，“谁能想到一位侦探会在料理上有这样的手艺呢？”

“呵呵……这道菜也只是中等难度而已。”觉哥得意地回道，“类似难度的我还准备做两道鸡肝慕斯和川烫的日式菲力牛排。”他指了指墙角的一堆蔬菜，“挑几个老土豆出来，用二次油炸的方法还可以做出口感独到的Pomme souffle，法国佬的玩意儿还是相当不错的……”

“噢！我说，侦探先生，您到底准备做多少菜？而且您做的好多菜我听都没听说过。”奥利弗在旁说道。

“别担心……这点儿菜式，我一个人做也来得及。”封不觉的神态确实显得很轻松、很随性，而他的动作却可称得上快、准、狠兼具，比电视里那种料理节目里的动作起码快两倍……

此时，觉哥的想法其实并不复杂。他来厨房的目的主要有两个：一、他想借着晚餐前的这段时间，对最后两名嫌疑人进行询问；二、他就是想吃顿好的……

在这个剧本里，玩家是需要摄入食物和水的。既然一样是要吃，为何不吃得好一点儿呢……

惊悚乐园这个游戏，对于食物的味道模拟是非常到位的，在商城里买过食品类道具的玩家都清楚，从薯片到牛排，从糖果儿到龙虾，游戏都可以充分模拟出最逼真的美味。

眼下，既可以利用剧本中的资源，免费享受现实生活中价格不菲的大餐，又能炫耀一下自己的料理技术，这等好事，封不觉定是不愿错过的。

“对了，夫人，有个问题，我想马克警官应该没有问过您……”封不觉在毫无征兆的情况下，忽然问道，“您觉得……在这件案子中，谁的嫌疑最大呢？”

奥黛塔的手微微一颤，她瞪大杏眼望着封不觉，原本压抑在其眼神中的不安，伴随着惊讶之色瞬间流露了出来。

奥利弗也看向了这边，露出担忧的表情。

一段尴尬的沉默后，奥黛塔夫人似是下定了决心，神色也变得坚定起来:“是我。”

封不觉仍在忙着手头的活儿，沉着地应道：“理由是？”

“因为……我和丹尼斯的关系一直都不太好。”奥黛塔所说的话，和巴顿先前告诉觉哥的内容不谋而合,“七年前我嫁入洛夫克拉夫特家时,丹尼斯就曾激烈地反对过，虽然后来我也试着与他缓和关系，但他对我的态度始终很冷漠，今天在门厅您也看到了……”

“我想听的是……”封不觉打断道,“……我所没有看到的。”

奥黛塔心头一跳，接着，她好像明白了什么，叹了口气道：“唉，看来什么都瞒不过您……”

封不觉心里却是在说：我只是虚张声势而已……你还真有事儿啊！

奥黛塔接着说道：“好吧……我……在尸体被发现前，我去过找过丹尼斯。”对方还没接话，她就马上说道，“可我发誓！我没有杀死丹尼斯！我甚至根本没进过那个房间！”

“嗯，我相信您。”封不觉捧起一大把洗净的蔬菜，往眼前一摊，高速切了起来，边切边道,“依我看……事情是这样的……今天下午，您的丈夫和丹尼斯不知为何发生了争执，而且还开了枪。作为这个家的女主人，您会对此担忧，也算是人之常情吧。当时您心中一定在揣测，二人争吵的原因就是因为你。所以……过了一会儿，您就去了丹尼斯的客房，想跟他谈一谈。”他的话和刀切在砧板上的声音一样很有节奏感，语速极快。

“结果，您敲门许久，房间里也没人应声，于是您便离开了。没想到，不久后……丹尼斯便被发现死于房中。由于丹尼斯一向与您交恶，您又恰在案发时段到过这个客房的门前，因此，您的嫌疑无疑是巨大的。您害怕受到牵连，就把这件事暂且瞒了下来。”

26 灰色地带

“难……难道您当时在附近看到我了吗,封先生？”奥黛塔惊道。她的反应表明，觉哥所做的推测和实际情况完全吻合。

“嗯……只是按照常理推理了一下而已。”封不觉回道，他心里却在吐槽着：“有没有搞错……之前那些胡诌的推理中，就有不少脑补的内容蒙对了。眼下稍微正经一点，干脆就毫无偏差……接下来还有八节呢，这案子简单到这个地步是闹哪样儿啊！”

“夫人您也太老实了吧！您这种长相气质的NPC难道就不能有点儿城府吗？现在您把这话一说，凶手布置密室的原因不就等于是曝光了吗！接下来只要把巴顿的动机揭晓那就结案了吧……

“巴顿你这货也实在是不给力啊，除了斯科菲尔德你还能忽悠谁啊？话说就算是斯科菲尔德独立来办这个案子，到最后也能破案的吧？说到底我这个‘名侦探’的身份究竟意义何在……这案子换个一般的侦探或者警察来也是可以拿下的吧。”

恰在此时，厨房的门被人从外面推开了，斯科菲尔德警探探头进来，瞧见觉哥后说道：“噢，封先生，您真的在这儿。”他顿了一下，“哇，是您在掌勺吗？”

“是的。”封不觉转头回道，“怎么了？难道您就从来没进厨房做过菜吗？”

“呃……呵呵……”斯科菲尔德笑了，“我的太太很擅长料理，几乎不让我进厨房。”

“哦……”封不觉敷衍地接了一句，心中在念叨着：“喂喂，我只是随口一问，你直接回答‘没有’不就行了，摆出那种欠揍的幸福笑容是什么意思……还说些多余的话……以本大爷的推理能力，一见到你那大腹便便的体型和左手无名指上的戒指，就已经推测出你老婆的厨艺不错了啊……此刻你这种反应明显有伺机嘲讽的意味啊……果然是由于我之前表现得太贱引起这货的不满了吗……

“看我不爽的话直接说出来不好吗……‘请接下我正义的摆拳吧！封先生！’这种话也不是那么难出口的吧。”

“啊，对了，我是过来告诉您一声，卡萝尔夫人、科尔斯顿老爷、亨德森管家、鲍威尔医生、巴顿先生、南希小姐和杰克，已经全部集中到餐厅了。”斯科菲尔德回道，“还有，如果您觉得没问题，我想让卡尔和马克先把死者的尸体运回镇上，您知道的……虽然现在是深秋，尸体也装在裹尸袋里，但时间一长，那气味……”

“嚯……你还真够义气啊，把七个人的名字逐一报出来愣是多凑了二十几个字啊，而且还在后面立即接上一句不相干的话题进行掩饰……”封不觉心中赞道。

“嗯，就按照您的意思办吧。”觉哥表面上还是那冷静的样子，“哦，对了，案发现场也不必再让人看着了，反正也已经没什么需要再勘察的。”

“明白。”斯科菲尔德应了一句，便准备离去。

这时，封不觉似是突然想起了什么，转头叫住了对方：“警探！”

“什么？”斯科菲尔德连忙停下了脚步。

“您说过……您曾在大城市中做过多年刑警？”封不觉问道。

斯科菲尔德眼神微变：“是啊，怎么了？”

"那么，在大城市的警局里，您有没有……比较可靠的朋友？"封不觉用了一种比较模糊的说法。

斯科菲尔德一听就懂，觉哥这话真正的意思是："既然你在城里混了挺长时间，那多少会有一些人脉吧？"

"呵……确实有几个交情不错的老朋友。"斯科菲尔德换上了另一副神色，那是他刚刚来到这栋别墅时的神情，自信、果敢、硬派。

"失陪一下。"封不觉对身旁的两位女士道了一句，同时拿起一块抹布，边擦手边朝厨房门口走去。

走到斯科菲尔德身旁时，觉哥一手勾着对方肩膀，一手推门，领他走了出去。

"我就知道……警探您不是泛泛之辈。"封不觉笑道。

"过奖……"斯科菲尔德的得意全都写在了脸上。这可是来自名侦探的称赞，对一名警探来说，这一瞬的优越感是难以自制的。要比喻的话，这就好比是梁朝伟走到一名群众演员面前说了句"你的戏真不错"。

"我就直说了吧，警探，我已经知道凶手是谁了。"封不觉压低了声音，朝走廊两侧张望一番，确定没人后，他悄声道，"但眼下还缺乏一些信息，不能定案。可我们得查清他的动机，整个案子才能水落石出。所以……需要您的朋友帮帮忙。"

"您的意思是？"斯科菲尔德问道。

"我想让您打个电话，联络您在城里警局的朋友，看看有谁能帮您去查一下，这个凶手过去的档案。"封不觉道。

"但这样……似乎不合乎法规吧……"斯科菲尔德道。

封不觉微笑："所以才需要'可靠的朋友'啊。"

斯科菲尔德犹豫了几秒，也笑了："名侦探就是名侦探……看来对于警界中的灰色地带，您也十分了解啊。"

"好说好说……"封不觉道，"一般的伎俩我都知道，比如从街头混混那里收缴一些毒品，带到某些因证据不足无法定罪的人渣家里去，往暖气炉后面洒一洒之类的……我也是懂的。"

27 斯科菲尔德的独白

注：本章中【】框起的部分，为封不觉的吐槽。

黑夜似一头巨兽，吞没了这座充斥着哥特气息的城市。

冰冷的雨丝如利箭般一簇簇击打着地上的水坑，空气中弥漫着大都市特有的一种气息——欲望。

【喂喂……发生什么事了，发错稿子了吗？这个开头是怎么回事？】

我叫斯科菲尔德，格雷克·斯科菲尔德，莱恩市重案组的一名警员。

【我说……这是准备以斯科菲尔德警探为主角重新写本书吗？还是第一人称视角展开的吗……】

驱车穿行在这夜晚的城市中，就仿佛是在一条罪恶的河流中行舟。这是个堕落的地方，墙上的每一块砖，地上的每一寸土，都沾染着无辜者的血。

抢劫、斗殴、杀戮……那些披着人皮的野兽和魔鬼们四处横行，使得善良正派的民众们沉浸在悲伤、痛苦的永夜之中。

这是一场永不终结的战争，而我，是立于前线的战士。我的职责，就是捍卫法律的边界，等待每一个黎明的到来。

【这和本案有什么关系吗……话说作者已经放弃人生了吧……所以我说想到哪儿写到哪儿的家伙就不要事先定下三十三节这种不长不短的设定啊！自己给自己制造难度啊！】

我已记不清这是第几次独自驾车巡逻了。

自从我的搭档死后，我就能看到、能听到、能感觉到……那些危险的存在，一种预知危险的直觉在我的血液中流淌，依附在我的脊背之上。

所以，当我驶过第七大街，看到那个十多岁的孩子站在马路中间、一脸木讷地看着我的车前灯时，我就知道，这是一个陷阱。

我在不久前破坏了某个帮派的一笔交易，是他们的报复开始了……

“啊……按照这种节奏，这段老派警匪片独白式的内容，想必是要持续一整节了吧……”

这个街区的帮派首领是个十足的恶棍，他今年只有二十六岁，不过他入帮的资历可足有十七年。当他的同龄人在小学里画手指画时，他已拿着乌兹冲锋枪在小巷里杀人了。

当然，这不能完全怪他，是社会制造了他这样的怪物，而他……又制造了一个又一个和他一样的怪物。

不需要试管、不需要养料、也不需要公式，这罪恶的都市本身就是一个熔炉。

那些帮派中的孩子，在十六岁前就已背上了凶杀、贩毒、抢劫等等罪名。我可以抓他们……他们会被送到局里，青少年犯罪科的人会把他们领走。但结果呢……到了明年的某个时刻，他们便再次出现在街头，干着同样的勾当。

【那你想怎么样……踩油门压过去，然后自称正当防卫吗……】

我没有犹豫，奋力踩下了油门。

【喂！万一是你弄错了怎么办！】

那孩子迅速避开了，他翻滚到路边，掏出了藏在口袋里的手枪开始朝我射击。

他的同伙们也从两旁的小巷中涌出，交织的火力倾泄在了警车四周。

【你之前到底是在哪种城市当警察啊？高谭重案组也不过如此吧！】

我低下头，踩住油门，尽量让车驶在马路中间，防止其因为撞上什么东西而停下。我还快速开启了警车上的警笛，不过这意义已经不大了……周围那密集的枪声已足以将附近的其他巡逻车引来。

警车的玻璃很快就全碎了，至少有十余发子弹蹿入了车内。那几秒钟，我就像是跳进了满是食人鱼的鱼缸，连我自己也说不清身上中了多少枪。

在失去意识前，我记得的最后一件事就是……队长查理把我从车里拖了出来。那一刻，他脸上的表情我永生难忘。

【喂！信息量好大啊！】

在医院休养了半个月后，医生告诉我，我可能再也无法回到原来的岗位上了。

【于是你就辗转到了一个偏僻的乡下小镇当了警探？】

初听到这个消息时，我倍受打击。

可后来，我逐渐意识到了……这是上帝给我的启示，是时候从那条善与恶的前线上退下了。

我本该死在那条街上的，但我没有。很少有人会有第二次机会，而我得到了，所以我要珍惜。

于是，我向上级申请，调离了大都市，带着妻子和女儿来到了一个平静的乡下小镇，当上了这里的探长。

临走前，我给查理队长留下了一封信，内容我至今记得——好多事情总是后来才看清楚，然而我已经找不到来时的路。好多事情当时一点也不觉得苦，就算是苦我想我也不在乎。

【这根本就是歌词吧……而且你这是在表达恨不相逢未嫁时吗？】

在这个小镇上，我过上了快乐、安宁的生活。每天可以准时下班回家，有更多的时间陪伴我的家人。

这里的警局没什么大案要办，多半是些家长里短的纠纷，与城里相比，此地简直就是世外桃源。

我经常会对这儿的菜鸟警员说："想当初，我可比电影里那些硬汉警探都厉害，直到我的膝盖中了一枪。”

【是啊……毕竟那里是地球人最大的弱点所在呢……】

这些年，我时常会想起查理队长，但我从来没有联系过他，他也没有回我的那封信。

【喂……等等……他该不会是想借着查案的理由，打电话给这个查理吧……】

今天，我终于有了一个机会。在调查洛夫克拉夫特家命案的过程中，我遇到了一位知名的大侦探，他需要我和过去的同事联系，通过非法流程去查看一名嫌疑人的档案。

【大哥……我错了……这电话您还是别打了。】

不知为何，我心中充满了忐忑，却又有些期待。

【人走上某种禁断的道路前多半都是这种心情吧……】

……

【喂！这省略号是什么意思啊！通话内容全年龄禁止观看吗？话说这作者已经疯了吧……这已经远远超出了被退稿的级别吧……你这是准备开创某种新的文体吗？就不能虚心学习一下同行的灌水技巧吗！不要自己乱来啊！】

28 最后的晚餐

晚，8 点，别墅的餐厅中。

除了女佣奥利弗之外，其余所有的嫌疑人都已在一张长桌两旁就座。邓普迪警官守在餐厅大门的旁边，他的姿态看似随意，实则正在密切监视着屋里的每一个人。

餐厅中的气氛十分压抑，交谈声甚少。大家都坐在那儿，想着各自的心事。当然了，这也属正常现象……就在这个屋檐下，不久前刚刚发生了残忍的凶杀。除了封不觉那种奇葩，谁还能保持好心情呢。

“今晚的月色真美不是吗？”封不觉的身影出现在了门口，吸引了所有人的目光。他看上去兴致很高，似乎在向众人释放着一种讯号，暗示着自己已然找到了真凶。

不过……由于他先前的种种表现，洛夫克拉夫特一家对于这位大侦探先生的印象可不怎么好。这货的推理，虽说是条理清晰、言之凿凿、绘声绘色、煞有其事……但说到底，他这些乱七八糟的污蔑之词，全都有着非常明显的漏洞，而且是常人一眼就能看穿、一句话就能反驳掉的那种漏洞。

“可惜没有模具，否则我就做一炉月饼当甜点了。”封不觉一边说着，一边向餐桌走来，他的腋下还夹着一个不知从哪里弄到的大纸袋，里面似乎装了不少东西。

奥利弗大妈推着一辆小推车，跟在觉哥的身后进了餐厅。推车共有三层，此时已摆满了菜式。

“您这儿的厨房真是不错，洛夫克拉夫特先生。”封不觉在主人正对面的位置落座，并把手中的纸袋随意地放在了自己的椅子底下，“我曾经去过一些徒有虚名的所谓‘高档餐厅’，他们有着豪华的门面、豪华的就餐环境、豪华的餐具、豪华的价格。但厨房里却是一派脏乱差的景象……充斥各种嗡嗡叫、蠕蠕爬的无脊椎动物，而掌勺的厨师多半就是那些动物派到人类当中的卧底，因为他们唯一的天赋就是用双手制作出令人作呕的黑暗物质。”

“如果你想以一次恭维作为展开话题的途径……”科尔斯顿冷冷地看着觉哥，回道，“只说头一句就可以了，没必要借机跟我们分享你过去的不愉快经历。”

他们说话间，奥利弗已将推车推到了餐桌旁。因为餐具已然事先摆放妥当，所以她这会儿就直接开始上菜了。

亨德森见状，从椅子上站了起来，朝推车走去：“我来帮你，奥利弗。”

“不，你坐下吧，亨德森。”杰克迅速起身走过来，把老管家摁回了椅子上，“让我来吧。”这位二少爷对家里的佣人还是不错的，他也不好意思让一个下午才晕倒过一次的老人帮着端盘子。

不多时，每个人的面前，都已放上了一盘前菜。

封不觉显然不准备和这家人客气什么，他非但没有起身帮忙的意思，还自顾自抓起了餐桌中间放着的半瓶红酒，给自己倒上了一杯。

“嗯……Donane De Trevallon，1985……”封不觉只喝了一口，就拿起酒瓶去看瓶身，“呵……人生还真是处处有惊喜啊。”他这一口可算是赚到了，在现实生活中，这瓶红酒恐怕能换他一个游戏舱……

“怎么？您也知道那个酒庄吗？”奥黛塔夫人说道，“老爷他也很喜欢，每年我们都会在那里订上一批货的。”

“啊……知道是知道。”封不觉耸耸肩，“只不过……我的经济条件可不允许我每年都在法国东南部的知名酒庄里进行批量消费啊……我所能批量囤积的商品，恐怕只有卫生纸和碳酸饮料而已。”

“奥利弗……”桌子另一侧的南希小姐忽然开口道，“这道菜是你做的吗？”她看着眼前盘子里的东西，面露些许疑惑之色。

“不，今天的菜都是这位封先生做的。”奥利弗回了一句，便推着推车准备去厨房取汤了。平日里，她、巴顿和亨德森三人，是和老爷、夫人分开用餐的。而鲍威尔医生的家就在小镇上，他通常会在傍晚前就回去。因此，像今日这种十多个人聚在一桌用餐的情形，实属罕见。

“哦？”南希转头对封不觉道，“真看不出来……您还有这手艺，这道碳烤芦笋佐鲑鱼卵已经是专业级水平了吧？比起侦探，我看您更适合当个厨子。”

在人家说话的时候，封不觉正在往自己的高脚杯里加着红酒，看来在喝完以前，他是不准备把手里的瓶子交给任何人了：“我能够胜任的工作很多，这不算什么。”

“哼……烧饭烧得好，要饭要到老。”杰克往嘴里塞了一块芦笋，看他的态度，明显是有意想找茬儿。

“你那盘儿里有我的鼻屎。”封不觉只花了一秒，就冷静地道出了一句极具杀伤力的语言。

杰克表情陡变，一咳一呛，噎个半死。

“呵呵……开玩笑的。”封不觉两秒后便道，“盘子都是随机摆放在推车上的，而且也是你自己分配的，这种事怎么可能呢。”

“你……”杰克有点儿想骂人，但这一桌……有长辈、有女士。他实在不好发作，只能用餐巾擦了擦嘴，把气往肚里吞。

“瞧，我的分析能力还是很能让人信服的吧。”封不觉笑道。

“行了，封先生。”科尔斯顿道，“插科打诨到此为止吧。”他逼视着觉哥，“你让警员们限制了我们的自由，并宣称自己知道凶手是谁，可你又迟迟不肯说出来。”他呼了口气，“奥黛塔说你一个多小时前就去了厨房帮忙，我本以为你只是借着帮忙的理由去向她和奥利弗问话，没想到你真的是去做菜……你，到底想干什么？”

“呵呵……想干什么？”封不觉拿起刀叉，开始消灭眼前的前菜，“您是明知故问啊，洛夫克拉夫特先生。”他嚼着芦笋，发出啧啧之声，毫不介意在说话时露出口中的食物，“在座的每一位……不都在期待着一场推理秀吗？哈……放心，名侦探封不觉是不会让你们失望的，我现在就奉上好戏。”

29 封不觉的述词

“慢着。”突然，杰克发话了，“你那不靠谱的推理我已经听够了。”他看着封不觉道，“这里所有的人，基本都被你说成过是凶手吧？”他举臂一指，“在你诬指下一个无辜者之前，我想请你先解释一下，你自己的嫌疑该如何洗刷？我们怎么知道……你是不是打着侦探的旗号，以协助警方破案为名嫁祸于他人呢？”

“哼……问得好。”封不觉回了这么一句，随即就笑而不语，把杰克晾在了一边。

短暂的沉默后，觉哥回过头，对两名警官道：“斯科菲尔德警探、邓普迪警官，你们也坐下吃啊，瞧，我把你们的份儿也准备好了，这不已经端上桌了吗？”

“呃……这……”斯科菲尔德和邓普迪面面相觑。

这两位也确实是饿了，而且长桌上还有好几个空位，犹豫了几秒后，他们也就不客气地入席了。

“嘿！别扯开话题！你倒是回答我的问题啊！”杰克又道。

“不错。”科尔斯顿接道，“我也想问你，你到底是什么来路？又如何证明你不是凶手？之前在书房里，你就恶语相向，避开了我的提问，现在当着大伙儿的面，能否请您说清楚呢？”

就在气氛剑拔弩张之际，奥利弗大妈又从厨房返回了，这次她送来的是汤。

在这个节骨眼儿上，可没人再起身去帮忙了，餐桌上的每一双眼睛，都看着封不觉，想听他的回应。

觉哥一边接过奥利弗递来的汤碗，一边惬意地说道：“看来……你们到现在还没明白，我那些询问的意义。没关系，我就再来演示一遍好了。”

接着，他开始了一段令人震惊的叙述：“我认为……杀死丹尼斯·洛夫克拉夫特的凶手，就是我——封不觉！”他说这句台词的语气，和先前针对别人的时候一模一样……

“喂……他这是精分了吗……为什么我一点都没感到奇怪啊……”斯科菲尔德警探在心中念道。

餐桌边的其他人，基本也和他是一样的想法，就连正在端汤的奥利弗大妈，都停下了动作，用一种看神经病的眼神望向觉哥。

“奥利弗女士，汤凉了可就不好喝了。”封不觉转头道，“别在意我说什么，您继续上菜好了。”

“呃……好……好的。”奥利弗木讷地应道。

“杀人动机的话……”封不觉轻轻搅拌着自己面前的汤，接着刚才的话道，“可能是受人所托吧……”他品尝了一口碗中的马赛鱼汤，“嗯……地中海的味道在舌尖跳跃哦，呼呼……”他吹掉一点儿热气，又连喝了好几勺。

“封……封先生……”斯科菲尔德可不能对这几句话充耳不闻，“您这是在开玩笑对吧？”

“很有趣不是吗？”封不觉笑道，“如果一个人用异常沉着的语气，说出一些对自己极为不利的话，旁人就会陷入费解之中。”他顿了一下，“警探，凶手是谁，您的心里已然有数了不是吗？请不要因为我的几句话，就对已经下定的结论产生质疑。”

“呃……好吧。”斯科菲尔德回道，他用餐巾擦了擦汗，心道：的确……封先生在胡诌时，一贯就是副若无其事的样子，从表情和语气根本无法判断他的虚实，名侦探就是厉害，真真假假、高深莫测……

“我说到哪儿了……哦对，动机。”封不觉接道，“有一件事，是无论如何都无法否定的，那就是我和丹尼斯的人生，在今天以前，没有任何交集。这一点，就算反复查证，结果也不会有改变。

“那么……在我身上，能够成立的杀人动机，有以下几种。第一，我与丹尼斯一见如仇，毫无理由地看他不顺眼。他好心让我搭车，我却暗起杀心，欲将其置之死地而后快。”他又吃了几口汤里的东西，再道，“第二，我本身就是个变态杀人狂，杀人基本没有理由，出于兴趣和快感，或者就是把这当成饭后活动什么的。”他抬眼扫视了一圈众人，对他们的表情很满意，“看来前两条没什么说服力啊，不过第三条的可能似乎大一些。”

封不觉往椅背上靠了靠，摊开双手：“也许，我是个职业杀手。”他用手中的勺子指了指桌上的菜，“如各位所见，我这人多才多艺。比起厨师来，杀手和侦探间的职业关联性……貌似要更强一些不是吗？”他笑了笑，“只要身体条件允许，出色的侦探，多半也能成为出色的犯罪者。虽然我本人更倾向于犯罪顾问这样的职位，但职业杀手……为什么不呢？”

“是啊，挺酷的。”南希小姐冷不丁接了这么一句，很显然，她已经明白了封不觉正在做什么，所以……要扯淡大家一块儿扯好了。

“呵……”封不觉冲她微笑一下，接着道，“于是，我这个职业杀手就行动了。我事先查清了丹尼斯的行踪，埋伏在了山里，在他的必经之路上。你们觉得‘在路中间放点障碍，趁他停车时，戴着面罩冲出去开枪行凶’这个计划如何？不！我才不会这么干呢，我决定伪装成一个车祸遇难者，靠近之后再下手。

“然后你们说我该怎么做？戴上假胡子什么的伪装一下，并在口袋里藏把枪，趁他从车上走下来跟我说话时，直接把他射杀在公路上吗？那我可就太逊了，简直侮辱了我职业的名号。

“我得跟着他，来到这栋别墅……在一个人多眼杂的地方，让尽可能多的人看到我的相貌，记住我的名字，然后寻找一个不知何时会到来的时机，去把他……”

“够了！”科尔斯顿打断道，“你的观点已经很清楚了，不必接着说下去了。”

“打岔的也是你们，听不下去的也是你们。”封不觉又恶意地瞥了杰克一眼，“本来我或许能在覆盆子油醋芝麻叶沙拉和香煎培根嫩鸡卷衬无花果泥上来的时候就讲完的，现在嘛……呵……估计到甜点上来时都说不完了。”

表面上，觉哥是很嚣张地与那对父子针锋相对，而实际上，他心里是很感激这二位的。

“果然……人没有几个敌人是不行的啊……多谢又帮我撑了一章。”他心中暗道。

30 逮捕

当一道香味扑鼻的白酒风味凯莉茴香炖煮小羊膝被端上餐桌时，封不觉略微俯身，拾起了椅子底下的那个纸袋，并从里面拿出了一个挺大的信封。

“您应当认识这个信封吧，洛夫克拉夫特先生？”封不觉冲着科尔斯顿说道。

后者迟疑了两秒，随即大惊。刹那间，其神色又由震惊变为了震怒：“你……你这个贼！你这是公然的盗窃！”他激动地站了起来，用手指着封不觉，面向着斯科菲尔德警探道，“快逮捕他！警官！”

“这是怎么回事？”斯科菲尔德一时间也搞不清状况，因为他并不知道觉哥的纸袋里都装了些什么。

大约四十分钟前，警探通过电话联系了过去的一位同事，对方目前仍在大城市的警局任职，并且很干脆地答应帮斯科菲尔德这个忙。二十分钟后，警探再打电话过去，对方已经从档案室里弄到了那个园丁巴顿的相关情报，并且传真（80 年代后，随着标准化进程和技术的成熟，传真机迅速发展和普及，洛夫克拉夫特这样的人家自然是有的）了过来。

从封不觉拿到传真到刚才出现在餐厅门口之间的这段时间，警探也不知道他去了哪里。

“这是很简单的一件事。”封不觉道，“我刚才溜进了洛夫克拉夫特先生的房间，从他的保险柜里，偷出了这份遗嘱。”

“什么？！”这下，整桌人都惊愣了。

“您……这……”斯科菲尔德不知所措。

“而且，我已经拆开看过了。”封不觉用轻松的语气，又接了一句，“瞧，封口已经被撕开了。”他还在众人面前展示了一下，“别担心，我想科尔斯顿老爷的律师那里，还有一叠一模一样的副本吧。遗嘱这种东西嘛，通常都是一式两份乃至三份的，就算我把手上这份烧了也无妨。”

如果说科尔斯顿老爷此刻已是燃烧着的一团火，那封不觉的语言、态度、行为，就如同是柴火、汽油、液化气……要是对方年轻二十岁，这会儿怕是早就跳上桌子，奔过来踹他了。

“看到了很有趣的内容呢……”封不觉将遗嘱随手往桌上一放，拿起刀叉，接着吃羊肉。

“封先生！”斯科菲尔德忽地肃然而立，从腰间摸出一副手铐，“您应该清楚，您的行为……”

“是盗窃。”封不觉打断道，“我当然清楚了……别着急，警探，既然我把东西拿了出来，就相当于是认罪了不是吗？”他完全是一副无所谓的样子，“您看我像是要逃跑的样子吗？”他边吃边说，“等我把这件凶杀案了了，您再把我拷起来，连夜送往镇上的警局也不迟。”

“不！你必须现在就逮捕他！警官！你为什么要听一个贼的话？”科尔斯顿狗急跳墙一般叫嚷着，他拄着拐杖，从座位上站起，拼尽全力地绕过长桌，从桌首一路行来。

“呵呵……你想干什么？抢回遗嘱，顺便用拐杖把我打昏过去？难道这样就能阻止我透露其内容了吗？”封不觉安然而坐，神情悠哉，好似那个怒发冲冠，朝自己冲过来的老头儿一点威胁都没有。

斯科菲尔德拦了上去，对靠近过来的科尔斯顿道：“先生，请不要冲动，暴力不能……”

“你给我坐下！”突然，封不觉一声暴喝。这一刻，他的语气、神态，皆是瞬间改变。

他闪电般从手边的纸袋里掏出了一把手枪，顺势举枪瞄准，其动作之熟练，速度之迅捷，很难让人相信他是个良民……

觉哥的枪口，并没有指向科尔斯顿，而是指向了另一个人，一个悄悄起身，企图从侧面靠近过来的人——巴顿。

“我知道你的身手不错。”此刻的封不觉，神情果决、冷酷，他直视着目标，“不过我的枪法也还可以。”

巴顿的脸上，神情数变，那个懦弱的、善良的、大惊小怪的园丁，在短短数秒间荡然无存。取而代之的，是一个冷峻、隐忍、城府难测的男人。在他的脸上，还可以看到另一个人的影子，那个人正是这栋别墅的主人……科尔斯顿。

“警官，你带枪了吗？”封不觉目不转睛地盯着巴顿，开口问道。

“封先生……在事情变得不可收拾前，我劝你……”斯科菲尔德这话没能说完。

封不觉就打断道：“没带的话，就用我这把吧。”

这时，斯科菲尔德才从最初的惊讶中缓过神来，搞清了状况。他定了定神，迅速走上前，接过了封不觉手上的枪。然后双手举枪，瞄准着巴顿，并高声下令道，“邓普迪，把巴顿先生铐起来。”

“是……是！”邓普迪愣了一下，还是照办了。虽然他也不明白眼前究竟是什么状况，但听从长官的命令应该没错。

当巴顿被铐起时，科尔斯顿崩溃了，他瘫坐在地，整个人仿佛顷刻间老了十岁，那失魂落魄的眼神把他的家人们全都吓坏了。

奥黛塔、杰克和南希都跑了过来，围在科尔斯顿身边，试图去搀扶他。

“事到如今，我是该叫你约翰·巴顿。”封不觉道，“还是……约翰·洛夫克拉夫特？”

此言一出，屋里的人全都朝巴顿看去，包括刚巧推着推车进门的奥利弗在内，所有人都僵住了……

这短短数分钟内的变故，以及封不觉此刻的这句话，似乎已然揭示了一切。

“你是什么时候开始怀疑我的？”巴顿沉声道。

“什么时候呢……”封不觉见局面已经控制住了，便重新拿起刀叉，往嘴里送起食物来，“在别墅外的草坪上，和警探一块儿勘察的时候吧。”

“难道我在丹尼斯的客房窗外，留下了什么痕迹吗？”巴顿问道。

“不，和那无关。”封不觉道，“我是在看过了科尔斯顿老爷屋外的那棵树后，才基本确信了你就是凶手。”

“你……”巴顿愣住了，“呵……呵呵呵……哈哈哈哈……”他大笑起来，随后接道，“我太小看你了，连那种细节你都能发现吗……”

“啊，那是当然。”封不觉冷冷应道，“而当我把你列为重点怀疑对象后，你先前到我面前做的那番拙劣表演，其中那些破绽和败笔，也就逐一显露了出来。”他摇了摇头，“画蛇添足、自掘坟墓，用来形容本案中的你，再恰当不过了。”

31 贵圈真乱

“你们……到底在说什么……”卡萝尔夫人似乎也已明白了过来，她满脸震惊地看着巴顿，“是你吗，巴顿先生？是你杀了丹尼斯？为什么？为什么！”她说着就要冲上前去。

离她最近的鲍威尔医生赶忙上去将其拦住：“别过去，卡萝尔，那可是个杀人犯。”

“哼……为什么……”巴顿抬眼，用一种悲天悯人的目光望着卡萝尔道，“可悲的女人……从各种意义上来说，你都值得同情……或许等你明白真相以后，反而会来感谢我吧……”

“封先生，您能不能解释一下，这究竟是怎么回事？”正跪坐在父亲身旁的南希小姐问道。

“说来话长啊。”封不觉俨然是一副准备说书的状态，“首先，容我来介绍一下，诸位面前的这位巴顿先生……”他搁下手中的刀叉，擦了擦嘴，伸手一指道，“他，才是科尔斯顿·洛夫克拉夫特先生的长子。”

除了封不觉和斯科菲尔德警探，屋里的其余人全都面露诧异之色。虽然刚才封不觉已经说出过“约翰·洛夫克拉夫特”这个名字，但当他正式揭示其身份时，还是让众人吃惊不小。

“你别说了！”科尔斯顿坐在地上嚷道，“我认罪！丹尼斯是我杀的！快逮捕我吧！警官！我要认罪！”

“这可不是中世纪的宗教法庭，洛夫克拉夫特先生。”封不觉冷冷道，“这是个法制健全的国家，定罪是要讲究证据的。”他耸耸肩，“即便是黑手党，在找人顶罪、作伪证之前，也要先征询一下律师的意见再行动吧。”

他用颓废的眼神，居高临下地望着那个濒临绝望的老头儿：“哼……你以为……此刻你的行为很崇高、很伟大吗？在我看来，就算你真的把罪名揽到自己身上，也算不上代人受过。走到今天的局面，完全就是你自作自受。”

“你别太过分了！”杰克看不下去了，他也已经明白了封不觉的言下之意，高声说道，“你想说巴顿是我父亲的私生子是吗？是又怎么样？人又不是我父亲杀的！他刚失去了一个儿子，现在又要失去另一个，会有这反应也是人之常情，你就不能发发善心吗？”

“哈！”封不觉大笑一声，“你确定丹尼斯是你亲哥？”他顿了一下，忽然将脸转向了亨德森管家，“或者说……你确定丹尼斯是洛夫克拉夫特家的儿子吗？”

此言一出，满屋子的人，都转头看向了亨德森，管家的脸色惨白，整个身体在不住地颤抖，即便他正坐在一张椅子上，也给人摇摇欲坠的感觉。

身为局外人的斯科菲尔德不禁在心中叹道：“贵圈真乱……”

“我不知道诸位对遗传学的认识有多少，不过我想鲍威尔医生应当会知晓一些。”封不觉一边说着，一边从纸袋里取出了两张照片，“这两张合影，也是我从科尔斯顿房间的保险柜里找到的。”

“呃……”一旁邓普迪警官实在忍不住了，插嘴问了一句，“我说……封先生，房间的门或许没锁，这我可以理解。但保险箱那种东西……您是怎么打开的？”

“哦，那箱子用的是机械锁，我用一个听诊器就能搞定。”封不觉随口回道。

“喂……等等，听诊器……”鲍威尔嘴角抽动着，心中已生出一丝不祥的预感，“你……”

“没错，是从你房里顺来的。”封不觉笑道，“医生，您的推理能力也不错嘛。”

“就凭您这能力不去当个江洋大盗真屈才了……”鲍威尔郁闷地念叨了一句。

"好了，还是让我们回到照片的问题上来。"封不觉举起手中的照片，在众人面前展示了一下，"这两张照片，分别是科尔斯顿和他两任妻子的合影。"他顿了一下，"我们可以看到，他的前两位夫人，一位是红发、一位是黑发。"他把照片翻过来，放到自己眼前，"不得不说，您的人生总是与美人相伴哪，洛夫克拉夫特先生。可惜，嫁给您的女人，皆是红颜薄命，早早离世。"他停顿了一秒，抬头对奥黛塔夫人道，"别在意，夫人，我随便说说的。"

封不觉又将视线转向了杰克和南希，说道："杰克少爷和南希小姐，都是金发，和他们的父亲年轻时是一样的。"他又指了指第一张照片上的女人，"把隐性基因的可能算进去，科尔斯顿与其第一任妻子的孩子，有多大可能是褐发呢？"他舔了舔嘴唇，"如果说发色还不足以说明问题，那么结合双眼皮、下巴沟等这些显性遗传因素……丹尼斯更像是谁？"他转过头，望着管家道，"亨德森先生，虽然您的头发已经花白，但鄙人从您的面相、瞳色、颧骨等特征观察，您似乎有部分拉丁裔或者日耳曼人种的特……"

"对，丹尼斯……是我的儿子，是我和第一任夫人……"亨德森打断了觉哥，却没能把一句完整的话说完。说到一半，他便咬着牙，低下了头。

"亨德森！你……"杰克从小就和这位管家的关系不错，可他绝没想到，这个男人，竟曾与自己的母亲有染。

"真是喜闻乐见的桥段不是吗？呵呵……"封不觉是这屋子唯一还笑得出来的人，"一位风流倜傥的富翁，家中已有娇妻，却仍要在外面偷情，甚至还跟情人先有了孩子。"他把照片放回了纸袋里，"于是，他的那位合法妻子，便用了类似的手段，对丈夫进行了报复。"

觉哥说着，站了起来，在宽敞的餐厅中踱步而行，大概他把这当成是饭后散步了："而一切悲剧的伏笔，也是在四十年前，就已然埋下。"他伸手示意了一下旁边的一张椅子，"你们还是把洛夫克拉夫特先生扶到椅子上去吧，诸位总不能陪他坐在地上听我说完吧。"

奥黛塔、杰克和南希三人已陷入了一种浑噩的状态，他们还远未从震惊中缓过劲儿来，所以他们只是木然地按照封不觉的建议去做了。

片刻后，待科尔斯顿重新坐下，封不觉又从纸袋里取出了几张传真纸，拿在手里念道："搞清楚了这几位的关系，接下来的解释工作便简单了，就从巴顿先生身上开始说起吧……"

32 真相（上）

“我记得你对我说过这么一句话……”封不觉看着巴顿复述道，“你说‘年轻的时候，我也曾有过锦绣前程’。但是……你对那‘前程’的细节，却是只字未提。相反，你对自己在监狱中的经历，描述得绘声绘色。”他转了个身，继续踱步，“当时我就有些疑惑……按理说，人总是更愿意提起那些光彩的、美好的回忆，可你……却在即将说起这话题时将其绕开了。”

觉哥抖了抖手上的传真纸，接道：“而拿到这个以后，我就全明白了。你不是不想说，而是不能说。”他顿了一下，“你那年轻时的锦绣前程，和你的父亲息息相关。”

封不觉转身面向众人，边走边道：“巴顿先生七岁时，他的母亲因抑郁症自杀了。我想……那位女士若是能再熬上几年，没准会成为这个家的第二任女主人，而约翰也可以名正言顺地跟着父亲的姓。可惜，这个世界上没有如果。

“我们可以想象一下巴顿女士当年的境遇……她年复一年地等待着心爱的男人给她一个名分，可对方却丝毫没有要离婚的意思，还和正妻有了第二个孩子；当她带着儿子去登记入学时，孩子问她，‘为什么其他同学都有爸爸和妈妈两个人陪着？’她无法回答；她甚至无法对儿子解释为什么要跟着自己姓。

“可她又没有能力离开那个男人独自活下去，她只是个卑贱的小三，能做的只有苦等、哭泣以及在内心深处发出无声的抗议。

“因此，在那年冬天，她选择结束自己的生命，以此来获得解脱，并永远在那个男人的心里占据一席之地。”

坐在墙边座椅上的科尔斯顿用双手捂住了脸，深深埋下了那高傲的头颅。

“后来，那位心怀愧疚的父亲将私生子送到了国外的一所寄宿制学校。”封不觉接着说道，“让这个孩子离自己远远儿的，并像供养其母亲一样，供养着他。

“这个孩子一天天长大，他很早就学会了自立，各方面也都十分优秀，有着远比同龄人成熟的性格，但是……他的心中，始终怀有恨意。

“他并不感谢父亲给他的一切，在他看来，这些都是应得的，是母亲用生命换来的。到最后，他的父亲也只是想用金钱来赎罪，而没有付出亲情。

“于是，在一个适当的年纪，青年巴顿骨子里的叛逆最终爆发了出来。一个接受过高等教育、品貌出众、前途无量的年轻人，当上了一名大盗。”

封不觉手掌朝上，指着巴顿：“各位，请注意我的用词——大盗。”他撇了撇嘴，“虽然巴顿先生自己对我说，他只是个‘溜门撬锁的盗贼’，三十岁时‘在潘冬维尔蹲过两年监狱’……但根据我手上的这份档案，他可绝不是什么二三流的蟊贼，而是那种足以位列十一罗汉（由刘易斯·迈尔斯通于1960年制作的影片，史蒂文·索德伯格在2001年亦有同名翻拍版）的顶尖高手。”

“谢谢夸奖。”巴顿冷冷地应了一句。

“不客气。”封不觉看向巴顿，挺自然地回道，并继续说道，“至于你在监狱里待的日子……也并非是两年，而是十年，整整十年。”他长吁一口气，“你二十多岁就入狱，直到八年前才服完刑，你没有工作，没有朋友，你父亲也清楚这一点，作为你在这世上唯一的亲人，他收留了你。但他那些合法的儿女都已成年，他不可能把一个来路不明的人带回家，并若无其事地说一句，‘嘿！快来认识一下你们同父异母的哥哥，刚从监狱里出来的’。所以……你的身份，就成了这里的园丁。”

封不觉说到这儿时，正好走到了窗边，他驻足停留，稍稍沉默了一会儿，似乎是为了给身后的众人留出一段思考的时间。

“今晚的月亮真的很美。”不多时，封不觉再度开口，望着窗外的夜空感叹了一句。

餐厅里的其他人可没有赏月的心情，他们心中皆是五味杂陈，不知该如何面对这些突如其来的变故。

“那么……来说说这份遗嘱吧。”封不觉转过身来，“正如我所说，我已经看过了，也正是因为看了那个，我才基本确信了……丹尼斯不是科尔斯顿的儿子。”

“丹尼斯的名字不在那份遗嘱上吗？”斯科菲尔德紧跟着觉哥的思路问道。

“那是当然。”封不觉指着墙边的科尔斯顿，“洛夫克拉夫特先生对自己的亲人一贯很好。比如杰克少爷和南希小姐，不管他们的人生选择如何，科尔斯顿老爷都尽可能地去支持他们，从不吝啬钱财和耐心。”他歪着头，“假如杰克是我儿子，他在‘追逐梦想’的第一年可能就已经饿死了。”

“嘿！”杰克不快地嚷嚷了一声。

“呵呵……”封不觉笑了笑，“但是……这位老爷对其他人怎么样呢？”他又转向了亨德森那边，“和妻子偷情的男人，年近古稀，仍在当他的仆人，甚至还从事着重体力劳动，这只是巧合吗？丹尼斯的名字不在遗嘱上，难道是他忘记写了？”

“您……您知道……”南希立即就听懂了，随即便惊讶地看向了父亲。

“对，我一直都知道。”科尔斯顿用沙哑的嗓音回道，“丹尼斯出生后不久我就知道了，但我从没跟他的母亲或者亨德森说破这件事……”

“深感自责的亨德森，将自己的后半生全部用来赎罪了，即使他的身体已难以胜任管家的工作，他还是不愿退休。他只想在这栋别墅里……在那位夫人和自己儿子生活过的地方，工作到油尽灯枯之日。”封不觉接道，“科尔斯顿的尊严受到了践踏，他无法对此释怀，因此，他也没有阻止亨德森的意思。”

“呼……”觉哥长吁一口气，“看完遗嘱后，我才想明白，为什么亨德森在看到尸体的时候会晕倒过去。因为……死去的，是他的儿子。”

“我很抱歉，亨德森。”巴顿这时转过头去，对亨德森道，“我和你无冤无仇，但我不得不这么做。”

亨德森没有回应，只是沉默地坐在桌边，脸色依旧苍白如纸。

“对，你不得不这么做。”封不觉接过话头道，“因为今天下午，你听到了科尔斯顿和丹尼斯在二楼房间中的谈话。”他又走回桌边，把手上的东西都塞回了纸袋中，“你自然不会站在走廊里，贴着门板去偷听，那太容易被发现了。所以，你去杂物房拿了剪钳和梯子，来到了屋外，爬到了距离那个房间最近的一颗大树上偷听。这样，即使被人看到了，你也可以立即假装在做修剪工作。”

觉哥又拿起了桌上的最后一点儿红酒，全部倒入了高脚杯：“然而，梯子可以到达的高度或者说一般人能够爬到的地方，离二楼的窗户仍有一段颇远的距离。也就是说……普通人就算爬到树上，也听不清那间房里的对话。除非……”

“除非是具备特殊技能的人。”斯科菲尔德在旁接了一句，他也是看过巴顿档案的，对其本领也算略知一二。

“你攀爬到了只有猫才能待的高杈上，用你那优于常人的听力，成功偷听到了屋里的谈话。”封不觉道，“很显然，丹尼斯和科尔斯顿老爷争吵的原因，并非是想让科尔斯顿将奥黛塔夫人的名字从遗嘱上除去……”他拿起酒杯饮上一口，“而是想让科尔斯顿把所有人的名字，统统从遗嘱上除去，然后添上唯一的一个……‘丹尼斯·洛夫克拉夫特’。”

杰克、南希、奥黛塔这三位直接继承人，闻言皆是脸色骤变。

“我想，丹尼斯一定通过了某种途径……比如买通科尔斯顿的律师之类……得知了遗嘱的内容。”封不觉接道，“然后，他只要花钱请几个私家侦探出马，顺藤摸瓜，很容易即可查出巴顿的真实身份。”他将杯中之酒一饮而尽，“自杀的情人、坐过牢的私生子、有着数段婚姻的富翁……把这个故事交给八卦小报，连载半年都不在话下。丹尼斯无疑就是用这些来恐吓科尔斯顿老爷，让他就范。”

“不！你胡说！我的丹尼斯不会这么做的！他为什么要把父亲逼到这个地步？遗产算什么？他已经娶了我，我们家……”卡萝尔激动地说了起来。

封不觉却打断了她：“你确实很可悲。”

卡萝尔睁大了眼睛，泪光在眼眶中闪烁着，她似乎已经意识到了什么，只是仍无法接受。

“丹尼斯，想必早已知道自己不是洛夫克拉夫特先生的亲生儿子了。”封不觉道，“这事儿无疑是母亲过世前告诉他的，也就是说……他还是个孩子的时候就知道了。他一定隐隐地恨着自己的亲生父亲，恨着自己的出身，所以他对亨德森非常冷漠。对弟弟和妹妹也都十分冷淡。

“他娶一个出身门第高过洛夫克拉夫特家的妻子，是为了给自己留条后路。他会去查科尔斯顿的遗嘱，一是因为他明白自己的身份，二是因为他了解这个老头儿的为人。

“丹尼斯对科尔斯顿这个名义上的父亲根本没有什么感情，他埋藏在心里的自卑，远远超过这个屋子里的任何一个人。当他发现‘巴顿’这个……请原谅我的用词……这个野种的名字出现在遗嘱上，而他这个给别人当了几十年儿子的人却一分钱都分不到时，他会做出那样的举动，也实属正常。”

33 真相（下）

“综上所述，巴顿先生，或者说……约翰·洛夫克拉夫特先生的作案动机，就已昭然若揭了。”封不觉看向了杰克和南希，说道，“你们的这位哥哥，其心性、能力、阅历，比你们俩和丹尼斯加起来还强。二十多岁时的他，便已是一名身手不凡的神偷了。在经历了十年的牢狱生涯后，他无疑变成一个更加狠厉的人。

“如今的他，隐忍、坚毅、深藏不露。当这样一个人下定决心要去杀人时，他的执行力是很惊人的。一般人至少得筹备、犹豫上几天的事，他立刻就能办。

“所以……还没从树杈上下来，巴顿先生就已经行动了。他当即就用手上的剪钳，剪下了一根绑在树枝上的铁丝（园林设计中常用绑铁丝的方法使树木按预定形态生长），也就是凶器，将其带在身上回了屋。”

封不觉靠在椅背上仰起头：“鸣枪事件后，巴顿瞅准了丹尼斯独自在房里的时机，敲门造访。丹尼斯可不知道先前的恐吓谈话已被偷听的事，他认为巴顿还被蒙在鼓里。而巴顿自然也装成了一无所知的样子，只说是进屋做些杂事，比如给屋角的盆景除虫什么的。”

“这样的话……就算巴顿先生进屋时，手上戴着手套，丹尼斯也不会觉得奇怪了。”斯科菲尔德接道。这位全程陪同觉哥侦查、推理的警探先生，还是有一定侦破能力的，至少他还没忘记案件中的这些细节。

“很正确，警探。”封不觉点头道，“于是，就出现了……丹尼斯在沙发椅上抽着烟，而巴顿在其视线死角中忙活的一幕。然……下一幕，就是一场凶杀。”他看向巴顿，“就如你刚才悄无声息地站起来，试图靠近我一样……案发时，你从背后安静地、迅速地靠近了丹尼斯，并拿出口袋里的凶器将其勒死。

“本来这一切都很顺利，可就在你准备逃逸时，外面竟有人敲响了房间的门。奥黛塔夫人因担心丈夫和丹尼斯争吵的焦点是由于自己，所以想来找后者谈话。她可不知道，眼前的客房里，刚巧发生了一场凶杀。”

“哼……”封不觉冷笑一声，继续对着巴顿道，“正如我一直在强调的，你不是个凡人，巴顿先生，你很厉害。普通人在这种情况下很可能会荒腔走板，但你……却是冷静如故且心生一计。

“当时客房的门是锁着的，你并不担心奥黛塔会发现你，你只要保持安静，从容地从窗户逃走就可以了。不过对你来说，这还不够……既然发生了命案，就定然有凶手，而奥黛塔夫人，便是个完美的替罪羊。

“她有动机，也有作案的能力，关键是……凶案发生时，她确实到过现场。”

封不觉歪过头，笑道：“你的话我可是每句都记得，巴顿先生……”他复述道，“‘我和丹尼斯少爷差不多大，其实我挺理解他的。要是我也有个富豪老爹，想娶个比我还小五六岁的后妈，我也会反对的。’”他又笑了笑，“很显然，你这句话是有感而发啊。你八年前来到了这个府邸，而奥黛塔夫人是七年前嫁入洛夫克拉夫特家的。我想……当年的你，和丹尼斯的态度想必是一致的，你们皆是强烈反对父亲和奥黛塔结婚，只不过一个在明、一个在暗。

“毫无疑问，你比丹尼斯更想要科尔斯顿的遗产不是吗？因为他欠你的，他的薄情寡义害死了你的母亲，他对你的疏远和否认让你走上了歧途。纵然多年后你终于来到了这个家，却仍是以一个园丁的身份，而非这里的主人。那么……至少在他死后，让他用家产来偿还吧。

“如今丹尼斯已死，若奥黛塔夫人被判谋杀的话……那再过几年，等科尔斯顿两脚一蹬，遗嘱的内容一公开……你约翰·洛夫克拉夫特就可以名正言顺地继承其绝大部分的家业，成为这一家之主。”

“真是个危险的家伙……”斯科菲尔德听到这里，不禁转头盯着巴顿的脸念叨。

封不觉回过头，对众人说道：“因此……巴顿先生并非是计划好了要从窗户逃走，而是由于门外有人，才临时起意。他用铁丝锁窗、布置成密室，是为了留下后手。因为他知道像这样一桩案子，以一个地方小镇的警力，是很难在短期内告破的。只要暂且混淆视听，事后有的是机会进行嫁祸。比如配把钥匙，扔在奥黛塔夫人的房间的角落里之类……对他而言这是轻而易举的事情。”

觉哥顿了一下，又接道：“杀完人后，巴顿处理掉了凶器，迅速返回了别墅内。

换成别人，八成会回到自己房间中，坐立不安地等待着尸体被发现。但他……以最快的速度来到了我的房间，机智地在我面前做了一次颇为有趣的表演。

“那番话半真半假，相当有欺骗性。我当时唯一想不明白的是……他来跟我说这些的意义何在？难道真是为了让我这个局外人去劝说这家人不要干傻事儿？

“不过案发后不久，我就洞悉了他的意图……巴顿这是在尸体被发现前，潜移默化地往我脑中灌输一个观点‘如果说有谁会杀死丹尼斯的话，那肯定就是奥黛塔夫人’。他确实很高明，因为他在编造科尔斯顿和丹尼斯的谈话时，说得好像是丹尼斯要去杀奥黛塔一样。而实际情况与其相反，看上去却又合乎逻辑。”

“呵……”封不觉冷笑着，又将视线投向巴顿，“因为我在走廊中说了那一句‘我好歹也是个侦探啊’，你便在作案后特意来了这么一手。你的想法是……即使你的说词不能起到误导的作用也无妨。反正在尸体被发现时，你是与我这个侦探待在一起的。从心理上来说，我很有可能直接把你排除到怀疑对象之外。”

“呼……”巴顿深深叹了口气，“现在想来，来找你……真是个巨大的错误。”他苦笑道，“低估你了啊……”

“从你的人生经历来看，你定然自视甚高，一般的侦探……你根本不会放在眼里。”封不觉勾起一边嘴角笑道，“利用这个所谓的侦探，反过来达到你的目的……这种极具讽刺意味且有趣的事，换做我，也会试试的。”

觉哥说到这儿，站起来伸了个懒腰：“其实你要是换个日子，换一种形式下手，做成自杀或意外的样子，没准就成了。”他打了个哈欠，“我很想对你说‘以后再接再厉吧’，但你这种一级谋杀，又是二进宫，就算不判死刑，这辈子也没机会出来了……我只能送上最衷心的祝愿，祝您有朝一日越狱成功。”

“呃……封先生，咱们警察可在场呢，‘越狱成功’这种话明说出来……”斯科菲尔德擦着汗劝道。

“我一说越狱你就接茬儿啊……”封不觉道，“这是在逼我吐槽你的名字（斯科菲尔德，《越狱》的主人公）吗……”

封不觉随口说完这句后，竟毫无征兆地走向了巴顿，并俯身在其耳边说了句悄悄话。

除了巴顿，没有人听到觉哥说了什么。说完后，封不觉便转身朝门口走去，还边走边笑起来……充满恶意的笑……

“你要去哪儿？”杰克问道。

“我去上个厕所，不行吗？”封不觉斜着身子，语气嚣张地回道，“如果我回来时，还有人想以盗窃罪逮捕我，再给我戴上手铐吧。”。

当然了，觉哥不是真的去上厕所，他是听到了系统提示，准备找个没人的地儿传送。

又是一个深秋，灰色的荒原上已不留半点青绿，空荡荡地裸露在天空下。

在这林谷和乱山岗交错的地方，公路和电线杆反倒显得格格不入。

我叫斯科菲尔德，格雷克·斯科菲尔德，一个偏僻小镇上的探长。

明朗的月光舒缓地洒在大地上，照亮了我的前路。驱车行驶在这样一片景色中，总能勾起人的一些回忆。

数年前的这个时节，我曾到这山中的洛夫克拉夫特宅邸处理过一件凶杀案。

有一位侦探，在不到半天的时间里，就破解了迷局、找出了真凶。

奇怪的是，当时我将他错认成了另一位大名鼎鼎的侦探，但事后我在报上看到那位名侦探的照片时，却发现他们并不是同一个人……

后来，有关这件凶杀案的报导，并未出现在任何一家主流媒体上。就连丹尼斯·洛夫克拉夫特的讣告都没有在任何报纸上刊登。想来……是某些大人物出手，将事情低调地压下去了。

第二年四月，约翰·巴顿，即约翰·洛夫克拉夫特被最高法院判处了死刑。而他的父亲，也就是科尔斯顿老爷，在宣判前的两周，于一家酒店的房间中突然暴毙。

死因，至今成谜……

最终，洛夫克拉夫特家的财产，其中八成被均分给了次子杰克和三女南希。听说杰克用自己那笔钱在美国开了一家挺大的唱片公司，他们的广告语耐人寻味——以扶持年轻、有梦想的音乐人为己任。

剩余两成财产以及不动产，都由科尔斯顿的第三任妻子奥黛塔夫人继承。那位夫人在丈夫死后便将山中的房产捐给了政府，据说她现在搬到了法国东南部的一个酒庄附近定居。

而在洛夫克拉夫特家族服务了多年的管家亨德森、家庭医生鲍威尔、女佣奥利弗、玛莎，包括经办遗嘱的律师，皆是一分钱都没得到。很显然，我对科尔斯顿“挺有人情味”的判断是错的，他就是个自私、虚伪的浑球。好在他的女儿没有秉承他的那些恶劣的品质。父亲死后一个月，南希小姐就主动以赠予的方式给了这些人一笔应有的遣散费。

至于那位古怪的侦探……我再也没有见过他。那天他走出餐厅的背影至今历历在目，可他仿佛是在门外的转角处消失了一般，再也没有回来。

事后我也试着打探过关于这个人的信息，却一无所获，他好似是个幽灵，根本不存在于这个世界上……

我眼前的这片土地上，曾有过许多光怪陆离的传说。或许……他也是其中之一吧。

1986 年 3 月，亚萨利首都，莱恩市第一看守所。

一个阴霾的下午，巴顿穿着囚服，戴着手铐和脚镣，被一名狱警带到了会见室中。他面前的玻璃对面，坐着一个衣着华贵的女人。

两人各自拿起自己这端的电话，沉默了几秒，随后，巴顿先开口道："好久不见，卡萝尔。"

卡萝尔没有回应，她戴着一顶很大的帽子，将帽檐压得很低，檐前还有一层面纱。

"看来你已经查清楚了……哼……你现在应该明白，为什么我说'你会感谢我的'。"巴顿冷笑，"从某种意义上来说，他和科尔斯顿还真像。好几年前我就调查过他，当时我就知道，他迟早会杀了你这个可悲的女人，用从你那儿继承到的家产，和自己的情人双宿双飞。"巴顿沉声道，"即使不是为了自己……杀死那种男人，我也一点都不后悔。"

"你交代的事……"卡萝尔的声音也很冷，她已似是一具行尸走肉，"已经有人去做了，很快就会有个结果。"

"呵……谢谢。"巴顿笑道。

"真的有必要做到这种地步吗？"卡萝尔问道，"他到底还是你的父亲，而且以他的身体状况，本来就活不了几年了不是吗？"

"这就与你无关了。"巴顿说到这儿，忽然笑了起来，"你是一位很好的人，卡萝尔。有些事，你这样的人是永远不会懂的……"他顿了一下，"但还有一些不那么善良的人，他们则会说'既然你已无法享用他的财产作为补偿，那不如让他付出些别的东西吧'。"

巴顿说罢，挂掉了话筒，癫狂地笑了起来。

第五册完，《超维幻界之惊悚乐园 6》即将上市，敬请期待！

【番外】

二流侦探和猫 THE OTHER GUYS AND A CAT

CASE 2 帝峰七怪谈（下）

封不觉 著

★消影

这种教室的拉门是没有锁的，左言很顺利地将门给拉开了。

门后的空气比想象中还要糟糕，在手电的光柱中明显可见大量的灰尘颗粒。

“呼……”见状，左言不禁抬起一手掩住口鼻，瓮声念道，“失策了，应该准备好口罩的。”

他一边说着，一边用 DV 的夜视功能先将这整个空间扫拍了一遍，大致确认了一下里面的情况。

荒废多年的教室，给人一种凄寂的感觉……

几十对课桌椅，包括讲台都被堆叠到了教室后方和窗边，使教室中间空出了一大块空地。

“时间，零点三十二分。”左言在门口站了几秒后，便端着 DV 走了进去，并继续解说道，“我们进入了‘午夜孤影’所在走廊旁边的那间教室。”

本尼也紧随其后跟了进来，在后方用手电扫射着教室的角角落落。

“黑板上什么也没有，只是底端的粉笔槽中还残留着一些白色的粉末。”数秒后，左言已来到黑板那边，边拍边道，“天花板、墙壁和一些课桌的边角可以看到蜘蛛网，但不算严重。”

说完这两句，他便转过身，对准了窗边：“当然了，这些并不重要，我们要寻找的……关于‘午夜孤影’的真相，应该是在那里……”

说着，他已径直朝窗边走了过去。

“如各位所见，原本放在黑板前的讲台被移动到了这里。”左言用 DV 对准了那个讲台，说道，“假如我没有猜错的话，这种传统式教室的讲台里……应该有‘那个东西’。”

这时，他转头对本尼道：“来帮我搬一下，本尼。”

本尼闻言，点头应了一声，然后在左言的示意下将讲台旁边的课桌椅搬开，再把讲台转了个一百八十度。

“瞧，果不其然。”待讲台转过来时，左言便将 DV 镜头对准其内部，说道，“或许有些和我同龄的同学并不认识这个……”他顿了顿，再道，“这是一台 MLKA 标准型投影仪，大约在二十年前就已是被淘汰的产品了，如今这设备肯定已经停产。”

他说这话的时候，本尼也一脸认真地听着。

“我想……了解这种设备原理的人，此时应该已经知晓今夜这个‘怪谈’的真相了。”左言说到这儿时，拿起手电筒，对准了讲台内的投影仪。

同一秒，讲台另一边……那窗台下的墙上，赫然出现了一个椭圆形的光圈，其尺寸比一个脸盆略大。

“嗯？”本尼疑道，“这是……”

左言回道：“这种投影仪，和如今我们所熟悉并使用着的数码设备不一样，它用的是传统的机械工艺，称其为‘幻灯片投影机’或许更为合适。”他说到这儿，微顿半秒，补充道，“哦……对了，此刻我说的‘幻灯片’可不是PPT啊。”

说罢，他把DV放到了旁边的一张课桌上，并对本尼道：“来，再帮我搬一次。”

五分钟后。

本尼又一个人回到了操场上，手持DV，对准了旧校舍的三楼走廊。

“准备好，我要打开手电了。”对讲机中传来了左言的声音。

下一秒，走廊的玻璃上，瞬间出现了一个影子。

而这次的影像，比起他们此前看到的“午夜孤影”要清晰得多，但在那影子变得“清晰”之后，本尼便发现……其实那怪影也不怎么像“人”，更像是个没有什么规律的剪影而已。

“部长，这是怎么回事啊？”此时，本尼心中那一点点的畏怯已消散无踪，剩下的只有好奇。

“很简单。”左言通过对讲机回道，“所谓的‘午夜孤影’，其实就是月光透过投影仪的透镜……再穿过教室和走廊间的窗玻璃……最后映在走廊外侧玻璃上的影子。”他停顿一秒，又道，“说白了……那‘人形的黑影’，只是透镜和玻璃上的污迹重叠后所呈现的影像罢了，由于天空中的云雾时不时会对月光形成干扰，于是又造成了‘影子在缓慢蠕动’的感觉。”

言至此处，左言还伸手在手电筒的光柱前动了两下，同一时刻，走廊玻璃上也出现了反应……却见一道“巨大”的黑影在光圈中来回动了几下。

“看，这是我的手被照出来的样子。”他顺势接道。

“原来如此。”本尼貌似是明白了，“但……我还有一个问题……”他问道，“为什么影子偏偏在午夜的前后出现呢？”

“呵……”左言笑了笑，“当然是因为月亮的原因了。”他解释道，“投影仪毕竟没通电，能呈现出这么个影像来……全靠月光。因此，只有在月亮位于特定的角度且月光达到一定的强度时，才能制造出影子。”

“那……非但要时间合适，而且不能遇到阴天下雨才行啊。”本尼道。

“没错。”左言接道，“不过，如今那已无所谓了……等我们临走前把讲台稍微挪一下，那‘午夜孤影’也就从此消失了。”

★新目标

九月二十五日，凌晨四点。

推理部昨天发布在论坛的那个帖子……更新了。

帖子的标题被改成了“帝峰七怪谈研究计划——当前进度（1/7）”，且帖中多了一个视频链接。

该视频的下方，还增加了一行十分简短的文字——关于“帝峰七怪谈之午夜孤影”的调查结果：光线折射、扩散所产生的影像。

别看这次更新的内容不多，但也足以看出左言的高明之处。

首先，他更帖的时间就非常好。

当日凌晨，左言回到寝室后，立即就开始剪辑视频，在第一时间就把成片剪了出来并放到了论坛上。这样便可以保证，人们第二天起来一打开论坛就能看到这次更新。

而这一点，是很关键的……

左言很清楚，他们推理社的这个研究计划，虽说现在被炒得沸沸扬扬，但本质上来说……这事儿的现实意义极其有限，且跟同学们的关系并不大。

所谓的“七怪谈”都已经存在几十年了，有没有这么个调查计划，大伙儿的日子不也是照常过么？这毕竟是一个笃信科学的世界，大家也都是把那七个怪谈当故事听而已，没人会当真的。

这回左言能成功地引起关注，靠的是一个“奇”字；在气氛比较保守的校园论坛上，他这一帖无疑是标新立异的，故而才能引起这般轰动的效应。

可是……一旦这阵新鲜劲儿过去，人们的态度很可能就会转为漠视乃至取笑。

因此，左言必须趁热打铁。

假如他凌晨回寝室之后先睡一觉，那接下来的发展就是……他第二天一早又得去上课，大半天忙下来，到了下午才能剪视频，然后等他更帖时，都已经是晚上了……这当中隔开的近二十个小时的时间，有很大几率会消磨掉人们对于此事的热情。

左言自然要极力避免这种事的发生，所以，他连夜就把帖子给更了。

另外，除了更帖及时，左言编辑的内容……也是经过深思熟虑的。

他知道，文字写得太多、解释得太清楚，别人可能就懒得去看视频了；而什么都不写，光放一个视频在那儿，人家一样可能不去看。

像他这样……只写一个简短的结论，引起人们对“过程”的好奇，才是最佳选择——那些想要知道他是怎么得出那个“光线”理论的人，就必须要看视频才行。

于是，二十五号的上午，帝峰的校园内……到处都可见使用各种电子设备在观看那段视频的人；不只是学生，就连很多老师都在办公室里偷偷地看。

而此时的左言……竟是非常坦然地翘了半天课，补足了八个小时的睡眠。

直到中午十二点他才起来，直奔食堂吃了个午饭。

随后，他又回到寝室，登上论坛再次更新了帖子，附上了一条预告：今夜目标——人面书、许愿的转角。

★人面书

九月二十五日，晚，十一点。

帝峰图书馆。

“校长先生还真是相当信任我们呢……”顺利进入了图书馆后，本尼不禁念叨了这么一句。

今天下午，他去教务处还旧校舍的大门钥匙时，值班的老师居然直接把图书馆的管理人备份磁卡交给了他，并表示这是校长吩咐的。

这事儿……无疑让本尼有些吃惊。

说句不好听的，像旧校舍那种本就多年未使用过的地方，你们就是把房顶掀了都没关系。但帝峰的图书馆……可是学校的招牌之一，有着东海岸最大最豪华的图书馆之称。让两名学生在夜晚闭馆后进来自由活动，这显然是不太妥当的。

“咱们那位校长可是以言出必行而闻名的。”另一边，正在调试DV的左言接道，“既然他已经说了要‘全力支持’我们，那他自然会做到。”

相比之下，左部长的态度倒是比较轻松，他好似永远都是那副不温不火、游刃有余的模样。

“哈！哈哈哈哈……”就在左言话音未落之际，忽然，从他们附近传来一阵笑声。

左言都不用回头，就知道这笑声的主人是谁……

"呃……"他循声转头时，已开口说道，"艾薇琳娜学姐……"他叫出对方的名字时，也已看到了对方的身影，"你怎么在这儿？"

此时，艾薇琳娜正站在大门右侧的角落那儿，目光灼灼地看着左言和本尼。

今夜，她上着一件白色的长袖T恤，配一条紧身的七分裤，一双光脚踩着运动鞋；虽然没有刻意暴露，但其丰满的上围和健美修长的腿部曲线皆是一览无余。

"哼……庶民，你这不是明知故问吗？"艾薇琳娜边说边走上前来，"校长怎么会放心地让你们在这儿为所欲为呢？"

如果说阮学姐是大叔腔，那么这位中俄混血的高挑美女就是标准的二愣子腔……

"呃……部长，这位是……"本尼转头看向左言，用询问的眼神念道。

"唉……"左言一声叹息，"我来介绍一下……"他先指了指艾薇琳娜，对本尼说道，"这位是三年级的艾薇琳娜学姐，学生会干部。"他又指了指本尼，对艾薇琳娜道，"这是本尼格西同学，和我一样是一年级，目前是推理部的副部长。"

听罢，本尼便用他的终结者表情对艾薇琳娜说道："学姐你好，幸会。"

"哦，你就是那个'印第安中年机器人'啊。"艾薇琳娜看了本尼两秒，瞪着她那双大眼睛道，"光听人家说我还不信呢……看过照片也是将信将疑，现在一见还真是惊人啊。"

"印第安……机器人……"本尼的嘴角不由自主地抽动起来，"都已经机器人了……还中年？"

他从小到大也被人取过不少绰号，但眼下这个实在是有点儿犀利。

"那什么……"在本尼露出蛋疼表情时，左言已经扯开了话题，"学姐，你刚才那话的意思是……校长让你来的？"

"哼……"艾薇琳娜冷哼一声，"确切地说，是我洞悉了你们的阴谋，主动向校长提出了要来监督你们，然后他觉得很有道理，于是就同意了。"

"我去……这多大仇啊……"左言转过脸去，轻声吐了个槽。

"你说什么？"艾薇琳娜没有听清，皱眉追问了一句。

"哦……我是说……"左言稍稍提高了声音回道，"学姐对我们的误会似乎很大啊。"

"少狡辩了，你这个政府的卧底。"艾薇琳娜不知为何露出一脸得意之色，"自己交代吧，你这次的目的又是什么？借着研究怪谈之名，趁夜在学校各处搜集情报？还是想要搞破坏啊？"

“啊……”左言有气无力地呻吟了一声，然后对本尼道，“本尼，咱们先到前台那儿去看看。”

“好……”经过这几分钟的接触，本尼也看出了这位学姐好像是个笨蛋，所以部长一发话，他就照办了。

“喂！你们去哪儿啊？”艾薇琳娜见那两位转身就走，顿时恼火道，“居然敢无视我！”

“现在是晚上十一点十分，我们已到达了图书馆历史区的C段。”

片刻后，左言他们已来到了怪谈所在之地。

这次，本尼手持DV负责录制，而左言像个主持人一样走在前面引领着镜头。至于艾薇琳娜学姐，则是站在镜头外，一脸不爽地跟着推理部的两位。

“根据传说，”左言边走边讲解道，“在这个区域东侧最后的一排书架上，有一本‘人面书’，书的封面上有一张凸起的人脸。谁若是无意间触到了这本书，那么第二天……他的脸皮就会被剥去，而这本书封面上的脸，也会变成这个人的样貌。”

“哼……荒谬。”艾薇琳娜听到这句，当即就道，“这种不科学的事怎么可能？”

她这局外人在此插嘴，着实是影响拍摄。

但……左言却是微微一笑，借坡下驴道：“哦，我忘了介绍，今天有一位学姐也参与了我们的调查活动。”他说这句话的时候，还朝本尼打了个手势，示意后者给艾薇琳娜一个镜头。

本尼也是心领神会，当时就把DV转过去对准了对方。

当镜头对准了艾薇琳娜时，她便本能地紧张起来，用一个尴尬的表情，吞吞吐吐地念道：“我……我可不是来……”

“当然了……”左言并没有给她把话说完的机会，下一秒，他便抢回了话头，接着说道，“我也认同学姐的说法，像这种传说无疑是非常荒谬的，所以……我们今天就要通过实践来终结这个怪谈。”

说到这儿，他便顺手从衣服口袋里拿出了一张A4纸，展开并举起。

“这张……是我们身边这个大书架上所有藏书的清单。”左言道，“是我刚才从图书馆的管理系统中下载后打印出来的。”

在他说话时，本尼很配合地调整了DV的焦距，将清单扫拍了一遍。

“此处要感谢一下校长先生对我们的鼎力相助，允许我们使用图书馆的管理磁卡。”左言展示完了清单后，竟将其递向了艾薇琳娜，“学姐，劳驾帮我拿一下。”

“呃……”艾薇琳娜这会儿还有点儿懵，她也没多想，就把清单接过去了。

“那么，现在……”接着，左言又对准了镜头，“我和本尼就会对书架上的每一本书进行排查和清点，假如真有所谓的‘人面书’的话，那我们再进入实验的下一阶段……也就是等着看我和本尼会不会被剥掉脸皮。”

★许愿的转角

九月二十六日，凌晨一点十五分，帝峰校园内。

“所以说啊……”左言蹬着自行车，一脸苦逼地念道，“为什么非要坐在我的后面啊……让本尼载你不就好了吗？”

而坐在其自行车后架上的艾薇琳娜却是理直气壮地回道：“哼！我才没那么笨呢，坐在他那儿……你调头骑走怎么办？”

“我干吗要跑啊我？”左言问道。

“那就得问你了啊。”艾薇琳娜应道，“赶紧把你的邪恶计划和盘托出比较好哦。”

“唉……”左言翻了翻白眼，无言以对。

此时，他们已经完成了对“人面书”的调查，向着另一个怪谈的所在地进发了。

至于那调查结果嘛，“人面书”什么的，自然是不存在的。

如果那玩意儿真的存在，那么负责定期整理书架的图书管理员早就中招无数次了……

事实上，左言在来到图书馆之前，就已经预想到了这个怪谈应该属于“纯粹无中生有”型。也就是说……他知道这将是一个“调查过程比较无趣”的怪谈。

因此，他今晚才安排了去两个地方。

这样……才能保证明天帖子里更新的内容更丰富一点。

一点二十分，三人来到了学校南区的一栋教学楼前。

“哈啊……哈啊……”停车时，左言喘得跟什么一样。

“我说……你的体能这么差，到底是怎么当上政府卧底的啊？”艾薇琳娜看着左言，只觉得好笑。

“哈啊……所以说……我……我从来没有承认过自己是卧底啊喂！”左言吼完这句，接着喘。

“等等……”艾薇琳娜这时又后知后觉地想到了什么，她神情微变，接道，“你小子……该不会是故意装出这副样子……来暗讽我的体重吧！”

“哈？”左言被说得一愣，本能地念叨了一句，“你体重多少啊？”

左部长毕竟还是太年轻，他在一个不恰当的时机，问了个不恰当的问题……

于是，一秒后，他便被放倒在地，中了一个标准的十字固。

一点二十三分，左言他们顺利地进入了那栋教学楼中。

因为校长已事先打过招呼，所以这栋楼的保安也很配合地就放他们进去了。

“许愿的转角”，顾名思义，并不在某一个房间内，而是在一个楼梯的转角处。

关于此地的怪谈，是这样的……

传说，在帝峰南区的某栋教学楼里，在其三楼和四楼之间的那个楼梯转角处，有一块特殊的墙壁。

如果你在凌晨一点四十四分，在距离这面墙 1.44 米的距离上立上一根蜡烛，并站在这根蜡烛和墙壁之间，就会有“一个东西”来找你。

接着，你只要在一分四十四秒内许一个愿望，“那个东西”就会帮你实现它。

但是……在许愿的过程中，有几件事必须遵守。

第一，必须一个人来。

第二，蜡烛不可以熄灭。

第三，你不能转身看后面。

第四，要离开时，绝不能用跑的，必须慢慢走。

否则，你非但无法实现愿望，还会被“那个东西”抓住，拖入无尽的黑暗之中……

★烛灭

一点四十一分，准备工作基本就绪。

左言站在了“许愿的转角”，用事先准备好的卷尺精确地测出了 1.44 米的距离，并将一根蜡烛稳稳地立在了那里。

而他自己，则手持 DV，站在了蜡烛和墙壁之间。

“现在是一点四十一分。”左言做好了准备后，便将镜头对准自己的脸道，“为了确保怪谈中的‘第一条规则’，本尼和艾薇琳娜学姐留在了一楼等我。”

他说着，又给了地上的蜡烛一个镜头：“和学校中的大部分教学楼一样，这栋楼用的是中央空调。刚才我也已经确认过了，这个转角的附近没有排风口，也没有可开启的窗户，也就是说……蜡烛被风吹灭或者吹倒的可能性是零。”

接着，他又把镜头对向了自己：“根据我个人的理解，‘许愿的转角’有两个不确定的因素。”他抬起空余的那只手，对着镜头伸出一根手指，“其一，是时间。”

他微顿半秒，讲解道：“我们每一个人所使用的计时装置都存在着一定的误差，这是毋庸置疑的。而‘凌晨一点四十四分’是个精确到分的概念，许愿的限定时间则精确到了秒。因此，在今夜的行动前，我准备了这个。”他将那只手反转过来，展示了一下腕上的手表，“如各位所见，这是一个精确到秒的电子表，其时间是我在数小时前刚刚校准过的，用的是网络上即时显示的本地标准时间。即使在这几个小时内它已经产生了误差，也绝对不可能超过一秒。”

说罢，他又伸出两根手指，接着先前的话题道：“而第二个‘不确定因素’，就是许愿的形式了。

“传说并没有明确地指出许愿时应当采用‘默许’还是‘说出来’的方式，所以我决定，两种都试试……

“我将在一点四十四分零五秒的时候在心中默许一个愿望，等待三十秒，随后，再用口述的方式将这个愿望重复一遍。

“当然了，我选择的愿望是即刻生效形的，也就是说，一旦实现，立竿见影。我不会许类似‘长生不老’或者‘人见人爱’这类无法立即显现或效果模棱两可的愿望。”

他解说到这儿时，时间也差不多了。

“好了，根据我手表上的时间，现在已经是一点四十三分五十二秒。”左言将DV微微放低，仰拍着自己，念道，“实验即将开始。”

接下来的十多秒，左言一言不发地目视前方。

时间，静静地流淌……

在这黑暗的转角中、摇曳的烛光里……“静谧”本身，就是一种很可怕的东西。

十多秒后，左言在心里默许了一个愿望。

又等待了半分钟，他的愿望并没有实现，于是，他便开口说道：“我希望自己的手上立刻出现一副墨镜。”

接着，又是一阵沉默……

直到时间来到了一点四十六分，左言才对着DV，重新开口道：“OK，我想各位也看到了，所谓‘许愿的转角’，同样是子虚乌……”

啪——

就在左言对着镜头下结论的当口，不料，异变陡生！

伴随着一声毫无征兆的轻响，他身后的蜡烛……灭了。

★消失

那一瞬，左言惊疑交加。

难以名状的恐惧如一头突然朝他扑来的野兽，将他重重地摁倒在地。

不过，这种“被吓住”的状态并没有持续太久，因为下一秒……左言很清楚地听到了脚步声。

“什么人！”左言在转身之际，用略有些颤抖的手将DV调整到了夜视模式，并举到了眼前。

脚步声是从下方传来，也就是说……弄灭蜡烛的人或者“东西”，应该是往那个方向去了。

可惜，当左言将夜视模式打开并转过镜头时，除了那根倒在地上的熄灭的蜡烛以外，连个影子都没有拍到。

“别跑！”左言跨过蜡烛，顺着楼梯迈步就下，朝那脚步声响起的方向疾追而去。

在最初的惊惧退去后，理智立刻又占据了上风。

左言完全不怕自己所追赶的事物，因为他很清楚……逃跑的那一方才是在害怕。

“哈啊……哈啊……刚才那肯定是人。”左言在追赶时，还没忘了讲解，“他就在前面，我听得见他的脚步声。”

他说这句话的同时，已从上衣口袋里掏出并打开了手电筒。

由于走廊里一片漆黑，刚才那十几秒，左言都是将DV举在眼前，通过镜头拍到的夜光画面在前进的，但这样显然会影响他奔跑的速度。

嘀嘀——

就在左言打开手电筒的瞬间，前方的拐角处，响起了电子门禁的开启声。

“这货居然刷卡开门了？”左言心中惊道。

七八秒后，左言也冲过了那个拐角，但这时，那扇门已经关了起来。

他急忙上前两步，看了看门上的牌子——310阶梯教室。

“太好了！是教室！这门学生的磁卡就能刷开。”左言这时真是庆幸自己出来时带了学生卡。

他赶紧把卡拿出来，在门上刷了一下，然而……门没开。

“嗯？”左言愣了一秒，即刻反应道，“对啊！现在是凌晨，只有保安的卡才管用啊！”

一想到“保安”这两个字，左言一个激灵。

他不禁想到……半个多月前，杀死丘慷教授的凶手，正是一个伪装成保安的人。

“难道是‘那个人’？”左言念及此处，本能地后退了一步。

两秒后，他赶紧拿出身上的对讲机，朝本尼他们喊道：“本尼，你在吗？”

“在呢，部长。”本尼回道，“出什么事了吗？刚才我们好像听到有喊声？”

左言没有回答他的问题，而是快速问道：“门房间的保安还在吗？”

“呃……”本尼顿了一下，应该是在回头确认，大约一息过后，他回应道，“在啊，怎么了？”

“那麻烦你……让他上来一趟吧。”左言用凝重的语气接道，“我在三楼，310 教室的门口……”

★四分之一

九月二十六日，早晨五点。

和前一天一样，推理部那个研究帖又早早地更新了。

而这次更新的内容……出人意料得多。

首先是关于“人面书”的部分：一个视频加一段文字。

视频经过左言的编辑后，没有留下太多内容，文字说明也很简短。毕竟这是一个很容易就能被拆穿的怪谈，整理书架的过程……也没必要完整地放出来。

但是，接下来，关于“许愿的转角”的调查结果，那可就精彩了……

除了一段堪称第一视角惊悚片一般的视频证据外，还附上了一段令人感到十分不安的说明文字，内容如下——

“关于‘帝峰七怪谈之许愿的转角’的调查结果：不出所料，许愿无用。但……调查过程中发生意外事件；凌晨一点四十六分，在实验完毕之际，有不明身份的人员出现并试图干扰调查。此人的身份目前尚不明确，从拍摄到的画面中仅能听到其脚步声，但并没抓拍到任何关于他 / 她的影像；其最后出现地为 310 号阶梯教室，在其逃入该教室后五分钟，保安赶来，立即开门进行搜索，但教室内空无一人，且所有窗户都由内部反锁，通风管亦没有被打开过的迹象……对于此人的身份、行踪以及其‘消失’的原因，推理部将继续跟进。”

这一回，推理部真的火了……

在左言高超的视频剪辑技术和叙述技巧之下，这第三个怪谈的调查，将整个事件推向了最高潮。

当然了……那个“推倒蜡烛并消失的神秘人”，也是功不可没。

其实这第二天晚上的调查项目，都是颇为乏味的，“人面书”和“许愿的转角”都是那种“只要有心，很容易就能破除”的传言；若非有这位意外来客闯入，左言还真担心这晚的内容会让人们的兴趣降低。

当日下午一点，再度逃课的左言从充足的睡眠中醒来。

迎接他的……是一张毛茸茸的、可爱的脸。

“你……”左言看着那只匍匐在自己胸口上的猫，虚眼念道，“想干什么？”

“我来听听你的意见。”维多克回道。

“什么意见？”左言问道。

“当然是关于今天凌晨你的那场小冒险的见解咯。”维多克用理所当然的语气回了一句，并抬头看了看旁边桌上的电脑屏幕，“视频，我已经看过了，我想……你所知的‘信息’已经足够你推测出‘真相’，所以，我来听一听。”

“呃……”左言的表情变得有些微妙，“你说的真相是……”

“怎么？你还没想到吗？”维多克的眼神瞬间变为了赤裸裸的鄙视。

“所以说……我到底该想到什么啊？”左言又道。

“唉……二流……无药可救的二流……”维多克一副恨铁不成钢的样子，摇着尾巴、转身从床上跃下，“那你就继续调查去吧……”他跳到桌上，爬上窗台，“剩下那四个怪谈里，还有一个，可以成为明显的‘提示’，希望你不要忽略掉。”

说罢，他就从打开的窗户边缘那儿钻出去了。

“喂！等等！”左言想叫住它，可惜对方没理，“你至少回答我一下你到底是怎么进来的啊！你身为一只猫是怎么从外面把窗户打开的啊！”

维多克的造访让左言颇为郁闷。

同样一件事，猫推理出来了，但他这个人没有推理出来，这无疑让他很受伤。

不过，研究计划还得继续……

或者说，正因为维多克说了那番话，左言对这次调查行动的结果……也变得越发执著起来。

★被诅咒的储物柜

是夜，调查活动照旧。

傍晚时，左言已在论坛公布了今天的目标：被诅咒的储物柜以及交换身份的泳池。

晚，十一点。

左言和本尼刚出宿舍楼，就发现艾薇琳娜已经等在大楼门口了。

“果然来了呢……”左言望见对方时，嘴角已在抽动了。

“部长，她是不是暗恋你啊？”本尼问了一个很有建设性的问题。

“你想多了吧……”左言坦言道，“这路说话都不怎么经脑子的神人，真要‘恋’也不可能是‘暗’着的。”

“嗯……也对。”本尼点头应道。

虽然他俩这话说得很不客气，但却不敢把声音提高到让对方听见的程度，毕竟……他们还不想死。

“嘿！两个人鬼鬼祟祟地说什么呢？”待他们靠近到五米左右，艾薇琳娜没好气地开口道。

“没什么啊……”左言虚着眼，有气无力地回道，“我刚才正在跟本尼说，学姐你天生丽质，每次看见都惊为天人呢。”

“哈！”艾薇琳娜干笑一声，“别以为夸我两句，我就会放松警惕。”她冷哼道，“类似的奉承我听得太多……都想吐了。”

“这么说来……想追你的人不少啊。”左言保持着那种要死不死的语气念道。

“那——当然了。”艾薇琳娜拉长了语调回道，“保守估计，仅是本校男生，想当我男友的……也能从东区食堂排到西区体育馆门口。”

“充分说明了以貌取人终究是生物本能啊。”左言冷冷吐槽道。

“是啊……以貌取……欸？”艾薇琳娜接道，“你什么意思啊？”

“对了，学姐。”左言无视了艾薇琳娜的问题，从口袋里取出一件东西来，“说起食堂……你饿不饿啊？我这儿正好有块儿巧克力，你要不要凑合着当夜宵？”

“巧克力？”艾薇琳娜听完左言这句话，神情微变，犹豫了数秒，然后露出一副无奈的样子，“唉……我明白了……”

“哦？你居然明白了？”左言瞪大了眼睛，显得有些意外。

“没办法……我也知道自己的魅力是很难抗拒的。”艾薇琳娜摇了摇头，“但是……庶民，你最好还是趁早死了这条心吧，我们俩显然是不可能的。”

“哦……你认为我是那个意思吗？”左言接道。

“你不用再掩饰了。”艾薇琳娜说道，“已经很明显了。”

“这样啊……”左言接道，“那……学姐，既然你都这么说了，我也认了。”话虽如此，他拿巧克力的手还是没放下，“但这块儿巧克力，我还是希望你能收下，就当是昨天你帮着我们整理书架的一点心意。”

“嗯……”艾薇琳娜考虑了片刻，耸了耸肩，“好吧……正好我也有点儿饿了。”她是真饿了，一接过巧克力就开始拆包装，“不过你可别想太多，收你这块巧克力并不会改变什么的。”

三秒后，就在她把巧克力放进嘴里的瞬间，左言立马转头，朝本尼使了个眼色。

后者当即打开了手上的DV，对准左言拍了起来。

“现在时间是晚上十一点零三分，我们正在男生宿舍楼外。”左言顺势对着镜头说道，“如各位所见，现在艾薇琳娜学姐正在吃着的，就是从‘被诅咒的储物柜’里拿出来的巧克力。”

听到这句话时，艾薇琳娜像是被扔进了冰箱一般，整个人都僵得一动不动。

“所谓‘被诅咒的储物柜’，具体就是指男生宿舍楼的二楼储物柜第五排第四个柜子。”左言才不理她，自顾自地继续着讲解，“传说，只要将一封情书和一块儿巧克力放到这个柜子里，摆上一宿，这两样东西就会被附上‘诅咒’。而这个诅咒的设定是……将情书和巧克力送给同一个人，只要对方收下了，那么，情书就会让对方爱上你，但同时巧克力又会把对方给毒死。”他顿了顿，“为了今天的实验，昨天晚上行动以前，我就把一块儿未开封的巧克力和一封情书放进了那个储物柜里。”

左言说到这儿，又从口袋里拿出了一张纸，在镜头前展开。

这张纸的内容倒也简单直接，就六个字——学姐，我喜欢你。

“在此我澄清一下，艾薇琳娜学姐是为了配合实验才收下巧克力和情书的，她本人非常不待见我。”左言恶意满满地对着镜头说完这句，然后把那所谓的“情书”也递到了艾薇琳娜的面前，“学姐，您姑且看一眼。”

此刻，艾薇琳娜看左言的眼神仿佛在说：“要不是正在摄像，你已经是个死人了。”

当然，她终究是忍住了没有发作……

下一秒，艾薇琳娜接过了左言那封史上最没有诚意的“情书”，扫了一眼，然后瞪着对方，恶狠狠地又咬了口巧克力。

“学姐。”接着，左言便笑着对艾薇琳娜说道，“你现在是什么感觉？”

艾薇琳娜闻言，瞪着死鱼眼，回道:“我觉得……只要拍摄一停止，我就会弄死你。”

“呐……大家都看到了。”左言看向镜头，用总结般的语气说道，“事实证明，学姐既没有爱上我，也没有毒发身亡。”他顿了顿，对本尼道，“好了，咱们出发去游泳池吧。”

本尼听到这句，便放下了 DV，随后面无表情地对左言说道 :“部长，我觉得你一时半会儿走……”

他还没把“不了”那两个字说出来，艾薇琳娜已经朝左言冲过来了，接下来的场面……姑且可以视为一系列的格斗技演示。

★无动于衷的贝多芬

二十七日的早晨。

天还没亮，帝峰的师生们都已在翘首期盼着推理部的“调查进度”了。

左言也没让人们失望……

他按照惯例，连夜把视频剪了出来，并配上了文字。

对于“被诅咒的储物柜”的验证，堪称有理有据，从录制“交换身份的泳池”时左言脸上的伤来看……他被艾薇琳娜揍得相当惨。

而关于那个泳池的实验，算是波澜不惊……

毕竟这个调查地点比较特殊，为了防止出什么事故，校长又安排了那位李山老师来监督他们。

于是，左言干脆让李老师给他们当了回摄像师，自己则和本尼一块儿穿着事先准备好的泳裤下水去了。

传说……在午夜时分，两个人用相同的速度，在“交换身份的泳池”中朝着相对的方向游动并擦身而过后，就会发生“记忆和性格互换”的现象。

左言和本尼就严格按照传说中的要求做了，而且反复试了好几次。

而结果……自然是无效。

至此，“帝峰七怪谈”中的五个怪谈，已然被左言他们揭破。

除了“午夜孤影”还有据可循，其他几个基本都是无中生有……明显是凭空捏造出来的。

终于，对于怪谈的调查，进入了最后的一个晚上……

“现在是晚十一点三十分，我们已经来到了东区的三号钢琴练习室。”

这晚，依然是由本尼负责拍摄，左言负责讲解，艾薇琳娜自发过来盯梢……

“今天，我们有幸请到了学生会的阮学姐来帮忙。”左言说到这儿时，本尼给了坐在琴凳上的阮筱筱一个镜头。

“不用对着我。”阮筱筱毫不避讳地在镜头前摆出她那副大叔腔，“拍雕塑就行了。”

“了解。”左言应了一声，引导着本尼转了半圈，将DV对准了练习室墙边柜子上放着的一个贝多芬像。

这个雕像的高、宽、长分别约为50、23、30厘米，由石膏雕成。

没人知道这个雕像是什么时候被摆在这里的，似乎从这个练习室建成时起，它就被放在那里……

年复一年，石膏像的颜色由白变黄，又渐渐变灰。

不过，这种变化并没有让其显得陈旧……反而让这个“贝多芬”更显出几分沧桑的和灵气来。

“且看我们今晚要调查的两个怪谈之一——侧目的贝多芬。”左言适时地解说道，“根据传闻……晚上十一点后，若有人在这里弹奏贝多芬的曲子，那这个雕像的眼睛就会朝着音乐声响起的方向移动。”

介绍完毕，他便看向阮筱筱，说道：“阮学姐，请吧。”

后者闻言，稍稍整理了一下情绪，随后……便开始了演奏。

她所弹奏的是贝多芬月光奏鸣曲的第一章，也就是那种“不难，却又极难”的曲子。

不难，是从技术层面来讲；极难，则是从意境、情感表现那方面来说……

阮筱筱小时候学过几年琴，但后来就搁下了。用她自己的话来说，她基本达到了“知道自己弹得有多糟糕”的水平。

就拿这首月光来说，阮筱筱知道自己不会弹错音、节拍上也很稳定；但她也可以确信……自己弹出来的曲子只能叫“对”，但称不上“好”。

音乐或者说艺术类的东西，停留在一个“对”字上的，永远都只能是学徒。等到了“好”的境界，才算是真正入门。而在“好”之上，还有“神”、还有“狂”……当然了，那是属于天才们的世界了。

阮筱筱对自己在音乐方面的才能也是有自知之明的，因此，她并没有在这条路上走下去。不过……凭她的水平，来帮左言他们做个实验，已是绰绰有余了。

数分钟后，琴声戛止，余音绕梁。

在场的其余三人听得有些入神了，只是，贝多芬先生”却还是无动于衷的样子。

★改观，提醒

“好了，感谢两位的帮忙，今天就到这儿吧。”从练习室里出来以后，左言便跟两位学姐打了声招呼，并摆出了一副“准备收工”的样子。

“欸？你要回去了？”艾薇琳娜看着左言，面露疑色道。

“是啊，调查工作结束了啊。”左言回道。

“不是还有一个怪谈没有去验证吗？”阮筱筱又问道。

“你们是指……”左言接道，“七怪谈中的最后一个，‘秘密’是吧？”

“对啊。”艾薇琳娜应道，“说起来，关于这个怪谈的说明，到底是什么意思？我怎么看不懂呢？”

“是啊……部长。”本尼也对左言道，“不知道是不是我的中文水平问题，我也没看懂呢。”

“不懂也很正常。”左言微笑着回道，“那个怪谈要的就是这种模棱两可的效果……”言至此处，他把有关“秘密”的描述复述了一遍，“此间所在，无处不在，你知我知，他人不知，见而不见，闻而不闻，爱亦徒劳，悔亦徒劳，期许亦徒劳。”他一口气说完，摊开了双手，“呵……像这种莫名其妙，可能有多种解释的扯淡，其本身就是毫无意义的。捏造这条怪谈的人，对其冠以‘秘密’这个容易钻入人内心阴暗角落的名称，就是为了让读到这段话的人自己去胡思乱想……”

“你的意思是……”阮筱筱这时接过话头道，“最后这个怪谈‘秘密’，其实就是一种心理暗示，一段可能诱发人内心恐惧的，没有实际意义的文字。”

“正确。”左言回道。

“呵……虽说并不是什么令人满意的答案。”阮筱筱撇嘴一笑，“倒也在情理之中……”她微顿半秒，再道，“就像其他的六条怪谈一样，一一揭破后便会发现，基本全都是一些建立在人们的臆想上的谣言罢了。”

“看来你还是挺关注我们的调查进展的嘛。”左言笑着回道。

“还好吧，反正看看也不花钱。”阮筱筱淡定地回道，“不过，经过这次的事，我对你倒是有所改观了。”她看着左言，用颇为严肃的态度说道，“直到三天前，我对你以及你维系推理部的动机依然抱着怀疑和敌视的态度。但你……用行动改变了我的看法。现在我明白了，你是真心想要挽救这个社团的。”

“啊……”左言随口应道，“咱们第一次见面时我就说过了嘛，我会在三个月内让推理部变成不会被废部的社团啊。”

“嗯……”本尼这时在旁边绷着他那张中年人的脸，深沉地点头接道，“部长，这次你筹划的活动如此成功，无疑是向着目标踏出了坚实的一步。”

“哈哈……那必须的。”左言终于是有点得意地笑出来了。

不过，他这嘚瑟的笑容只持续了几秒钟而已……

“你们会不会被废部的事情先搁一边。”阮筱筱十分及时地泼上了一盆冷水，“我姑且提醒一下……左言同学，你已经无故缺课整整三天了，咱们帝峰可是有极为严格的月考制度的，九月底，即两天之后……就有一次考试，如果你的综合成绩达不到最低基准线，按照帝峰的规矩，处理方案是——直接劝退。”

★尾声·秘密

九月二十八日，早晨七点半。

帝峰学园，校长室门前的走廊上。

左言一手粢饭团，一手杯装豆浆，像是个正在等公车的上班族般站在那儿等待着什么。

“看来……你终于是想到了答案。”忽然，维多克那富有魅力的嗓音，传入了左言的脑海。

“承蒙您提点啦……”左言花了两秒钟，在自己左脚边的垃圾桶后面发现了那只猫的身影，随即在心中回了一句。

“哼……我有提点过你什么吗？”这个问题的答案自然是肯定的，维多克这是在试探。

而左言也乖乖回道:“当你在旧校舍的走廊里对我说出那句‘那种程度的诡计’时，我就该想到了……”他看向维多克，心道，“既然是‘诡计’，那就表明有‘人为的因素’。假如‘午夜孤影’并非有人刻意制造,那就应该叫‘巧合’,而不是什么‘诡计’。”

“很好。”维多克舔着爪子应道，“后知后觉总比想不出来强。”

“说到后知后觉……”两秒后，左言又道，“你这家伙……能在那个时候就说出这个是‘诡计’，说明你……”

“没错。”维多克打断了他,“我早就知道‘帝峰七怪谈’的真相了。”他停顿了一下，然后用十分嚣张的语气反问道，“怎么？难道你以为我会让这种程度的谜题困扰我超过二十四小时么？你以为我是谁？”

“好啦好啦……你是维多克。”左言知道对方要说什么，他就抢先说了出来。

“呵呵……”维多克笑了笑，“行了，我不打扰你办事了，下回见吧。”说罢，他转身一窜，又是瞬间就溜出了左言的视线。

“喂！你这是去……”左言本来还想问问他有什么常驻地没有。

结果，就在同一秒……

“左言同学？”一个低沉的、略有些沙哑的嗓音从他身后响起，“你找我有事？”

左言闻声回头，这才发现……校长先生已站在了自己的身后。

帝峰的校长，名叫艾德华。

他可不是外国人，他是地地道道的中国人，姓艾，名德华。

艾校长今年五十岁，正值壮年。

他与那些戴着厚实的眼镜、白发苍苍的学者不同，相对而言……艾校长更像是一个商人、一名企业家或是政治家。

只要是出现在人前时，他都会穿着得体的、昂贵的西服，头发和皮鞋也都是油光锃亮。

在他的脸上可以看到成熟男人的稳重，也能看到些许幽默和亲和力。

而今天，在左言的面前，他就显得很有亲和力……

“来，随便点，坐吧。”艾校长将左言引进他的办公室后，便抬手示意左言同学坐下。

后者也是毫不客气地走到了校长的办公桌前，与对方隔桌对坐。

“你要喝点儿什么吗？左言同学。”艾校长落座后，居然还摆出一副要起身给对方泡茶的姿态。

“不必了，我豆浆还没喝完呢。”左言抬手示意了一下手上的杯子。

“哦，呵呵……”艾校长笑了笑，“好吧，那么……”他略微整了整神色，“同学，今天来找我，是有什么事儿吗？”

“秘密。”左言只回了对方两个字。

而就是这两个字，已让校长的神情出现了明显的变化……

“同学，你说的我怎么听不懂啊？”艾校长接道。

“放心，我还没跟其他人讲过这事儿。”左言则是淡然地接道，“今天早上更新的帖子你应该也看到了，我并没有把‘秘密’真正的意思解释出来，只是忽悠了一下混过去了。”

听完这句，艾校长没有接话，他默默地看着左言，似是在等他继续往下说。

于是，左言也就说了：“其实……在调查‘午夜孤影’之前，我就去查过三十年前的资料，那几年里，帝峰根本没有发生过什么失踪案。我也确认过……符合那个故事描述的退休保安，也是不存在的。

“毫无疑问，和其他的怪谈一样，午夜孤影的设定也是凭空捏造，但有一点令我觉得很奇怪，那就是……为什么除了‘秘密’之外的六个怪谈中，只有午夜孤影一个是有迹可循的呢？

“抱着这个疑问，我进行了更深入的调查，结果……查到了一件事，那就是——所谓的‘帝峰七怪谈’，其实有两个版本。

“第一个版本，诞生于三十年前，和‘午夜孤影’属同一个年代，而且是在一年之内忽然传开的，就好像……有人故意要凑出这么个‘七怪谈’来一般。

“而这初版的七怪谈，到最后就有‘午夜孤影’、‘人面书’、‘侧目的贝多芬’和‘秘密’这四个故事流传了下来，另外的三个，则被现在的新故事所取代了……

“那么，这第二个版本又是什么时候确定的呢？”

他说到这儿，朝校长投去了一道意有所指的目光。

校长也知道他是在明知故问，当即笑了笑，直言不讳地回道：“学校大规模改建时，有三个怪谈无法再维系下去了，于是，我便只能再想三个新的出来。”

“我想也是如此。”下一秒，左言又重新接过话头，说道，“为了保证‘秘密’的可破解性，我想……校长您也是绞尽脑汁了吧。”

“还好吧。”艾校长回道，“毕竟我可以参考那‘原版’的七怪谈啊。”

“嗯……有道理。”左言道，“但是，有些东西，靠您一个人确实无法再还原了吧？”

“对……”艾校长点点头，“当年的初版是一群人智慧的结晶，再加上各种天时地利的因素凑成的……后来，学校里的各种设施都实行电子化以后，很多东西反而无法再重现了。”

“有一事我很好奇……”左言喝了口豆浆，又道，“在‘许愿的转角’那儿，万一我在你推翻蜡烛之前转了身，那你怎么办？”

“呵呵……没事儿，我当时带着面罩呢，还是附带夜视仪的那种。”艾校长笑道，“要不然你以为我是怎么在黑暗中跑得那么快的？”他顿了顿，“另外，我可不是走上楼梯去弄灭蜡烛的，那时候……我的手上拿着根可以伸缩的超长教棒，所以蜡烛倒下的时候，我和你之间的距离还挺远的。”

话至此处，校长先生好似想到了什么，饶有兴致地问道:“对了，我是怎么‘消失’在 310 教室里的，你想出来了吗？”

“那当然了。”左言道，“第二天我就想明白了……”他嚼着粢饭，笑道，“您用您那张‘校长权限的磁卡’刷开了教室的门后，根本就没有进去……而是重新压低脚步声，迅速闪入了距离最近的一个拐角。

“当时我追得很急，当我听到那电子门禁的声音后，便想当然地认为您进了屋子，于是……您就利用了我这个心理盲点，顺利溜走了。”

“呵呵……很好，推理部的部长你是当之无愧啊。”艾校长听到这儿，很是欣慰地笑了。

笑了几声后，他的眼中又闪过一丝阴霾 :“那想必……关于‘秘密’的真意，你也是一清二楚了咯？”

“那个嘛……”左言说着,从口袋里拿出了一张纸来。这张,是他去调查“人面书”那晚打印出来的图书馆历史区 C 段书架的书籍清单，“目前我所知的‘答案’，还停留在这张纸上……”他的眼神微变，对上了艾校长的目光，“不过……去图书馆让这些答案‘更进一层’，也只是举手之劳。”

左言是聪明人，艾校长也是聪明人。

聪明人跟聪明人交流，是很轻松的……

“哼……”艾校长笑着点点头，“明白了……说说你的条件吧。”

未完待续，第六册推理继续！

总经理	常暮尘		设计总监	李婕
总编辑	熊嵩		产品经理	马飞
执行总编	罗晓琴		运营总监	蒋雷
封面绘画	恶果		印务	谭坤杰
执行策划	马飞		宣传营销	蒋惊
装帧设计	张钰		流程校对	李安安

总出品 漫娱图书

图书在版编目（CIP）数据

超维幻界.5／三天两觉著.—武汉：长江出版社，2016.3

ISBN 978-7-5492-4108-8

Ⅰ.①超… Ⅱ.①三… Ⅲ.①科学幻想小说－中国－当代

Ⅳ.①I247.5

中国版本图书馆 CIP 数据核字（2016）第 060352 号

超维幻界.5/ 三天两觉 著

出　版	长江出版社 （武汉市解放大道1863号　邮政编码：430010）		
市场发行	长江出版社发行部		
网　址	http://www.cjpress.com.cn		
责任编辑	钟一丹	开　本	710mm×1120mm　1／16
装帧设计	张　钰　王美幸	印　张	21.5
印　刷	深圳市精彩印联合印务有限公司	字　数	410千字
版　次	2016年3月第1版	书　号	ISBN 978-7-5492-4108-8
印　次	2022年1月第15次印刷	定　价	29.80元

电话：027-82926557(总编室)　027-82926806（市场营销部）